AF237564

DIE SUBLIMEN

DIE SUBLIMEN

Ein Roman

Barbara Heeb

Bibliografische Information der Deutschen Nationalbibliothek: Die Deutsche Nationalbibliothek verzeichnet diese Publikation in der Deutschen Nationalbibliografie; detail-
lierte bibliografische Daten sind im Internet über dnb.dnb.de abrufbar.

Cover: Atelier Félix Müller, Pantin/Paris

Herstellung und Verlag: BoD - Books on Demand, Norderstedt

ISBN: 9783752627138

Love may be brought about – in ways that are poorly understood – by a disparate variety of natural causes. It is entirely possible for a person to be caused to love something without noticing its value, or without being at all impressed by its value, or despite recognizing that there really is nothing especially valuable about it. It is even possible for a person to come to love something despite recognizing that its inherent nature is actually and utterly bad. That sort of love is doubtless a misfortune. Still, such things happen.

Harry G. Frankfurt, The Reasons of Love

Inhaltsverzeichnis

TEIL 1 - M.O.R.A.L.

-1-

Sie war zu früh. Eine Mischung aus Tatendrang und Abscheu hatte sie im Morgengrauen aus dem Bett geholt. Wie im Fieber war sie in ihre Kleider geschlüpft, eine saubere Jeans und ein schwarzer Kapuzenpullover, hatte im Dunkeln ihre Turnschuhe gesucht und gefunden, ihre abgewetzte Lederjacke übergestreift und die Papiertasche hochgehoben, vorsichtig, um nur ja keinen Lärm zu machen. Durch das dunkle Zimmer hindurch hatte sie das regelmäßige Atmen der Schwester gesucht und gefunden. Dann war sie lautlos zur Tür geschlichen, hatte sie geöffnet und hinter sich geschlossen, so sachte wie es ging.

Und nun war sie zu früh. Eingeklemmt zwischen zwei Säulen saß sie mit angezogenen Beinen auf der Balustrade und betrachtete das Geschehen, wie sie es jahrelang betrachtet hatte. Die Tasche hatte sie neben sich auf den matt schimmernden Mosaikboden gestellt. Noch konnte sie einfach gehen, die Tasche einfach stehen lassen. Der Gedanke blitzte kurz auf, aber nein, sie konnte nicht zurück. Nicht mehr lange und dann würde sich dies alles als das herausstellen was es war. Ein besonders geschmackloser, schlechter Witz.

Sie ließ den Blick über den Lichthof schweifen. Es war noch wenig los. Ein paar wie ferngesteuert wirkende Gestalten schlichen den hohen Wänden entlang. An den runden Tischen saßen vereinzelte Studenten an ihren Bildschirmen. Das kopflose Schweigen der steinernen Nike von Samothrake beherrschte von der Ecke her den riesigen Raum.

Es war ihre Idee gewesen. An einem Donnerstag. Als der Film zu Ende war, hatten sie sich an der Kinobar zwei Bier geholt. Hand in Hand waren sie damit durch die regennassen Straßen spaziert. Sie und Jo. Es war ein italienischer Film gewesen und sie konnte sich noch genau daran erinnern wie der Klang der Worte sie an jenem Abend beglückt hatte, und auch die schönen Münder, die diese Worte geformt hatten. *Pensami quando puoi.* Pensami. Denk an mich. Sie und Jo, sie waren aus dem Kino in den Abend hineingestürzt wie frisch verliebt -

9

verliebt in das Leben. Der Sommer machte alles schön.

An jenem Abend waren sie zur City abgebogen. Nur ein paar Straßen weiter waren sie an den Bars und Cafés vorbeispaziert, als ob sie dazu gehören würden. Auf den Stühlen fläzten sich die, die man ›sublim‹ nannte. Sonnten sich in ihrem erhabenen, sorglosen Dasein. Sie meinte, das dämliche Lachen einer ehemaligen Mitstudentin zu hören, aber ganz sicher war sie sich nicht. Sie blickte eine mit glänzenden, schwarzen Haaren herausfordernd an. Ein mildes Lächeln schaute zurück. »Ich bin's, Alda. Pensami«, flüsterte sie im Geist und ging weiter. Und dann, mit einem Mal, hatten sie angefangen zu rufen, sie und Jo. »Siamo noi!« Aus irgendeinem Grunde diese sinnlosen Worte. Plötzlich hatte sich diese Parole ergeben, als ob sie ihnen durch die schwüle Abendluft entgegengeschwebt wäre. »Siamo noi!« Gut gelaunt und vollkommen banal. Wie von Sinnen waren sie durch die Straßen gerannt. »Siamo noi! Wir sind unschlagbar!«

Die Glückshuren, so nannten sie und Jo die sogenannten ›Sublimen‹, hatten sich nach ihnen umgedreht. Erfreut oder erstaunt über so viel Begeisterung von zwei Schlichten, Alda wusste es nicht. Aber wie die Pfützen geglitzert hatten! Als ob sie sich in ein Schmuckkästchen verirrt hätten. Schillernde Regenteiche, wie Öffnungen zu einer anderen Welt. Und dann, als sie wieder in ihrem Teil der Stadt waren und niemand sie mehr sah, war Jo abrupt stehen geblieben. Atemlos hatte er auch ihre andere Hand in die seine genommen. Sein Gesicht hatte förmlich geleuchtet. Alda sah sein Lächeln vor sich, als ob es gestern gewesen wäre. Seine Zähne hatten im Dunkeln geglänzt wie eine Reihe weißer Perlen. »Lass uns heiraten!« Die Worte waren aus Jos Mund gepurzelt wie bei einem aufgeregten Kind. »Lass uns heiraten!«

Und Alda? Sie hatte ihn mit offenem Mund angestarrt, ihre Hand war der seinen längst entflohen. Und dann hatte sie lauthals gelacht, hatte gedacht, er mache einen Spaß, hatte gedacht, er wolle sie necken, mit der Aussicht auf sechs Gören und eine schmutzige Küchenschürze. Die Tristesse der italienischen Mamma, die sie eben auf der Kinoleinwand gesehen hatten, musste ihn dazu gebracht haben, sich diesen Scherz zu erlauben. Es konnte gar nicht anders sein. Doch dann sah sie seine Augen, die sie so sanft anschauten, dass es ihr Angst

10

machte. Und sie hatte nicht gewusst, was sie nun sagen sollte. Hatte nicht aussprechen wollen, was Jo hören wollte. Sie hatte sich überrumpelt gefühlt. Nein, sie wollte nicht heiraten und statt einzuwilligen hatte sie, ohne viel zu überlegen, geantwortet:»Nein, lass uns eine Bewegung gründen. Wir starten eine Revolution!« Und Jo hatte eingewilligt. In jenem Moment hätte er zu allem Ja gesagt.

Auf der anderen Seite ging eine Gestalt rasch den Säulengang entlang. Das Klappern ihrer Absätze hallte über den Lichthof hinweg und fügte sich ein in das Scheppern eines noch leeren Geschirrwagens, der von einer Angestellten mit blondem Pferdeschwanz über den steinernen Boden in Richtung Lift geschoben wurde. Nicht im Traum hätte Alda an jenem Sommerabend daran gedacht, dass sie kaum ein Jahr später mit einer braunen Tragetasche durch die Stadt spazieren würde, um dem Feind ein bisschen Angst einzujagen. Ihr war schlecht.

Wie aus dem Nichts strömte eine ganze Horde Erstsemester in den Lichthof, durchquerte ihn im Pulk und flatterte laut schwatzend den Hörsälen entgegen. Studenten schauten genervt hinterher. Wie vertraut das alles immer noch war. Sie wandte den Blick ab und betrachtete stattdessen die braune Tragtasche, die wie ein besonders braves Hündchen darauf wartete, von ihr zum Schalter der Unipost geführt zu werden.

»Jetzt werden hier mal Tatsachen geschaffen!«, hatte Stefan gerufen und voller Stolz auf einen schwarzen Kasten gezeigt, aus dem Kabel ragten wie Borsten. Aldas Herz hatte einen Schlag ausgesetzt. »Also …«

Dann war Stefan in Gelächter ausgebrochen.

»Also, die ist nicht echt, oder?«, hatte Alda gefragt und versucht, ganz normal zu klingen.

»Nein, natürlich nicht! Aber sie sieht gut aus, oder?«, hatte Stefan strahlend geantwortet. Er wartete auf Komplimente.

»Fehlt nur noch der Brief«, hatte Isabella gemeint. »Was sollen wir schreiben?«

»Schreib: ›Halt dich zurück oder dein letztes Stündlein hat geschlagen.‹« Der Vorschlag war von Jo gekommen.

»Jetzt im Ernst. Das ist nur eine Attrappe, oder?« Alda hatte Stefan

11

misstrauisch betrachtet. Sie konnte sich beim besten Willen nicht mehr daran erinnern, weshalb sie ihn in die Gruppe aufgenommen hatten. Er war der größte Hohlkopf, den man sich vorstellen konnte.

»Ja, natürlich ist das eine Attrappe! Wofür hältst du mich eigentlich?«

»Also, dann schaffen wir auch keine Tatsachen«, hatte Alda mit eisiger Stimme geantwortet.

»War ja nur ein Spaß.«

»Ich lach mich tot.«

Stefan hatte sich für den dummen Spruch entschuldigt, aber einen letzten Rest Zweifel hatte Alda nicht wegwischen können.

Die große Uhr an der Wand auf der anderen Seite des Lichthofes zeigte, dass es fast neun war. Von einer Bekannten wusste sie, dass sich am Postschalter der Uni Zentrum nichts geändert hatte. Noch immer arbeitete der alte Mann dort, der in seinem Leben anscheinend nichts Besseres mehr zu tun hatte. Und wie immer schon behandelte er jedes Paket so wie jedes andere auch. Mit Respekt, Sorgfalt und Desinteresse. Der alte Herr würde keine Fragen stellen. Vorsichtshalber hatte Alda den Vornamen nicht ausgeschrieben, denn weshalb sollte SIE einem Politiker ein Paket schicken wollen? Ein kurzes H. Mees musste ausreichen.

Alda stand auf und nahm entschlossen die Tasche in die Hand, um es hinter sich zu bringen. Sie ging durch den Säulengang Richtung Treppenhaus am Büro ihrer ehemaligen Professorin vorbei. *Was wohl aus ihr geworden ist?*, überlegte Alda. Fabiana Seelauf war damals Hals über Kopf nach Boston abgereist. Der Rummel war ihr wohl zuviel geworden. Seither hatte niemand sie mehr gesehen und das war vielleicht auch gut so. Sie hatte es gut gemeint, das bestimmt. Sie hatte es gut gemeint, aber sie hatte sich verschätzt. Nicht, dass sie ihr die Schuld geben wollte, aber Aldas frühere Professorin hatte wesentlich dazu beigetragen, dass die Stadt zu dem geworden war, was sie jetzt war. Ein gespaltener und unruhiger Ort. Ein Ort, in dem neue Regeln herrschten, eine neue Ordnung. Eine Stadt, die eingeteilt war in Sublime und Schlichte. Ein harter Kern und schäbiges Fruchtfleisch. Die

12

Frucht war verdorben. Ihre Stadt und andere Städte auch. Pensami. Fabiana Seelauf hatte die Welt verbessern wollen, nichts weniger. *So wie wir auch,* schoss es Alda durch den Kopf. SIAMO NOI! wollte Henrik Mees nur mal einen kleinen Schrecken einjagen. Sie zögerte am Treppenabsatz. Was, wenn er vor lauter Schreck eine Herzattacke kriegen würde? Noch konnte sie zurück. Eine ganze Weile starrte sie gedankenversunken auf den grauen Steinboden vor sich, doch dann überwand sie sich und ihre Zweifel, setzte ihre Beine in Bewegung, treppabwärts, Richtung Postschalter, wo noch immer der alte Mann arbeitete, der keine Fragen stellen würde.

Er tat es auch diesmal nicht.

2

Fabiana blieb auf dem Treppenabsatz stehen, um ihren Atem zu kontrollieren. Ihr Kopf schmerzte. Sie hatte die Nacht rauchend und Wodka trinkend vor dem Bildschirm verbracht und die Nachricht, die auf allen Kanälen in die Schweizer Haushalte hinein blaffte, bis zum Schluss nicht glauben können. In Frankreich hatte Le Pen die Präsidentschaftswahlen gewonnen. Europas Marsch nach rechts war kaum mehr aufzuhalten. Ekelhafte Münder jubelten. Die Kunde, dass die blonde Verderberin in den Elysée-Palast einziehen werde, wurde den Vernünftigen vor die Füße geworfen wie Schlachtabfall. Man musste das Beste daraus machen. Noch bevor sie wieder nüchtern war, kam Fabiana zur Überzeugung, dass die Umstände so günstig waren, wie lange nicht. Doch sie war keine Zynikerin. Fabiana hielt Zynismus nicht nur als für Frauen ungeeignet, Zynismus war außerdem die Haltung der Verlierer. Fabiana wollte keine Verliererin sein. Eher hätte sie sich zum Mann umwandeln lassen, als jemals von ihrem Weg abzuweichen, dem Weg, der ganz nach oben führte, genauer gesagt ins zweitoberste Geschoss des hoch über der Altstadt thronenden Elfenbeinturms, drittes Fenster von links.

Den Wodka trank sie im Grunde aus Verständnislosigkeit, so wie doch fast alles heftige Trinken aus Verständnislosigkeit geschieht, und je mehr sie davon trank, desto weniger verstand sie ihn, den Anderen, den Wodka und sich selbst und alles, was jemals zwischen ihnen vorgefallen war. Der Wodka hatte sie zusammengebracht, der Wodka würde sie auseinandertreiben, so hatte Fabiana es sich überlegt. Sie trank ihn auch aus Berechnung, doch bisher schien der, den sie heimlich nur ›der Andere‹ nannte, noch anhänglicher zu werden, und es sah ganz so aus, als ob Fabianas Berechnungen falsch wären.

Gerade als sie sich überlegte, wieder nach Hause zu gehen und sich für den halben Tag krankschreiben zu lassen, kam ihr Martin Sulser, Gewes oberster Assistent, pfeifend entgegen. Er strahlte sie an. »Guten Morgen!«

»Mo'n«, murmelte Fabiana. Dann besann sich auf ihre Manieren und brachte ein dünnes Lächeln zustande, noch bevor Sulser vergnügt an ihr vorbeigezogen war. Sie wusste, dass ihr etwas dicklicher Kollege auf dem Weg zur Cafeteria war, um sich ein zweites Frühstück zu gönnen.

Als sie sicher sein konnte, dass er um die Ecke gebogen war und niemand sonst sie beobachtete, formte sie mit den Händen einen Hohlraum vor Mund und Nase, um noch einmal ihren Atem zu kontrollieren. Sie roch nichts, aber das hatte nicht viel zu bedeuten. Während sie die Treppe weiter hochstieg, forschte sie in ihrer Tasche nach dem letzten Fisherman's, der noch irgendwo in einer alten Packung liegen musste. Es ärgerte sie, dass sie vergessen hatte, sich neue zu besorgen und dass ausgerechnet an diesem Tag Studentensprechstunde war. Der bloße Gedanke daran verstärkte die Stiche in ihren Schläfen. Einer ihrer Studenten war so brillant, dass es ihr Angst machte. Fabiana fürchtete, ihm bei seiner Abschlussarbeit nicht gewachsen zu sein, doch das waren Zweifel, die sie sich niemals hätte anmerken lassen.

Als sie die letzten Stufen genommen hatte und zwischen den steinernen Säulen hindurch auf das andere Ende des Flurs blickte, sah sie, dass die Tür neben ihrem Büro bereits weit offenstand. Das Deckenlicht erhellte den Türrahmen fast wie eine Verheißung. Stüssi war also schon da.

»Streber«, presste Fabiana zwischen den Zähnen hervor und beschleunigte ihren Schritt, ohne es zu merken. Das Klappern ihrer Absätze hallte über den Lichthof hinweg. Aus den Augenwinkeln sah sie die Skulptur der Nike von Samothrake, aber an diesem Morgen hatte sie keine Augen für ihre Schönheit. Die letzten Schritte zu ihrem Büro rannte sie fast.

Ihre Ledertasche in der linken Hand, drehte sie mit der rechten den Schlüssel, öffnete energisch die Tür, schloss sie wieder, betätigte den Lichtschalter und rief expressiv gut gelaunt: »Guten Morgen!« Durch die wie immer offene Verbindungstür war Gemurmel zu hören. Fabiana ging schnurstracks durch den Raum zu ihrem Schreibtisch, stellte ihre Tasche auf die Tischplatte und begann, sich aus ihrer Jacke zu schälen. Sie brannte darauf, Stüssi von ihren Plänen zu erzählen, aber erst einmal musste sie alles noch einmal ganz genau durchdenken. Dazu brauchte sie vor allem Ruhe. Fabiana war heilfroh, dass der

Andere ein paar Tage auf Konzertreise war und sie tun und lassen konnte, was sie wollte. Nicht auszudenken, wenn er jetzt, in dieser Phase, Aufmerksamkeit oder gar Zärtlichkeit von ihr verlangen würde.

Ihre Jacke noch in der Hand stellte sie sich in die offene Tür zu Stüssis Büro und sah, dass ihr bester Freund über die Zeitung gebeugt an seinem Schreibtisch saß und eine angebissene Butterbrezel in der Hand hielt.

»Musst du denn immer essen?«, herrschte Fabiana ihn an. Ihr Magen knurrte. Sie hatte noch keine Zeit gehabt zu frühstücken.

Stüssi blickte erstaunt auf. »Na, na. Ich bin halt nur ein Mensch. Von niederen Trieben beherrscht. Nicht jeder kann so göttlich sein wie du«, gab er zurück und konzentrierte sich wieder auf die Zeitung.

»Ja, schon gut. Sorry. Wie geht's?«, murmelte Fabiana.

»Alles klar hier. Und selbst? Siehst ziemlich alt aus heute.«

»Danke, sehr nett«, antwortete Fabiana, während sie einen Bügel nahm und ihre Jacke an die Garderobe neben der Tür hängte. »Dafür sind die Haare frisch gewaschen.«

»Bravo, bravo«, lobte Stüssi sie und lächelte wohlwollend in die Zeitung hinein. »Weißt du's schon?«

»Ja, natürlich. Wer nicht?«

»Damit hatte wohl niemand wirklich gerechnet. Welt, wohin gehst du?«, sagte Stüssi und seufzte theatralisch.

Sehr zu Fabianas Missfallen hatte auch Stüssi sich diese wichtigtuerische und zynische Haltung zugelegt, die ihn scheinbar allem Irdischen enthob, ihn aber vor allen Dingen äußerst unattraktiv machte und, wie Fabiana fand, überhaupt nicht zu ihm passte.

»Meinst du, wir sollten doch ...?«, fuhr Stüssi mit vollem Mund fort.

»Ja!«, rief Fabiana über ihre Schulter hinweg, während sie sich an ihren Schreibtisch setzte und darauf wartete, dass ihr Computer startklar war. »Die Zeit ist reif.« Sie sagte es mehr zu sich selbst als zu ihrem Arbeitskollegen.

Stüssi rief mit vollem Mund zurück: »Dann müssen wir uns aber beeilen. Deadline ist nächste Woche Dienstag!«

16

»Ich weiß. Und ausgerechnet heute kommen die Studis an!«

»Nicht so laut!«

»Ups, sorry«, murmelte Fabiana schuldbewusst.

»Ich kann ja schon mal anfangen«, bot Stüssi ihr an. Fabiana murmelte ein geschäftiges »Danke« und eine Sekunde später klopfte es auch schon an der Tür.

Als auch der letzte der fünf Studierenden, die an diesem Tag ihren Rat gesucht hatten, wieder abgezogen war, nahm Fabiana ein Blatt Papier aus dem Drucker und schrieb mit einem schwarzen Stift M.O.R.A.L. darauf. Sie hielt das Blatt vor sich und betrachtete das Wort nachdenklich. MORAL. Moral Organization, Rule And Law. *Perfekt, es ist einfach perfekt. Alles fügt sich ineinander,* jubelte sie innerlich, aber sie wusste, dass sie die anderen erst noch von dem Titel überzeugen musste.

Die Gelegenheit dazu kam schon beim Mittagessen. Stüssi war bestens gelaunt und erzählte Fabiana von seinem überaus erfolgreichen Wochenende mit seiner neuen Freundin. Seine Haut leuchtete fast vor Glück, als er Fabiana von dem gemeinsamen Ausflug in die Berge berichtete.

»Diese Aussicht, ich sag's dir, einfach phänomenal! Und ein Schnee lag da! Also sicher so hoch.« Er machte Fabiana mit der flachen Hand deutlich, wie hoch der Schnee vom Boden her gemessen gelegen hatte.

Fabiana versuchte, sich ihre Ungeduld nicht anmerken zu lassen. Neue Freundin, schön und gut, aber hatten sie nicht Wichtigeres zu bereden? »Wow«, antwortete sie. »Da sollte ich wohl auch mal hinfahren. Sobald der Projektantrag fertig ist.«

»Ja, das solltest du echt tun. Das würde sicher auch Bernhard ...«

»Ich finde, wir sollten das Projekt ›M.O.R.A.L.‹ nennen«, platzte Fabiana heraus.

Stüssi verschluckte sich an einem Bissen Cordon bleu. Er nahm seine Serviette vom Tablett und hustete hinein. Dann rief er röchelnd: »Was?«

Fabiana wiederholte ihren Vorschlag.

Stüssi kaute schneller, schluckte den Bissen hinunter und sagte

17

dann:»Nein! Bist du wahnsinnig?« Er blickte um sich.»Moral. Viel zu dick aufgetragen. Da lachen uns ja alle aus.« Er schüttelte entschlossen den Kopf.»Dann lieber das, was die anderen beiden vorgeschlagen haben. Was war das noch?«

»Moral Organization, Rule And Law. Ergo: M.O.R.A.L..«

»Nein, das war es eben nicht. Was hatte Weber vorgeschlagen? Was war das noch mal?« Stüssi schnippte ungeduldig mit den Fingern.

»Weiß ich nicht«, antwortete Fabiana.»Egal. Moral ist sowieso besser.«

»Nein, das geht nicht. Wirklich nicht. Nur weil seit einiger Zeit alle denken, sie müssten ihrem Projekt eine Bezeichnung im fünfstelligen Großbuchstabenbereich geben, müssen wir nicht gleich mitziehen«, fand Stüssi. Er klang sehr entschlossen. Fabiana fand einmal mehr, dass Stüssi mit seiner Einschätzung, wie so oft, falsch lag.

»Aber, wie soll man es denn nennen, wenn man aus glücklichen Gehirnen ein Kollektivhirn zu schaffen versucht, das vielleicht, irgendwann in ferner Zukunft einmal, zu einer moralisch agierenden Regierung taugen könnte?«, flüsterte Fabiana, während sie die verkochten Karotten auf die Gabel spießte. Sie schaute um sich. Die Mensa war wie immer gerappelt voll, nur von ihren Kollegen fehlte seltsamerweise jede Spur. Fabiana überlegte, ob sie wohl gerade eine Sitzung verpasste.

»Zu einer globalen altruistischen Regierung, um genau zu sein«, ergänzte Stüssi, wischte sich den Mund ab und legte die Serviette auf seinen Teller.»Falls unsere These stimmt.«

»Hoffentlich«, antwortete Fabiana und warf Stüssi einen verschwörerischen Blick zu. Wenn ihr Projektantrag tatsächlich angenommen würde und sie es schaffen würden zu zeigen, dass eine bessere Welt möglich war, dass bessere Regierungen möglich waren, dann … Fabiana verschränkte spontan die Hände. Im schlimmsten Fall würden sie sich vollkommen lächerlich machen. Die Chance zu scheitern war groß, aber nicht wenige würden sie für ihren Schneid verehren.

»Hallo, bist du noch da?« Stüssi wedelte mit einer Hand vor Fabianas Gesicht.»Es sieht aus, als ob du beten würdest.«

Fabiana nahm rasch die Hände auseinander.»Sorry, ich war in

18

Gedanken.«

»Das habe ich schon gemerkt. Ich sagte, ich weiß, dass du nichts kleinreden möchtest.«

»Ja, stimmt, ich möchte es nicht kleinreden. Wollen wir mit unserem Versuch nicht zeigen, dass eine gerechte Gesellschaft möglich ist? Geht es nicht um das gute Leben für alle? Ich sage dir, M.O.R.A.L. ist der perfekte Name. Genau darum geht es doch.« Fabiana stand auf, nahm ihr Tablett und ging damit quer durch den Raum zur Geschirrabgabe. Stüssi folgte ihr.

»Wir haben ja noch etwas Zeit«, meinte er versöhnlich, während sie sich in die Schlange vor dem Geschirrband einreihten.

»Ja, aber nicht mehr lange«, antwortete Fabiana über ihre Schulter, bevor sie ihr Tablett scheppernd auf das Gummi stellte. »Die Zeit läuft. Klär bitte ab, was die anderen für Vorschläge haben. Und dann müssen wir uns treffen. Am besten gleich morgen.« Ohne sich noch einmal nach Stüssi umzudrehen, hastete Fabiana die Treppen hoch. Ihr Kopf schmerzte noch immer. Sie ging nicht auf direktem Weg ins Büro, sondern machte einen Umweg zur Kaffeebar beim Haupteingang, bestellte einen doppelten vom guten Espresso und stürzte ihn in zwei Schlucken hinunter.

Zurück an ihrem Schreibtisch rechnete sie hin und her, wie viel sie riskieren konnte und wie viel sie zu verlieren hatte. Wenn das Projekt abgelehnt wurde, dumm gelaufen, aber wenn es angenommen wurde und dann in die Hose ging ... *Dann ist meine Reputation endgültig dahin.* Den Lehrstuhl konnte sie dann vergessen. Sie spürte einen Anflug von Panik, der ihr die Kehle zuschnürte. *Dann kann ich mich in einem dunklen Loch verkriechen und hoffen, dass niemand mich findet.*

»Reicht das an Literatur oder haben Sie vielleicht noch einen Vorschlag?«

Fabiana schreckte aus ihren Gedanken hoch. Sie brauchte eine Sekunde, um sich daran zu erinnern, dass die dunkelhaarige Studentin, deren Namen sie sich nicht merken konnte und die aus wahrscheinlich idealistischen Gründen Sommer wie Winter dieselbe kläranlagenwasserbraune Mütze aus dem Weltladen trug, ihr den Entwurf ihrer

Seminararbeit vorstellte. Sie räusperte sich:»Ja, also ... den Aufsatz ›Form und Technik‹ würde ich unbedingt noch beachten. Dort legt Cassirer den Unterschied zwischen technischem und magischem Wollen fest. Ansonsten ...« Sie nahm die lose gehefteten Seiten an sich und blätterte vage darin.»Bestimmt finden Sie auch bei Gadamer noch ein paar nützliche Gedanken, aber ansonsten sind Sie auf einem guten Weg. Schön strukturiert.« Sie gab ihr die Blätter zurück.»Entschuldigen Sie. Wie war Ihr Name noch mal?«

»Gerber. Esmeralda Gerber.«

»Ja, richtig. Schöner Name. Jetzt erinnere ich mich wieder«, sagte Fabiana strahlend. Dann stand sie auf, ging zur Tür und öffnete sie für die Studentin.»Also dann, viel Erfolg.«

Fabianas Seminar trug den nach Meinung von Kollegen sensationsheischenden Titel ›Mensch und Maschine‹, was ihr einen vollen Seminarraum, einen Stapel Seminararbeiten und ein paar wenige Pluspunkte bei Gewe beschert hatte. Die Punkte konnte sie gut gebrauchen. Sie war mit ihrer Themenwahl bei den mehrheitlich konservativen Kollegen nicht sonderlich gut angeschrieben. Gewe hätte sie längst rausgeschmissen, aber ihr Talent und ein glücklicher Zufall hatten ihr im Jahr zuvor eine Förderprofessur zukommen lassen, und wenn sie sich etwas anstrengte, konnte es in ein paar Jahren zur richtigen Professur reichen. Außerdem waren ihre Themen bei den Studenten beliebt. Fabiana fand, dass sie mit ihrem technologieorientierten und interdisziplinären Denkansatz all den Handlungstheoretikern und Sprechaktern weit voraus war. Sie fand, dass sie dabei war, der klassischen Philosophie ihren verfaulten Weisheitszahn zu ziehen, aber so etwas durfte sie nur gegenüber Stüssi erwähnen, der, wie sie selbst, eine aufsässige Art hatte. Außerdem wehrte der Patient sich mit Händen und Füßen und ontologischen Gesprächsinhalten, denen Fabiana lieber aus dem Weg ging. Sie hielt Kant für überbewertet und Hegel hatte sie nie gelesen, aber das brauchte niemand zu wissen.

Als sie die Tür hinter der Studentin geschlossen hatte, stellte Fabiana fest, dass sie keine Ahnung hatte, was sie mit ihr besprochen und was sie abgemacht hatten.

»Kaffeezeit«, forderte Stüssi sie auf, während er in seiner

Hosentasche nach Münzen forschte.

»Keine Zeit«, log Fabiana. Sie gab vor, in der Uni-Buchhandlung wegen der bestellten Seminarliteratur nachfragen zu müssen, und ging nach Hause.

Den Rest der Woche arbeitete Fabiana in jeder freien Minute am Forschungsantrag. Auf die richtige Formulierung kam es an, das vor allem. So, dass Gewe das Ganze am Ende nicht doch noch in den falschen Hals kriegen und ihr Projekt torpedieren würde bevor es überhaupt angefangen hatte. Sie war gespannt, ob sie für ihren Untersuch genügend Probanden finden würden. Schließlich spazierten die glücklichen Gehirne nicht einfach so in der Stadt herum, im Gegenteil. Aus den säuerlichen Mienen ihrer Mitbürger musste das Glück mithilfe chemischer Präparate extrahiert werden, und zwar an jedem einzelnen Tag. Fabiana vermutete, dass die Aussicht, ein Jahr lang aus purer Nächstenliebe Psychopharmaka zu schlucken, für die meisten Menschen ziemlich abschreckend sein dürfte. Sie ahnte nicht, wie falsch sie damit lag.

3

Alda sah die Schlagzeile zufällig. Früh am Morgen, als sie von ihrem Job beim City-Spa kam und auf dem Rad an einem Kiosk vorbeifuhr, sprangen die schwarzen Buchstaben sie förmlich an.

PG-POLITIKER OPFER EINES HINTERHÄLTIGEN
PAKETBOMBENANSCHLAGES!

Sie drehte den Kopf, um die Schlagzeile nochmals zu lesen, und geriet prompt mit dem Vorderrad zu nah an den Bordstein. Das Rad geriet ins Schlingern und Alda fiel auf den Bürgersteig direkt neben den Kiosk. Sie konnte ihren Fall noch knapp mit den Händen auffangen, trotzdem knallte sie hart auf das eine Knie, das von einem anderen Sturz bereits lädiert war. Die Schmerzen trieben ihr die Tränen in die Augen. Sie begriff nur langsam. PG, das war die ›Projekt Gesellschaft-Partei‹. Da war die Partei von … Nein, das konnte nicht sein!

Einer, der sie beobachtet hatte, überquerte die Straße, um ihr aufzuhelfen. Es war einer von diesen Sublimen. Nur Glückshuren rochen so. Sie bedankte sich höflich.

»Geht es?«, wollte er mit besorgter Miene wissen.

»Ja, ja, es geht. Danke.«

Er nahm das Fahrrad, stellte es neben sie hin und wartete, sichtlich unentschlossen, was er nun tun sollte.

»Es ist nicht schlimm. Ehrlich. Mach dir keine Sorgen.«

»Ehrlich?«

»Ja.«

»Kann ich nichts mehr für dich tun?«

»Nein.«

»Du blutest aber.« Er zeigte auf ihr Knie. »Ich könnte dich ins Krankenhaus bringen.«

»Ins Krankenhaus? Bitte nicht. Ich wohn hier gleich um die Ecke.« Alda schüttelte lachend den Kopf. Ideen hatten die Leute.

»Die Wunde muss man sehr sorgfältig säubern. Hast du …«

»Ich habe alles!«, rief Alda ungeduldig.

Er schaute sie zweifelnd an. »Okay, dann gehe ich mal«, antwortete er schließlich und schwebte davon.

22

Sie krempelte die Hose hoch. Die alte Wunde war wieder aufgeplatzt. Während sie ihr aufgeschürftes Knie begutachtete, betrachtete sie aus den Augenwinkeln das Zeitungsbild. Es zeigte einen Menschen, der auf einer Bahre aus einem Haus zu einem Krankenwagen getragen wurde. Das Gesicht war nicht zu erkennen, aber das Gebäude im Hintergrund war eindeutig sein Wohnhaus in Hottingen. Konnte es sich um einen dummen Zufall handeln? Nein, das war unmöglich, es *musste* Mees sein.

Wie in Trance setzte sie sich auf die Mauer neben dem Kiosk. Konnte es wirklich sein, dass Stefan sie so hintergangen hatte? Sie hatten ihre Meinungsverschiedenheiten gehabt, Alda hatte keinen Hehl daraus gemacht, dass sie ihn nicht mochte, aber ... so? Hatten die anderen davon gewusst? Hatten sie gewusst, dass die Bombenattrappe, die Mees einen tüchtigen Schrecken hätte einjagen sollen, das hässliche Ding, über das Stefan noch so gelacht hatte, echt war?

Sie fuhr so schnell sie konnte nach Hause, stürzte grußlos in die Wohnung, durchstöberte den Badezimmerschrank und fand schließlich Wunddesinfektion und etwas Verband.

»Was machst du?« Sandrina stand verschlafen im Türrahmen. Ihre rundliche Figur steckte in einem zu kurzen, grünen Bademantel. Die Beine waren nackt, an den Füßen trug sie alte Socken ihres Vaters.

»Ist dir nicht kalt?«

»Nein. Was machst du? Was ist passiert?«

»Du brauchst dringend neue Kleider.«

»Ja, und Schuhe auch.«

Alda überhörte den vorwurfsvollen Ton und versuchte auch den ›Sch‹-Laut zu ignorieren, den Sandrina noch immer lispelte und wohl auch nicht mehr lernen würde richtig zu sagen.

»Du meinst Schuhe.« Sie konnte es nicht lassen, Sandrina zu verbessern.

»Hab ich ja gesagt.«

»Ich muss gleich wieder weg.«

»Was ist denn passiert?«

»Ich bin mit dem Rad gefallen.«

»Schon wieder? Oh, Alda!«

»Hör zu, Sandrina. Ich muss noch mal weg. In einer Stunde bin ich zurück. Dann bringe ich Gipfeli zum Frühstück. Versprochen.«

»Gipfeli? Oh fein!« Sandrina strahlte.

Sie bat Sandrina, die Wohnung aufzuräumen, und fuhr so schnell sie konnte zu dem alten Bootshaus am Limmatufer, dem Treffpunkt von SIAMO NOI!. Als sie das muffige Halbdunkel betrat, sah sie sofort, dass es bis auf einen Stapel alter Bretter leer war. Alle Sachen waren verschwunden, selbst der modrige Sitzsack, den Jo irgendwann einmal angeschleppt hatte und vor dem sich Alda immer geekelt hatte, war weg. Die Kiste Bier, die Isabellas Vater letzthin zu seinem Geburtstag spendiert hatte, sowieso. Schockiert setzte sie sich auf den Boden und versuchte zu verstehen, was geschehen war.

Als sie wieder ins Freie trat, hörte sie es neben sich rascheln. Noch bevor sie sich umdrehen konnte, lief eine ältere Frau an ihr vorbei, ohne sie zu bemerken. Sie blickte ihr eine Weile hinterher, verriegelte dann die Tür des Bootshauses und versteckte den Schlüssel unter einem Stein, so wie immer. Dann blickte sie um sich, kramte ihr Handy aus der Jackentasche und warf es kurzerhand in die Limmat. Das Geräusch des Aufpralls ließ sie zusammenzucken. Sie nahm ihr Fahrrad und fuhr im Dickicht der Uferbewaldung Richtung City, zur Anemonenstraße, wo Jo wohnte.

Dort angekommen kettete sie ihr Fahrrad an einen Laternenpfahl. Das auch tagsüber blaue Licht des Sokratesturmes war von der Anemonenstraße aus gut zu sehen. So nah dran war man hier schon an der gelungenen Lebensführung! Alda bahnte sich einen Weg durch Abfall und ausgelagerte Möbelstücke und stieß die Haustür auf. Der beißende Uringeruch übermannte sie diesmal fast. An der Anemonenstraße hatte man alle Hoffnung fahren lassen.

Sie rannte die Treppe hoch und klingelte. Nach einer unruhigen Minute vernahm sie die schlurfenden Schritte von Hans, Jos Mitbewohner. Er sah schlechter aus als je zuvor.

»Bist du krank?«, entfuhr es ihr.

»Nein, müde. Nachtschicht. Jo ist nicht da.«

»Wo ist er denn?«

24

»Keine Ahnung. Den habe ich seit Tagen nicht mehr gesehen.«

»Oh.«

»Ich dachte, er sei bei dir.«

»Äh, nein, bei mir war er schon lange nicht mehr. Wenn er wiederkommt, dann sag ihm, er soll mich anrufen.« Dann fiel ihr ein, dass sie kein Telefon mehr hatte.»Nein, nein. Sag einfach nichts.«

»Ich sag ihm, er soll sich melden!«, rief Hans ihr hinterher. Sie war bereits auf der Treppe nach unten.

»Nein, nein! Sag nichts!«, rief Alda zurück, aber Hans war schon wieder in der Wohnung verschwunden.

Sandrina saß am Tisch in der Küche und war mit Hingebung dabei, eines ihrer zahlreichen Aquarellbilder zu malen. Die Wohnung war so unaufgeräumt wie zuvor.

»Hey«, grüßte Alda, noch immer keuchend und stellte die Tüte vom Bäcker auf den Tisch.

»Hallo. Du bist ja ganz außer Atem!«, sagte Sandrina lachend und hielt das Bild hoch.»Schau mal.«

»Cool. Sieht gut aus«, antwortete sie, ohne aufzuschauen. Sie stand an der Spüle und ließ Wasser in ein Glas laufen.

»Alda! Du hast es ja gar nicht angeschaut. Das bist du!«

Alda drehte den Kopf, um das Bild zu betrachten. Tatsächlich war sie sofort zu erkennen. Abgesehen von der zu rosigen Hautfarbe hatte Sandrina sie gut getroffen. Augenfarbe, Haare, Proportionen, alles stimmte.»Es ist schön. Das ist dir sehr gut gelungen. Ehrlich.«

»Du darfst es behalten. Ich habe es für dich gemalt.«

»Das ist echt nett von dir. Danke«, antwortete sie matt.»Komm, lass uns frühstücken. Es riecht nach Kaffee. Hast du ihn schon aufgesetzt?«

»Es ist schon alles fertig, du brauchst dich bloß noch hinzusetzen«, sagte Sandrina strahlend und stand auf, um das mit Tellern, Tassen, Margarine und Marmelade vollgepackte Tablett auf den Tisch zu stellen.

»Was hältst du eigentlich davon, wenn wir umziehen?«, wollte Alda zwischen zwei Bissen wissen.

»Wohin denn?«, antwortete Sandrina kauend.

25

»Weiß ich noch nicht. Vielleicht finden wir eine schönere Wohnung. Nicht so ein Loch, wie das hier ist.«

»Meinst du?« Es klang zweifelnd.

»Ja, meine ich.«

»Also, ich finde es hier nicht so schlimm. Eigentlich haben wir es doch ganz gemütlich.«

»Das schon, aber wir ziehen auf jeden Fall um«, platzte Alda heraus.

»Häh?«

»Ich mache mich noch heute auf die Suche nach einer anderen Wohnung.« Sie blickte in Sandrinas bestürzte Miene und war mit einem Mal außer sich vor Wut. Sandrinas Augen füllten sich mit Tränen. Sie saß stocksteif am Tisch und starrte ins Leere. Dann stand sie so rasch auf, dass der Stuhl nach hinten kippte und laut scheppernd zu Boden fiel. »Du machst immer alles kaputt!«

»Stell dich nicht so an!«

»Ich wünschte, Mama wäre hier!«

Alda schrie: »Sie ist aber nicht hier! Und Papa auch nicht! Und sie werden auch nicht wiederkommen! Sie sind nämlich beide TOT!«

Sandrina verschwand in ihrem Zimmer und zog die Tür mit einem lauten Knall zu. Alda hörte sie schluchzen und schämte sich.

Sie fanden eine kleine Wohnung in einem der besetzten Häuser am anderen Ende der Stadt. Dort, wo der Polizei die Lust, Ordnung zu schaffen, längst vergangen war und man die Bewohner ihrem angeblich drogenverseuchten Tun überließ. Dort, wo das leuchtende Blau des Sokratesturms nicht einmal mehr eine vage Idee war, nicht einmal mehr ein Schimmern am Horizont.

Zwei dunkle Zimmer und eine laute Küche. Der graue Wohnblock mit den altmodischen, gelben Fensterläden, von denen kaum einer mehr richtig in den Angeln hing, stand ganz nahe an einem der mächtigen Betonpfeiler, die die alte Autobahn stützten. Zwei Routen überreifen Asphalts kreuzten sich genau über ihrem Dach. Das dumpfe Grollen über ihren Köpfen klang Unheil bringend und nahm Alda den Appetit. Sie verbrachte Stunden damit, aus dem Fenster auf den Betonpfeiler zu starren, den man vor lauter Erschütterung fast zittern

26

sah. Eines Tages würde er einfach einbrechen, alles mitreißen, was über ihnen war, und ihnen ein frühes Grab bereiten. Die anderen Bewohner nahmen es mit Achselzucken hin. Das unablässige Sirren des Betons über ihnen war ihnen in den Gehörgang gekrochen und zu einer Selbstverständlichkeit geworden, so wie die Luft, die sie atmeten.

Vor Jahren noch hatte die Stadtverwaltung versucht, die Häuser räumen zu lassen und es dann irgendwann aufgegeben. Die Menschen waren jedes Mal zurückgekehrt, vielleicht aus Trotz, vielleicht, weil sie keine andere Möglichkeit hatten.

Ihr neues Zuhause war verpestet. Es war klar, dass sie nicht für immer bleiben konnten, und Alda hatte auch längst einen Plan. Sie wollte mit Sandrina nach Lissabon. Zu Fuß. Alles andere war zu gefährlich und viel zu teuer.

»Niemals«, kam die kopfschüttelnde Antwort. Es war einer der letzten warmen Tage im Oktober. Sie saßen auf den sonnenbeschienenen Steinstufen, die zum verwilderten Treppenhaus führten, und schauten den Kindern des Hauses und der Nachbarschaft bei ihrem lauten Treiben zu. Alda hielt eine Ansichtskarte in der Hand, von der sie weder wusste, wer sie gesandt hatte, noch wie sie zu ihr gelangt war. Ein Esel mit einem Blumenkranz zwischen den Ohren war darauf zu sehen und auf der Rückseite stand: *Kommt nach Lissabon! Hier seid ihr in Sicherheit!* Wer war es, der wusste, dass sie in Zürich nicht in Sicherheit waren? Die Karte machte ihr Angst.

»Wir könnten den ganzen Frühling hindurch wandern. Jeden Tag frische Luft und das Erwachen der Natur. Wäre das nicht einfach fabelhaft?« Hundert Tage, wenn sie jeden Tag zwanzig Kilometer schafften. Alda hatte es längst ausgerechnet.

Sandrina schüttelte nur den Kopf, stand auf und ging auf die Mädchen zu, die mit Kreide etwas auf den Parkplatz gezeichnet hatten und in den Feldern herumhüpften. »Darf ich mitspielen?«, hörte Alda sie fragen und im nächsten Moment hüpfte die große und schwere Sandrina mit den langhaarigen, kleinen Mädchen mit, die alle ziemlich zerzaust aussahen. Für einen Augenblick sah es so aus, als ob sie glücklich wären.

Zwei fast sorglose Monate vergingen und dann stand einer, den

Alda noch nie zuvor gesehen hatte, vor ihrer Tür. Sie bemerkte ihn erst, als sie aus ihrer Wohnung trat. Er lehnte am Treppengeländer und hatte eindeutig auf sie gewartet. Sie grüßte und wollte sich an ihm vorbeizwängen, doch er hielt sie am Arm fest.

»He, was soll das?«

»Sie wissen, wer du bist.« Er sagte es fast tonlos.

»Bitte?« Sie riss sich von ihm los.

»Ich sagte, sie wissen, wer du bist«, wiederholte er etwas lauter.

»Sag mal, wovon redest du eigentlich?« *Hatte Jo ihn geschickt?*

»Du weißt genau, wovon ich rede. Du bist aufgeflogen.« Er verzog den Mund zu einem mitleidigen Grinsen.

Das kann nicht sein, wollte Alda rufen und konnte sich gerade noch beherrschen. »Ich habe keine Ahnung, wovon du sprichst«, antwortete sie stattdessen und grinste nun selbst. »Sorry.« Sie zuckte mit den Schultern, ging an ihm vorbei und die Treppe hinab zum Ausgang. Er folgte ihr auf dem Fuß, und bevor er hinter ihr aus dem Haus trat und in die andere Richtung davonging, flüsterte er: »Besser, du haust ab.«

Also packten sie wieder ihre Sachen und zogen aufs Land, auf einen der zahlreichen verlassenen Höfe, die die Landschaft der Schweiz säumten, als ob jemand sie auf dem Monopolybrett vergessen hätte. Für Alda war es nur ein längerer Halt auf dem Weg nach Lissabon. Für Sandrina war es ein neues Zuhause.

28

4

»Und, wie geht es dem Supergehirn?«, wollte Bernhard wissen und reichte Fabiana ein halb volles Weinglas. Fabiana nahm es dankend entgegen, schnupperte kurz am Inhalt und stellte es auf den Sofatisch. Bernhard zog seine Schuhe aus, ließ sie mitten im Raum liegen und schlenderte auf Socken zur Stereoanlage, um die neue Platte von Philip Glass aufzulegen. Er hatte sie von seiner Konzerttour mitgebracht. Fabiana hasste Philip Glass. Bernhard wusste das. Als die ersten Töne in der passenden Lautstärke erklangen, ließ er sich Fabiana gegenüber auf dem Boden nieder, nicht ohne dass ihm sein Glas beinahe aus der Hand gefallen und auf dem Teppich gelandet wäre. Fabiana versuchte, ihn zu ignorieren. Sie wusste, was nun kommen würde. Der Andere zog sie mit den immer gleichen Sprüchen auf. Sie tat, als ob sie ihn nicht gehört hätte, und blätterte gemächlich in der neuen Ausgabe der ›annabelle‹, die sie sich zur Entspannung am Kiosk gekauft hatte. Ab und zu, wenn sie etwas vollbracht hatte, erlaubte sie sich dieses hirnlose Tun. Oder, wenn sie frustriert war. Sie fand es schade, dass die letzten beiden Konzerte des Ensembles ausgefallen waren und der Andere deshalb früher zurückgekehrt war. Sie mochte es, wenn er weg war. Mehr, als wenn er da war. Stüssi hatte ihr schon mehr als einmal vorgeworfen, dass sie ein mieser Feigling sei, weil sie aus reiner Bequemlichkeit mit Bernhard zusammenbleibe. Das stimmte nur teilweise. Es war nicht bequem, mit Bernhard zusammen zu sein, es war einfach geordnet. Fabiana mochte kein Chaos und auch keine Szenen. Sie mochte Ordnung.

Bernhard ging es anscheinend genauso. Jedenfalls ließ er sich durch Fabianas Kühle nicht aus der Ruhe bringen, im Gegenteil, ihre Kälte schien ihn anzuspornen. Je abweisender Fabiana ihm begegnete, desto herzlicher und ungehemmter benahm er sich ihr gegenüber. Entweder war Bernhard ein guter Schauspieler oder er strotzte nur so vor Selbstvertrauen.

»Also, im Grunde läuft eure Idee darauf hinaus, aus normalen Menschen glückliche Menschen zu schaffen und das Glück dieser Menschen mithilfe einer künstlichen Intelligenz auf eine höhere Ebene, die sogenannte Gesellschaft, zu übertragen, richtig?«

Fabiana nickte, ohne den Blick von den Trends der ›Pariser Fashion Week‹ abzuwenden. Sie wusste ja bereits, was Bernhard von ihrem Projekt hielt. Nichts.

»Oder, salopp gesagt, ihr wollt mittels Pharmazie glückliche Gehirne generieren, die Gedanken dieser Gehirne in einen Pool fassen und daraus ein digitales Supergehirn schaffen. Eine glückliche Intelligenz, die die Welt regieren soll.«

Fabiana legte den Kopf schief und nickte wieder, ohne Bernhard anzuschauen. Wieso eigentlich sahen die Models immer so mürrisch aus und weshalb wiederholte Bernhard, was sie schon zig Male besprochen hatten? Fabiana wusste, was gleich folgen würde. Sie klappte die Zeitschrift zu, nahm einen Schluck von ihrem Wein, lehnte sich zurück und wartete.

Bernhard stand auf und ging in die Küche, um nach den Töpfen zu sehen. Fabiana hörte das rieselnde Geräusch der Spaghetti, die ins heiße Wasser rutschten. Sie wusste, dass er als Nächstes die Soße umrührte und abschmeckte. Seit mehr als zehn Jahren waren sie zusammen. Gute Jahre. Nur die letzten paar waren mühsame Jahre gewesen. Vielleicht, weil Fabiana sich standhaft geweigert hatte, seinem Kinderwunsch nachzugeben. Sie hatte immer erwartet, dass er sie verlassen würde und mit einer anderen Frau eine Familie gründen würde. Als Konzertmusiker hatte er genügend Gelegenheit, sich nach einer anderen umzuschauen. Aber nichts geschah. Die Jahre vergingen und Bernhard blieb. Sie feierten Fabianas 39., 40., 41. Geburtstag. Er war oft auf Tour und Fabiana ging voll und ganz in ihrer Arbeit auf.

Sie hörte sein leichtes Grunzen. Anscheinend war ihr Freund mit der Soße zufrieden. Sie hörte, wie er den Löffel weglegte und als Nächstes den Kühlschrank öffnete. Ein raschelndes Geräusch, der Kühlschrank wurde wieder geschlossen. Bernhard stellt den Parmesan mit der Reibe auf den Tisch und kam ins Wohnzimmer zurück. Er setzte sich wieder Fabiana gegenüber auf den Boden und blickte sie über den Sofatisch hinweg amüsiert an.

Fabiana betrachte ihn zerstreut und wandte sich dann ab. In letzter Zeit war sein Blick nicht auszuhalten. Vielleicht blickten seine Augen

30

zu durchdringend, vielleicht hatte sie auch Mitleid mit ihm, sie wusste es nicht. Vor allem wusste sie nicht, weshalb sie Mitleid mit ihm haben sollte. Weil er sie verlieren würde? Vielleicht fände er das gar nicht so schlimm. Viel weniger schlimm, als sie sich einbildete. Vielleicht war er nur aus Mitleid bei ihr geblieben. Oder aus Gleichgültigkeit. Er würde eine Neue finden, das stand schon mal fest. Schließlich antwortete sie:»Man darf die Welt nicht weiter den Menschen überlassen. Schau dir die Nachrichten an. Du siehst ja, was überall los ist und die Wahl dieser Wahnsinnigen in Frankreich hat schließlich einmal mehr gezeigt, wie groß die Dummheit der Leute ist.«

»Na, warten wir mal ab, was …«, setzte Bernhard zu einer Antwort an, doch Fabiana unterbrach ihn unwirsch.

»Der Mensch, DER Mensch, hat anscheinend nur entweder sein eigenes Fortkommen im Blick oder er ist sonst nicht ganz bei Trost und muss vor sich selbst geschützt werden. Das sollte dir ja nichts Neues sein.« Bernhard hatte sich oft genug über die dummen Rechten beschwert, den Pöbel, der immer mehr das Sagen zu haben schien.

»Das ist aber ganz schön paternalistisch gedacht, meine Liebe. Wow! Und, was ist mit der Freiheit der Bürger? Der Weltbürger meinetwegen?«

»Für das Wohl aller muss die Freiheit Einzelner wohl mal ein bisschen zurückstecken, nicht?«, antwortete Fabiana. Ihr Ton klang giftiger, als sie gewollt hatte. Sie leerte das Weinglas in einem Zug, stellte es zu heftig auf die Tischplatte und stand auf. Sie ging in die Küche, riss eine Schublade auf, entnahm ihr eine Gabel und angelte damit eine Nudel aus dem Topf, um zu probieren, ob sie al dente sei.

»Und wer sagt dir, dass glückliche Menschen nicht korrupt und nicht gierig sind? Wer garantiert dir, dass eine glückliche Regierung - darauf läuft es schlussendlich ja hinaus - auch eine moralische Regierung ist?« Bernhard war ihr in die Küche gefolgt.

Fabiana seufzte. Wie oft hatten sie schon darüber diskutiert? Wie oft hatte sie ihm schon erklärt, dass sie gerade das herausfinden wollten? Und wie viele Nächte hatte sie selbst schon schlaflos über dieser Frage gebrütet?»Ich weiß es nicht und du weißt ganz genau, dass ich es nicht weiß. Es ist Teil der Forschungsfrage, Herrgott!« Sie knallte die Gabel auf die Arbeitsfläche neben dem Herd und hätte, als sie sich umdrehte, fast die Pfanne mit der Soße vom Herd gefegt.

»Pass auf!« Bernhard konnte den Griff gerade noch zu fassen kriegen.

»Mein Gott! Wenn das auf dem Boden gelandet wäre!«, rief Fabiana erschrocken.

»Ja! Pass halt auf.«

»Sorry«, murmelte sie und wollte aus der Küche gehen, aber Bernhard verstellte ihr den Weg.

»Eben, die Forschungsfrage. Davon verstehe ich ja nicht viel, aber was machst du, wenn es schiefläuft? Wenn du mit deinem Supergehirn einen Haufen Schaden anrichtest? Wirst du damit umgehen können?«

Er nahm ihre Hand, zog sie ganz nah an sich heran und betrachtete sie mit hochgezogenen Augenbrauen. »Jedenfalls wirst du die hübscheste Gescheiterte sein, die mir je untergekommen ist.«

Allein dafür hätte Fabiana ihn am liebsten links und rechts geohrfeigt. Er beugte sich vor, gab ihr einen flüchtigen Kuss auf die Lippen und deutete mit einer Kopfbewegung Richtung Kochtopf. »Ich denke, die Pasta ist gut. Wollen wir?«

Am nächsten Tag hatte Fabiana gerade ihre Bibliografie auf den neuesten Stand gebracht, als Macbeth im Türrahmen erschien. Sie schluckte rasch die klebrige Masse Schokoriegel, die sie zwischen den Zähnen hatte, hinunter und tat, als ob sie ihn nicht bemerken würde. Aus den Augenwinkeln sah sie, dass er mit steifem Finger eine Nachricht in sein Handy tippte. Sie musste unwillkürlich grinsen.

Fast das gesamte Institut, Gewe ausgenommen, nannte Stefan Alber ›Macbeth‹ und zwar nicht, weil er das Zeug zum Königsmörder gehabt hätte, sondern wegen seines Hangs zur Theatralik. Macbeth hatte die Angewohnheit, jedes Mal bevor er einen Raum betrat, im Türrahmen stehen zu bleiben und sich ein paar Sekunden staunend umzusehen, so, als ob er sich wieder und wieder des Wunders seiner Existenz und der seiner erstaunlichen Mitgeschöpfe versichern müsste. In Wahrheit, so wusste nicht nur Fabiana, diente das Ganze lediglich der Selbstinszenierung. Schließlich ist es mit Türrahmen wie mit

32

Bilderrahmen. Fast jeder schaut hin und manch einer hält den Inhalt für besonders wertvoll. Ohne es zu wollen, ging es Fabiana nicht anders. Er ist eitel, selbstverliebt und außerdem ein totaler Langweiler, redete sie sich selbst gut zu. Doch ihre Anstrengungen, eine Abneigung gegen ihn zu kultivieren, blieben vergeblich. Sie hatte schon öfter feststellen müssen, dass Macbeths Interessen sich keineswegs darauf beschränkten, mit wichtiger Miene Jazz zu hören. Letzthin war er gar in der etwas schäbigen Eckkneipe, die Fabiana mit Vorliebe besuchte, aufgetaucht, natürlich nicht ohne seine stets wie aus dem Ei gepellte blonde Begleitung und nicht ohne staunend im Türrahmen stehen zu bleiben. Außerdem hatte er Humor.

»Was gibt's?«, wollte Fabiana etwas zu forsch wissen. Stüssi unterbrach seine Tätigkeit instinktiv und einen Moment zu lange, lächelte süffisant in seinen Computer hinein und tippte weiter.

»Na ja, es ist so schönes Wetter heute. Ich dachte, man könnte irgendwo in einem schönen Biergarten auf die grässliche Lage der Welt anstoßen.«

»Urhg«, presste Fabiana zwischen den Zähnen hervor, »ich kann leider nicht. Ich muss etwas fertig machen.«

»So? Was denn?«, wollte Macbeth interessiert wissen und näherte sich Fabianas Schreibtisch zwei gefährliche Schritte. Stüssi äugte neugierig über den Rand seiner Brille, gespannt, ob Fabiana entweder knallrot werden oder die Katze aus dem Sack lassen würde oder beides.

»Ähm, nichts Besonderes eigentlich. Der übliche administrative Kram, du weißt schon«, wich Fabiana aus.

»Kann das nicht bis morgen warten? Morgen soll es schon wieder regnen.« Fabiana verneinte und Macbeth machte ein enttäuschtes Gesicht.

»Außerdem muss ich gleich nach Hause«, fuhr sie fort. »Der Andere … ich meine, Bernhard hat heute Geburtstag und da wollten wir …«, stammelte Fabiana und suchte verlegen nach Worten.

»Schön essen gehen!«, rief Stüssi.

»Du sagst es. Schön essen gehen«, bejahte sie und warf Stüssi todbringende Blicke zu.

33

»Schade, da kann man wohl nichts machen«, murmelte Macbeth und wollte sich bereits auf dem Absatz umdrehen, als Stüssi grinsend rief: »Ich komme gern mit!«

»Oh, ja, klar!«, rief Macbeth, aus irgendeinem Grunde wild mit den Händen gestikulierend. »Sagen wir ... in einer halben Stunde im ›Hirschen‹?«

Trotz Bernhards lautstarken Einwänden, dass man ja wohl abgemacht hätte, Freunde in Genf zu besuchen, verbrachte Fabiana fast das ganze Wochenende am Institut. Sie schlenderte rastlos zwischen Büro, Kaffeeraum und Snackautomat hin und her und feilte an der perfekten Formulierung des Antrags. Von Zeit zu Zeit, sie konnte es nicht lassen, spazierte sie an Macbeths geschlossener Bürotür vorbei. Ein bisschen hatte sie gehofft, auch er würde am Institut auftauchen und sei es nur, um ihr das Leben schwer zu machen.

Am Montag darauf besprachen sie im Team letzte Details des Antrags und am Dienstag schickten sie ihn los, auf den letzten Drücker und nicht bevor er von Gewe kopfschüttelnd und zähneknirschend abgesegnet worden war.

Der Andere fand, nun sei es an der Zeit, dass Fabiana sich wieder normal benehme, was Fabiana unweigerlich mit ihm zuhören, ihm Gesellschaft leisten und mit ihm schlafen, übersetzte. Einmal mehr fragte Fabiana sich, ob und wann sie es über sich bringen würde, ihn zu verlassen. Ein Problem, das sich vier Monate später von selbst erledigte, nämlich als Fabianas Forschungsantrag tatsächlich angenommen wurde. Bernhard, so nannte auch sie den Anderen nun, verließ sie nach all der Zeit fast auf der Stelle.

Die Kunde, dass Fabiana zusammen mit Stüssi und zwei Kollegen aus dem befeindeten Neurowissenschaftlichen Institut einen millionenschweren Forschungsdeal an Land geholt hatte, verbreitete sich wie ein Lauffeuer auf dem Stockwerk, sorgte für Jubel, für Unruhe und mancherorts für schlechte Laune. Nachdem die Gratulationswelle verebbt war, kam die Welle der tausend Einwände. Zweifel wurden mit hochgezogenen Augenbrauen geäußert und ein besonders findiger

34

Doktorand vermutete, dass es eventuell gar keiner Regierung mehr bedürfe, wenn alle glücklich und friedfertig seien und im Prinzip nichts mehr falsch laufen könne. Dann stand eines Tages der Vorwurf im Raum, dass sie bei ihrem Projekt das Glück künstlich hervorrufe und dies ja wohl nicht dasselbe sei wie echtes Glück. »Echtes Glück?«, echote Fabiana. Darüber konnte sie nur lachen. Sie fand den Einwand mehr als antiquiert. Er kam von Macbeth höchstpersönlich und Fabiana war hin- und hergerissen, ob sie ihn nun als Naivling verlachen oder als Romantiker verehren sollte. Sie entschied sich, sowohl das eine als auch das andere zu lassen und Macbeth, so gut es ging, aus dem Weg zu gehen. Am Tag der Seminarsitzung meldete sie sich vorsorglich krank. Was sie ungleich mehr beschäftigte, war die Frage, wie die Gehirnbewegungen der Probanden, von denen sie ungefähr fünfhundert brauchen würden, in sinnvolle Sätze übersetzt werden könnten. Sie hatte kein gutes Gefühl, doch die beiden Kollegen von der Neurologie versicherten Fabiana einmal mehr, einen konkreten Plan zu haben.

Es herrschte in jenem Frühling so viel Trubel, dass Fabiana zeitweise vergaß, dass Bernhard sie verlassen hatte. Der Andere hatte Fabiana immer gewarnt, dass er sie verlassen würde, wenn sie dieses geisteskranke Projekt durchboxen würde, diese hirnverbrannte Unverantwortlichkeit, die auf lange Sicht zu nichts anderem als dem Verlust der Liebe führen würde.

»Weshalb?«

»Weil es die Liebe dann nicht mehr braucht. Der Hunger nach Liebe ist aus dem Unglück, ein Mensch zu sein, geboren.«

»Dann knabbert wohl der Zahn der Zeit an ihr«, antwortete Fabiana leichthin, während sie den überdimensionierten Hundekopf betrachtete, der ihr von den weißen Wänden des Kunsthauses herab entgegenstarrte. Sie verbrachten den verregneten Sonntagnachmittag im Kunsthaus, um sich die neue Ausstellung anzuschauen. Später wollten sie ins Kino. Der neue Film von Pedro Aldomovar. Sie hatte den Titel vergessen. »Ist das nicht Lassie?«, fragte sie, ohne den Blick von den überlangen Augenwimpern des Tieres zu lösen.

35

Bernhard gab keine Antwort. Fabiana schlenderte weiter, aber als sie Bernhards Blick im Rücken spürte, drehte sie sich zu ihm um. Er stand noch immer auf Lassies Augenhöhe und starrte sie erbost an. Dann kam er mit raschen Schritten auf sie zu und flüsterte: »Ich hätte nicht gedacht, dass du einmal etwas so Schäbiges sagen würdest. Für sehr viele Menschen ist die romantische Liebe alles, worauf sie hoffen und alles, woran sie noch glauben können.« Er funkelte sie wütend an. Auf seiner Stirn hatten sich rote Flecken gebildet, ein sicheres Zeichen dafür, dass Bernhard extrem sauer war. Im nächsten Augenblick fiel sein Gesicht in sich zusammen. Sie hatte ihn aufs Äußerste verletzt.

Fabiana trat instinktiv einen Schritt zurück und öffnete den Mund zu einer Antwort, aber noch bevor ein Laut ihrer Kehle entweichen konnte, ging Bernhard davon. Er ließ sie einfach stehen. Fabiana brauchte einen Moment, um zu begreifen, was geschehen war. Dann eilte sie auf den Flur und blickte aus der langen Fensterreihe auf den verregneten Platz vor dem Kunsthaus. Sie sah, wie Bernhard mit eingezogenem Kopf durch den Regen ging und sich unter das Dach der Tramhaltestelle stellte. Sie klopfte an die Scheibe und winkte, obwohl sie wusste, dass er sie nicht sehen und nicht hören würde. Eine ganze Weile stand er mit eingezogenem Kopf und den Händen in den Hosentaschen da. »Wir wollten doch noch ins Kino«, murmelte sie. Bernhard wirkte so verloren, dass Fabiana die Augen weit aufreißen musste, um das Tränenwasser besser zu verteilen. Dann kam die Tram und Bernhard stieg ein.

Von da an war nichts mehr, wie es einmal gewesen war. Fabiana nannte ihn nun Bernhard, und er nannte sie gar nichts mehr. Ihre einmal großzügige und ab und zu gar leidenschaftliche Beziehung wurde vom Vampir der festen Überzeugungen ausgesaugt, und nachdem die letzten Zuckungen ohne Erste Hilfe vorübergegangen waren, fühlte Fabiana den dumpfen Phantomschmerz eines nun abwesenden Organs.

Die Wochen vergingen. Einmal an einer Institutssitzung lobte Gewe Fabiana für ihre innovative und institutsübergreifende Arbeit, ansonsten ignorierte er sie wie immer schon.

36

»Wahrscheinlich hasst er mich aus tiefstem Herzen«, klagte Fabiana Stüssi einmal mehr ihr Leid, als sie gemeinsam in einer der dunklen Bars unweit der Universität das Nachhausegehen um eine Stunde nach hinten verschoben.

Stüssis Kinn kräuselte sich, als er ein spöttisches Lachen hören ließ. Dann kippte er den Kopf nach hinten, leerte seinen Gin Tonic in einem Zug und gab dem Kellner, noch bevor er sein Glas hinstellte, ein Zeichen, noch mal einen solchen zu bringen. Fabiana schob ihr eigenes Glas unentschlossen hin und her. Die Eiswürfel klirrten. Es klang nach Urlaub. Es klang nach Urlaub im Süden. Es erinnerte Fabiana unwillkürlich an ihren letzten Urlaub mit Bernhard. Den wirklich letzten, aber das hatten sie beide damals noch nicht gewusst, wenngleich geahnt irgendwie. Während sie zusammen durch Baton Rouge spaziert waren, hatte es sich jedenfalls so angefühlt, als würde jeder ganz für sich die Zeit mit dem anderen totschlagen.

»Ich muss gleich los«, sagte Stüssi plötzlich.

»Trink erst einmal aus«, antwortete Fabiana, als müsste sie ein Kind ermahnen, den Teller leer zu essen.

»Schon erledigt«, antwortete Stüssi, legte noch einmal den Kopf in den Nacken und leerte sein Glas.

»Was ist denn mit dir los?«, wollte Fabiana wissen, leicht verstimmt über den überraschenden Aufbruch.

»Nichts. Ich muss nach Hause. Rolf wartet.«

»Wer ist Rolf?«

»Erzähl ich dir ein anderes Mal«, antwortete Stüssi, während er in seinem Portemonnaie nach dem genauen Betrag kramte. Fabiana schüttelte verwirrt den Kopf, legte ihrerseits das Geld auf den Tresen, leerte ihren Wodka Tonic und beeilte sich, Stüssi nach draußen zu folgen.

Als sie an diesem Abend nach Hause kam, in die Wohnung, in der sie nun allein lebte, nahm sie sich noch fester vor als sonst, Gewe auf seinem Professorenstuhl zu beerben.

Der leuchtende Frühling ging rasch an den staubigen Fenstern ihres Büros vorbei und verwandelte sich in einen grellen Sommer. Noch immer kämpfte Fabiana heimlich mit ihren Zweifeln am Projekt. Je länger sie darüber nachdachte, desto weniger konnte sie sich vorstellen, dass aus einem gut gelaunten Supergehirn ein altruistisches Gehirn würde, das auch noch intelligent genug wäre, faire und verantwortungsvolle Entscheidungen zu treffen. Sie versuchte, sich damit zu beruhigen, dass dies ja schließlich die Forschungsfrage sei und sie auch scheitern dürfe, aber ihr schlechtes Gefühl ließ sich nicht abschütteln. Was, wenn Glück tatsächlich zu Ignoranz führte, wie Bernhard bemerkt hatte? Sie war beinahe neidisch auf Stüssi, der keine Zeit mit Zweifeln verschwendete. Stüssi konnte sich gegen den Ansturm von Probanden kaum wehren. Jeder wollte bei diesem Projekt mitmachen, das schließlich nichts weniger als ein glückliches Leben versprach. Verschiedene Pharmakonzerne hatten bereits angeboten, die notwendigen Psychopharmaka gratis zur Verfügung zu stellen, was Fabiana selbstverständlich abgelehnt hatte. Die vorübergehende Bewunderung der Kollegen war alltäglicher Geschäftigkeit gewichen. Macbeth war im Urlaub, und von Bernhard hatte sie nichts mehr gehört.

5

»Du verpflichtest dich hiermit also, in genau vorgeschriebenen Abständen die bereitgestellten Präparate einzunehmen, um so den optimalen Geisteszustand herzustellen«, sagte Stüssi in geschäftigem Ton. Während er den ausgefüllten Fragebogen kontrollierte, tippte er mit dem Kugelschreiber unablässig auf das Papier. Das Geräusch ging Alda auf die Nerven. So war er sonst nicht. Irgendetwas hing in der Luft. Unter dem Tisch wippte sein rechter Fuß einen schnellen Takt. Alda versuchte, sich auf ihre Arbeit zu konzentrieren, aber Stüssis Unruhe hatte sich längst auch in ihr breitgemacht.

Martin nickte, lehnte breitbeinig auf seinem Stuhl und wirkte, als ob er jeden Moment einschlafen könnte. Ihn kannte Alda noch vom Logik-Kurs. Martin hatte nicht nur immer alle Antworten gewusst, er hatte auch nie einen Hehl daraus gemacht, dass er das alles für seichten Kinderkram hielt. Dabei hatte er den Kurs freiwillig besucht.

Von ihrem Platz aus hinter den Bücherbergen hatte Alda einen guten Blick auf das Geschehen. Solange sie sitzen blieb, konnte sie die Gespräche belauschen und beobachten, wie es ihr gefiel. Sie musterte Martin durch einen Spalt zwischen zwei Stapeln. Obwohl er mit seinem schwarzen T-Shirt ohne Aufdruck und der hellen Jeans ungefähr das Durchschnittlichste anhatte, was man tragen konnte, wirkte er doch seltsam verkleidet. Seine Schuhe waren akkurat geschnürt. Jede Schlaufe in der exakt selben Länge. Er gab sich lässiger als er war, da half auch sein ungekämmter, brauner Haarschopf nichts.

Sie ließ den Blick zu Stüssi wandern. Es war von Anfang klar gewesen, dass er auf sie stand. Stüssi machte keinen Hehl daraus. Dabei hatte er eine Freundin. Vielleicht wollte er auch nur spielen. An diesem Tag hatte er ein helles Hemd angezogen und trug seine üblichen Jeans mit schwarz-weißen Chucks. Er sah nicht schlecht aus, fand Alda, aber irgendetwas an ihm störte sie. Vielleicht war es seine unterschwellig angeberische Art oder einfach nur sein Aftershave, von dem er zu viel benutzte. Sie wusste es nicht, aber sie hatte noch Zeit es herauszufinden. Alda würde noch den ganzen Juni und Juli am Philosophischen Institut arbeiten und bei heruntergelassenen Jalousien die Fehler in der

Bibliotheksdatenbank ausmerzen. Unzählige Titel waren mit einer ungültigen Klassifikationsnummer ins System aufgenommen worden und beim Versuch, den Fehler zu korrigieren, hatte einer ein solches Durcheinander angerichtet, dass man anscheinend beschlossen hatte, ausgeklügelte Technologie besser anderen zu überlassen und dafür eine Studentin anzustellen, die den gesamten Katalog von Hand verbessern würde. Sie werde für Wochen beschäftigt sein, hatte Professorin Seelauf ihr versichert und tatsächlich schien die Arbeit kein Ende zu nehmen. Alda ließ in jenem Sommer das Schwimmen in der Limmat fast ganz sein und karrte dafür einen Bücherstapel nach dem anderen quer durch die Bibliothek an ihren Schreibtisch in Stüssis Büro, das direkt neben der Bibliothek lag. Niemand störte sich an ihrer Anwesenheit, im Gegenteil. Stüssi war mehr als enthusiastisch über seine neue ›Kollegin‹ und behandelte sie ganz selbstverständlich als Teil der ›Crew‹, wie er es nannte.

Direkt neben Stüssis Büro befand sich das der Seelauf. Die Verbindungstür zwischen den beiden Räumen stand den lieben langen Tag offen, und als man damit begann, Probanden für das M.O.R.A.L.-Projekt einzustellen, herrschte reger Betrieb in diesen beiden Räumen. Aldas Anwesenheit fiel kaum noch auf und sie ging unbeobachtet ihrer Arbeit nach. Zwischen falsch beschrifteten Bücherstapeln und Prüfungsvorbereitung überlegte Alda in jenem Sommer, ob auch sie sich für das Projekt melden sollte. Schließlich ließ sie es sein. Sie glaubte nicht daran, dass es funktionieren würde. Das allerdings behielt sie für sich und keiner fragte sie nach ihrer Meinung.

Nebenan ging die Tür auf und Fabiana trat ein. Bereits am zweiten Arbeitstag hatte sie Alda das Du angeboten. Sie wolle nicht so kompliziert tun, hatte sie gemeint, und Alda hatte sich darüber gefreut. Jetzt stellte die Professorin sich in den Türrahmen, nickte kurz in die Runde und setzte sich zu den beiden Männern an den runden Besprechungstisch. Alda fand, dass sie abwesend wirkte, vielleicht sogar unglücklich. Von Stüssi hatte sie erfahren, dass ihr Freund sie wegen des Projektes verlassen habe‹ aber das mache nichts. Fabiana sei nicht wegen Bernhard unglücklich, sondern weil das Projekt ein solcher Erfolg sei. Fabiana habe Angst. Sie wisse, dass nach einem langen, anstrengenden

40

Anstieg und einer schönen, aber kurzen Aussicht ein langer und unausweichlicher Abstieg folge. , wenn nicht sogar der freie Fall. Kurz, Fabiana habe Angst vor der Zukunft, die sie ja schließlich selber mitverursache. So wie man seine Zukunft immer selber mit verursache. »Weiter bist du dazu verpflichtet, täglich ein digitales Back-up machen zu lassen. Das wird vorerst am Neurologischen Institut stattfinden. Wir arbeiten zurzeit an der Vereinfachung der Technik, die es den Probanden erlauben wird, das Back-up zu Hause vorzunehmen.« Martin nickte wieder und verschränkte die Arme. Alda wartete gespannt, ob Fabiana sich anmerken lassen würde, dass sie Martin kannte. Martin nämlich hatte sich mit dem Projekt mehr befasst, als Fabiana lieb war. In seinem Blog hatte er sich hemmungslos darüber ausgelassen. Alda wunderte sich, dass er erst jetzt aufgetaucht war.

»Willkommen an unserem Institut. Ich bin Fabiana Seelauf, die Leiterin dieses Projektes. Kann ich dir einen Kaffee anbieten?«, fragte Fabiana in Stüssis Verschnaufpause hinein und streckte Martin die Hand entgegen.

»Martin da Silva. Nein danke«, antwortete Martin und schüttelte flüchtig ihre Hand. Dann verschränkte er seine Arme wieder und wandte sich an Stüssi: »Und was passiert, wenn ich es einmal vergesse?«

»Das Back-up?«, wollte Stüssi wissen.

»Nein, die Pille.«

»Ach so. Nun, dann ist das Back-up für jenen Tag unbrauchbar, aber keine Sorge. Das Ganze wird es schon bald als Implantat geben. Dann braucht ihr euch auch darum nicht mehr zu kümmern. Wir warten bloß noch auf die Bewilligung des Ethikrates.«

»Das dürfte so lange nicht mehr dauern«, ergänzte Fabiana lässig und schlug die Beine übereinander. Die Bundfalte ihrer Hose ragte fast aggressiv in den Raum hinein. Der unglücklichen Miene zum Trotz war Fabiana in letzter Zeit richtig herausgeputzt. Seit ihrer Trennung schien sie einiges in eine neue Garderobe investiert zu haben. Die leicht verschlissene Jeans von früher war jedenfalls verschwunden.

Jetzt nahm Fabiana den Fragebogen, den Martin ausgefüllt hatte, und begutachtete ihn. »Du bist gerade erst neunzehn geworden?«,

41

entfuhr es ihr.

»Ja, ist das ein Problem?« Martin reckte herausfordernd das Kinn nach vorne.

»Nein, natürlich nicht«, versicherte Fabiana rasch. »Du bist ja volljährig. Dennoch ... wissen deine Eltern davon?«

»Ich habe keinen Kontakt zu meinen Eltern.«

»Oh.« Fabiana und Stüssi wechselten einen vielsagenden Blick.

»Hey, hört mal, ich kann mit meinem Leben tun und lassen, was ich will!«, entrüstete er sich. »Außerdem weiß ich über euer Projekt wahrscheinlich besser Bescheid als ihr selbst.« Er lehnte sich wichtigtuerisch im Stuhl zurück.

Gleich wird sie ihn rausschmeißen, dachte Alda und konnte sich ein Grinsen nicht verkneifen. Sie wusste, dass Fabiana Martins launige Posts zum Thema M.O.R.A.L. gelesen hatte. Aber sie täuschte sich. Fabiana warf ihn nicht hinaus. Sie blieb gelassen und antwortete kühl: »Dann weißt du ja hoffentlich auch, dass du Teil eines Pilotprojektes bist, dessen Ausgang fragwürdig ist, und dass wir dir nicht garantieren können, dass du dabei geistig und körperlich gesund bleibst. Steht alles da.« Sie tippte mit dem Zeigefinger auf den Vertrag, den Martin vor sich liegen hatte.

»Das weiß ich alles«, antwortete Martin wie aus der Pistole geschossen. »Außerdem weiß ich, dass ihr noch haufenweise Probleme habt, deren größtes die ungeklärte Frage ist, ob aus glücklichen Menschen tatsächlich moralische Menschen werden.«

»DAS ist gerade die Forschungsfrage«, antwortete Fabiana. Es klang gereizt.

»... Oder ob eine sogenannte glückliche Regierung automatisch eine gerechte Regierung ist und nicht etwa eine ... sagen wir ... Hohlkopfregierung.«

»Auch das ist Teil der Forschungsfrage.«

»Und was macht ihr, wenn das Ding tatsächlich erfolgreich ist? Wie soll es dann weitergehen?«

»Das schauen wir dann. Wir können nicht alle möglichen Folgen jetzt schon kontrollieren. Außerdem liefern wir nur die theoretischen Resultate.«

42

»Und was glaubt ihr, was geschieht, wenn …«

»Ist gut jetzt! Niemand zwingt dich dazu, mitzumachen!«, rief Stüssi. Die angespannte Stimmung war im ganzen Raum zu spüren. Was für eine Nervensäge! Alda duckte sich instinktiv und tippte so schnell sie konnte.

Stüssi, von dem man sich erzählte, dass er allzu gescheite Leute nicht ausstehen könne, nahm ein Taschentuch und schnäuzte sich geräuschvoll die Nase. »Tschuldigung«, murmelte er, »Heuschnupfen.« Dann steckte er das gebrauchte Tuch extra umständlich in seine Hosentasche und grinste Fabiana glücklich an. Kein Zweifel, Stüssi wusste, wie er die Chefin auf die Palme bringen konnte.

»Das hast du alles sehr gut erkannt, Martin«, sagte Fabiana. Es klang betont wohlwollend. »Die Frage, ob aus Glück Moral entsteht, ist tatsächlich die Quaestio. Wir haben einen Katalog aufgestellt, welche Indikatoren darauf hinweisen, dass unser Projekt zu sozialem oder gar altruistischem Handeln führt.« Dann holte sie, vielleicht um Martin nicht das letzte Wort zu überlassen, zu einer längeren Erklärung über die Hintergründe des Projektes aus.

»Natürlich ist das Ganze so etwas wie eine Utopie«, unterbrach Stüssi sie nach einer Weile und stand auf. »Sind wir hier bald fertig?«, wollte er wissen. »Ich muss heute noch ungefähr zwei Dutzend weitere Probanden interviewen.«

»Ich weiß, dass euer Projekt leicht scheitern kann, aber ich mache trotzdem mit. Ich will nicht egoistisch sein. Ich stelle mich dem Kollektiv zur Verfügung, in der Hoffnung, damit zu einer besseren Welt beizutragen.«

Alda sah, dass Stüssi gerade noch verhindern konnte, dass seine Augäpfel in Richtung Decke rollten. Sie selbst konnte ein Kichern nicht mehr unterdrücken. Fabiana dagegen gab sich begeistert. Sie stand auf, streckte Martin die Hand entgegen, und als dieser einschlug, sagte sie lächelnd: »Das ist doch der beste Grund überhaupt. Ich freue mich auf unsere Zusammenarbeit.«

In diesem Sommer kamen noch viele Martins und Lucas und Leonies und Natalies in Stüssis Büro, um sich für das Projekt anzumelden. Es kamen noch viele junge und nicht mehr ganz junge Leute mehr, die sich ein Jahr lang für das kollektive Glück zur Verfügung stellen wollten. Menschen, die den Glauben an die Politik der Parteien verloren hatten. Menschen, denen die Angst vor der Zukunft bereits von den Eltern eingebläut worden war. Menschen, die wussten, dass sie etwas verändern mussten, weil sich sonst nichts ändern würde. Gemessen an der Nachfrage der Probanden, wurde das Projekt ein Riesenerfolg. Haufenweise Leute glaubten anscheinend an die Idee der digitalen Weltregierung, die Professorin Seelauf mit ihrem Team entworfen hatte und mehr als einmal überkam Alda die dumpfe Ahnung, dass sie mehr daran glaubten als Fabiana selbst.

Das Jahr nahm seinen Lauf und ging vorüber. Aldas Sommerjob war längst erledigt, die Abschlussarbeit in den letzten Zügen. An der Uni war sie nur noch selten, doch immer wenn sie dort war, verabredete sie sich mit Stüssi auf eine Zigarette auf dem Raucherbalkon, um die heißesten News aus der Abteilung zu hören.

Die Zeit und das Geld seien viel zu schnell verflogen, erzählte er ihr einmal. Aus Ressourcenmangel seien Arbeitsverträge nicht mehr erneuert worden und hätte niemand mehr die Kapazität, die Resultate auszuwerten. Alda bot ihre Hilfe an, doch dann wurde ihre Mutter krank und Alda hatte andere Sorgen. Als sich schließlich ein Pharmakonzern als Sponsor nobel zeigte, schmiss Fabiana alles hin und verließ die Schweiz Hals über Kopf.

Sie sei in Boston und ihr Alkoholkonsum habe sich wahrscheinlich verdreifacht, wusste Stüssi irgendwann später einmal zu berichten, als sie ihm in der Stadt zufällig über den Weg lief. Fabiana sei todunglücklich darüber, wie alles gelaufen sei. Sie fühle sich schuldig, aber das war lange nach dem heißen Sommer in der Bibliothek, lange nachdem der Konzern ein Folgeprojekt gestartet hatte, lange nachdem M.O.R.A.L. sich in etwas ganz anderes als geplant verwandelt hatte.

Und auch schon lange war es her, dass sich Gewe in Fabianas Türrahmen aufgebaut hatte, so theatralisch wie Macbeth, und in warnendem Ton gesagt hatte:»Passt bloß auf! Mit Projekten ist es so wie mit Kindern. Sie verändern sich schleichend. Sie werden größer, selbstständiger, mysteriöser und unabhängiger, bis man sie irgendwann kaum wiedererkennt.«

44

TEIL 2 – DER AEGETENHOF
-6-

Der feuchte Märzmorgen hing wie ein ungeliebtes Gespenst zwischen den Bäumen. Durchsichtig und kalt und nichts, was man hätte anfassen wollen. Die Wiesen aus braunem Gras lagen geknickt und schwer atmend unter dem Gewicht der Luftdecke, die sich wie ein nasses Tier darauf ausstreckte.

Inmitten all der Ungemütlichkeit, die man noch immer fast zärtlich das Zürcher Oberland nannte, stand Julian in einem viel zu dünnen Hemd. Er stand in perfekter Haltung am eingebildeten Rand eines Feldes, dessen Konturen sich längst zur vollständigen Bedeutungslosigkeit zerfranst hatten. Er stand sprungbereit wie ein Tänzer, den sehnigen Oberkörper nur ganz leicht nach vorne gebeugt, die Arme um ein paar Grad nach hinten angewinkelt. Er ließ sich die feuchte Kälte, die durch seine Kleider drang, nicht anmerken.

Hätte Julian gewusst, dass er sich bald schon verlieben würde, er hätte es nicht glauben können. In jemanden, von dem er noch nichts wusste und nichts ahnte und als es dann so weit war, musste er lange nachdenken, bis er die ahnungslose Knospe Unschuld, auch Zuneigung genannt, überhaupt erkannte.

Julian stand am Rand des Feldes, von dem Vanessa am Tag ihrer Ankunft bereits steif und fest behauptet hatte, ganz deutlich die Umrisse eines Kartoffel- oder Gemüseackers zu sehen.

»Das ist ja wohl offensichtlich!«, hatte sie mit weit ausgebreiteten Armen gerufen, als ob sie der Messias persönlich wäre. Julian jedoch hatte seine üblichen Zweifel gehabt, die Zweifel, mit denen er allen um ihn herum das Leben schwer machte. So jedenfalls empfanden sie es, Julian wusste das. Julian, der ewige Verderber, hatte noch jedes Haar in der Suppe gefunden. Und das Augenrollen seiner Freunde, wann immer Julian seinen Senf zur Sache gab, war schon fast zu einem unkontrollierbaren Tick geworden. Auch diesmal war es nicht anders.

»Das kann gar nicht der Acker gewesen sein. Seht ihr das nicht? Das Feld liegt direkt vor der Stalltüre«, sagte Julian und blickte sich Bestätigung suchend zu den anderen um.

45

»Ja, und?«, warf Noah ein.

Julian betrachtete ihn mit einem langen, mitleidigen Blick von der Seite und sagte dann eisig:»Da mussten die Kühe rein und raus.«

»Aha, ja, stimmt«, antwortete Noah und seine Augen verengten sich zu Schlitzen, was bei Noah ein eindeutiges Zeichen dafür war, dass er gerade scharf nachdachte. »Hatte Ernst überhaupt Kühe?«, fragte er schließlich an Vanessa gewandt, die es wissen musste, doch Julian ließ sie gar nicht erst zu Wort kommen, sondern antwortete scharf:»Wenn du die Gerätschaft im Stall einmal genau studiert und dich außerdem, so wie ich, im Voraus etwas mit Landwirtschaft beschäftigt hättest, dann wüsstest du die Antwort.« Er ließ seinen frostigen Blick auf Noahs dichten, schwarzen Augenbrauen ruhen.

Noah trat wie ein ungeduldiges Kind von einem Bein aufs andere und fragte dann zaghaft, weil er es diesmal ganz genau wissen wollte:»Also, ja?«

Julian wich instinktiv einen Schritt zurück und wandte sich kopfschüttelnd ab. An der weiteren Diskussion beteiligte er sich nicht mehr, sondern starrte scheinbar gedankenverloren über das Feld, das auf halbem Weg zum südlichen Horizont hin in einen kleinen Wald überging. Die schneebedeckten Berge in der Ferne waren bloß als mattes Schimmern zu erkennen. An einem näher gelegenen Hang konnte Julian ein Haus sehen, wahrscheinlich ein ebenso verlassener Hof wie der Aegetenhof, und doch schien es fast unwirklich, dass dort mit Sicherheit längst niemand mehr wohnte.

Mit halbem Ohr verfolgte Julian die seiner Meinung nach vollkommen unnütze Diskussion und nahm sich vor, bei nächster Gelegenheit die Lage auf der anderen Seite des Wäldchens zu erkunden. Vielleicht zweihundert Meter Entfernung waren es bis zu den ersten Bäumen, bestimmt nicht mehr, aber für Julian und seine Freunde, die zur Klasse der Sublimen gehörten, von einfacheren Gemütern auch ›Glücksträger‹ genannt, ein nicht zu kleines Abenteuer. Zweihundert Meter Luftlinie, unbewohnt, ungesichert, möglicherweise unvernetzt, sogenannte Natur, Terra incognita.

»Und ich sage euch, das Feld ist geradezu ideal. Hier starten wir unseren Selbstversuch in autonomer Ernährung«, hörte er Vanessa

46

feierlich rufen. Autonome Ernährung, wie das schon klang. Selbst Julian, der von der Sache zumindest halbwegs überzeugt war, musste zugeben, dass so mancher ihre Idee zum Brüllen komisch finden konnte, erst recht, wenn man sich überlegte, wer sie waren. Vier Sublime, vom Leben gestreichelt und verwöhnt. Verzärtelt, nannten die Schlichten sie, und Glückshuren, was nun wirklich eine bodenlose Frechheit war. Ja ja, Julian wusste, was die Leute dachten. Nur gut, dass die Meinung der Schlichten nun wirklich niemanden interessierte. Dennoch, so mancher der von ihrem Projekt hörte, könnte gar nicht anders, als sich das Scheitern des ganzen Blödsinns vor Augen zu führen, das sichere Aufgeben und die gleichzeitig enttäuschte, aber mehr noch erleichterte Rückkehr der vier in den sicheren Schoß der City.

Er betrachtete seine drei Freunde, die sich von ihm entfernt und mitten auf dem Feld aufgestellt hatten. Vanessa lief aufgeregt hin und her, ein paar Schritte dahin, ein paar Schritte dorthin. An ihren Handzeichen konnte Julian erkennen, dass sie darüber redete, wie sie sich das zukünftige Gemüsefeld vorstellte. Kartoffeln hier, Tomaten dort und in der Ecke, schön angelegt, der Kräutergarten ... So wie sie alle, hatte auch Vanessa nicht die geringste Ahnung, wovon sie redete. Julian wusste das. Dennoch, sollten sie doch spotten! Der Hohn der Besserwisser war für Julian umso mehr Ansporn, das Ding durchzuziehen, aber auch er musste zugeben, dass sie alle vor dem alten Gemäuer des Aegetenhofes so fehl am Platz wirkten, als hätte der Himmel sie an der falschen Stelle ausgespuckt.

Da war zum einen Vanessa. Anstifterin, Möchtegern-Chefin und Hobby-Revoluzzerin. Ihr blondes Haar umrahmte ihr Gesicht wie eine Aura und hing in großzügigen Wellen bis auf ihre perfekt manikürten Hände, die sie wahrscheinlich wegen der frisch lackierten Nägel weit gespreizt auf ihre Hüften stemmte. Madame hatte sich diesmal für ein schimmerndes Tiefseeblau entschieden und, ihrer selbstzufriedenen Miene zufolge, die Wahl bisher nicht bereut. Ihr flauschiger Pullover in Eierschale reichte ihr bis Mitte Oberschenkel und machte jeden neidisch, der nicht darin steckte. Die Stonewashed-Jeans im klassischen Stil hatte sie gekonnt nachlässig in ein paar perfekt abgewetzte rotbraune Cowboystiefel gestopft. Vanessa gab sich gern als Mädchen vom Lande, aber der Eindruck täuschte. Hohe Wangenknochen, Haut wie ein Kinderpopo, eine gerade, nur leicht zu groß geratene Nase, volle und entschlossene Lippen, perfekt geschwungene Augenbrauen unterhalb der schönen Stirn, die sich unter der Last ihrer Gedanken leicht kräuselte. Wenn Vanessa den Mund öffnete, konnte man die Idee einer Zahnlücke erkennen, Ausdruck biologisch-ästhetischer Unentschlossenheit. Mehr wäre hier mehr gewesen, aber es sah ganz charmant aus. Das Außergewöhnliche an Vanessa war, dass sie zwar so aussah, als wäre sie gerade eben einem Modeblog entsprungen, sich unter der makellosen Stirn aber ein aufrührerischer Geist verbarg. Vanessa Ruckstaller, das bedeutete Stunk. Julian wusste, dass sie bei der Projektleitung nicht wohlgelitten war. Sie selbst hatte es ihm gestanden. Ihre Zeit verbrachte sie vorzugsweise mit dem Studieren philosophischer Texte. Julian wusste, dass Vanessa von Fabiana Seelauf, der Urmutter des Projektes, fast alles gelesen und manches davon für uninteressant, anderes für beängstigend oberflächlich befunden hatte. So wie Julian war auch Vanessa nicht leicht zufriedenzustellen. Sie hätte das Zeug zur Heldin gehabt, wäre sie nicht so selbstverliebt gewesen. Weshalb sie es sich in den Kopf gesetzt hatte, auf dem Hof nicht nur autonom zu leben, sondern auch ihren verstorbenen Onkel Ernst auferstehen zu lassen, blieb weit hinter ihren silbern schimmernden Augenlidern verborgen. Vielleicht hatte die Leute doch recht und sie litten tatsächlich an einer Art moralischer Abwehrschwäche, auch Naivität oder gar Ignoranz genannt. Vanessa jedenfalls.

Dann, links neben Vanessa, das pure Gegenteil: Emily Steck. Sie hatte sich für das Outdoor-Event den dunklen Bob auf Minimalform trimmen lassen, wahrscheinlich aus Angst, auf dem Land so rasch keinen fähigen Frisör zu finden. Ihre Stupsnase in perfekt verwöhnter Manier leicht nach oben gerichtet, hohe Wangenknochen, volle rote Lippen. Schönheit war ein Standard, der von jeder Sublimen zu erwarten war. Emilys Wangen waren von der ungewohnten Kälte leicht gerötet, was ihr wegen ihrer runden Gesichtsform und dem Zuviel an Rouge einen etwas einfältigen Ausdruck gab und dazu verleitete, sie zu unterschätzen. Von Emily erwartete man kaum jemals, dass sie sich

48

konstruktiv hervortat. Sie war die typische Vertreterin der zweiten Reihe, der Mitläufer. Aber Julian ahnte, dass Emily ihre Trümpfe in der Hinterhand behielt, und sollte niemand jemals behaupten, sie wüsste nicht, sie im geeigneten Moment auszuspielen. Ihre langen Beine in engen, metallic-glänzenden dunkelgrauen Jeans, wurden durch die hochhackigen Stiefel, mit denen sie bereits den Weg von der City zum Aegetenhof zurückgelegt hatte, verlängert. Julian hätte gedacht, es gäbe geeignetere Outfits als dieses, gekrönt von einer kurzen, stark taillierten Jacke mit pelzumrandeter Kapuze. Trotzdem musste er sich eingestehen, dass Emily bis zu diesem Zeitpunkt die Einzige war, die sich auf dem Aegetenhof die Finger schmutzig gemacht hatte. An ihren lackierten Absätzen klebte die feuchte Erde des kalten Vormittages.

Rechts neben Vanessa, der zweite Mann im Bunde. Noah Cattanea. Julian konnte sich gut vorstellen, was Frauen früher über ihn gesagt, nein *geseufzt* hätten: Noah, oh Noah! An Noah sei alles Vibration, hätte man früher gesagt. Sex. Die Art, wie er gehe, wie er spreche, wie er seine Hände in den hinteren Taschen seiner Jeans verschwinden und auf seinen Pobacken ruhen lasse. Wie er lache und wie er einen mit diesem aufreizenden Glitzern in den Augen anschaue. Noah sei einer, der die Lust geradezu verkörpere, die Lust und das Verlangen, die Finger weit gespreizt in seine wilden dunklen Locken zu krallen und das eigene feuchte Fleisch in rhythmischen Bewegungen auf seines klatschen zu lassen. So hätte man früher von ihm geträumt, aber das war lange her. So ordinär war kaum mehr jemand in Julians Kreisen. Schon gar nicht Julian und auch Noah hatte andere Ziele als den schnellen, ekstatischen Kick. Auch er stellte seinen Körper dem höheren Glück der Menschheit zur Verfügung, dem nachhaltige Glück, das weit über die eigene Berauschung hinausgeht.

Noahs Lächeln war so frisch wie Morgentau im April. Die Tatsache, dass seine Ohren eindeutig zu weit abstanden, um noch als normal durchzugehen, verschlimmerte die Sache nur noch. Noah vergaß manchmal, dass er erwachsen war. Er war der Einzige in der Runde, der sein Kapital nicht in die Verbesserung seines Gehirns gesteckt hatte, sondern in seine Muskulatur. Noah, das war pure Kraft ohne

Einsatz, lächeln ohne Nachdenken, reden ohne Sinn. Aber seine Hüften, seine Lenden. Wer solche Lenden habe, brauche kein Gehirn, hatte Vanessa einmal mit süffisantem Lächeln gesagt und es ernst gemeint. Ihr war eindeutig nicht zu trauen.

Blieb noch er selbst. Julian Aeschlimann. Oder genauer: Julian Naruto Aeschlimann. Seine Eltern waren wohl einmal zu oft in Japan gewesen. Naruto bedeutete so viel wie »der Starke«, aber er versuchte, sich nichts darauf einzubilden. Weshalb auch? In der Schule hatte man ihn ziemlich fantasielos ›Aeschi‹ genannt. Bescheuert. Er hatte ihnen nicht beibringen können, ihn einfach Julian zu nennen und es schließlich aufgegeben. Vielleicht kam daher seine Abneigung gegen die meisten Leute. Die meisten Leute waren einfach ziemlich dumm, zu diesem Schluss war Julian längst gekommen. Julian mochte eigentlich kaum jemanden. Er mochte die Menschheit als Ganzes, als Idee, als Abstraktion. Er fand, dass die Idee einer humanen, altruistischen Gesellschaft es wert sei, sich voll und ganz für MORAL einzusetzen, sein Leben MORAL zu schenken, der zukünftigen Weltregierung. Aber, die realen, die richtigen Menschen? Nein, Julian mochte seine Zeit nicht verschwenden, und fast jeder verschwendete seine Zeit.

Für das Abenteuer in der freien Natur hatte er sich ein Outfit zugelegt, das sich sehen lassen konnte. Feste Schuhe, Arbeiterhosen, Weste, dazu passende Hemden. Den Safarihut hatte er sich verkneifen können, Vanessa hätte sich mit Sicherheit schlapp gelacht darüber. Er hatte sich von den alten Kolonialherren inspirieren lassen, denn schließlich taten sie nichts anderes. Sie kolonialisierten das Land, machten es wieder urbar. Sie waren Pioniere des 21. Jahrhunderts.

50

7

Vanessa betrachtete ihn lange. Er war schön. Das blonde Haar mit wenig Gel leicht verwuschelt, etwas zu kantiges Gesicht, sehr saubere Rasur, Haut einen Hauch zu gebräunt. Hohe Wangenknochen, volle Lippen, etwas zu klein geratene Ohren, um die er sich eines Tages kümmern würde, dessen war Vanessa sich sicher. In beiden Ohrläppchen trug er einen glitzernden Stein in exakt demselben Blau wie das seiner Augen. Aquamarin. Die Andeutung von zwei Lachfältchen zeugte davon, dass er auch lustig sein konnte. Es kam zwar selten vor, aber wenn Julian lachte, dann ging die Sonne nicht auf, nein, dann stand sie strahlend am Zenit. Da Julian nicht gerade zu den Dauergrinsern gehörte, maß man seinem Strahlen in der Regel zu viel Bedeutung zu. Auch Vanessa hatte diesen Fehler zu Beginn gemacht.

Sie hatte sich mit den drei anderen in der kleinen Küche versammelt, um zu besprechen, wie sie ihr gemeinsames Abenteuer angehen wollten. Emily saß auf dem Stuhl am Tischende und war schon wieder dabei, irgendetwas zu zerkauen. Wenn sie so weiterfrisst, werden die Vorräte rasch zur Neige gehen, überlegte Vanessa missmutig. Dennoch verkniff sie sich eine Bemerkung darüber und quetschte sich stattdessen an ihr vorbei auf die schlichte Eckbank. Das Holz unter ihrem Gesäß fühlte sich unangenehm hart an, aber sie verbot sich die Sehnsucht nach den weichen Polstern ihres Lieblingscafés und das Verlangen nach dem Duft eines sorglosen Tages.

Auch wenn ihr Vorhaben maßlos übertrieben schien, dachte zu dem Zeitpunkt noch niemand wirklich ans Scheitern. Jedenfalls konnte Vanessa es sich nicht vorstellen und wenn doch, dann hätte keiner es zugegeben. Keiner hätte es über sich gebracht zu sagen, dass sie sich wohl getäuscht hatten, sich ein bisschen viel vorgenommen hatten. Nein, anstatt sich einzugestehen, dass ihre eigene Naivität sie dazu verleitet hatte, Vanessa vollkommen planlos in ein nicht zu geringes Abenteuer mit vagem Ausgang zu folgen, versicherte sich jeder, in der freien Natur selbst Gemüse und Kartoffeln anzubauen, sei das Beste,

51

was ihnen hätte passieren können. Das Leben in der City sei ja doch langweilig irgendwann, nicht?

Emily ging so weit zu behaupten, sie könne sich gut vorstellen, gar nicht mehr zurückzukehren. Dieser Strahleglanz über allem habe sie schon lange so angeekelt. »Richtig fertiggemacht hat es einen, nicht? Dieses unnütze, bequeme Leben«, verkündete sie und blickte treuherzig in die Runde.

»Ach, komm schon. Und deine schicke Wohnung? Die würdest du auch nicht vermissen, was?«, spottete Noah lachend und warf ein Holzscheit durch die Luke. Er hatte es geschafft, den alten Holzofen in der Küche zum Laufen zu bringen. Eine wohlige Wärme verbreitete sich.

»Na ja, ein wenig schon. Aber, ich finde es schön hier. Mir gefällt's. Das Leben hier hat etwas sehr … Beruhigendes«, antwortete Emily. Sie saß mit übereinandergeschlagenen Beinen auf einem der beiden Holzstühle und ließ den einen spitzen Lackstiefel nervös in der Luft wippen. Die raschen Bewegungen ihres Kiefers hatten aufgehört. Vanessa wartete gespannt darauf, wie lange es dauern würde, bis sie sich Nachschub holte.

»Außerdem kann von unnütz keine Rede sein«, bemerkte Julian. »Dein Job ist es, glücklich zu sein, und den machst du ja nicht schlecht.«

»Ja schon, aber manchmal wünsche ich mir eben doch, ich hätte eine Arbeit, so wie die Schlichten …«

»Du hast eine Arbeit, Emily! Begreif es doch endlich!«, rief Noah.

»… Etwas Hand… fast hätte ich gesagt Handgreifliches, etwas Handfestes, meine ich«, fuhr Emily fort.

»Du musst dringend dein Konzept von Arbeit überdenken«, bemerkte Julian.

»Ja, Chef«, antwortete Emily kichernd.

»Strick halt einen neuen Pullover. Hast du den letzten überhaupt schon fertig?«, wollte Noah wissen.

»Außerdem kannst du ja jederzeit aussteigen und schauen, ob dir irgendein Schlichter seinen Job abgibt. Dürfte nicht ganz einfach sein«, bemerkte Vanessa trocken.

52

Emily hob entrüstet die Arme.»Hallo? Wer sagt denn, dass ich aussteigen will? Nein, ich will nicht aussteigen. Bin ich denn blöd? Und ja, der Pullover ist fertig.«

»Also, dann ist ja alles gut«, sagte Noah grinsend und tätschelte ihr zum Spaß den Hinterkopf. Emily wehrte es lachend ab.

Die Stimmung war ausgelassen. Sie genossen die mollige Behaglichkeit der Küche. Die Kälte des Hauses machte ihnen zu schaffen. Außerdem roch es modrig, damit hatte Vanessa nicht gerechnet. Hätte sie auf dem Aegetenhof nicht noch wichtigere Pläne gehabt, als Gemüse anzubauen, größere Pläne, sie hätte sich längst umgedreht und wäre zurückgekehrt ins ›Marrakesch‹, dem derzeitigen Lieblingscafé der Sublimen am Ufer der Limmat, zurück an den Flecken Erde, wo immer die Sonne schien, mochten die Wolken noch so viel Himmel über der City verdüstern. Selbstverständlich erzählte sie niemandem von solchen Gedanken. Ehrlichkeit, nein, Ehrlichkeit war die Sache der Sublimen nicht. Sie hatten nur einen Auftrag, glücklich zu sein, und wenn dieses so schlichte wie auch komplizierte Vermögen das Einzige ist, was je von einem verlangt wird, wird man in anderen Dingen rasch nachlässig.

»Wisst ihr, der Ernst, der hat sich einfach nicht so sehr um Konventionen gekümmert«, verkündete sie nun. Sie nahm eine Tasse mit ausgebleichtem Micky-Maus-Aufdruck und schenkte sich Tee ein. Die anderen schauten sie fragend an. Noah stand auf und wollte gerade zur Tür hinausgehen, als Vanessa in tadelndem Ton bemerkte, dass sie hier ja wohl noch nicht fertig seien und wenn natürlich jeder immer genau das tue, was er gerade wolle …«

»Ja, ja, bin gleich zurück!«, winkte Noah ab und ging.

Die Leichtigkeit, mit der er sie ignorierte, ärgerte Vanessa. Sie drehte die Tasse in den Händen hin und her und versuchte, sich nichts anmerken zu lassen.»Wegen des Ackers, meine ich«, ergänzte sie schließlich und schaute fragend auf Julian und Emily, während sie sachte in den Tee pustete. Vanessa wollte den Acker direkt vor dem Haus haben, das war das einfachste. Außerdem war es ja egal, ob das Feld vorher schon als Acker gedient hatte, oder nicht. Sie nahm einen vorsichtigen Schluck vom heißen Tee.»Ist was?«, wollte sie von Julian wissen, der jede ihrer Bewegungen beobachtete.

»Nein, was soll sein?«, kam die vage Antwort. Schließlich fügte er hinzu:»Hat Ernst eigentlich Kinder gehabt?« Julian deutete mit dem Kopf auf die Tasse in Vanessas Hand. Emily unterbrach für einen Moment ihr Wippen und schaute gespannt von Julian zu Vanessa und wieder zu Julian, so, als ob eine wichtige Diskussion im Gange wäre oder einer dem anderen als Nächstes eines über den Kopf ziehen würde.

»Kinder? Gott, nein!«, rief Vanessa verwirrt.»Also, nicht dass ich wüsste. Wieso?«

»Wegen der Tasse natürlich!«, rief Emily lachend und schlug sich mit der Hand an die Stirn.

Vanessa drehte die Tasse um und begann zu kichern.»Ach so, ja, natürlich. Äh, nein, wie ich schon sagte, er war ein unkonventioneller Geist. Ein Freigeist.« Mit diesen Worten hob sie feierlich ihre Tasse. Emily tat es ihr nach.

»Trinken wir auf den Geist!«, rief Emily und Vanessa stimmte ein. »Trinken wir auf Ernst!« Sie kicherten ausgelassen und prosteten sich zu. In diesem Moment kam Noah in die Küche zurück, hob lachend einen Arm und rief, ohne seinen Blick von seinem Smartphone zu lösen, zustimmend:»Auf Ernst! Woah! Schaut mal, was ich gefunden habe. Das müsst ihr euch anhören.«

»Was denn? Zeig her.« Emily reckte neugierig den Kopf. Noah beugte sich über den Tisch und hielt sein Smartphone in die Mitte der Runde. Alle beugten sich über den Bildschirm.

»Wissen Sie, ich denke, die Leute überschätzen sich da chronisch. Mit genügend Rechenkapazität ließe sich sogar einem Blechhaufen vorgaukeln, er würde über ein sogenanntes Ich verfügen.«

»Habt ihr das gehört? Blechhaufen!«

»Wer ist das?«, wollte Emily wissen.

»Kennt ihr die nicht? Das ist …«

»Fabiana Seelauf«, warf Julian so rasch ein, als ob er in einer Quizsendung etwas gewinnen könnte.

»Genau, die Erfinderin von MORAL.«

54

»Echt? Aber ich dachte, Rayku hätte die Idee …« Emily blickte erstaunt in die Runde.

»Das hätte er wohl gern«, meinte Vanessa mit spöttischem Unterton.

»Nein, es war Fabiana Seelauf. Das war damals noch eine ziemlich brisante Sache«, ergänzte Julian.

»Ja klar, die hat sich aber auch um nichts geschert. Die Leute hätten sie gekreuzigt, wenn sie gekonnt hätten«, sagte Vanessa. Es klang bewundernd.

»Nein, verbrannt natürlich. Früher wäre sie als Hexe auf dem Scheiterhaufen gelandet«, warf Emily ein.

»Gschsch«, machte Noah und hielt den Finger an die Lippen.

»Aber, Frau Seelauf, Sie müssen doch verstehen, dass die Bevölkerung sich um die eigene Persönlichkeit Sorgen macht. Das müssen Sie doch ernst nehmen.«

»Ich nehme das durchaus ernst, aber hören Sie, es fällt mir dennoch schwer zu glauben, dass die Menschen wirklich Angst haben, dass ihnen ihr kleines, unbedeutendes, von Ängsten zerfressenes Ich abhanden kommen könnte. Gefühle, verstehen Sie denn nicht, Gefühle, das alles sind chemische Prozesse. Liebe, Angst, Ekel, Freude … einfach alles. Gefühle sind nicht echter oder unechter, ob sie nun mithilfe von pharmazeutischen Mitteln hervorgerufen werden oder durch die Umarmung eines Baumes. Es gibt keine Natürlichkeit der Gefühle und es ist von daher schwierig, eine Wertung vorzunehmen …«

»Die war wohl vom Erfolg ein bisschen zu sehr beschwipst«, meinte Julian trocken. »Kein Wunder, dass sie von der Bildfläche verschwunden ist.«

»Ich verstehe nicht, dass die Menschen dies nicht als Chance begreifen wollen und nicht bereit sind, für das Wohl aller in größeren Zügen zu denken.«

»Mir tut es noch immer leid um sie. Die hat doch ihr Projekt nie abschließen können, weil das Geld fehlte. Und dann kommt so ein Konzern daher und nimmt ihr das Ganze einfach weg. Kein Wunder hat sie angefangen zu trinken«, verteidigte Vanessa sie.

»Ach was, die hat doch vorher schon gesoffen wie ein Loch!«, rief Noah lachend.

55

»Dafür haben die es richtig aufgezogen. Ich meine, wie viele Leute machen jetzt mit? Eine Million?«, wollte Emily wissen.

»Anderthalb Millionen«, antwortete Julian wieder wie aus der Pistole geschossen.

Noah zweifelte, ob diese Zahl wirklich stimmen konnte.

»Natürlich. Hast du schon vergessen, dass sie vor zwei Monaten im Tessin eine Zweigstelle aufgemacht haben?«, antwortete Julian. »Und in Genf habe sich die Zahl innerhalb kurzer Zeit verdoppelt.«

»Ja, und bald machen die Chinesen auch noch mit. Dann schießt das so in die Höhe, sage ich dir«, rief Emily Noah triumphierend zu und machte mit ihrer Hand eine Bewegung, als ob diese ein Flugzeug im Startflug wäre.

»Nein, die haben doch längst ihr eigenes Ding aufgezogen. So originell ist die Idee nun auch wieder nicht«, wandte Vanessa ein.

»Meinst du echt?«

»Stimmt. Das habe ich auch gehört«, gab Julian ihr recht.

»Trotzdem wäre sie wohl kaum als Alkoholikerin in der Klinik gelandet, wenn die ihr das Projekt nicht einfach weggeschnappt hätten«, fand Vanessa.

»Ist sie das denn?«

»Weiß ich doch nicht. Ich habe so etwas mal gehört. Wo soll sie sonst sein? Also,« Vanessa spreizte ihre Hände vor sich, um wie eine Gebieterin für Ruhe zu sorgen.

»Die ist in den Staaten«, unterbrach Julian sie. »Die haben ihr da eine Professur angeboten. Die ist gegangen und nie mehr zurückgekommen. Wäre ich an ihrer Stelle auch nicht.«

»Und was macht sie da?«, wollte Noah wissen.

»Weiß ich nicht. Mittlerweile wird sie sowieso fast pensioniert sein.«

»Also«, unterbrach Vanessa noch einmal, »kommen wir zur Sache. Ich finde, wir sollten mit dem Feld vor dem Haus beginnen. Ich bin mir sicher, Ernst hat seine Kühe auf der anderen Seite aus dem Stall getrieben. Ernst hat sich nicht so sehr darum gekümmert, WIE man etwas macht. Er hat es halt einfach gemacht, wie er lustig war. Das Feld

56

da draußen, das sieht mir verdächtig nach einem Acker aus. Außerdem ist es da schön sonnig. Wer ist dafür?«

»Sonnig?«, echote Julian.

»Ja, sobald die Sonne sich wieder einmal blicken lässt, wird sie dorthin scheinen«, verteidigte Vanessa ihren Plan. »Also, wer ist dafür?«

Noah und Emily hoben die Hand.

»Julian?«

Julian hob abwehrend beide Hände und antwortete:»Ich halt mich da raus. Macht, was ihr wollt.«

»Schön. Dann ist das also beschlossen«, sagte Vanessa und schaute ihn triumphierend an.

»Aber nicht mehr böse sein, ja?«, sagte Emily lachend und mit erhobenem Zeigefinger zu Julian. Julian verzog das Gesicht zu einem säuerlichen Grinsen.

Vanessa fuhr fort:»Als Erstes müssen wir die Steine rausholen und die Erde umgraben. Ich würde sagen, zehn mal zehn Meter reichen erst mal. Was meint ihr?«

Emily und Noah nickten zustimmend.

»Cool. Dann würde ich sagen, wir machen uns gleich an die Arbeit.« Sie hob den Zeigefinger zur Decke. »Ich muss oben nur noch eben ein Programm starten, dann bin ich gleich bei euch.«

»Klar, also, los geht's!«, rief Emily enthusiastisch und rieb sich zufrieden die Hände. »Soll ich eben noch einen schnellen Kaffee aufsetzen?«

»Ja, gern. Mach mal.« Das war Noah, der sich nun auch an den Tisch setzte. Er fläzte sich in die Ecke und es sah aus, als ob er sich nun länger ausruhen wollte.

»Aber verbrauch nicht so viel Gas«, mahnte Julian, stellte seine Tasse in die Spüle und ging an Vanessa vorbei aus der Küche. »Die Flasche muss noch eine Weile reichen.«

»Ich verbrauche genau so viel, wie halt nötig ist, würde ich sagen!«, rief Emily ihm hinterher. Es klang angriffslustig.

»Man kann später auch mal eine neue besorgen«, kam Vanessa ihr zu Hilfe. »Wir leben ja nun für länger hier und müssen essen, trinken, Pipi machen und alles.« Emily grinste sie zufrieden an. Vanessa grinste zurück. Dann eilte sie hinter Julian die Treppe hoch und ging in ihr Zimmer.

8

Julian ärgerte sich jetzt schon maßlos über die Unfähigkeit seiner Freunde und wünschte sich, er hätte sich nie darauf eingelassen, mit diesem total unfähigen Haufen aufs Land zu ziehen. Er wünschte, er hätte sich nie von ihr überreden lassen, von Vanessa, die einfach nicht locker gelassen hatte mit ihrem dämlichen Hof und ihrem doofen Feld. Wäre er doch in der City geblieben, dort, wo er hingehörte, anstatt sich auf ein Experiment einzulassen, in dem es ja doch nur um Vanessas eigenes Wohl ging, um ihr eigenes Glück, um nichts mehr. Seine Fingernägel gruben sich in seine Handfläche, er wäre vor Wut ausgerastet, wenn nicht *eudaimonia®*, die Glücksdroge, ihm mit zuverlässiger Gründlichkeit eingeflüstert hätte, dass er sich überhaupt nicht aufzuregen brauche. *Entspann dich*, hauchte sein Glücksimplantat, während es sein süchtiges Blut zuverlässig mit der genau richtigen Menge an Botenstoffen versorgte, um sein Gemüt bei Laune zu halten. Ausflippen, das war unmöglich und so ballte Julian nur die Fäuste und war sauer, so sauer, wie er es gerade noch sein konnte. So sauer, wie es dank *eudaimonia®* gerade noch ging.

Und trotz seiner Zweifel stand er jetzt leicht wie ein Tänzer am Rand des sogenannten Versuchsfeldes. Er sah gut aus mit seinen schmalen Schultern und den langen Beinen, Julian wusste das. In all den Jahren hatte er sich die absolute Kontrolle über seinen Körper erarbeitet. Julian wusste in jeder Sekunde ganz genau, wie er wirkte. Aber gut aussehen, das hatte nichts mehr zu bedeuten. Sublime sahen nun einmal gut aus. Schön und glücklich wie besonders sorglose Kinder, und daran konnte auch dieser altmodische Ort nichts ändern und auch nicht das miese Wetter, das seit Wochen schon die Tage trübte. In der Welt der Sublimen war niemand mehr auf wärmende Sonnenstrahlen angewiesen, um gute Laune zu haben, und gute Laune zu haben war das Allerwichtigste. Wer keine gute Laune hatte, hatte seinen Job nicht richtig gemacht. Ganz einfach. Und wer seinen Job nicht richtig machte, war ein Glücksversager.

Wie dem auch sei, die unschöne Realität nahm einen langen Zug von Julians Stirnrunzeln und schob ihren staubigen Vorhang vor das

Theater des Glücks. Julians rechtes Auge zuckte verdächtig, ein sicheres Zeichen von Stress. Es war eine Frage von Sekunden, bis sich die Abteilung für geistige Fitness bei ihm melden würde. Wenn es um das Wohlbefinden ihrer Schösslinge ging, verstanden die Projektmanager keinen Spaß und richtig, das Auge zuckte weiter, aber Julians Blick war mit einem Mal in sich gekehrt. Dr. Arnold, Julians persönlicher Coach, hatte sich bei ihm eingeschaltet und versuchte nun mit verführerischer Bestimmtheit, Julian wieder auf die richtige Spur zu bringen. *Ich mache mir ein wenig Sorgen, Julian. Sie haben den Termin schon zum zweiten Mal verstreichen lassen. Was ist denn bloß mit Ihnen los?*

»Nichts. Nichts weiter. Was soll schon sein?«, gab Julian ausweichend zur Antwort.

Sie müssen ganz dringend Ihr Implantat überprüfen lassen. Es liegt möglicherweise eine Fehlfunktion vor. Ihre Werte deuten darauf hin.

»Ach ja?« Julian gab sich nichts ahnend.

Ja, ganz richtig. Wie erwarten von Ihnen, dass Sie sich so rasch wie möglich in der City-Nord-Zentrale melden.

Julian versprach, sich darum zu kümmern. Bis dahin solle er zusätzlich die ergänzenden Tabletten nehmen, hieß es, man wolle nichts riskieren. Julian aber, ansonsten ein Vorbild an Verlässlichkeit, scherte sich nicht darum. Den Termin würde er verstreichen lassen und wo er die Tabletten hingelegt hatte, wusste er schon gar nicht mehr. Er war fahrig geworden und vor einigen Tagen hatte ihn zum ersten Mal das ungute Gefühl beschlichen, sich selbst abhandenzukommen.

Der Grund für Julians Ärger war niemand anders als Noah. »Dass sie an ihm überhaupt das Zeug zum Glücklichsein verschwenden, ist ja allerhand«, murmelte Julian vor sich hin. Noah hatte *eudaimonia®* gar nicht nötig. Noah war auch ohne sein Implantat rundum glücklich und zufrieden mit sich und der Welt. Noah kannte keine Sorgen. Noahs Welt war normalerweise perfekt.

Jetzt aber hatte sich ein ratloses Runzeln auf seiner Stirn breitgemacht. Noah saß fassungslos auf der altmodischen Maschine, die er am Tag zuvor noch lachend bestaunt und gerufen hatte, dass er so etwas überhaupt noch nie gesehen und keine Ahnung hätte, wie man so etwas bedienen müsse.

»Oh, Onkel Ernsts alter Traktor!«, hatte Vanessa freudig und mit feuchtem Schleier in den Augen gerufen und sich dabei das blonde Haar scheinbar versonnen aus dem Gesicht gestrichen. Vanessa wusste, wie man Szenen gestaltete. Julian, von ihrem Anblick wie elektrisiert, brauchte eine Zehntelsekunde länger, um seinen Blick von ihr zu lösen. Emily bemerkte es und verdrehte die Puppenaugen unter dem Bubikopf.

Sie standen im Duster der alten Scheune und betrachteten das Gefährt, das auch zu Ernsts Lebzeiten schon ziemlich veraltet gewesen sein musste. Vier Sublime, mehr Kunst als Natur, mehr Wille als Zufall, mehr Engelsblut als pures Fleisch, standen in einer verstaubten und von Spinnweben fast ganz verbauten Scheune im Halbkreis versammelt. Noah und Julian fachsimpelten Schulter an Schulter über die Funktionsweise des alten Gerätes, von dem keiner die geringste Ahnung hatte. Nicht einmal Julian, wie er sich eingestehen musste. Er hatte sich gerade in Fahrt geredet, als Emily ihre Arme von hinten um Noahs muskulösen Oberkörper schlang und ihm verschmitzt grinsend etwas ins Ohr flüsterte. Noah versuchte erst, sie abzuschütteln, aber sie krallte sich umso fester an ihn und versuchte, ihn mit sich zu ziehen. Noah wehrte sie lachend ab. Sie kicherten über irgendetwas, was Julian nicht verstand. Das Turteln der beiden ärgerte ihn. Ohne es zu wollen, musste er Vanessa recht geben. Die hatte letzthin bemerkt, dass Noah und Emily ja wohl genau so seien, wie *PROCIETY* sie haben wolle, unkritisch, sexy, gut gelaunt. Genau solche Leute brauche die Firma. Bis vor Kurzem hatte Julian nichts dabei gefunden, gar nichts, und jetzt zerriss es ihn fast vor Wut, als er Emilys ordinäres Lachen hörte.

»Also, was ist jetzt mit dem Traktor?«, wollte er in die Runde hinein wissen, nur um etwas zu sagen zu haben.

Vanessa zuckte mit den Schultern, ohne ihren Blick vom Flecken Luft zu lösen, auf den sie starrte. »Was soll damit sein?«

»Na ja, ihr wisst schon, dass wir dieses Ding auf keinen Fall benutzen können.« Seine Stimme klang triumphierend.

»Und wieso nicht?«, rief Emily entrüstet.

»Wir wissen ja nicht einmal, was wir damit anstellen können!«, rief

61

Noah aus und knuffte Emily lachend in die Seite.»Oder weißt du es? Schlaues Bauernmädchen?«

»Klar weiß ich das«, erwiderte Emily lachend.»Wir könnten dieses seltsame Teil hinten anhängen und damit über den Boden fahren. Dann wird er aufgerissen und wir können das Saatgut verteilen.« Emily zeigte mit ausgestrecktem Zeigefinger auf den Pflug, der hinter dem Traktor stand, von einer dicken Schicht Staub und Dreck zugedeckt.»Ich habe so etwas als Kind mal gesehen. Scheint zu funktionieren.«

»Auf unerlaubten Benzinverbrauch gibt's ein Jahr offline und Knast dazu«, fuhr Julian trocken fort.

»Offline? Sind die verrückt geworden?« Vanessa schnappte nach Luft.

»Vielleicht braucht das Ding ja gar kein Benzin?«, äußerte Emily hoffnungsvoll. Sie nestelte an ihrer langen, silbernen Kette, wickelte sie auf den Zeigefinger auf und wieder ab, und wiederholte die Geste gedankenverloren. Das Geräusch dieser Kette war Julian von Beginn an auf die Nerven gegangen. Er schaute Emily durchdringend an, in der Hoffnung, dass sie damit aufhöre, aber Emily bemerkte seinen Blick gar nicht. Stattdessen stöckelte sie zum Traktor und strich mit der Hand zaghaft über den staubigen Kotflügel, so als würde sie ein seltenes Tier streicheln. Julian trat hinter sie.

»Emily, bitte, der Traktor ist doch uralt! Hör mal her.« Julian klopfte mit den Fingerknöcheln auf die Haube.»Blech. So haben sie Ende des letzten Jahrhunderts noch gebaut, neunzehnneunzig oder fünfundneunzig. Und mit Sicherheit ist da kein Elektrogetriebe drin! Das ist ein Benziner. Das riecht man ja schon kilometerweit!« Julians Nasenflügel blähten sich leicht, während er Emily mit einem überlegenen Blick taxierte. Emily kräuselte die vollen Lippen und starrte nachdenklich auf den Traktor. Das Knallrot ihrer Lippen wirkte übertrieben. Als ob es etwas zu gewinnen gäbe in dieser von allen guten Geistern verlassenen Gegend, dachte Julian spöttisch.

»Offline wäre ja wie Ferien!«, rief Noah fröhlich und im nächsten Augenblick packte er Emily von hinten an den Schulterblättern, drehte sie um und schob sie vor sich her in Richtung Tür, die zum Wohnhaus

62

führte. Emily ließ es kichernd geschehen.

Julian blickte ihnen stirnrunzelnd nach, dann wandte er sich an Vanessa:»Kein Wunder ist der Hof zugrunde gegangen, bei all dem Bruch, der hier rumsteht.« Es klang verächtlicher, als er es gewollt hatte.

»Ach, hör doch auf«, antwortete Vanessa. Sie wirkte abwesend, die ganze Zeit schon. *Bestimmt hat sie etwas zu verbergen,* überlegte Julian. Etwas, was nichts mit ihnen und auch nichts mit ihrem verstorbenen Onkel zu tun hatte, das wusste er ganz genau. *Vielleicht ist sie ein Spitzel.* Ihren Job bei *PROCIETY* schien sie jedenfalls nicht sonderlich ernst zu nehmen. Außerdem strahlte sie diese kalte Hitze aus. Die meisten Menschen hielten instinktiv Abstand zu ihr.

»Stimmt was nicht?«, wollte er wissen.

»Wieso? Was meinst du?«

»Du bist so abwesend. So, als ob du mit ganz anderen Dingen beschäftigt wärst.«

»Wie kommst du denn darauf? Und wenn es noch so wäre …«

»Du weißt genau, wie ich darauf komme.«

»So, wie denn?«

»Lassen wir das. Ich möchte einfach wissen, worauf ich mich mit dir einlasse.«

»Hör bitte auf damit, ja? Du machst dich noch lächerlich mit deinem Kontrollwahn.«

»Kontrollwahn? Dass ausgerechnet du das sagst!«, rief Julian. Aber es stimmte. Julian mochte es nicht, wenn die Dinge nicht klar und kontrollierbar vor ihm lagen. Er konnte gar nicht anders, als Vanessa mit Argwohn zu beäugen. Außerdem war er es gewohnt, die Dinge in die Hand zu nehmen, aber seit sie auf dem Aegetenhof waren, hatte Vanessa die Führung mit einer Attitüde übernommen, die keine Zweifel daran ließ, dass sie sich diese Rolle nicht würde abspenstig machen lassen. Auch nicht von Julian. Vanessas Benehmen ging Julian so gegen den Strich, dass seine Halsschlagader zitterte, wenn immer Vanessa den Mund öffnete. Aber es half nichts. Vanessa hatte nun einmal das Sagen, solange sie sich auf dem Hof ihres verstorbenen Onkels befanden. Außerdem konnte Vanessa, so kühl sie sich gab, sehr liebreizend sein. Vanessa war durchaus ein charmanter Boss. So schön wie mit ihr wurde man bestimmt selten in die Scheiße geritten. »Ernst war pleite«, sagte Vanessa dann. »Er konnte gar nicht mehr investieren. Er hat getan, was er konnte.«

Julian wollte gerade zu einer Entschuldigung ansetzen, als Vanessa sich umdrehte und den beiden anderen ins Haus folgte.

Er blieb allein und etwas ratlos beim alten Traktor zurück, unschlüssig, was er nun tun sollte. Er hätte anfangen können, das Feld umzugraben, aber bereits beim Anblick der rostigen Hacke fühlte er sich zu müde für diese Arbeit. Die Hände in den Hosentaschen vergraben, stellte er sich in die offene Stalltüre und lauschte der Stille. Er musste an früher denken, als er die lieblichen Hügel, die aus seinem Sichtfeld waberten, noch gekannt hatte. Nun wusste kaum noch jemand von ihrer Schönheit, außer den alten Heimwehseelen, den Unverbesserlichen, die immer noch der Meinung waren, früher sei eben alles besser gewesen. So wie Vanessa.

64

9

Fabiana hatte gerade die Lasagne in den Ofen geschoben, als es an der Tür klingelte. Sofort merkte sie, wie sie nervös wurde. Sie kontrollierte noch einmal sorgfältig, ob die Temperatur stimmte und der Timer richtig eingestellt war. Es kostete sie Überwindung, diese beiden Aufgaben zu Ende zu führen, bevor sie die Tür öffnete. Sie fühlte sich unangenehm angespannt, wie immer, wenn sie Gäste erwartete. Erst wenn alle Mienen zufrieden aussahen und alle Münder etwas zu trinken und zu knabbern hatten, würde ihre Nervosität sich legen. Bis dahin würde sie sich vollkommen lächerlich machen. Sie war eine schlechte Gastgeberin. Eine, die es an nichts fehlen ließ, außer an Gelassenheit.

Weshalb also hatte sie die gesamte Teilnehmerschaft ihres Seminars zu sich nach Hause eingeladen? Sie hatte sich selbst übertölpelt. Die Freude über die gelungenen Seminararbeiten hatte sie unvorsichtig werden lassen. Dabei wusste doch jeder, dass Studenten unbarmherzig sind. Sie kennen kein Mitleid. Andererseits, weshalb zum Teufel sollte sie Mitleid wollen?

Das Problem war, dass man es ihr möglicherweise zur Last legen würde, behaupten, sie hätte sich einschleichen wollen. Als ob sie so etwas nötig hätte.

»Wow! Ihr seid aber pünktlich!«, rief Fabiana erfreut. Ihr Körper und ihre Mimik schalteten auf Autopilot. Sie war sich selbst ausgeliefert, ihrem grellen Lachen und ihren dummen Gastgebersprüchen.

»Ja, so sind wir. Wie Maschinen eben«, antwortete Stefan grinsend.

»Haha, kann einem fast Angst machen, gell«, erwiderte Fabiana grinsend. Stefan trat vor, und bevor Fabiana wusste, wie ihr geschah, hatte er ihr bereits drei Luftküsschen auf beide Wangen gehaucht. »Danke für die Einladung!« Er strahlte sie an.

Fabiana brauchte eine Sekunde, um sich zu sammeln, und rief dann: »Das ist so schön, dass ihr hier seid! Dass wir doch noch einen Termin gefunden haben. Ich freue mich.« Das war nicht gelogen. Sie freute sich wirklich. Nacheinander ließ sie alle an ihr vorbei in die Wohnung treten, wenigstens war keiner von ihnen mehr so zudringlich wie

Stefan. Die restlichen Studenten beschränkten sich auf ein verlegenes Lächeln. Aus den Augenwinkeln sah sie, dass sie interessiert die Lichtskulptur betrachteten, die Bernhard ihr vor Jahren geschenkt hatte, eine Art Abstraktion von Nietzsches Schnurrbart. Apropos, Bernhard. Wo war er eigentlich? Fabiana hatte vergessen, wo er an diesem Abend hatte hingehen wollen. Sie nahm sich fest vor, ihm ab morgen wieder mehr Beachtung zu schenken. Früher hatten sie es schön gehabt. Es gab keinen Grund, weshalb es nicht wieder so sein sollte wie früher. Außer, dass er ihr auf die Nerven ging. Oder, sie sich selbst auf die Nerven ging? Sie wusste es nicht. Fabiana hatte schon so lange nicht mehr über sich selbst nachgedacht. Oder über Bernhard. Was wusste sie schon von ihm? Vielleicht war er mit einer anderen unterwegs. So wie Macbeth. Der ja nun wirklich gar nichts damit zu tun hatte. Sie wusste nicht, wem sie mehr misstraute. Sich selbst, dem Anderen oder Macbeth.

»Aber, die anderen kommen auch noch, ja?«

»Ja klar, die sind unterwegs. Sie müssten in zehn Minuten hier sein«, antwortete die Studentin mit der braunen Mütze. Nun wusste sie endlich auch ihren Namen. Alda. Sie hatte von allen mit Abstand die beste Arbeit abgeliefert, aber das behielt Fabiana selbstverständlich für sich. Sowieso hoffte sie, das Gespräch würde sich nicht den ganzen Abend ums Seminar drehen. Sie kannte es zur Genüge. Es gab in jeder Gruppe den einen, der mit seinem Wissen rumprahlen musste und allen anderen den Abend verdarb. Nun, sie würde das Gespräch rechtzeitig in andere Bahnen lenken. Wenn Bernhard hier wäre, wäre dies alles kein Problem. Bernhard war äußerst geschickt darin, die Gäste auf die richtige Gesprächsspur zu bringen und dabei die totale Entspannung zu verbreiten. Dieses Kunststück gelang ihm selbst dann noch, wenn sie beide zehn Minuten vorher in der Küche die Messer gewetzt hatten.

»Na, dann setzt euch mal schön ins Wohnzimmer. Da findet ihr schon mal was zu knabbern.« Sie dirigierte die fünf Studenten auf die Sitzecke. »Also, was möchtet ihr trinken?«

»Mm, wenn da ein Bier ist, würde ich ein Bier nehmen.« Stefan natürlich. Immerhin war er unkompliziert.

66

»Klar habe ich Bier. Da ist auch Weißwein, Rotwein, Saft, Crodino, wer es bitter mag. Ich kann euch auch einen kleinen Drink machen. Campari Soda, Martini. Oder einen Negroni irgendwer?«

Die Lasagne war ihr gut gelungen. Vielleicht ein kleines bisschen fade, aber besser so, als zu salzig. Die Konsistenz war perfekt, nicht zu weich, nicht zu trocken. Die Studenten - es waren acht, die das Seminar durchgezogen und mit Arbeit abgeschlossen hatten - lobten das Essen über alle Massen und hauten richtig rein. Jeder ihrer Gäste verlangte Nachschlag und Fabiana war heilfroh, dass sie zwei große Schalen gemacht hatte. Zu wenig zu essen für Gäste, das wäre ihr Untergang. Nun musste nur noch das Tiramisu gelungen sein, dann war sie zufrieden mit sich.

Als sie die Teller mit dem Nachtisch verteilte, nahm sie sich einmal mehr vor, eine solche Einladung nicht so rasch zu wiederholen. Auch wenn es noch so schön war, war es einfach auch zu viel Stress. Wäre bloß der Andere da gewesen; so lastete die ganze Verantwortung auf ihr. Sie konnte sich beim besten Willen nicht daran erinnern, ob Bernhard beim Essen hatte dabei sein wollen oder nicht. Normalerweise ließ er keine Gelegenheit aus, sich von jungen Leuten bewundern zu lassen. Andererseits hätte er sich den Spott über ihren Projektantrag bestimmt nicht verkneifen können und ihr damit den Abend verdorben.

»Habt ihr gelesen, dass in Kalifornien die erste Ehe zwischen einer Frau und ihrem Hausroboter geschlossen wurde? Nach zwei gescheiterten Ehen hätte sie die Nase voll von Männern. Sie brauche jemanden, auf den sie sich verlassen könne.« Stefan nahm einen großen Schluck Rotwein und lehnte sich in den Stuhl zurück. Er sah satt und zufrieden aus. Und sehr selbstgerecht. Fabiana wusste nicht, was sie von ihm halten sollte. Er überschätzte sich eindeutig, aber tat sie das selbst nicht auch?

»Ja, das habe ich auch gelesen. Scheint eine einigermaßen bekannte Wissenschaftlerin zu sein. Suarez ... irgendwas.« ergänzte die Blonde mit dem großen Nasenring.

»Gretchen Suarez heißt sie, glaube ich«, warf der Stille mit der kleinen Brille ein. Seine Beiträge zum Seminar waren immer sehr durchdacht gewesen. Fabiana mochte ihn. Nur leider hatte er sich fast nie zu Wort gemeldet, wahrscheinlich aus Angst, Stefan könnte ihm über den Mund fahren. Die Brille hatte er heute offensichtlich gegen Kontaktlinsen eingetauscht; sein Freizeitgesicht wirkte viel jünger und uninteressanter. Leute, die normalerweise Brille tragen, haben ohne Brille plötzlich etwas unglaublich Banales und fast obszön Verletzliches, überlegte Fabiana. Als ob sie etwas zeigen würden, was sich nicht gehört und was auch niemand sehen will. Ihre Seele.

»Gretchen ist so ein geiler Name.« Stefan, der kein zweites Gesicht besaß und vielleicht auch gar keine Seele, sprach den Namen übertrieben amerikanisch aus.

»So etwas kann auch nur den Amis einfallen.«

»Was, der Name?«

»Nein, das mit der Roboterehe.«

»Warte nur, das kommt auch bei uns noch«, meinte Alda.

»Ja, aber dass sie von diesem Roboter spricht, als ob es ein jemand wäre. Als ob dieses Blechding ein Bewusstsein hätte ... Dieses schlampige Denken regt mich auf. Typisches Silicon-Valley-Gehabe.« Die Blonde hatte wie immer eine sehr bestimmte Meinung. Typisches Zeichen von Unsicherheit.

»Sie könne niemanden brauchen, der sich nur für seine eigenen Bedürfnisse interessiere. Die Männer müssten sich in Zukunft mehr kümmern, ansonsten würden ihrem Beispiel auch andere folgen, davon sei sie überzeugt. Ihr Roboter sei darauf programmiert, ihren Wünschen nachzukommen. Er sei ein verlässlicher Partner und lerne mit jedem Tag mehr, auf sie einzugehen. Es sei eine Win-win-Situation.«

Wenigstens sorgte Stefan immer für Gesprächsstoff. Er war es auch, der ein Seminar am Laufen halten konnte, wenn sie es nicht selbst tat. Er wird bestimmt den Doktor machen, überlegte Fabiana, während sie der Unterhaltung folgte.

»Trotzdem zeigt dieses Beispiel doch, dass wir über ein neues Menschenbild nachdenken müssen. Zwangsläufig. Die Trennung zwischen Anorganischem und Organischem verwischt immer mehr.« Aldas Ton klang alarmiert. *Was sie wohl von meinem Projekt findet,*

68

überlegte Fabiana und ermahnte sich im nächsten Augenblick, dass sie es schließlich nicht jedem recht machen konnte.

»Ich weiß nicht, ob man das so vorschnell verurteilen sollte. Diese Wissenschaftlerin geht mit ihrem Roboter vernetzt ins Bett und – wer weiß – vielleicht haben sie dieselben Träume, über die sie sich unterhalten können.« Julia, die überzeugte Marxistin.

»Aber, das ist doch der pure Narzissmus. Wer seinen Roboter heiratet, hat nichts zu befürchten!«

»Ja, der Computer wächst mit uns in dieselbe Richtung. Wir entwickeln uns zusammen. Das schafft Harmonie!«, antwortete Julia.

»Vielleicht wäre das was für dich?«

Fabiana spürte mit einem Mal, dass alle Augenpaare auf sie gerichtet waren. Jemand hatte etwas zu ihr gesagt. »Entschuldigt bitte, ich war in Gedanken. Was hast du gesagt?«

»Ob das was für dich wäre«, wiederholte Stefan.

»Für mich? Wie kommst du denn darauf?«, antwortete Fabiana lachend und schenkte sich vom Wein nach. Was für ein unverschämter Tölpel. Es war immer dasselbe. Kaum bot man ihnen das Du an, wurden sie frech. Sie hoffte, dass man ihr den Ärger nicht anmerken würde. Sie kam sich mit einem Mal sehr altmodisch vor.

»Stefan! Halt die Klappe!«, fauchten Alda und die Blonde gleichzeitig.

»Sorry, war doch nicht böse gemeint!«

Es war nach Mitternacht, als sich die Schar endlich laut kichernd auf den Weg machte. Als sie die Haustüre schloss, fühlte Fabiana sich sehr alt und verbraucht.

69

10

Julians Warnung zum Trotz hatte Noah es nicht lassen können. Das namlose Ungetüm ratterte und fauchte mitten auf der ungehobelten Wiese. Immerhin war es Noah gelungen, den Traktor einige Meter auf das Feld hinaus zu bewegen, bemerkte Julian fast anerkennend. Aber aus irgendeinem Grund war das Fahrzeug dort stehen geblieben.

»Mach das Ding aus!«, schrie Julian. »Hey! Hey!« Er wedelte mit den Armen, um sich bemerkbar zu machen, doch Noah sah und hörte ihn nicht. Julians Worte versanken im nebligen Nichts des grauen Vormittags, während er beobachtete, wie Noah sich über das Steuer des Traktors beugte und versuchte, den Schlüssel aus dem Schloss zu ziehen. Er sah Noahs leidendes Gesicht, auf dem sich mit einem Mal Entsetzen ausbreitete. Mit weit aufgerissenen Augen starrte Noah auf seine Hand, in der sich der Bart des Schlüssels befand. Der Rest steckte im Zündschloss und der Motor lief noch immer.

»Nicht zu fassen. Was für ein Idiot«, murmelte Julian halblaut. Er wollte sich in Bewegung setzen, über das Feld rennen und seinen Freund zur Räson bringen, doch er stolperte und fiel hin. Der dünne Stoff seiner Hose sog sich mit der braunen Erde voll.

»Verd...!« Fluchend rappelte Julian sich auf, und noch während er versuchte, sich den Schmutz von den Kleidern zu klopfen, musste er einsehen, dass es hoffnungslos war. Er behalf sich damit, die Hände an seinem Hemd abzuwischen und mit dem Handrücken eine widerspenstige Strähne aus der Stirn zu streichen. Sein Körper war klamm vor Kälte. Als er den Motor des Traktors gehört hatte, war Julian, ohne viel zu überlegen, aus dem Haus gestürzt, um Noah zusammenzustauchen. Nun kroch die feuchte Kälte unaufhaltsam unter sein dünnes Hemd.

Es roch nach Schnee. Vor Kurzem hatten sich einige Schlüsselblumen hervorgewagt, doch die Aussichten auf ein gnädiges Frühjahr waren so trübe, dass ihre Halme bereits geknickt waren und sie die Köpfe noch etwas tiefer hängen ließen.

Auch dieses Jahr würde der Frühling wohl ausbleiben und die eisige Kälte Ende April plötzlich in einen absurd heißen und stürmischen Sommer umschlagen. Man kannte es schon. Neu war nur die Dunstglocke, die sich seit einiger Zeit wie ein dickes Wolltuch über das Land gelegt hatte und durch die die Sonne nur noch eine bloße Ahnung war, etwas Abwesendes, das anwesend sein sollte und durch diese Abwesenheit einen ungeheuer wichtigen Status einnahm. Die Absenz der Sonne, das war schlagendes Thema überall. Religiöse Vorahner zitierten das Matthäusevangelium und verkündeten mit weit aufgerissenen Augen und Genugtuung in der Stimme, nun sei die Endzeit angebrochen, ganz bestimmt sei es nun so weit. Sogar bei den Sublimen war eine leichte Verstimmung wahrzunehmen. Einige Empfindliche nahmen die angewiesene Extraration *eudaimonia®* ein und flüchteten sich in gemütliche Cafés, deren dezente Beleuchtung das Haar wie satte Seide schimmern ließ und das Augenlicht um einen rosigen Teint betrog. Sie legten ihre verwöhnten Füße auf üppige Teppiche und ließen sie auf einem Gefühl sanft wie Watte ausruhen. Sie versuchten, die bösen Stimmen zu ignorieren, aber apokalyptische Prognosen bleiben nie ungehört, mögen sie noch so absurd sein. Das Gemunkel von einer Eiszeit, die kommen werde, ganz bestimmt, drang bis in den hintersten Winkel des ›Marrakesch‹ vor, und das wollte etwas heißen, denn im ›Marrakesch‹ hatten schlechte Nachrichten nun wirklich nichts verloren.

»Verdammt, Noah, was tust du?«, rief Julian und zerrte am Ärmel seiner Jacke. »Wann kriegst du das endlich in den Griff?« Damit meinte er die Feinmotorik, die unter Noahs verbesserter Muskulatur gelitten hatte. Noah drehte sich erschrocken um, knallrot im Gesicht.

Julian wartete Noahs Entschuldigung gar nicht erst ab, sondern drehte sich auf dem Absatz um und stakste wütend davon. Er wollte im Schuppen eine Zange suchen, um damit den Schlüsselbart aus dem Zündschloss zu ziehen. Vanessa und Emily standen verständnislos im Türrahmen. Sie hatten wohl Julians Rufen gehört, waren aus dem Haus gestürzt und warteten nun gespannt, was als Nächstes passieren würde.

»Glotzt nicht so blöde!«, herrschte Julian die beiden im Vorbeigehen an.

»Hey!«, kam die empörte Antwort aus zwei Mündern wie im Chor.

71

»Geht's noch?«

Julian wusste schon, was sie dachten. Weshalb war er so aggressiv? Er wusste es nicht. Aggression war höchst verdächtig in der Welt der Sublimen. Ungewöhnlich. Er konnte sich nicht erklären, weshalb der Ärger in letzter Zeit so unkontrolliert in ihm hochstieg. Es war, als ob sein altes Selbst in seiner schlimmsten Form aus dem Moder auferstanden wäre. Sein altes, hässliches Ich, das er doch längst hinter sich gelassen hatte. Er, der sonst so besonnen war, alles im Griff hatte, die Ausgeglichenheit in Person, zufrieden und vor allem, überzeugt, das Richtige zu tun, am richtigen Platz zu sein, erlebte sich mit einem Mal wieder so wütend wie früher. Und alles nur, weil mit seinem Implantat etwas nicht stimmte? Er ließ den Blick über den wirren, unsortierten Ort voll Gerümpel schweifen. Fahle Lichtstreifen fielen durch die verschmutzten Scheiben. Staub waberte in der Luft. Die Partikel leuchteten zart im Rinnsal des schwachen Außenlichts. Nach einer Weile endlich sah Julian etwas Rotes schwach glimmen. Er ging näher und sah, dass an der Wand verschiedene Zangen, Schraubenschlüssel und Hämmer befestigt waren. »Dem Durcheinander liegt doch noch ein letzter Rest Vernunft zugrunde«, murmelte er zufrieden und nahm eine Flachzange vom Haken.

Für die vier Freunde, die sich vom geschliffenen Leben in der City verabschiedet hatten, um sich mit der organischen Komplexität des Landlebens abzumühen, bedeuteten Julians immer leidenschaftlichere Wutausbrüche mit einiger Wahrscheinlichkeit, dass sie schon sehr bald Besuch kriegen würden, Besuch von oben. Julian wusste das. Dann würde es vorbei sein mit dem Hirnfurz, den Vanessa ihnen nach dem letzten Lebensmittelskandal eingeredet hatte. Dann würde die milde Gelassenheit des perfektionierten Lebens wieder unnachgiebig dahinplätschern und die hübschen Köpfe mit schönen Gedanken füllen. Dann würde es wieder so sein, wie es sein sollte. Friedlich und sortiert, damit auch die Welt friedlich, sortiert, sicher und für alle lebenswert werde. Das war schließlich die Idee des Ganzen, das war schließlich der Sinn des sublimen Daseins, *seines* Daseins.

Aber ein Gedanke ließ Julian nicht los. Es war eigentlich unmöglich, dass die Firma sie aus den Augen verloren hatte. Ihr Implantat hatte

72

GPS eingebaut. Julian war sich ganz sicher, dass das Projektmanagement sie längst auf dem verlassenen Hof geortet hatte, doch bisher hatte niemand auch nur einen Kommentar dazu abgegeben. Und weshalb hatten sie nicht längst ihre Leute geschickt, damit sie die vier Abtrünnigen zurück in die City beförderten?

Um die maßgeschneiderte Erfüllung der sublimen Wünsche zu ermöglichen, wurde von ihnen erwartet, dass sie in einer der fünf Schweizer Citys lebten, die für das Projekt auserkoren waren. Dort konnten sie es sich gut gehen lassen. Für die totale Preisgabe all ihrer Lebensregungen durften die Sublimen schließlich etwas erwarten. Und die Firma ihrerseits war sehr erpicht darauf, diese Wünsche auch zu erfüllen. WÜNSCH DIR WAS! So lautete das Credo. Wünsch dir was, für das Glück. Immer für das Glück. Vier Sublime aber, die sich aufs Land abgesetzt hatten, um dort Selbstversorgung zu betreiben, weil sie die Nahrungsmittel aus dem Labor nicht mehr essen wollten, müssten früher oder später ein Problem sein. Die Kontrolle dieser Leute musste ein Problem sein. Solche Leute waren ein Problem. Leute wie Julian, die sich nicht an die Regeln hielten. Leute wie Vanessa, die auf die Regeln geradezu pfiffen. Nicht mehr lange und man würde sie zurückbeordern. Es sei denn, sie waren selbst Teil eines Experiments. Dieser Gedanke kam Julian nicht zum ersten Mal. Ließen sie sie deshalb an der langen Leine laufen? War ihr eigenes Experiment eingebunden in deren Experiment? Und vor allem: Wusste Vanessa davon?

Dabei bin ich den Regeln bis vor ein paar Wochen geradezu fanatisch gefolgt, dachte Julian erstaunt und schüttelte unmerklich den Kopf. Er betrachtete die Zange, die gar nicht so verschieden war von jener, die er zu Hause in seinem Küchenschrank liegen hatte und die er noch nie benutzt hatte. Auch seine Zange hatte diesen leuchtend roten Griff. Sie fasste sich genau gleich an, dieselbe Größe. Er ließ das Gerät von einer Hand in die andere fallen und musste fast mitleidig an sein eigenes, vollkommen nutzloses Werkzeug denken. Er hatte es damals aus einer seltsamen Anwandlung heraus gekauft, wahrscheinlich aus Ratlosigkeit oder Sentimentalität. Es gab keinen Grund, sie zu benutzen. Alles in seinem Leben lief wie geschmiert. Seine Zange lag wie ein unerkanntes Kunstwerk in seinem Schrank. Die Sinnlosigkeit gab dem eigentlich Nützlichen etwas Lächerliches. Julian musste sich zusammenreißen, seine Gedanken nicht zur Sinnlosigkeit seines eigenen Daseins zu spannen. Letztlich war er Teil einer organisierten Hoffnung, die Welt vor der sicheren Selbstzerstörung retten zu können. War das etwa sinnlos? Er erinnerte sich noch genau an den Informationstag, den *PROCIETY* organisiert hatte, um möglichst viele von der Idee der künstlichen Intelligenz zu überzeugen, um möglichst vielen klar zu machen, wie wertvoll ihr eigenes Zutun zur Erschaffung einer solchen intelligenten Instanz sei. Nicht nur das Essen war einfach fabelhaft gewesen, sie hatten sich auch sonst alle Mühe gegeben, die Räumlichkeiten der Firma, ganz in warmen Brauntönen gehalten. Ohne es zu wollen, hatte Julian sich sofort zu Hause gefühlt.

Und auch an die Worte des einen Typen konnte er sich noch genau erinnern, an die Lacher, die er mit seinen Sprüchen geerntet hatte. Er hatte es ziemlich geschickt eingefädelt, hatte so getan, als ob er sie davon abhalten wollte, bei dem Programm mitzumachen und dabei von Beginn an gewusst, dass er das genaue Gegenteil bewirken würde.

Ich will das nicht schönreden. Ihr müsst euch im Klaren sein, dass ihr in einer Art Versuchslabor leben werdet, einem besonders schicken allerdings.

Er hatte ihre Gehirne bearbeitet, so präzise wie ein Chirurg, hatte ihre Schädeldecke geöffnet und MORAL hineingerufen, so oft und so deutlich, dass sich am Schluss nur eine einzige Teilnehmerin gegen das Mitmachen entschieden hatte.

Ihr werdet rund um die Uhr kontrolliert werden, gehegt und gepflegt, wie besonders wertvolle Keimlinge. Und das werdet ihr auch sein. Ihr werdet wertvoll sein, nicht nur, weil das Programm sehr viel Geld kostet, sondern auch, weil ihr euch bereit erklärt, eure Freiheit für ein gutes Leben für alle aufzugeben. Das ist keine leichte Sache. Das ist hochanständig von euch. Das ist eine noble Sache.

»Was suchst du?« Julian schrak aus seinen Gedanken auf. Vanessa kam durch das Duster auf ihn zu. Ihre blonden Haare schimmerten im Halbdunkeln wie ein Heiligenschein. Er beschloss, sie von nun an noch genauer als bisher zu beobachten.

Der Mensch muss vor seiner eigenen ›conditio humana‹ geschützt werden, vor seiner eigenen Selbstzerstörungskraft, die nicht nur ihn selbst, sondern

74

den ganzen Planeten ins Verderben stürzen wird. Ich weiß nicht, wie es euch geht, aber ich persönlich glaube nicht, dass sich da draußen so rasch eine zweite Erde finden lässt. Ich nehme an, auch ihr wollt euer Zuhause noch ein wenig länger behalten. Mit MORAL haben wir einen Weg gefunden, den Menschen vor sich selbst zu schützen. Mit eurer Hilfe - und nur mit euch können wir es schaffen - werden wir eine künstliche Intelligenz schaffen, die gerecht ist, die gut ist, die altruistisch ist. Wir werden dafür sorgen, dass dieser Planet wieder ein Zuhause ist, für alle! Mit MORAL schenken wir Hoffnung, schenken wir Frieden! Tosender Beifall zum Schluss.

»Hab's schon gefunden. Damit werde ich den bösen Zahn ziehen«, witzelte Julian und schwang die Zange in der Luft.

Als er ans Tageslicht trat, konnte man es förmlich riechen. Es roch nach Ärger. Unerlaubter Benzinverbrauch, das fanden die Behörden nicht lustig. Niemand war mehr auf den schmutzigen Brennstoff angewiesen und die letzten vorhandenen Reste zu verbrennen war bei Strafe verboten.

»Das gibt ein Jahr, mindestens!«, herrschte er Noah an, als er ihm die Zange reichte, und es hörte sich an, als würde er höchstpersönlich im exekutiven Gremium sitzen.

Ein Jahr offline war eine drastische Strafe; genug, um die meisten davon abzuhalten, mit Benzin Dummheiten anzustellen. Nur Noah hatte sich wieder einmal nichts dabei gedacht. Ein Jahr offline bedeutete ein Jahr vom Leben abgeschnitten; genug, um den Anschluss zu verlieren, sein Gesicht sowieso, ein Tod auf Zeit.

»Willst du, dass sie dich rausschmeißen? Komm runter und lass mich mal ran!«

Offline bedeutete, das Schreckgespenst der Firma, off-control. Es bedeutete dumme Gedanken, unkontrollierbare Wünsche und Neigungen, leidenschaftliche Gefühlsausbrüche. Es bedeutete den metaphysischen Raum zwischen Realität und Gefühl, zwischen Vernunft und Verlangen. Es bedeutete Disziplinlosigkeit bis zur nackten Anarchie. *PROCIETY* würde jeden rausschmeißen, der Scherereien mit den Behörden hatte. So stand es im Kleingedruckten, welches selbstverständlich nur Julian gelesen hatte.

Noah gab sich zerknirscht. »Tut mir echt leid, Mann. Ich wollte nur

75

mal ausprobieren, ob ich das alte Ding zum Starten bringe. Dachte, es könnte vielleicht doch recht nützlich sein. Ich dachte ...«

Julian fuhr ihm über den Mund. »Nein, du denkst eben gar nicht, das ist das Problem!«

Noah wollte gerade zu einer Antwort ansetzen, als ein Polizeiwagen langsam auf den Platz vor der Scheune fuhr und dort stehen blieb. Der Motor des Treckers erstarb im selben Augenblick. Eine unangenehme Stille machte sich breit. Julian hörte leise Schritte hinter sich. Emily und Vanessa. Selbst Julian spürte ihre vorwurfsvollen Blicke. Von ihnen konnte Noah keine Hilfe erwarten.

11

»Ich wollte nur helfen, ich schwöre es!«, rief Noah und blickte mit weit aufgerissenen Augen in die Runde. Vanessa sah, dass sich um E-milys Lippen ein hämisches Lächeln kräuselte. Selbst sie hatte Noah gewarnt, aber Noah, das hatte Vanessa rasch gemerkt, ließ sich nur selten von einer Idee abbringen, mochte sie noch so kindisch sein.

Julian stand ehrfürchtig wie ein Kind und bestaunte mit großen Augen das nagelneue, blitzweiße E-Sportscar, das die Citypolice sich für besonders dringende Einsätze zugelegt hatte. Vanessa fühlte sich beinahe geehrt, dass ihr Verhalten höchste Dringlichkeitsstufe erreicht hatte, und erinnerte sich im nächsten Augenblick daran, dass sie mit der Sache ja überhaupt nichts zu tun hatte.

Die weiße Schiebetür öffnete sich mit einem leisen Summen. Ein dicker Polizist in Uniform stieg aus, baute sich vor den vier Freunden auf und hielt sich nicht lange mit Begrüßungsfloskeln auf:»Was ist denn hier los?« Sein Ton war barsch. Es war nicht zu übersehen, dass er es gewohnt war, Leute in Bedrängnis zu bringen.

»Herr äh … Polizist, das war ein Versehen. Es tut uns sehr leid. Wir wollten nur mal prüfen, ob der alte Ofen noch funktioniert. Wir hätten den Motor sofort wieder ausgemacht, ehrlich, aber dann ist der Schlüssel abgebrochen.« Noah setzte sein frischestes Lachen auf.

»Wir?«, rief Emily entrüstet.

Mann, Noah, du hast echt nur Flausen im Kopf, dachte Vanessa, *und jetzt glaubst du, du kannst es mit einem Lächeln wiedergutmachen.* Bei Noah wusste man nie, was ihm als Nächstes in den Sinn kam. Julian hatte sie schon gewarnt. Fast hoffte sie, sie würden ihn gleich mitnehmen.

»Das scheinen Ihre Freunde aber anders zu sehen, Herr …«

»Cattanea.«

»… Cattanea.« Der Dicke zeigte sich wenig beeindruckt von Noahs charmantem Lächeln. Er stemmte seine Arme in die Hüfte, besser gesagt, er legte sie auf sein Übergewicht und musterte Noah langsam von oben bis unten. Als er mit ihm fertig war, ließ er seinen Blick zu den anderen wandern. Er betrachtete Julian eingehend, dann Emily und Vanessa, von Kopf bis Fuß. Er ließ sich Zeit. Noah hüpfte von einem

Bein auf das andere und knete nervös seine Hände. Vanessa sah es und musste an sich halten, nicht noch den letzten Rest Achtung vor ihm zu verlieren.

Als er mit der Musterung fertig war, drehte sich der Dicke zu seinem Kollegen um und bellte:»Na, Leopold? Was meinst du dazu? Mal sehen, wen wir hier haben. Access!« rief er und wartete mit hochgezogenen Augenbrauen, bis sich das Grafikfeld vor ihm aufgebaut hatte. Es füllte sich allmählich mit grauen Linien und der weißen Schrift wertvoller Information.

Der Dünne namens Leopold starrte dem Dicken angestrengt über die Schulter und flüsterte:»Na, mach schon, mach schon.«

Der Dicke rülpste leicht und hielt sich die andere Hand auf den Bauch.»Wird schon, wird schon«, murmelte er besänftigend und es fehlte nur noch, dass er dem Dünnen wie einem nervösen Hund das Fell tätschelte. Sein Kopf war rot und aufgedunsen und er trug eine Sonnenbrille, obwohl von der Sonne keine Spur und das E-Sportscar sein Nebellicht eingeschaltet hatte.

Dieser antiquierte Typ hat seine Kamera noch in der Brille, dachte Vanessa und linste zu Julian hinüber. An seinem Blick meinte sie zu erkennen, dass er genau dasselbe überlegte. Dabei hatte die Polizei längst Kameralinsen implantiert. Jeder wusste das. Auch wenn er sich noch so professionell gab, der Dicke passte nicht zu seinem schicken Auto. In seiner engen Uniform sah er mehr als unvorteilhaft aus.

»Sehr gut. Da haben wir ja alles.« Der Dicke grinste zufrieden und rülpste nochmals, diesmal lauter.»Julian Aeschlimann«, er zeigte auf Julian.»Noah Cattanea und bei den Damen in der hinteren Reihe dürfte es sich um Vanessa Ruckstaller und Emily Steck handeln. Hab ich recht?« Er blickte prüfend in die Runde. Alle vier nickten.

»Was macht ihr hier?« Alle vier schwiegen. Vanessa überlegte, ob das, was sie taten, richtig illegal war oder nicht. Hatten sie die City verlassen dürfen? Sie wusste, was man bei *PROCIETY* dachte. Selbstverständlich durften sie hingehen, wo sie wollten, aber sie hatten mit der Firma eine Abmachung getroffen und diese Abmachung lautete: Unter jederzeit kontrollierbaren und nachvollziehbaren Umständen zu leben. Außerdem machten sich Leute, die freiwillig aufs Land

78

zogen, verdächtig. Leute, die freiwillig aufs Land zogen, mussten in den Augen der Projektmanager vollkommen verrückt geworden sein.

»Hören Sie, ich wollte nur mal ganz kurz testen, ob das Gerät noch funktioniert«, antwortete Noah. »Ich hätte doch gar nicht gedacht, dass da überhaupt noch Benzin …«

»Benzin?« Der Dicke schaute Noah verblüfft an und brach dann in schallendes Gelächter aus. »Benzin! Hast du das gehört, Leopold?«

»Ja!«, erwiderte Leopold und kicherte wie ein kleines Mädchen. »Meine Güte!«

Die vier schauten sich verständnislos an. »Was ist los?«, presste Vanessa zwischen den Zähnen hervor.

»Was seid ihr denn für Typen! Das Ding fährt doch nicht mit Benzin! Ein solcher Traktor verbraucht Diesel! Schmutzigen Diesel! Und dafür, dass ihr diesen Dreck in die Luft abgelassen habt, müsste ich euch eigentlich gleich mitnehmen! «

»Oh«, entfuhr es Noah.

Julian schaute betreten zu Boden.

»Wir haben gar nichts gemacht!«, verteidigte Emily sich.

»Mannomann«, sagte der Dicke und wandte sich an seinen Partner, der mit verschränkten Armen wichtigtuerisch hinter ihm stand. »Wem gehört dieser Hof?«

»Das ist der Aegetenhof«, antwortete sein Partner beflissen und beugte sich dabei von hinten leicht zu seinem Kollegen hinunter.

»Mir!«, rief Vanessa. »Der Hof gehört mir. Mein verstorbener Onkel hat ihn mir vererbt.«

»Wir haben ihn verlassen und offen vorgefunden. Wir wollen ihn bewirtschaften«, antwortete Emily. Sie hatte anscheinend nicht gehört, dass Vanessa sich gerade als Besitzerin ausgegeben hatte.

»Bewirtschaften? Wozu soll DAS denn gut sein?« Der Dicke machte ein ungläubiges Gesicht. Sein Kollege hinter ihm lachte kurz und hysterisch auf. Dabei warf er seinen schlaksigen Körper leicht nach hinten und wieder nach vorn. Es sah aus, als ob er aus Gummi wäre.

»Wir wollen unser eigenes Gemüse anbauen. Wir haben keine Lust mehr auf den künstlichen Beschiss aus dem Labor. Wir wollen uns eigenständig ernähren. Wir …« Vanessa puffte Emily in die Seite, damit sie endlich die Klappe hielt. Emily schaute sie erst wütend und dann verständnislos an.

»Eigenständig? Das klingt ja sehr interessant. Eigenständig. Ts, ts, ts, lange nicht gehört. Eigenständig …« Der Dicke ließ das Wort genüsslich auf der Zunge zergehen und tat, als ob er ernsthaft nachdenken würde. »Ein schönes Wort, muss man sagen. Und woher wollt ihr das Saatgut nehmen?« Er wandte sich ausschließlich an Emily. Er hatte sein Opfer gefunden.

Vanessa durchbohrte Emilys Rücken mit zornigen Blicken. Wie so viele Dinge war auch Saatgut nicht mehr frei verfügbar. Die gesamte Landwirtschaft unterstand der strengen Kontrolle des Ernährungsdepartements. Jedes Saatgut war gentechnisch perfektioniert. Der Staat wollte deshalb nicht, dass mit wilden Samen herumexperimentiert wurde. Saatgut einfach so, das gab es nur noch auf dem Schwarzmarkt und genau da hatte Vanessa die Samen auch her, nebst dem Superdünger, der versprach, in Nullkommanichts für robuste Triebe zu sorgen.

Als Emily keine Antwort gab, hakte der Dicke nach. »Nun?«

Emily schwieg und schaute dem Dicken trotzig in die Augen.

»Wenn Sie es uns nicht sagen, werden wir das Haus durchsuchen«, meldete sich der Dünne zu Wort.

Der Dicke drehte sich anerkennend zu seinem Kollegen um, lachte und antwortete: »Das ist überhaupt eine gute Idee, Leopold. Mach mal!«

Leopold öffnete das Heck des Wagens und entnahm ihm eine Suchdrohne. Wie ein Vogel schwebte sie dem Polizisten hinterher ins Haus, um ihm bei der Suche nach dem verbotenen Saatgut zu helfen. Der Dicke lehnte sich in der Zwischenzeit entspannt an die Seite des Autos und beobachtete die vier schweigend mit verschränkten Armen. Emily, Noah, Vanessa und Julian starrten abwechslungsweise zurück oder glotzten Löcher in die ungehobelte Erde vor ihnen. Keiner sagte mehr ein Wort.

Nach einer gefühlten Ewigkeit kam der Dünne zurück. Mit großen Schritten marschierte er über den Platz und rief jubelnd: »Ha! So etwas habe ich mir schon gedacht!« Die Suchdrohne folgte ihm sirrend, eines

80

der Lämpchen blinkte rot. »Du glaubst es nicht, aber gerade gestern in der Kaffeepause habe ich zu Josef gesagt, dass man mal die alten Höfe durchsuchen sollte und Josef meinte, das sei vor Jahren schon geschehen und ich habe ihm geantwortet, ja, aber nicht gründlich genug. Und siehe da! Da haben wir den Beweis! Das werde ich ihm morgen genüsslich unter die Nase reiben.« Der Dünne reichte dem Dicken die Drohne, damit dieser sich die Bilder ansehen konnte. Die Nasenflügel des Dicken blähten sich. Beide waren hochzufrieden mit dem Resultat.

»Gute Arbeit, Leopold.« Der Dicke war ernsthaft beeindruckt. »Kannst du die Säcke gleich einladen?«

»Na super, der ganze Aufwand umsonst«, murmelte Noah. Ihr geheimer Schatz wurde gerade Stück für Stück an ihnen vorbei getragen. Ihr Abenteuer schien sich bereits am zweiten Tag dem Ende zu nähern. Noah war den Tränen nahe. Vanessa sah es und zischte: »Reiß dich zusammen.«

»Die Triebe«, murmelte Julian leise.

»Was?«, flüsterte Vanessa zurück.

»Die Triebe. Sie haben die Triebe vergessen«, murmelte Julian noch einmal und versuchte, dabei den Mund möglichst nicht zu bewegen. Auch Emily hatte Julians Worte verstanden. Man konnte förmlich hören, wie sie die Luft anhielt. Ja, es waren Emilys Triebe. Sie hatte sie bereits in ihrer Wohnung mit viel Hingabe gezogen. Sie war fleißig, das musste Vanessa ihr lassen.

»War sowieso eine dumme Idee«, sagte Julian laut und ging davon. Auch Vanessa wollte sich gerade auf dem Absatz umdrehen, als der Dicke sie beide zurückpfiff.

»Moment noch, ihr Spaßvögel, wir sind noch nicht fertig.« Er musterte die vier noch einmal lange und sagte schließlich: »Wir vergessen die Sache erst mal, aber denkt daran, wir haben euch auf dem Radar.« Er tippte mit zwei Fingern an die Stirn, um ihnen klarzumachen, wo sein Radar saß. »Macht also keinen Blödsinn mehr, sonst gibts Ärger.« Er nickte zum Gruß in die Runde. Die Schiebetüren öffneten sich fast lautlos, als er sich dem Wagen näherte. Unerwartet elegant setzte er sich in sein Gefährt, die Türen verriegelten mit einem leisen Klacken und im nächsten Augenblick war das Auto lautlos um die Ecke verschwunden.

»Gottverdammte Scheiße!«, entfuhr es Vanessa. Die anderen drehten sich verwundert zu ihr um. »Ist doch wahr!« Sie blickte wütend in die Runde.

»Du musst nicht fluchen, das ist überhaupt nicht nötig«, redete Julian ihr freundlich zu. »Die haben auch nur ihren Job gemacht. Wir können froh sein, dass sie einfach so wieder abgezogen sind.«

»Einfach so? Nennst du das einfach so?«, herrschte Vanessa ihn an. »Die haben unser ganzes Saatgut mitgenommen! Jetzt können wir gerade so gut wieder zurückgehen. Alles für die Katz!«

»Immerhin haben sie die Triebe vergessen«, antwortete Julian ruhig lächelnd.

»Echt wahr?«, staunte Noah, der von all dem noch nichts mitgekriegt hatte.

»Ja, echt. Aber was haben wir davon?«, antwortete Vanessa »Mit den wenigen Pflanzen können wir gerade mal ein paar Blumentöpfe füllen.«

»Ach was, so wenig ist es nun auch wieder nicht.« Julian gab sich unerschütterlich.

»Oh, was sind wir heute gelassen«, giftete Vanessa, bevor sie sich umdrehte und über das Feld Richtung Wohnhaus stapfte. Sie wusste, dass ihre Wut nicht lange anhalten würde. Sobald ihr Adrenalinpegel gestiegen war und ihr Blutdruck sich verändert hatte, würde sich in Vanessas Kopf die freundliche Stimme von Doktor Malgradini aus der Abteilung ›Kontrolle negativer Gefühlsäußerungen‹ melden. Malgradini war Vanessas persönliche Beraterin und dafür zuständig, dass Vanessa sich nicht unnötig aufregte.

Vanessa? Ist alles in Ordnung? Geht es dir gut?, wollte Dr. Malgradini ehrlich besorgt wissen. Einmal mehr staunte Vanessa darüber, wie authentisch die Stimme klang. *Kann ich etwas für dich tun?* Wie mitfühlend und offen, wie ein besonders netter Mensch, dabei war Dr. Malgradini nur ein dummes Computerprogramm. Jeder wusste das.

82

12

»Ja, ja, geh doch!«, rief Julian ihr hinterher. »War ja deine Idee, das Ganze!«

»Niemand hat dich gezwungen, mitzukommen, du Kaninchen!«, rief Vanessa zurück, aber den letzten Satz hörte Julian nicht mehr. Vanessa war bereits im Eingang verschwunden.

»Sagt mal. Was ist denn mit euch los? Ihr streitet euch nur noch. So etwas gehört sich doch nicht«, sagte Emily erstaunt. Sie flüsterte es fast, so als ob jemand sie hören könnte.

»Ja, ich verstehe es auch nicht. Mit euch stimmt doch was nicht«, pflichtete Noah ihr bei.

»Ja, anscheinend ist die Glücksmaschine kaputt, was?«, giftete Julian. »Ich weiß, das könnt ihr euch gar nicht vorstellen. Oh, weshalb nur bin ich mit euch hierhergezogen?« Es war eine rein rhetorische Frage, denn Julian wusste ganz genau, weshalb er mitgegangen war. Das alles war nur Vanessas Schuld.

Eine halbe Ewigkeit war vergangen seit jenem Nachmittag im ›Marrakesch‹ aber Julian sah sie noch immer vor sich, in ihrer weißen Bluse und den engen Jeans. Wie eine Revolutionsführerin war sie aufgestanden, der Kopf rot vor lauter Aufregung. *Fehlt nur noch, dass sie sich auf den Stuhl stellt,* hatte Julian damals spöttisch gedacht. »Ist euch nicht klar, dass wir im Grunde nichts anderes als die fleischliche Trägermasse für die Verbesserungstechnologie sind? Wir sind der Wirt, der diesen Industriezweig umhüllt. Weshalb glaubt ihr, haben die kein Logo? Keinen Brand? Kein Auftreten?«

»Weshalb?«, hatte Emily wissen wollen, ungerührt an ihrem Kokos-Kiwi-Karotten-Saft nuckelnd. Spätestens die Art, wie sie und Noah auf ihren 100%-biologisch abbaubaren Strohhalmen rumkauten, hätte Julian zeigen müssen, dass er es hier mit einem Haufen Kindern zu tun hatte. Und Vanessa hatte geantwortet: »Weil die das gar nicht brauchen! Die sind allumfassend! Die brauchen keine PR! Wir machen das alles für sie. WIR sind deren Brand.« Vanessa lehnte sich triumphierend in die Polster zurück.

83

»Oh, aber was für ein Gesicht! So smooth, so glatt, so formvollendet!« Noah hatte sich eindeutig zu viel von der Wasserpfeife genehmigt. Dabei strich er Emily über die Wange, was Emily kichernd geschehen ließ.

»Es gibt übrigens Leute, die behaupten, wir seien gar keine Menschen mehr. Wir seien nur noch Anhäufungen menschlicher DNA. Parasiten, die es sich in der Teppichetage des Lebens bequem gemacht hätten«, legte Vanessa nach.

»Keine Menschen mehr? Also, was kennst denn du für Leute?«, tadelte Julian sie und blickte um sich. Auch ihm war schon aufgefallen, dass keines der Firmengebäude beschriftet war.

»Wir seien nur noch Anhängsel der Biotechnologien, heißt es.«

»Ja, ja«, winkte Julian ab. Er wusste es schon. Die Schlichten zerrissen sich das Maul über sie, dabei waren sie nur neidisch, dessen war Julian sich sicher. Wer träumte nicht von einem Leben ohne Widerstände, ohne Zweifel, ohne Ängste? Die Schlichten hockten in ihren Löchern und warteten nur darauf, dass jemand ihr Leben in Ordnung brachte. »Wieso hast du überhaupt Kontakt zu denen?«, wollte er von Vanessa wissen.

»Es ist klar, dass das Menschliche ein wenig auf der Strecke bleiben wird. Das ist nun mal Evolution. Die Welt bewegt sich vorwärts, nicht rückwärts«, meinte Noah zum Erstaunen aller, die von ihm noch selten etwas Tiefsinniges gehört hatte.

»Wir arbeiten mit an der Verbesserung der Gesellschaft, daran kann nichts Schlimmes sein. Schau dir doch die Bilder an vom brutalen Leben. Willst du dahin zurück?«

»Welche Bilder meinst du? Es gibt so viele«, antwortete Emily anstelle von Vanessa lakonisch.

»Ha, ha«, gab Julian mit säuerlicher Miene zurück.

»Nein, Julian, dahin will ich nicht zurück, im Gegenteil. Ich verabscheue Gewalt und ich hoffe, so wie du auch, dass wir es schaffen werden, eine friedliche Gesellschaft zu errichten. Aber … ja, wisst ihr es denn noch nicht?« Vanessa blickte fragend in die Runde. Noah hatte nur mit halbem Ohr zugehört und starrte auf das Display seines Smartphones. Emily hielt mit einer Hand ihren Strohhalm fest und war mit allen Sinnen mit ihrem Vitalsaft beschäftigt.

Julian schaute sie aufmerksam fragend an.»Was denn?«, wollte er ungeduldig wissen.

»Dass sie menschliche DNA in einer Nudelsuppe gefunden haben.« Emily sog die Luft so rasch ein, dass der letzte Rest des Saftes durch den Trinkhalm hochgezogen wurde. Das laute Schlürfgeräusch ließ sie erst noch verlegen kichern, aber dann fiel ihr die Kinnlade hinunter. Sie starrte Vanessa an:»Was?«

»Was? Wovon redet ihr?« Noah hob den Kopf.

Vanessa wiederholte, was sie soeben erzählt hatte.»Ja, und ich sage euch, das ist nur die Spitze des Eisberges.«

»Sag mal, meinst du echt, das stimmt? Das kann ich mir nicht vorstellen, echt nicht.« Julian hatte davon gehört. Er vermutete, dass ein neidischer Schlichter ein solches Gerücht in die Welt gesetzt hatte.

»Das stimmt todsicher. Ich habe meine Quellen, glaubt es mir einfach.«

»Interessant. Was für Quellen denn?«, wollte Julian alarmiert wissen.

»Vielleicht ist es auch nur ein Trick, um uns auf den Hof zu schleppen und in der Erde graben zu lassen?«, sagte Noah augenzwinkernd und lachte.

»Nein, das ist kein Trick. Sag mal, wofür hältst du mich eigentlich? Wartet es nur ab. Das wird schon noch ans Licht kommen. Bisher ist es nur ein Gerücht, aber ein richtig stinkiges.«

Selbst Emily wirkte nun sehr nachdenklich.

»Jeder große Apparat ist anfällig für Korruption und Missbrauch und das Ernährungsdepartement ist eine besonders undurchsichtige Wabe voller Schlupflöcher. Ich sage euch, die Story stimmt.«

»Und von wem …«

»Von den Schlichten natürlich! Keiner würde es wagen, sich an den Sublimen zu vergreifen!« Vanessa war felsenfest überzeugt.

»Wäh!«, hatte Emily gerufen und in diesem Moment war selbst Julian klar gewesen, dass sie reif für einen Ausflug auf Vanessas Bauernhof waren.

Ein paar Tage später erfuhr Julian, dass Vanessa keinen Blödsinn

85

erzählt hatte. Der Februar zählte die ersten zarten Tage, da kam der Skandal ans Licht und erschütterte die Bewohner der Schweiz in ihren Grundfesten. Die tektonischen Platten des Zusammenlebens verschoben sich noch einmal in Richtung Misstrauen. Woher das Protein stammte, blieb ein gut gehütetes Geheimnis, dennoch wurden Schuldige gesucht und gefunden und mehrere exquisit herausgeputzte Beamte in Handschellen zur Untersuchungshaft abgeführt.

»Wisst ihr noch, wie viel Geld und Mühe die Regierung in die … wie hieß die Kampagne noch mal?« Julian dachte nach, ohne die Stirn zu runzeln. Diesen Reflex hatte er sich in stundenlangen Konzentrationsübungen abgewöhnt.

»Wovon redest du?«, wollte Emily wissen, während sie vergeblich versuchte, ein veganes Nigiri zu fassen zu kriegen. »Kommst du her?«, rief sie lachend, als es ihr ein weiteres Mal entwischte. Sie saßen zu dritt versammelt im ›Nagasaki‹, einer Sushi-Kette, in deren Küche sich noch nie ein Fisch verirrt hatte, mitten in der Altstadt. Vanessa wollte später dazustossen.

»Na, von der Kampagne, in die so viel Geld geflossen ist und die dann zum Fleischverbot geführt hat.«

»Das war ›Meet no meat‹. Du musst deinen Datenspeicher mal auf den neuesten Stand bringen, Julian!«

»Ja, genau!«

»Das ist ja schon ewig her!«, rief Noah und schnappte Emily das Nigiri weg.

»Hey!«

»Du schaffst es ja doch nicht«, antwortete er grinsend und steckte es sich in den Mund.

»Ja, lange her und trotzdem war man einst davon überzeugt, dass nur vegan leben könne, wer richtig leben wolle, und jetzt das. Jahrelang hat der Staat sich organisierten Enthusiasmus geleistet, um die Menschen davon abzubringen, Tiere zu essen, und jetzt mischen sie uns Schlichte ins Essen. Das muss man erst mal verkraften.« Julian legte seine Stäbchen hin und lehnte sich zurück. »Mir ist der Appetit vergangen.«

»Wenn es wirklich stimmt, dann war es ein Versehen. Das ist ja nicht aus Prinzip geschehen!« Noah war wie meist der Versöhnliche und doch schien selbst er ziemlich geschockt. »Aber man muss sich schon fragen, was für eine Sauerei die in ihren Labors haben.« »Tja, die Bevölkerung hatte damals dagegen gestimmt und trotzdem wurde es durchgesetzt.« Emily hatte wie so oft einen leicht pikierten Tonfall.

»Eine klimaschonende Idee ist nie eine falsche Idee«, antwortete Julian.

»Damals hatte man das alles noch als Luftnummer aus dem Elfenbein verspottet.«

»Keiner hätte ja gedacht, dass es wirklich dazu kommt. Ich weiß noch, wie sich mein Vater aufgeregt hat«, nuschelte Noah mit vollem Mund.

»Aber sicher! Der gewöhnliche und stets konservative Schweizer Bauer wusste damals nicht, wie ihm geschah, als Tiere mit einem Mal eine Seele hatten und nach langen und tapferen Widerständen von der Menükarte seiner Stammbeiz gestrichen wurden«, spottete Emily.

»Mein Vater war kein Bauer, ja! Unverschämt diese Unterstellung.«

Einmal mehr fragte Julian sich, ob die beiden jemals ernsthaft miteinander redeten. Alles, was sie zueinander sagten, war immer nur Spaß, Ironie oder Spott. Er fragte sich außerdem, ob man das Ganze hätte ahnen können. Hatten gewisse Leute nicht schon lange davor gewarnt, dass mit der Vermenschung der Tiere wie selbstverständlich die Vertierung des Menschen einhergehen werde? Julian erinnerte sich noch genau daran, dass damals jedem klar gewesen war, dass nun eine neue Zeit angebrochen war. Die längst nur noch heimlich gepflegte Gewissheit, die Krone der Schöpfung zu sein, wurde endgültig in die Mottenkiste versorgt. Manch einer kam nie darüber hinweg. Die Selbstmordrate sei nach dem Entscheid dramatisch gestiegen, hatte man damals gemunkelt. Aber das war immer nur ein Gerücht geblieben. »Was haltet ihr eigentlich von Vanessas Idee?«, wollte er wissen.

»Was, aufs Land zu ziehen?«

»Ich finde es gut«, antwortete Emily zu Julians Erstaunen. »Besser als hier rumzusitzen und sich zu ekeln. Ich mach mit. Wenn es mir nicht passt, kann ich immer noch zurück.«

»Es wird bestimmt wieder Unruhen geben«, überlegte Julian. »Das werden die Schlichten sich nicht bieten lassen.« Und als ob er hellsehen könnte, wurden noch am selben Abend der Stand mit den veganen Bratwürsten in Brand gesteckt. Die allzu demütigende Herabsetzung der menschlichen Sehnsucht nach Göttlichkeit, die die Erhöhung der tierischen Seele mit sich brachte, sorgte für Hass und Rachsucht in der februarnassen Schweiz.

»Du willst wissen, weshalb du mit uns hierhergezogen bist?« Emily rammte mit voller Wucht ihren Spaten in die kalte Erde. »Ich will dir gern auf die Sprünge helfen, mein Lieber«, antwortete sie kühl. »Ich weiß noch genau, weshalb du mit uns hierhergezogen bist. Noch gar nicht lange ist es her, da ist sogar dein weichgeklopftes Hirn in Wallung geraten. Jeder von uns war empört genug und hatte verkündet, endgültig die Nase voll zu haben von dem verlogenen Fraß.«

Emily hatte recht, wie Julian sich eingestehen musste. Vanessa hatte sich gar nicht mehr besonders anzustrengen brauchen. Jeder Einzelne von ihnen war mit Freuden mit ihr auf den Aegetenhof umgezogen, um dort, trotz fehlender Sonne und ohne die geringste Ahnung von Ackerbau, selbst Gemüse und Kartoffeln anzubauen.

88

13

Alda stand am Fenster und beobachtete die drei Gestalten durch ihr Fernglas. Vor der einst weißen Fassade mit den grünen Fensterläden wirkten sie so deplatziert, dass es einem das Herz brechen konnte. Der große Blonde hatte sich von den beiden anderen abgewandt und stand nun halb verdeckt hinter dem Traktor. Alda sah nur noch seine Arme, die auf- und niedergingen und mit Wucht eine Hacke in die Erde schlugen. Er sah aus wie ein Totengräber aus einem dieser alten Filme. Über den Anblick des hilflosen Typen auf dem Traktor hätte sie jetzt, nachdem sie sich vom Schock über das unerwartete Auftauchen der Polizei erholt hatte, lauthals lachen können. Nun stand er mit der Dunkelhaarigen etwas weiter weg vom Blonden. Sie steckten die Köpfe zusammen, redeten und lachten. Vielleicht über die Langhaarige, die vor einer Weile im Haus verschwunden war.

Alda konnte sich nicht erklären, was diese vier Gestalten, die eindeutig zu den Glückshuren gehörten, auf dem Land verloren hatten. Waren sie aus der City abgehauen? Aber, weshalb? Hatten sie etwas verbrochen? Aber dann wäre die Polizei nicht einfach so wieder abgezogen. Waren sie auf der Suche nach ihr? Aber dann würden sie wohl kaum ihre Zeit damit verbringen, den Boden mit Werkzeugen zu bearbeiten. Und überhaupt, weshalb sollten ausgerechnet diese vier nach ihr suchen? Diese vier, denen man schon von Weitem ansah, dass sie keiner Fliege etwas zuleide tun konnten? Es ergab alles keinen Sinn.

»Alda?«

»Hm?«

»Was tust du?«

»Ich schaue«, antwortete Alda mechanisch. Aus den Augenwinkeln sah sie, dass Sandrina ihre Nase an die brüchige Scheibe presste und in den kalten Märzmorgen hinausschaute. Die Spitze ihrer Zunge berührte die glatte Oberfläche der Scheibe und hinterließ ein kleines, feuchtes Oval mitten im angehauchten Rund ihres Atems.

»Aber was siehst du?«, wollte sie wissen. »Ich sehe nur meine Augen.« Sie seufzte gelangweilt.

»Erzähl ich dir später«, antwortete Alda abwesend. »Schau mal das

Dreirad. Wer damit wohl einst gefahren ist?« Draußen auf der Wiese vor dem Hof lag es, halb überwuchert von ungeschnittenem Gras, das sich längst in Gestrüpp verwandelt hatte. Jemand hatte das Rad vor Jahren achtlos hingeworfen und liegen gelassen. Ein Kind, das längst erwachsen war. Der Metallrahmen war rostig da und dort, die rau gewordene Oberfläche des Sattels ausgebleicht. Die Zeit trägt keine Sorge zu den Dingen. Lässt man die Zeit mit den Dingen allein, zersetzt sie ihre Anordnung und verbreitet ihre Einzelteile entropisch. Gib der Zeit ein paar Jahrzehnte und nichts wird mehr sein außer ungekämmte Substanz.

Sandrina wandte sich ab und setzte sich geräuschvoll an den Tisch. Alda spürte förmlich, wie sich der Blick ihrer Schwester in ihren Rücken bohrte. Gestern hatte Sandrina ihr unverblümt gesagt, dass sie es langsam leid sei. Immerzu runzle Alda die Stirn, grüble und rede nicht mit ihr.

»Was ist?«

»Nichts«, antwortete Sandrina schnippisch, stand wieder auf und ging aus dem Raum. Alda hörte, wie sie die Treppe hochstapfte, in das Zimmer, das seit ein paar Tagen ihr Zimmer war. Ein paar Minuten später kam sie polternd ins Wohnzimmer zurück. »Mir ist kalt.«

Sie drehte sich zu ihr um und sah, dass Sandrina auf dem Kopf eine grüne Clownsperücke trug. Die Perücke war nicht mehr rund und kraus, sondern auf der einen Seite platt gedrückt. Nach all den Jahren, die sie in einer Kiste gelegen hatte, sah sie eher wie ein besonders keckes Hütchen aus. Seufzend antwortete sie. »Du weißt, dass das zu gefährlich ist. Ich möchte nicht, dass man uns hier entdeckt.«

»Aber weshalb denn?«

Alda gab keine Antwort, sondern wandte sich wieder dem Fenster zu und all dem, was sie beobachtete.

»Früher hatten wir es warm und kuschelig.«

»Früher ist schon sehr lange her.«

Sandrina setzte sich ungelenk auf den alten Teppichboden, dessen goldgelbe Farbe von den langen Tagen ausgebleicht war. Dann nahm sie Zoti, die rothaarige Puppe, die sie in einem der Schlafzimmer gefunden hatte, aus dem kleinen geflochtenen Korb und wiegte sie sanft

90

in ihren Armen. Zoti sei die schönste Puppe der Welt, hatte Sandrina stolz verkündet. Sie sei zwar schon alt, aber von heiterem Gemüt. Der gestickte Mund immer freundlich, die Augen weit offen, das Kleid an einer Stelle zerrissen, aber Zoti sehe lächelnd darüber hinweg. Zoti sei nicht eitel, Nichtigkeiten wie zerrissene Kleider könnten ihr nichts anhaben. Zoti sei nämlich nicht eingebildet, nicht so wie ihre große Schwester Alda. Der Stoffkörper schmiegte sich bereitwillig an Sandrinas Brust. »Alda, schau mal! Zoti hat ganz kalte Füße! Ich glaube, sie hat Bauchweh«, rief sie in gespielter Aufregung.

Alda ließ nur ein weiteres kaum hörbares »Hm« vernehmen. Sie hatte jetzt keine Zeit, um mit Sandrina zu spielen. Sandrina hatte recht, mit ihr war nichts mehr anzufangen, seit sie auf dem Dachboden das alte Fernglas gefunden hatte. Fast ununterbrochen starrte sie damit aus dem Fenster, ohne Sandrina jemals zu sagen, was sie sah. Sie wusste es ja selbst nicht. Sie hörte, wie Sandrina mit zärtlicher Stimme auf ihre Puppe einredete. »Vielleicht hat Zoti Hunger. Hast du denn gar nichts zu essen gekriegt, du armes Ding?«

Genau so hatte ihre Mutter mit ihnen gesprochen, als sie noch klein waren. Jedenfalls meinte Alda, sich an den Tonfall zu erinnern. Ihr Herz fühlte sich einen Moment lang so an, als ob es das Pumpen ausgesetzt hätte. Sie presste ihre warme Handfläche dagegen, um den Schmerz zu dämpfen, und hoffte inständig, dass Sandrina nicht schon wieder nach ihrer Mutter fragen würde. Letztes Mal hatte Alda einen Wutanfall gekriegt, als Sandrina nicht aufgehört hatte zu bohren.

»Wollen wir ein Spiel spielen?«

Sandrina begann sofort, die Karten zu mischen. Alda legte das Fernglas auf den alten Holztisch, dessen Oberfläche von der Last des Staubes, der all die Jahre auf ihm geruht hatte, stumpf geworden war. Wie viele Stunden hatten sie und Sandrina schon an diesem Tisch Karten gespielt und versucht, die Zeit zu vergessen, die sich zäh anfühlte und geschmacklos wie ein alter, nicht enden wollender Kaugummi? Wie sehr müssen wir doch die Zeit einteilen, dachte Alda manchmal, wenn sie wieder ein Spiel beendet hatten. Im Grunde ist die Zeit nichts als eine träge Masse, die man in kleinen Happen schlucken muss. Auch deshalb war Alda froh, mit dem Fernglas eine neue Beschäftigung gefunden zu haben. Das Warten machte sie ganz krank und nun ging sie dem Beobachten mit Leidenschaft nach. Das Fernglas rückte in den Brennpunkt. Fokussierte. Strukturierte. Streute Sichtbarkeit, wo vorher keine gewesen war. Es ließ Flächen verschwinden und zauberte andere hervor. Und ohne dass sie es wollte, richtete sie das Fernglas immer wieder auf den großen Blonden.

»Komm, wir machen einen Spaziergang«, schlug Alda vor, als sie das Spiel beendet hatten. Sie hängte sich das Fernglas um, nahm die Jacke vom Stuhl und lächelte Sandrina aufmunternd an. »Komm, etwas frische Luft wird uns guttun. Wir wollen mal wieder die Umgebung erkunden.«

»Ooch«, kam die lang gezogene Antwort, die Alda schon erwartet hatte. Natürlich hatte Sandrina keine Lust, mit Alda durch die Kälte zu stapfen, die gefrorenen Felder vor sich und hinter sich und nichts als kahle Baumkronen darüber. Die Sonne hinter grauem Dunst versteckt. Was gab es schon zu erkunden? Sandrina hasste den Winter und sie hatte ja recht. Auch Aldas innere Uhr meldete unmissverständlich, dass nun die Zeit reif war für den Frühling mit all seinen schönen Blüten und Blumen. Aber das waren nichts als Tautropfeneinsichten.

»Wir können jetzt nicht rausgehen. Zoti hat Hunger«, meinte Sandrina entschieden.

»Zoti hat immer Hunger«, antwortete Alda ungeduldig und befürchtete einmal mehr, dass sie Sandrina niemals auch nur einen Meter über die Grenze würde bewegen können. Der Weg zum Hof war schon eine einzige Qual gewesen.

»Aber jetzt ganz doll.« Sandrina verschränkte ihre Arme vor der Brust und brachte sich in Trotzstellung. »Wir müssen etwas essen!«

»Okay, okay. Ich hab's begriffen. Ich mach dir gleich was zu essen. Lass mich nur eben mal draußen etwas nachschauen. In einer Viertelstunde bin ich zurück, versprochen«, antwortete Alda und ging zur Tür hinaus, ohne sich noch einmal nach ihrer kleinen Schwester umzudrehen.

»Es wird dir noch an den Augen festwachsen«, rief Sandrina ihr hinterher.

Nein, es wird uns vielleicht aus der Patsche helfen, dachte Alda, die sich

92

in der Zwischenzeit sicher war, dass ihre sogenannten Freunde sie im Stich gelassen hatten. Niemand würde ihnen Isomatten bringen und auch kein Zelt, kein Proviant, nichts. Sie fröstelte, als sie aus dem Haus trat. Eilig ging sie den kurzen Weg zum kleinen Wäldchen, überquerte die schmale Brücke über den Bach und stapfte den kurzen Anstieg hoch, bis sie auf der Anhöhe mit guter Sicht zum Nachbarhof stand. Sie kauerte sich hin und bog die Zweige auseinander. »Die da drüben können sich bestimmt nicht vorstellen, dass früher die Kinder auf die Welt gekommen sind, gerade wie es einem passte«, murmelte sie. Dann blies sie einen Krümel Schmutz von der Linse, hob das Fernglas an ihre Augen und suchte den richtigen Ausschnitt. Die Fassade muss einmal sehr hübsch ausgesehen haben, dachte sie, während sie den Bildausschnitt an der Hausmauer entlanggleiten ließ. Grüne Fensterläden. Fehlten nur noch die Blumen vor den Fenstern und die Idylle wäre perfekt gewesen.

Alda war so in Gedanken, dass sie nicht bemerkte, dass der Blonde direkt in ihre Richtung schaute. Hatte er sie gesehen? Sie zog sich rasch ins Gebüsch zurück. Anscheinend nicht. Er hatte den Blick wieder abgewandt und stocherte weiter im Boden. Es sah nicht sehr entschlossen aus. Ihr Blick blieb an den glänzenden Stiefeln der Schwarzhaarigen hängen. Sie hatte die Füße lässig übereinander gekreuzt und stützte sich mit beiden Händen auf eine Schaufel. Sie sah vollkommen entspannt aus. Auch der andere Typ hatte eine Schaufel in der Hand. Sie wirkten unbeholfen, aber auf eine perfekte, kindliche Weise. Sie zeigten ihre Unbeholfenheit ohne Scham. »Wahrscheinlich haben die vor lauter Glück keine Ahnung mehr, was so abgeht in der Welt«, murmelte Alda. »Deren Gehirn ist doch total vernebelt.«

Nun warf der Blonde die Schaufel auf den Boden und ging Richtung Haus davon. Er hatte eine schöne Art zu gehen, er wirkte überhaupt nicht künstlich im Gegenteil, er wirkte sehr lebendig und greifbar. Alda beobachtete mit Bedauern, wie er im Haus verschwand.

Hier standen sie also, die Glückshuren, die Cyborgs, die Kontrollierten. Alda weigerte sich, den offiziellen Begriff ›Glücksträger‹ oder gar ›Sublime‹ in den Mund zu nehmen. Die Lakaien des Glücks, so hätte ihr Vater sie genannt. Alda hörte seinen verächtlichen Unterton, als ob er neben ihr stehen würde.

Wie rasch sich doch alles verändert hatte! Fast wie ein besonders kühner Handstreich. Eben noch ganz normale Leute mit einer Zukunft, waren sie in ein paar wenigen Jahren ins Nichts abgewandert, war ihr Vater vom Angestellten zur Labormaus geworden, ihre Mutter zur Akkordarbeiterin, sie selbst Müllsammlerin statt Doktorandin und ihre Schwester zu einer besonderen Spezies mit ungewisser Existenzberechtigung. Wie ein Traum fühlte es sich an, aber nur nachts. Tagsüber sprang einen die Ungeheuerlichkeit, dass eine einzelne Firma es geschafft hatte, das Zusammenleben vollkommen auf den Kopf zu stellen, förmlich an. Aus ganz normalen Bürgern waren zwei unterschiedliche Gattungen geworden. Sublime und Schlichte. Eine von beiden würde irgendwann aussterben. So wollten sie es haben.

Ihr Vater war an Erschöpfung gestorben. Er hatte sich in ein paar wenigen Jahren zu Tode geschuftet. Hatte immer gedacht, er könne die Sollstunden noch erreichen, die es brauchte, um in den Ruhestand zu treten. Aber er hatte sich getäuscht.

94

14

Fabiana lag im Bett. Seit Tagen schon. Der nigelnagelneue Fernseher, den Bernhard sich kurz vor ihrer Trennung gekauft hatte, war von der Wohnzimmerwand geschraubt, stand nun auf zwei Stühlen vor ihrem Bett und lief ohne Unterbrechung.

Auf dem Fußboden lagen Taschentücher und Zeitungen verstreut. Der Mief der gebrauchten Teller und Tassen, die sich neben dem Bett stapelten, waberte durchs Zimmer und in der Küche rottete eindeutig irgendetwas vor sich hin.

Draußen beherrschte das perfekte Sommerwetter das Leben. Die Sonne winkte durch die Ritzen der heruntergelassenen Rollläden wie ein sitzen gelassener Spielkamerad. Eine Dusche wäre dringend nötig gewesen, und wieder einmal die Haare waschen. Aber Fabiana schaffte es nicht. Die Kraft hatte sie verlassen.

Am Institut hatte sie sich krankgemeldet. Sommergrippe. Viel schlafen und viel trinken. Zwei, drei Tage hatte sie noch.

Weshalb Bernhard den Fernseher zurückgelassen hatte, wusste sie nicht, denn ansonsten hatte er all sein Hab und Gut chirurgisch aus der Wohnung entfernt, die materiellen Symptome ihrer Beziehung fein säuberlich getrennt. Wahrscheinlich vermutete er, sie brauche den Fernseher nötiger als er. Eigentlich konnte sie nur froh sein, dass er weg war. Hatte sie sich nicht oft genug gewünscht, allein zu sein, ihren Frieden zu haben? Dennoch hatte sich vor ein paar Tagen ein großer schwarzer Graben vor ihr aufgetan, und da sie es nicht über sich brachte, nüchtern in den Abgrund zu starren, hatte sie erst einmal eine Flasche französischen Wodka geöffnet.

»Du wirst schon sehen, es ist nur eine Fleischwunde«, hatte eine Freundin zu ihr gemeint und damit angedeutet, dass Fabiana sich verdammt noch mal zusammenreißen solle. Schließlich sei sie selbst schuld, dass Bernhard gegangen sei. Sie habe ja lange genug darauf hingearbeitet. Die Freundin hatte recht. Es war nur verletzter Stolz. Außerdem lag sie nicht nur seinetwegen in den zerwühlten Laken und trank, oh nein. Schuld waren vor allem die dummen Leute. Wie hatte es so weit kommen können, dass Fabiana sich vom Pöbel verspotten

95

lassen musste? Von Leuten, die es einfach nicht begriffen, niemals begreifen würden? Sie, Fabiana, wollte mit ihrem Projekt zeigen, dass mithilfe einer künstlichen Intelligenz ein friedliches Zusammenleben unter Umständen möglich würde, Partizipation ohne Differenz, Gerechtigkeit, und was verstanden die Leute? Sie verstanden nur Kontrolle, Freiheitsentzug und Pillen. Mehr konnte der Pöbel nicht begreifen, mehr konnte er sich nicht merken. Sie hätte es ja wissen können. Ringsum wurde Fabiana ausgelacht und angefeindet. Zeitungen und Foren überschlugen sich mit Spekulationen, welche Umstürze diese kranke Idee, die sich ein paar weltfremde Philosophen ausgedacht hatten, für die Gesellschaft bedeuten könnte. Meinungsführend waren anscheinend wieder einmal die Alten, die von all dem nichts verstanden und nichts mehr gewinnen konnten. M.O.R.A.L. wurde von einem Haufen meinungsmachender Ignoranten niedergebuht, als abscheuliches Instrument, die Menschen zu beherrschen, betrachtet. Als der widerwärtige Teufel aus der Maschine, der sie alle selbst in Maschinen verwandeln würde. Dabei rannten ihr die Jungen fast die Tür ein. Selten hatte Fabiana sich so missverstanden gefühlt.

Am allerlautesten schrien, wie konnte es anders sein, die Religiösen. Die, die selbst im 21. Jahrhundert noch am Stängel einer falschen Erlösungsmoral lutschten. Die einen priesen M.O.R.A.L. als die Rückkehr des Gekreuzigten auf Erden, die elektronische Gottwerdung, die Errettung der Welt vor den bösen Abgründen des entfesselten Kapitalismus. Die anderen bezichtigten Fabiana und ihre Forschungsgruppe der Ketzerei und wünschten sich, Fabiana und das gesamte Teufelswerk der Wissenschaft möge zur Hölle fahren.

Aber die Schlimmsten waren die, die das alles sowieso nicht ernst nahmen, so wie sie im Grunde nichts ernst nahmen. Die, die gar nichts anderes konnten, als nichts ernst zu nehmen. Weil sie nämlich Angst hatten. Angst vor dem Leben. Seit wann musste Fabiana sich von solchen Leuten erniedrigen lassen? Kein Wunder, dass sie ihren Wodka Tonic bereits am Vormittag und notfalls ohne Eis trank. Dabei war die Idee ganz harmlos entstanden. So harmlos, dass der Gedanke daran Fabiana fast die Tränen in die Augen trieb.

Ihre Freundin Elisa hatte damit angefangen. Die stets

96

wohlriechende Elisa, aus deren Poren nicht Schweiß, sondern teures Parfum trat, deren Hände aussahen, als ob sie jeden Tag frisch manikürt würden und auf deren Zweiteiler Fabiana noch nie, noch niemals auch nur einen Fussel gesichtet hatte, mochte sie noch so genau hinschauen. Diese Freundin hatte - schon lange war es her - bei einem gemeinsamen Mittagessen damit angefangen. »Wir müssen etwas tun.« Fabiana sah sie noch genau vor sich. Elisa, in ihrem himbeerfarbenen Zweiteiler über dem silbern glänzenden Oberteil, die dunklen, langen Haare perfekt nach hinten geföhnt. Jedes Haar saß. Neben ihr sah Fabiana immer ein wenig wie Aschenputtel aus. Auch an jenem Tag im Frühling war sie sich irgendwie verschlissen vorgekommen in ihrer Jeans und der einfachen, weißen Bluse, obwohl sie an demselben Morgen zufrieden mit ihrer Kleiderwahl aus dem Haus gegangen war und auch Bernhard – damals nannte sie ihn noch so - nichts bemäkelt hatte.

Elisa war Neurologin. Sie warnte schon länger vor der Verwilderung der Sitten. Sie war in gewissen Kreisen zur neuen kritischen Stimme der Vernunft geworden. »Die andauernde Gewalt verändert die Gehirne der Menschen. Die Menschheit ist dabei zu verrohen.« Das war so einer ihrer Sätze, mit denen sie es schon einmal auf die Titelseite der tonangebenden Tageszeitung geschafft hatte.

Fabiana wollte gerade zu einer Antwort ansetzen, als der Kellner kam, um ihre Bestellung aufzunehmen. Sie bestellten beide dasselbe Tagesmenü, Bärlauch-Risotto mit Tofu-Pilz-Ragout, und ließen sich dazu ein Glas Weißwein gefallen. Als der Kellner sich vom Tisch entfernt hatte, beugte sich Fabiana grinsend über den Tisch und flüsterte: »Weißt du was, Elisa? Wir drücken all diesen aggressiven Spinnern einfach eine große Packung Glückspillen in die Hand, dann wird das schon. Oder mehr Sex. Mehr Sex würde helfen.« Es war als Spaß gemeint gewesen, aber im selben Moment hatte sie begriffen, dass sie es nicht als Witz meinte und auch Elisa lachte nicht.

Der Gedanke, dass das menschliche Gehirn möglicherweise mit Chemie zu befrieden wäre, ließ sie nicht mehr los und einmal in einem Seminar hatte sie es gar gewagt, eine dementsprechende Bemerkung fallen zu lassen. Diese Bemerkung hatte es auf verschlungenen

97

Umwegen in die Medien geschafft und für die vorhersehbaren Aufschreie gesorgt. Die Intellektuellen machten sich Sorgen um das humane Erbe, die Unverbesserlichen um die Natur, die Religiösen um Gott und die Altmodischen um alles zusammen. Aber, und auch das war ein Zeichen, dass der Weg zu einer pazifistischen Gesellschaft noch weit war, wenn Professorin Elisa Habib die Veränderung der Gehirne durch die andauernde Gewalt proklamierte, spielte das Humane plötzlich keine Rolle mehr.

War der vernünftige Mensch nur ein Wunschgedanke? Ein Hirngespinst?»Den Leuten dämmert nur langsam, dass moralisches Handeln nichts Selbstverständliches ist. Irgendwann werden die Menschen es akzeptieren, dass man mit Technologie nachhelfen muss, wenn ansonsten die Bedingungen für ein friedliches Zusammensein nicht mehr gegeben sind«, hatte Fabiana über ihr Essen gebeugt angemerkt und Elisa hatte ihr beigepflichtet. Dann hatten sie sich anderen Themen zugewandt.

»Niemand wird hier zu irgendetwas gezwungen«, betonte Fabiana wieder und wieder, als der Schatten des Projektes längst viele Male größer war als das Projekt selbst. Es war von den Medien als ein Ungeheuer beschrieben worden, das sie alle auffressen würde.»Wir reden hier lediglich von ein paar Hundert Probanden. Ich bitte Sie, bleiben Sie auf dem Teppich. Kein Mensch wird hier verpflichtet, irgendwelche Verträge zu unterschreiben. Niemand ist verpflichtet, sich in die Dienste von M.O.R.A.L. zu stellen. Das ist reine Panikmache. Jeder, der Lust hat und das ausprobieren möchte, kann, niemand muss.«

»Ja, aber das, was Sie auf lange Sicht vorhaben, betrifft schlussendlich uns alle. Da kann man doch nicht mehr von Freiwilligkeit reden«, rief eine Journalistin. Sie klang entrüstet.

Fabiana atmete hörbar aus und antwortete:»Sollte das Projekt erfolgreich sein, werden noch viele weitere Testreihen erfolgen, bevor es tatsächlich live geht. Und, was heißt schon live? Erst einmal muss sich ein Staat finden, dessen Bürger demokratisch darüber abgestimmt und sich dafür entschieden haben. Sie sehen, auf dem Weg zu einer digitalen Weltregierung sind noch sehr viele Sicherheitsschleusen zu

98

überwinden. Außerdem kann das Projekt jederzeit zurückgezogen werden«, antwortete Fabiana und lächelte triumphierend in die Runde. Sie gab sich selbstsicherer als sie war. Die Journalistenhorden schüchterten sie ein. Die Mikrofone, die ihr vor die Nase gehalten wurden, machten ihr Angst. DIE WISSENSCHAFT HAT IHRE SEELE DER PHARMAINDUSTRIE VERKAUFT!, kreischten die Schlagzeilen und darunter ein Bild von Fabiana mit der Unterschrift: SIE WILL UNS ALLE ZU GLÜCKSJUNKIES MACHEN! Das war noch das Netteste.

›Zombieprof‹ wurde sie von da an genannt und Fabiana wusste nicht so recht, wie die Leute darauf gekommen waren. Sie versuchte, den hungrigen Mikrofonen klar zu machen, dass junge Leute ihr Büro regelrecht belagerten, weil sie mitmachen wollten. Dass junge Leute richtig scharf darauf waren, sich Drogen einzuverleiben, um glücklich zu sein. Dass genau diese Leute in Zukunft sogar bereit sein würden, sich ein Implantat ins Gehirn einsetzen zu lassen, welches sie mit ihrer Umwelt vernetzen würde und sie in jeder einzigen Sekunde kontrollierbar machen würde. Nein, Fabiana hatte wahrlich keine Probleme, Probanden zu finden.

Fabiana ging in die Küche, ignorierte den Gestank und zündete sich stattdessen eine Zigarette an. Auf dem Balkon zu rauchen traute sie sich nicht mehr. Vorgestern war sie dabei fotografiert worden, wie sie im Bademantel auf dem Balkon paffte. Sie riss das Eisfach mit einem Ruck auf. Es musste dringend abgetaut werden. Um solche Dinge hatte sich immer Bernhard gekümmert. Sie nahm die halbgefrorenen Eiswürfel, ließ sie ins Glas rieseln und schüttete Wodka und Tonic hinterher. Zwei, drei Tage hatte sie noch.

15

Während Julian, Emily und Noah noch immer auf dem Feld um den Traktor herumstanden und rätselten, was sie nun damit tun sollten, lag Vanessa zusammengerollt auf ihrer Luftmatratze. Sie betrachte das abgenutzte Foto von Ernst und wartete darauf, dass ihr Körper sich beruhigte und von der warmen Welle des Wohlseins überschwemmt wurde, dem Orgasmus, dem sie niemals würde widerstehen können. Sie konnte sich noch genau an den Tag erinnern, an dem sie das Foto gefunden hatte. Es war an einem der langen verregneten Nachmittage gewesen, an denen sie mit ihren Eltern die Großeltern besucht hatte und vor Langeweile fast gestorben wäre. Während die Erwachsenen stundenlang in der Küche saßen, Kaffee tranken, Kuchen in sich hinein schaufelten, über dies und jenes schwafelten, war sie ziellos durchs Haus gestreift, hatte in Schränke und Schubladen geschaut, Kleider, Schuhe, abgebrannte Kerzen, Jahresbücher, leere Fotorahmen, längst obsolet gewordene Geo-Hefte gefunden und alte Prospekte über Schiffsreisen nach Island, immer wieder Island. Alles war interessant und langweilig zugleich gewesen. Interessant, weil es fremd und wirr war, langweilig, weil das Leben aus den alten Dingen längst entwichen war. Und dann, in einer mit Fotos gefüllten Pralinenschachtel hatte Vanessa das Bild von Ernst gefunden.

Wie elektrisiert starrte sie auf das glänzende Zelluloid. Der Mann auf dem Foto war braun gebrannt, die verschwitzten, dunklen Haare hatte er wirr aus dem Gesicht gestrichen, das blassgrüne Hemd nachlässig in die Jeans gesteckt, die Ärmel hochgekrempelt. Es waren schöne Arme und starke Hände. Hände, die zupacken konnten, die entschlossene Bewegungen gewohnt waren, gewohnt zu befehlen, zu herrschen. Der Mann hatte nicht fotografiert werden wollen, eindeutig, aber seine Eitelkeit hatte ihm einen Strich durch die Rechnung gemacht. Der Mann hatte gewusst, wie gut er aussah, selbst Vanessa war das klar. Dieser Mann hatte diese selbstbewusste Art zum Eigenbrötlerischen, die nur schöne Leute haben. Wie auch ihr Vater sie hatte. Seine Augen blickten in die grelle Sonne, zu Schlitzen verengt. Er

100

sah mürrisch aus, die ersten Falten waren längst mehr als nur eine An-deutung. Er schaute in die Kamera, als wolle er den Betrachter durch-bohren, mit seinem Blick aufspießen. Vanessa sträubten sich die Na-ckenhaare, so etwas Fürchterliches war an diesem Mann, etwas so Lebendiges. Sie legte das Foto zurück und betrachtete es aus der Dis-tanz mit verschränkten Armen. Dann, nach einer Weile nahm sie es noch einmal in ihre zitternden Hände und ging damit zu ihrer stets gereizten Großmutter, um zu erfahren, wer der Mann auf dem Foto sei.

Ihre Oma nahm ihr das Foto aus den Händen und antwortete:»Der Ernst ist das. Mein Bruder. Aber, den kanntest du nicht mehr, der ist längst gestorben.«

»Ach, von Ernst ist da noch ein Foto?«Ihr Großvater beugte sich interessiert über den Tisch, um besser sehen zu können. Das Foto machte die Runde, wurde wohlwollend begutachtet. Zahlreiche Fin-ger hinterließen dünne Fettschlieren auf den abgegriffenen Rändern. Vanessa blieb ungeduldig am Küchentisch stehen, um zu hören, was nun zwangsläufig über Ernst erzählt würde. Zwangsläufig, denn die Gespräche in ihrer Familie waren affektgesteuert. Diskutiert würde über alles, was gerade ins Blick- oder Hörfeld geriet; die Themen konn-ten rasch wechseln, konnten die Familie aber auch für Stunden bean-spruchen, je nachdem, wie ergiebig zu beackern es sich lohnte. Ernst würde ein solches Thema sein, hoffte Vanessa und wurde nicht ent-täuscht. An jenem Nachmittag erfuhr das Kind, dass Ernst Bauer aus Überzeugung gewesen war. Der Aegetenhof hatte ihm gehört. Er hatte ihn gekauft, um daraus einen Biohof zu machen. Nur beste Qualität hatte er anbieten wollen. Fleisch, Eier, Milch, alles gesund und zu ver-nünftigen Preisen.

Wie schön es doch auf dem Aegetenhof gewesen sei, hatte ihr Vater an jenem Nachmittag geschwärmt.

»Na na«, mahnte die Großmutter ihn.»Nun tu mal nicht so. Du hast dich jeweils nicht schlecht beschwert, wenn du dem Ernst helfen muss-test. Der Aegetenhof, das war vor allem Arbeit, Arbeit, Arbeit. Verklär mal nicht die Vergangenheit. Und der Ernst, der hätte halt auch mal was investieren müssen, der Schlaukopf!« Oma hatte sich warm geredet. Die Miene des Großvaters versteinerte sich zusehends.»Aber nein, er ist immer stur geblieben. Wollte nichts hören von Modernisierung. Kein Wunder ist es dann irgendwann halt nichts mehr gewesen, mit dem Hof und auch mit Ernst. Kein Wunder! Erst nichts machen und dann, wenn es halt nicht mehr geht, nicht klarkommen damit. Die haben wir gern.« Ihre Oma war wütend aufgestanden, ihr Stuhl nach hinten gekippt. Vanessa sah noch ganz deutlich vor sich, wie der Opa sich gebückt hatte, um den Stuhl wieder aufzustellen, und dann ganz leise »Sei still«, gesagt hatte. Es klang warnend, aber ihre Oma hatte ihn ignoriert.

»Halt du mal selbst den Mund! Was seid ihr bloß für Wesen, ihr Männer! Wollt die Welt regieren, aber wehe, man nimmt euch etwas weg!« Mit hochrotem Kopf ging sie zur Tür und kurz bevor sie sie heftig ins Schloss krachen ließ, rief sie:»Hätte halt nicht so viel saufen müssen!«

Das hatte gesessen. Vanessa spürte den Kloß im Hals noch immer, weniger, weil Ernst ein Säufer gewesen sein sollte, sondern weil der Großvater mit gesenktem Blick auf seine gefalteten Hände gestarrt und nichts mehr gesagt hatte.

Bevor sie sich an jenem späten Nachmittag auf den Nachhauseweg machten, steckte sie das Bild von Ernst ein, voller Angst, jemand könnte sie dabei ertappen und schwierige Fragen stellen. Aber niemand bemerkte etwas. Keiner hatte das Bild von Ernst je vermisst. Niemand hatte es je wieder anschauen wollen.

»Der Ernst, der hat noch Ideale gehabt, ich sag's euch!«, hatte ihr Vater auf der Fahrt nach Hause geschwärmt.»Auf dem Aegetenhof, da wurde noch richtig geheut, wurde noch Gras geschnitten, durften die Tiere noch auf der Weide sein und wurden im Winter mit richtigem Heu gefüttert.« Viele glückliche Sommer habe er auf dem Aegetenhof verbracht, hatte ihr Vater gesagt und in den Rückspiegel hinein gelächelt. Sie glaubte es ihm.

Vanessa hatte ihr Herz an Ernst verschenkt, noch bevor sie überhaupt wusste, was Liebe war und bevor die Jungs in ihrer Klasse einen ersten scheuen Blick auf ihre aufkeimende Weiblichkeit werfen

102

konnten. Doch diese Liebe war einseitig und einsam. Außer ein paar klappernden Knochen, einem Haus voller Erinnerungen und der überhitzten Idee eines kleinen Mädchens war von Ernst nichts übrig geblieben. Aber Vanessa war schon als Kind exzentrisch und eigenbrötlerisch gewesen. Ein Mädchen mit Ideen, denen die Eltern wenig entgegenzusetzen vermochten. Sie war mit der stillen Idee aufgewachsen, dass der Tod nichts Endgültiges bedeuten durfte. Und lange bevor andere davon sprachen, hatte Vanessa bereits begriffen, dass die Welt sich digital fortsetzen würde. Es würde in Zukunft keinen sicheren Tod mehr geben. Keine Totenruhe. Vanessa ahnte schon sehr früh in ihrem Leben, dass sie eine digitale Kopie von Ernst würde herstellen können, wenn sie nur genügend Informationen über ihn finden würde. Und dass dies ihre Mission war, ihr Lebensinhalt. Doch Vanessa wollte mehr als nur Daten. Sie brauchte Gefühle, Gerüche, Stimulanz. Die Idee, auf dem Aegetenhof zu leben, hatte sich schon vor Jahren in ihrem Kopf eingenistet. Vanessa wollte sehen, was Ernst gesehen hatte. Sie wollte spüren, riechen, schmecken, was er gespürt, gerochen und geschmeckt hatte. Sie wollte alles tun, was er getan hatte. Sie wollte, sie musste das mühselige Bauernleben am eigenen Leib erfahren, um jemals zu wissen, wer Ernst gewesen war. Der verlassene Aegetenhof war geradezu das Antonym zur City, in der alles schnell zu haben, unkompliziert und kinderleicht war. In der alles schön war. Dagegen der Hof, der langsam verfiel, sich auflöste, sich Zeit ließ. Dessen Fasern sich langsam zu Staub wandelten. Der unmerklich das wurde, was er einst gewesen war. Kein Ort, keine Bedeutung. Nichts.

Immer, wenn sie das Foto betrachtete, fragte Vanessa sich, wer wohl auf den Auslöser gedrückt hatte. Als ob eine Antwort darauf ihr helfen würde zu verstehen, weshalb sie sich vom ersten Augenblick an so sehr zu diesem Menschen hingezogen gefühlt hatte. Welche Beziehung hatte Ernst zur Person hinter der Linse gehabt? Hatte die Person ihn geliebt?

Vanessa wusste, dass sie eine Liebe erschaffen würde, die frei von allem Körperlichen, allem Irdischen, allem Schmutzigen und Unzulänglichen sein würde. Diese Liebe würde rein sein, erhaben, ewig und weit wie das Universum oder der Tod selbst. An dieser Liebe würde nichts Hässliches sein, nichts Natürliches, nichts, was sie, Vanessa, nicht würde kontrollieren können.

Während Vanessa auf ihrer Luftmatratze lag, an die Zimmerdecke starrte und sich wünschte, ihrer komplizierten Körperlichkeit zu entkommen und stattdessen nichts als reine Information zu sein, Klarheit zu sein, Bestimmtheit, Präzision, fing es an zu regnen. Die Felder rund um den Aegetenhof verwandelten sich in einen braunen Schwamm. Der Traktor blieb mitten auf dem Acker stehen. Er konnte Vanessa fast leidtun.

16

Julian knurrte der Magen. Er saß am Küchentisch und beobachtete jede von Noahs Bewegungen. Noah irrte hektisch zwischen Küchenschränken und Gaskocher hin und her, öffnete Schranktüren, begutachtete Packungen, stellte sie wieder auf die Ablage zurück, seufzte, schnaufte, Hände in die Hüften gestemmt, überlegte. Viel Aktion aber kein Resultat, wie Julian zunehmend besorgt feststellte. Sein Freund hatte am Nachmittag verkündet, er wolle für sie alle ein Curry kochen, dass ihnen Hören und Sehen vergehe.

»Aber zu lecker darf es auch nicht sein, sonst wollt ihr, dass ich jeden Tag für euch koche, und dazu habe ich keine Zeit, ich muss schließlich gärtnern!«, hatte er lachend gesagt. Doch als Noah feststellte, dass kaum brauchbare Zutaten vorhanden waren, verflog sein Enthusiasmus. »Wer von uns war eigentlich für die Vorratsliste zuständig?«, wollte er mit grimmiger Miene wissen, während er die Schränke nach etwas Brauchbarem durchsuchte. Es stellte sich heraus, dass niemand sich darum gekümmert hatte, sondern jeder eingepackt hatte, was er für geeignet hielt und worauf er Lust hatte.

»Na, großartig!«, schimpfte Julian. »Wie kann man bloß so planlos sein?«

»Ja, aber dir ist ja auch nichts Besseres eingefallen, als dein Quinoa-Müsli und Fertigpasta mitzunehmen«, sagte Emily. Es klang nicht vorwurfsvoll, eher belustigt. »Wenigstens habe ich mich um Trockengemüse, Bohnen und Gewürze gekümmert. Na, wie auch immer. Mach dich an die Arbeit, Noah, ich habe einen Bärenhunger!«, rief sie ihrem Freund zu.

»Wir müssen einkaufen.«

»Das dauert viel zu lange. Koch irgendwas. Improvisiere! Ich bin am Verhungern!«, antwortete sie lachend.

»Geht mir genauso!«, rief auch Vanessa. »Mach schnell!«

Auch Julians Magen knurrte, als ob er den ganzen Tag draußen auf dem Feld geschuftet und sich ein deftiges Essen redlich verdient hätte, aber nichts dergleichen war geschehen. Nachdem die Polizei verschwunden war und es angefangen hatte zu regnen, hatte sich jeder für sich in sein Zimmer zurückgezogen. Julian war sogar tief und fest eingeschlafen.

Eine halbe Stunde später war es so weit. »Achtung, Platz da!« Noah balancierte den Topf vor sich und war im Begriff, ihn auf den Tisch zu stellen. »Räumt das Zeug weg. Essen ist fertig!«

Julian legte rasch die Schachtel ›Scrabble‹ beiseite, die er in seinem Zimmer gefunden hatte. Vielleicht würden sie nach dem Essen eine Partie spielen. Emily stellte Teller und Gläser auf den Tisch. Julian schenkte Wasser ein.

»Schade, dass wir nichts anderes haben. Mal ein Glas Wein hätte doch was«, meinte Vanessa mit einem Seufzer.

»Dein Onkel hat leider keinen hinterlassen. Ich habe schon den Keller durchsucht.« Noah nahm den großen Löffel und schöpfte sich großzügig den Teller voll.

»Ich nehme an, er hätte es auch nicht geschafft, einen Vorrat anzulegen«, höhnte Julian in Richtung Vanessa und spielte damit auf Ernsts Alkoholsucht an.

»Ist gut jetzt!«, rügte Emily ihn sogleich. »Lass die Gifteleien.«

Das Essen schmeckte fade und uninteressant, wie Noah selbstkritisch bemerkte. Julian und die anderen pflichteten ihm lachend bei. Sie waren sich alle einig, dass Noah das nächste Mal besser Emily an die Töpfe lassen müsse. Emily war eine ausgezeichnete Köchin. Die Erinnerung an das Essen, das sie vor einigen Tagen für sie alle gezaubert hatte, ließ Julian das Wasser im Munde zusammenlaufen.

Am Abend bevor sie die City verlassen und sich zu ihrem Abenteuer aufgemacht hatten, hatten sie sich bei Emily getroffen, um sich von ihr noch einmal so richtig verwöhnen zu lassen. Emily hatte die schönste Wohnung von allen und sie alle hatten unausgesprochen denselben heimlichen Wunsch verspürt, sich vom Leben noch einmal sanft streicheln zu lassen. Emilys Wohnung fühlte sich an wie ein Mutterleib aus hellbraunem Plüsch. Sobald man ihre Räume betrat, wurde die Realität auf ein Mindestmaß gedämpft und man tauchte ein in eine Insel des Wohlfühlens.

Das Essen schmeckte vorzüglich. Der Wein fügte sich perfekt in das

106

Geschmacksbouquet des Currys sein. Emily hatte es sich außerdem nicht nehmen lassen, zum Dessert ein Zimtparfait zu zaubern, von dem Noah meinte, noch kaum jemals etwas so Deliziöses gegessen zu haben. Sie alle ließen sich jede einzelne Gabel davon genüsslich seufzend auf der Zunge zergehen. Erwachsenenessen für vier liebreizende Kinder. In jenen Stunden hatte Julian so richtig Lust gehabt, mit seinen Freunden aufs Land zu ziehen.

»Wann werden wir wohl die nächste warme Mahlzeit essen?«, hatte Noah neckisch in die Runde gefragt. Die Stimmung war aufgekratzt. Sie kamen sich vor, als ob sie auf große Entdeckerfahrt oder in den Krieg ziehen würden. Der letzte Abend vor der Schlacht. Sie kosteten ihn in vollen Zügen aus, tranken noch einmal den verbotenen Wein aus eleganten Gläsern, genossen noch einmal die süße Kühle im Mund, ließen sich noch einmal in die weichen Polster fallen, in die Leichtigkeit des Daseins, spürten noch einmal den weichen Stoff im verwöhnten Nacken. Ihre delikaten Ohren hörten noch einmal beschwingten Elektropop. Ihre kultivierten Augen sahen noch einmal die Noblesse der lang geschwungenen Stehlampe, das weiche Licht, die perfekt kombinierten Farben. Ton in Ton. Die Beleuchtung mimte Sonnenuntergang am Grand Canyon. ›Desert Rock‹ in den schönsten Braun- und Rosatönen.

Julian blickte staunend um sich. Wie schön sie alle doch waren! Manchmal konnte er es nicht glauben, dass er sich tatsächlich in der Realität befand, in seinem eigenen Leben. Das dies sein Leben war.

Vanessa hatte sich im Schneidersitz auf den weichen Teppich gesetzt und ruhte scheinbar zufrieden lächelnd in sich. *Sie benimmt sich, als wäre sie die ungekrönte Sonnengöttin,* dachte Julian. Als warte sie auf die Huldigung. Noah gab den Hofnarren und Emily lachte noch schriller als sonst. Julian betrachtete die Szene für eine Weile und stand dann auf. Er hatte sich alles genau überlegt. Er hatte Nachforschungen betrieben und einen Plan ausgeheckt, den er seinen Freunden nun auf dem im Raum schwebenden Grafikfeld präsentieren wollte. »Okay, könnt ihr alle mal kurz ruhig sein?«

Noah hatte ihn nicht gehört. Er quasselte über irgendetwas auf Emily ein, worauf Emily sich kichernd Wein nachschenkte. »Und dann,

107

das glaubst du vielleicht nicht, aber der ist da wirklich reingesprungen!«, hörte Julian Noah flüstern. »Nein, das ist wirklich schwer zu glauben. Ihr spinnt doch!«, antwortete Emily und wischte sich Lachtränen aus den Augenwinkeln.

»Hey, hört mal her jetzt!«, rief Julian lauter. Dass sie ihm für ein paar Minuten ihre ungeteilte Aufmerksamkeit schenkten, war wohl das Mindeste, was er von ihnen verlangen konnte, fand er. Noah und Emily verstummten und schauten ihn erwartungsvoll an. Er räusperte sich und ignorierte so gut er konnte Vanessas süffisantes Lächeln.

»Also, wir hatten abgemacht, dass wir unauffällig verschwinden wollen und darauf hoffen, dass unser Umzug aufs Land nicht so rasch auffällt.« Vanessas Lächeln wurde breiter. Julian spürte, wie ihm das Blut ins Gesicht schoss. »Ich habe hier den Weg aufgezeichnet, den wir fahren müssen, um möglichst unauffällig aus der City zu kommen.« Er zeigte auf die rot eingezeichnete Linie auf der transparenten Oberfläche. »Das sind alles Straßen, bei denen noch keine Kameras installiert sind.«

Vanessa stand auf und begutachtete interessiert die Route. »Und was ist mit der rot gestrichelten Linie?«

»Dort sind Drohnen im Einsatz.«

»Ach so, hm …«, überlegte Vanessa. »Na ja, das wird schon klappen und wenn nicht, dann ist es auch nicht so schlimm. Ich meine, mir ist auch klar, dass wir nicht mir nichts, dir nichts aus der Stadt spazieren können, aber wir begehen nun auch kein Verbrechen.«

»Ich versteh das alles nicht. Wir können ja sowieso nicht verschwinden. Die werden ja immer wissen, wo wir sind«, wandte Noah ein.

»Das ist gar nicht so sicher. Vielleicht funktioniert deren Überwachungssystem da draußen gar nicht«, antwortete Julian. »Jedenfalls habe ich so etwas munkeln gehört. Mit dem Landleben haben sie bei PROCIETY ein Problem.«

»Also das glaubst du ja selbst nicht!«, rief Emily ungläubig.

»Im Ernst. Da draußen, das ist Niemandsland. Da wohnt keiner mehr!«

»Und wenn doch?«

»Wir schauen von Tag zu Tag. Vanessa und ich finden es jedenfalls

108

besser, möglichst unauffällig zu verschwinden, so dass es mal für eine Weile gar nicht auffällt. Hast du den Fahrtenschreiber deines Autos hacken können, Emily?«

»Ja, klar. Kein Problem.«

»Gut, dann ist ja alles geregelt.« Noah rieb sich zufrieden die Hände und stand auf.

Nachdem sie Emilys Küche piekfein aufgeräumt hatten, gingen sie noch einmal die Details ihres Plans durch. Julian schärfte allen noch einmal ein, leise zu sein und auf sein Kommando zu hören. Er bemerkte das Kopfschütteln der beiden Frauen und tat, als ob er es nicht gesehen hätte. Sie füllten ihre Rucksäcke mit dem restlichen Proviant und überlegten noch einmal, ob sie an alles gedacht hatten.

»Wir können immer wieder mal einkaufen gehen«, fand Noah.

»Einkaufen? Bist du sicher? Gibt es da draußen überhaupt Geschäfte?«, fragte Emily zweifelnd. »Also ich weiß nicht. Wieso sollte es da draußen einen Supermarkt geben, wenn keiner mehr dort wohnt?«

»Ich meinte auch nicht da draußen. Halt irgendwo am Stadtrand«, verteidigte Noah sich. Im nächsten Moment brach er in Gelächter aus, weil er sah, dass Emily ihren Reiseföhn einpackte. Emily wurde rot vor Verlegenheit, steckte ihn aber dennoch ein.

Sie stand als Erste auf und schulterte ihren Rucksack. »Meinetwegen kann's losgehen«, sagte sie kurz angebunden und wandte sich bereits zur Tür. Julian und die anderen beeilten sich, es ihr gleichzumachen. Die Lichter löschten automatisch, als sie die Wohnung verließen, und auch Schlüssel brauchte Emily keinen. Die Tür zu ihrem Reich öffnete sich mit Augenscan.

In Einerkolonne schlichen sie den Wänden entlang, ein Rucksack nach dem anderen, die Treppe hinab zur Tiefgarage. Emilys Auto war bereits vollgepackt mit Schlafsäcken, Solarmatten, Lampen und einem Kocher samt großer Gasflasche. Sie packten die Vorräte und Rucksäcke obendrauf und wollten sich gerade ins Auto zwängen, als Vanessas Nachbarin Gloria durch das Dunkel auf sie zukam.

»Gloria! Wie bist du denn hier reingekommen?«, wollte Emily erstaunt wissen. Gloria beachtete sie nicht und wandte sich stattdessen

109

an Vanessa. »Darf ich mitkommen? Bitte.«

»Nein! Ich habe es dir schon tausend Mal gesagt!«, zischte Vanessa. Julian wusste, dass Gloria sie seit Tagen damit nervte, unbedingt mitkommen zu wollen. »Das wäre ja noch schöner, diesen Quälgeist dabei zu haben!«, hatte Vanessa gerade gestern noch verächtlich bemerkt.

»Klar kannst du mitkommen!« Noah legte seinen Arm um ihre Schultern und zog sie leicht an sich. »Wir machen uns auf der Rückbank ganz schmal.«

»Nein!«, sagte Vanessa entschieden. »Kommt überhaupt nicht infrage und wehe, du verpfeifst uns. Dann bist du dran.« Sie bohrte den Zeigefinger ihrer rechten Hand in Glorias Brust, als ob sie sie aufspießen wollte. »Du bleibst schön hier, und wenn jemand nach mir fragt, dann bin ich gleich zurück.«

»Ist gut«, antwortete Gloria kleinlaut. Julian schaute Vanessa erstaunt an. So hatte er sie noch nicht erlebt. Auch Noah und Emily wechselten verblüffte Blicke.

»Kommt jetzt endlich«, flüsterte Emily. Sie setzte sich hinter das Steuer und manövrierte das Auto fast geräuschlos aus der Parklücke. Sie war die Einzige, die Auto fahren konnte, und auch die Einzige, die ein Auto besaß.

»Sorry«, meinte Noah achselzuckend zu Gloria. Er öffnete die hintere Tür und setzte sich auf die Rückbank. »Wir sehen uns irgendwann.« Gloria winkte ihm zu.

»Ja, ja. Gib Gas«, murmelte Vanessa.

Julians Plan funktionierte tadellos. Alles andere hätte ihn auch gewundert, denn er hatte Tage damit verbracht, alles akribisch auszuarbeiten und aufzuzeichnen. Noah hörte die ganze Fahrt lang nicht auf zu quatschen und Blödsinn zu machen. Julian dagegen hatte auf der ganzen Fahrt kein Wort geredet. Das allerdings war niemandem aufgefallen.

110

17

Julian wartete, bis das tägliche Back-up seiner Gehirnströme beendet war. Es war eine langweilige Prozedur, die dazu verleitete, sich zu viel Gedanken zu machen. Aber gerade während des Back-ups war es wichtig, dass man seinen Kopf leerte. *PROCIETY* bot zu diesem Zweck Meditationskurse an. Julian hatte schon mehr als einen davon besucht und er hatte die Übungen zu Hause erfolgreich angewendet, aber an diesem Tag wollte es ihm nicht gelingen. Vielleicht lag es an der ungewohnten Umgebung, aber war nicht gerade Sinn und Zweck der Meditation, dass man alles was außen war vergass?

Der Gedanke, dass *PROCIETY* sie ganz bewusst an der langen Leine laufen ließ, wollte ihm nicht mehr aus dem Kopf. Spätestens seit die Polizei hier gewesen war, müssten die von der Firma wissen, wo sie waren, fand Julian. Er konnte sich nicht vorstellen, dass *PROCIETY* sie aus den Augen verloren hatte. Im Gegenteil. Vielleicht hatte *PROCIETY* das alles genau so eingefädelt. Denn, wenn die Firma ihre Gedankenströme speichern konnte, dann konnte sie sie auch manipulieren. Julian war sich ziemlich sicher, dass die Firma sie einem Stresstest aussetzen wollte, um herauszufinden, wie die Implantate unter erschwerten Bedingungen funktionierten. Sie wollten neue Absatzmärkte erschließen. Was ja auch nur logisch war. Ob Vanessa wohl davon wusste?

Er fühlte sich verschaukelt. Julian war nämlich keiner von denen, die wegen des schönen Lebens mitmachten. Julian war ein Überzeugungstäter. Er war sich sicher, dass MORAL der einzige Weg war, den Planeten zu retten. Er tat es nicht für sich, er tat es für die anderen. Julian konnte man vieles vorwerfen, aber er war kein Egoist. Er stellte sich der großen Sache zur Verfügung, stellte sich in den Dienst für die Allgemeinheit. Er hatte noch Werte, glaubte noch an eine gerechte Gesellschaft. Julian hatte sich für MORAL starkgemacht, hatte andere davon überzeugen können, ewige Zweifler und Skeptiker. Einen nach dem anderen hatte er dafür gewinnen können. Ja, Julian hatte sich eingesetzt für mehr Gerechtigkeit und Fairness auf dieser Welt, für mehr Freude an der Zukunft, für mehr Zuversicht, für das Wohlsein der

111

Massen. Nein, er war kein Egoist. Aber die Firma ... es war obskur ... verfolgte sie dasselbe Ziel? Er durfte nicht zu viel darüber nachdenken, zu viel nachdenken war verdächtig. Er musste ganz cool bleiben. Sein Blick ging zur Anzeige des Akkus. Noch dreiviertelvoll. Der Saft ging schneller zur Neige als gedacht. Wenn die Sonne sich nicht bald zeigte und sie ihre Solarmatten aufladen konnten, hatten sie keine Chance, länger als zehn Tage auf dem Hof zu bleiben. Was *PROCIETY* wohl davon hielt? Von draußen hörte er Emily schreien, nein quietschen. Sie quietschte wie ein Ferkel. Dann Noahs laute Rufe. Er reckte den Kopf und sah, dass Emily nackt und eingeseift im Freien stand und von Noah mit einem Schlauch abgespritzt wurde. Das Wasser musste eiskalt sein. Er musste einen Anflug von Neid wegwischen. Nicht nur, weil die beiden es lustig hatten, was immer sie auch zusammen taten, sondern auch, weil Emily hinter sich hatte, was ihm noch bevorstand. Eine kalte Dusche.

Ein leises »Pling« erklang und dann drang die freundliche Stimme von Betty aus den Lautsprechern: *»Herzliche Gratulation, Julian! Sie haben bereits 34 % Ihrer digitalen Gehirnregionübertragung abgeschlossen. Schon sehr bald steht Ihnen Ihr digitales Bewusstsein zur Verfügung. Denken Sie daran, mithilfe von DIGITALMIND wird es für Sie ein Leichtes sein, die vollständige Kontrolle über Ihr Leben zu erreichen. Sie werden mehr über sich herausfinden und es wird Ihnen helfen, ein vollendetes Leben zu führen. DIGITALMIND wird Ihnen in Zukunft noch mehr Rechenleistung zur Verfügung stellen. Sie können Ihr Bewusstsein jederzeit und wo immer Sie sich auch befinden, nach Inhalten durchforschen. Sie können so Ihre wertvollen Erinnerungen jederzeit abrufen. DIGITALMIND ist ein eleganter Weg zu einem glücklichen Leben voller schöner Momente. Sie haben allen Grund zur Freude, Julian! Sobald Sie Ihr digitales Bewusstsein vollständig erstellt haben, sind Sie transzendental unsterblich geworden. Sie haben mit DIGITALMIND ...«* Entnervt schaltete Julian den Ton aus. Bettys freundliche Stimme erlosch. Er lehnte sich im Stuhl zurück und rieb sich seine Schläfen. Sein Kopf schmerzte. Erst 34 %! Es würde noch Ewigkeiten dauern, bis sein digitales Bewusstsein erstellt sein und er ein vollwertiges Mitglied des Programms sein würde. Bis er seinen vollen Beitrag würde leisten können. Nein, Julian war kein Egoist. Er dachte weiter als bis vor die eigenen Füße. Jedenfalls war es bis vor Kurzem so gewesen. Bis an einem eiskalten, klaren Winterabend sie aufgetaucht war und alles durcheinandergebracht hatte. Bis sie ungefragt in sein Leben getreten und großspurig von Freiheit und Selbstbestimmung gefaselt hatte. Vanessa.

Am letzten Abend des vergangenen Jahres war sie plötzlich da gewesen. Klirrend wie ein besonders schöner Einfall. Wie aus dem Nichts war sie auf der Silvesterfeier eines ehemaligen Kommilitonen, der es sich in einer schicken Dachwohnung in der City gut gehen ließ, aufgetaucht und hatte sich, ohne zu fragen, neben Julian gesetzt.

Sie hatte umwerfend ausgesehen. Das platinfarbene Kleid war an ihrem Körper hinabgeflossen wie flüssiges Metall, ihre blonden Haare offen in schweren Wellen. Schwer war auch der Wein, den sie in einem übergroßen Weinglas geschwenkt hatte und der beinahe auf Julians Anzug gelandet wäre.

»Hoppala!«, rief sie lachend und rückte noch näher an Julian heran. »Fast wäre mir ein Missgeschick passiert. Böse Vanessa.« Sie war betrunken. An Feiertagen erlaubte die Firma ihren Angestellten Alkohol zu trinken, und da die Sublimen nicht daran gewöhnt waren, wurden solche Feiern rasch zu peinlichen Angelegenheiten.

Vanessa legte Julian ungeniert die Hand aufs Knie. Julian rückte verwirrt von ihr ab, doch Vanessa ließ sich davon nicht beeindrucken.

»Ich mag dich«, meinte sie nach einer Weile, ohne ihn anzuschauen. Stattdessen betrachtete sie nachdenklich ihr Weinglas, in dessen fein geschliffenem Kristall sich die leuchtend roten Kugeln des Weihnachtsbaumes, der wie ein scheuer Gast in der Ecke stand, spiegelten. Der teure ›Beaujolais Reverence‹ warf bereits wieder gefährlich hohe Wellen, als Vanessa sich zu Julian hinüberbeugte und ihn sanft auf die frisch rasierte Wange küsste. »Ich mag dich«, flüsterte sie noch einmal, diesmal in sein Ohr. Es klang trotzig.

»Du kennst mich ja gar nicht«, protestierte Julian und wischte sich mit einem Taschentuch den Lippenstift von der Wange. Betrunkene Frauen waren ihm ein Gräuel. Als sie seine Antwort hörte, konnte

113

Vanessa vor Lachen nicht mehr an sich halten und prustete ungehemmt los. Sie schlug sich mit der freien Hand auf den platinglänzenden Oberschenkel. Der Wein in der anderen Hand war nun endgültig nicht mehr zu bändigen und verschüttete sich in heftigen Spritzern über Kleid und Sofa. Eine Schönheit neben Vanessa kreischte und konnte sich und ihr Kleid mit einem Satz zur Seite gerade noch retten. Vanessa kümmerte sich nicht um sie. Bäche von Lachtränen liefen über ihre Wangen, ihr Haar hing ihr wirr ins Gesicht.

»'schuldigung«, schniefte sie und strich sich kichernd die Strähnen aus dem Gesicht. »Ich bin sonst nicht so, aber der Wein ist einfach zu köstlich. Ich kann nicht widerstehen.« Sie klemmte sich mit konfusen Bewegungen ihr Haar hinter die Ohren, ihr Gesicht war tränenverschmiert.

»Jetzt sehe ich dich wieder«, meinte Julian lakonisch und ein Blick auf die Uhr sagte ihm, dass schon bald Mitternacht war und der Ansturm von Glückwünschen und Küssen und Umarmungen für eine Weile nicht mehr abreißen würde.

»Also, wo waren wir?«, fragte Vanessa. Sie sah plötzlich nüchtern aus, ihr Blick war herausfordernd, um ihren Mund spielte ein mokantes Lächeln.

»Ach, vergiss es«, antwortete Julian verärgert. Konnte die Tusse ihn nicht einfach in Ruhe lassen? Musste sie ihm nun noch die letzten Minuten des Jahres verderben?

»Ach ja, jetzt weiß ich es wieder. Du hast gesagt, ich kenne dich gar nicht.« Vanessa biss sich auf die Unterlippe und schaute ihn aus großen Puppenaugen gespielt verführerisch an.

»Ja, weil du meintest, dass du mich magst«, antwortete Julian und wollte aufstehen, aber Vanessa hielt ihn zurück.

»Und ich sage dir, ich kenne dich. So wie ich ihn kenne und sie und sie.« Sie zeigte mit den Fingern auf Leute, die Julian nicht kannte und Vanessa ganz offensichtlich auch nicht. »Ich kenne sie alle und sie kennen mich, und du kennst sie auch.« Sie lehnte sich zu ihm und flüsterte: »Wir sind alle gleich. Wusstest du das nicht? Gleich, gleichgemacht.«

»Würdest du bitte aufhören, dummes Zeug zu erzählen und mich

114

in Ruhe lassen!« Die anderen Gäste waren bereits dabei, die Sekunden bis Mitternacht zu zählen. Julian stand auf und erhob sein Glas. Auch Vanessa rappelte sich auf und stellte sich ganz selbstverständlich neben ihn. Julian stellte leicht verdrossen fest, dass sie auf den hohen Absätzen größer war als er selbst.

»Die Implantate machen uns alle gleich. Wir merken es nur nicht. Die haben da was eingebaut, was uns denken lässt, wir wären einzigartig, Individuen, aber im Grunde sind wir alle gleich.« Sie hakte sich ganz selbstverständlich bei ihm unter.

Der Raum brach in Jubel aus. Gläser klirrten. Lippen trafen sich. Julian erhob sein Glas und schrie ein obligatorisches »Prosit Neujahr!«. Emily kam auf ihn zu geprescht und umarmte ihn. Er ließ es lachend geschehen, sie löste sich von ihm und taumelte glücklich zum Nächsten. Er schaute lächelnd in die Runde, erwiderte Küsse und Umarmungen, sprach Glückwünsche aus, mit festem Blick in die Augen. Als er sich wieder zu Vanessa umdrehte, war sie verschwunden. Er schaute sich suchend um und sah sie gerade noch im Aufzug verschwinden. Die Türen schlossen und weg war sie. Fort, so abrupt, wie sie gekommen war. Sein erster Impuls war, ihr nachzulaufen, aber dann ließ er es bleiben. *Arme Gestörte*, dachte er, und es klang in seinem Kopf mitleidiger, als es gemeint war.

»Was wollte Vanessa von dir?« Der Gastgeber hatte mit einem Mal Zeit, sich mit Julian zu unterhalten.

»Nichts«, antwortete Julian. »Tolle Party.« Marc ging nicht auf seine Bemerkung ein.

»Lass dich bloß nicht mit der ein. Vanessa bedeutet nur Ärger, ich warne dich. Meint immer, sie müsse irgendwas aufmischen. Sie haben sie auf dem Kieker da oben.« Er zeigte mit dem Zeigefinger zur Decke.

»Ah ja?« Julian war hellhörig geworden. »Und, woher kommt sie denn? Wer ist sie?«

»Weiß ich nicht. Ich kenn sie aus dem ›Claudettes‹. Dort sitzt sie immer und schreibt. Auf Papier! Das muss man sich mal vorstellen. Mit einem Stift! Außerdem liest sie nur dummes Zeug. Irgendwelches Philosophen-Gebrabbel. Wahrscheinlich werden sie sie irgendwann einfach rausschmeißen«, antwortete Marc leichthin und rief dann

115

plötzlich laut: »Hey, euch habe ich ja noch gar nicht gesehen! Seid ihr gerade angekommen?« Ohne ein weiteres Wort ließ er Julian stehen und wandte sich begeistert seinen neuen Gästen zu. Julian schaute um sich, um seine Freunde zu finden. Er sah Emily heftig mit einem Typen schmusen. Noah stand in einer Gruppe und schüttelte sich vor Lachen. Wie sehr er die beiden manchmal beneidete. Wie schön, wenn man nichts fragte, nichts wollte. Das gute Leben rollte sich vor ihnen aus wie ein roter, unendlicher Teppich. Wohin er führte, daran brauchte man nicht zu zweifeln. Er führte ins gute Leben, immer ins gute Leben. Julian ging zur Bar und ließ sich sein fast leeres Glas auffüllen, unentschlossen, was er nun tun sollte. Eine halbe Stunde später ging er, ohne sich verabschiedet zu haben, nach Hause.

18

Zwei Tage später; ein sonniger Wintertag. Endlich, ein neues Jahr beginnt, dachte Vanessa fast feierlich und sog die kalte, klare Luft ein, als ob sie ihr neues Leben einhauchen könnte, einen neuen Anfang.

Sie betrat das ›Claudettes‹, grüßte Milo, der hinter der Theke gerade dabei war, einen Bagel zu schmieren, und setzte sich an ihren Lieblingstisch – den hinten in der Ecke am Fenster. Sie hatte ihre flauschige Strickjacke an und die Hose, die sich um exakt eine Nuance von der Farbe der Jacke unterschied. So wie die Turnschuhe auch. Vanessa mochte es perfekt. Ihre wallenden Locken hatte sie zu zwei Zöpfen geflochten. Sie wusste, dass die Frisur sie jugendlicher machte, als sie war.

Menschen gingen an ihr vorbei, setzten sich, erhoben sich wieder, gingen, neue kamen. Es herrschte Hochbetrieb, wie immer um diese Zeit. Vanessa kümmerte sich nicht darum. Sie klappte ihr schwarzes Notizbuch auf und fing an zu schreiben.

»Was schreibst du da?«

Erschrocken blickte sie auf. Vor ihr stand der Typ von der Silvesterparty. Sein Blick war ein einziger Vorwurf. Ohne ihre Antwort abzuwarten, nahm er ihr gegenüber Platz.

»Zeig mal her.« Er versuchte, sich das Notizbuch zu schnappen.

»Hey, was soll das?« Empört riss Vanessa das Buch an sich und strich über die Seiten, um den Knick zu glätten. »Spinnst du?«

Er hob beschwichtigend die Hände. »Entschuldigung. Sorry.«

»Was machst du hier? Julian, richtig?« Dabei wusste Vanessa ganz genau, weshalb er plötzlich an ihrem Tisch saß. Bestimmt hatte Marc ihn geschickt, um sie auszuspionieren. Marc, dieser Einfaltspinsel, der sich für das Maß aller Dinge hielt und Vanessa für eine Kuriosität, die man anschauen durfte und offensive Fragen stellen, wie es einem gerade passte.

»Ich dachte, ich schau mal, was du so treibst.«

»Woher wusstest du denn, dass ich hier bin?«

»Ts«, machte Julian nur und schaute sich um.

Marc, der immer nur das ihm Fassliche begreifen konnte, der seine

Art zu leben für den roten Faden der Erzählung hielt, an den die Welt sich gefälligst zu halten habe. Marc, der glaubte, man dürfe dem Eigenartigen ungefragt auf die Schultern klopfen, der glaubte, genau zu wissen, wie es um die Dinge stand und dem es niemals eingefallen wäre zu denken, dass es Dinge gab, ja, noch immer Dinge gab, die er nicht zu durchblicken vermochte. Dinge, die seinen Horizont schlicht überstiegen. In Vanessa stieg die Wut hoch beim bloßen Gedanken an den Gastgeber von vorletzter Nacht.

»Hast du schon gefrühstückt? Das Birchermüsli hier ist sehr zu empfehlen.« Sie deutete mit dem Kopf zur Theke.

«Nein, danke. Ich frühstücke nie«, antwortete Julian. Es klang stolz. Vanessa zog die Augenbrauen hoch. Im Gegensatz zu Marc ahnte Julian wohl, dass das Leben eine empörend unübersichtliche Ansammlung von Fehlschlüssen, Verwechslungen, unbefriedigtem Verlangen und verpassten Gelegenheiten war. Julian ahnte, dass das, was er begreifen konnte, nicht mehr war als der in der Sonne schimmernde Film von Schmutz und Staub. Er war sich dessen bewusst, dass sein Leben nichts mehr war als ein unbemerkter Schnörkel im großen Ornament des Geschehens. Nicht mehr als ein Fingerschnippen. Julian wusste um seine Irrelevanz, aber diese Irrelevanz wollte er um jeden Preis kontrollieren. Seine Augenlider bewegten sich einen Tick zu heftig, einen Tick zu schnell. Er schaute an ihr vorbei, schaute um sich, als würde er seine Feinde suchen.

»Verstehe. Kaffee?« Ohne seine Antwort abzuwarten, klemmte Vanessa sich das Notizbuch unter den Arm, stand auf und ging zur Theke, um zwei Cappuccini zu bestellen. Als sie mit zwei großen Tassen in den Händen zurückkehrte und eine davon lächelnd vor Julian hinstellte, sagte sie:»Was ich schreibe, willst du wissen?« Sie nahm genüsslich einen Löffel Milchschaum in den Mund.»Nichts Besonderes. Dies und das. Gedanken. Was mir so durch den Kopf geht halt.«

»Und, was geht dir denn so durch den Kopf?«

»Dies und das. Ich lese viel. Foucault, Heidegger, Camus. Finde ich alles sehr interessant. Es hilft mir, die Dinge verstehen.«

»Dinge?« Julian sah skeptisch aus.»Was für Dinge?«

»Die Dinge halt. Das Leben, unsere Gesellschaft, Zusammenhänge.

118

Wie es so steht um uns und die Welt. Man hat als Glückshure ja viel Zeit, man muss etwas tun«, antwortete Vanessa. »Was tust du denn so?«

»Glückshure? Also bitte, du biederst dich an. Das hast du doch gar nicht nötig. Ich treibe viel Sport. Musiziere.«

»Welches Instrument?«

»Saxofon und Oboe.«

Vanessa nickte anerkennend. »Und, bist du gut?«

»Weiß ich nicht. Was heißt schon gut. Man kann immer noch besser sein.«

Das ist mit Sicherheit so eine ganz typische Julian-Antwort, dachte Vanessa und beschloss, ihm nichts mehr über sich zu erzählen. Julian war der Typ, der die Leute an Kleinigkeiten festnagelte. Sie konnte es in seinen Augen sehen, die sie klar und durchdringend anschauten. Das Blau seiner Augen war mild, aber diese Augen konnten mit Sicherheit eiskalt sein.

Julian deutete mit dem Kopf auf den Papierstapel in ihrer Tasche. »Ich habe schon gehört, dass du viel schreibst. Auf Papier. Weshalb, wenn ich fragen darf? Weshalb speist du deine Gedanken nicht direkt ins Netz? Das ist doch viel bequemer.«

Vanessa löffelte schweigend ihren Milchschaum.

»Und woher hast du überhaupt das Papier?«

»Aus einem Fundus«, antwortete Vanessa. »Ich schreibe auf Papier, weil ich meine Gedanken gern für mich behalten möchte. Was ich denke, geht niemanden was an.«

Julian sog die Luft ein. »Geheimnisse also«, stellte er nüchtern fest.

»Ja. Und?«

»Du weißt ganz genau, dass das verboten ist. Steht im Reglement. Hast du es nicht gelesen? Glücksträger dürfen keine Geheimnisse haben. Das bringt MORAL in Gefahr. Stell dir vor, jeder macht das? Dann weiß man zum Schluss überhaupt nicht, was in MORAL vor sich geht!«, flüsterte Julian durchdringend.

»Ja, ich weiß, dass das verboten ist. Deshalb wäre ich dir dankbar, wenn du es für dich behalten würdest«, antwortete Vanessa scharf, aber Julian hatte sie nicht gehört.

119

»Wenn jeder hingeht und einfach unkontrolliert seine Geheimnisse hat, dann hast du am Schluss womöglich statt einer moralischen Regierung ein blutrünstiges Regime, ohne dass du es überhaupt merkst!«

»Jetzt übertreib mal nicht!«, antwortete Vanessa lachend. »Die können ja nicht unsere Gedanken lesen.«

»Noch nicht. Aber gerade daran arbeiten sie doch.«

»Ja schon, aber ...«

Julian blickte hastig um sich. »Ich muss wissen, was du schreibst. Zeig her!« Er langte über den Tisch und versuchte noch einmal, das Notizheft zu fassen zu kriegen.

»Einen Teufel werde ich tun. Mit dir bin ich jetzt schon fertig«, fauchte Vanessa und versteckte das Heft hinter ihrem Rücken.

Julian antwortete nicht, er nippte hastig an seinem Getränk. Dann nahm er den Löffel, kratzte damit den Schaum von den Rändern und schaufelte die Milch hastig in sich hinein. Als die Tasse leer war, stand er auf und sagte leise: »Leute wie du machen alles kaputt.« Er nahm seine Umhängetasche, drehte sich grußlos um und ging.

Vanessa erhob sich ebenfalls und lief ihm nach. Als er bereits am Eingang war, kriegte sie ihn am Ärmel zu fassen. »Hey, Moment mal. Wo willst du hin?«

»Weiß ich nicht.« Er schüttelte ihre Hand ab und verließ das Café.

120

19

Julian stand am Fenster und blickte auf den verlassenen Traktor, der im Regen mitten auf dem Feld stand. Er konnte einem fast leidtun. Keiner hatte mehr Lust, einen Finger zu rühren. Schon gar nicht bei Regen. Die Erinnerung an jenen Silvester war noch so frisch und lebendig, als sei es gestern gewesen. Noch immer konnte er sich irrsinnig über Vanessa aufregen. Und doch ... obwohl Vanessa ihre Verpflichtung zum Glücklichsein mit Füßen trat, war Julian ihr auf den Aegetenhof gefolgt. Ihre Anziehungskraft war stärker als Julians Vernunft gewesen. Nun bereute er, dass er ihr auf den Leim gegangen war, denn Vanessa hatte offensichtlich nicht nur Geheimnisse. Julian vermutete, dass sie ihr Implantat gehackt hatte. Weshalb sonst sollte sie solche Stimmungsschwankungen haben? Julian hatte ihr schon mehr als einmal freundlich geraten, ihren Chip überprüfen zu lassen.

»Bei dir liegt offensichtlich eine Fehlfunktion vor«, hatte er höflich bemerkt, als Vanessa wieder einmal eine ihrer Launen hatte. Aber Vanessa ging nie auf solche Bemerkungen ein. Julian hatte ihr bisher nicht beibringen können, dass ihr Verhalten MORAL in Gefahr bringen und sie möglicherweise ihren Job verlieren könnte. Er selbst wäre dazu verpflichtet gewesen, solche Störelemente zu melden.

»Jeder ist dazu verpflichtet«, meinte er und kam sich dabei irgendwie dumm vor.

»Dann melde mich doch«, meinte Vanessa spöttisch und machte mit der Hand eine abfällige Bewegung. »Das ist doch sowieso alles total lächerlich.«

»Wieso lächerlich?«

»Der Chip kann von jedem, der etwas in einen Funken verbesserten Hirnschmalz investiert hat, gehackt werden. Sollte ich tatsächlich was daran gedreht haben, denkst du etwa, ich wäre die Einzige? Ist dir noch nicht aufgefallen, dass nicht alle mit diesem glücklichen, aber leider ziemlich dümmlichen Grinsen auf dem Gesicht durch die Straßen laufen?«

Julian war es noch nicht aufgefallen.

»Nein!«, rief Vanessa und lachte schrill. »Euch Lachfratzen fällt das bestimmt nicht auf. Ihr seid doch alle total verblendet, nein verblödet!«

In diesem Moment kippte Julians Kinnlade Richtung Küchenboden, ließ Emily den Löffel fallen, mit dem sie emsig ihr Müsli gefuttert hatte, stellte Noah den Tonerzeuger leiser, waren alle Augen groß und verständnislos auf Vanessa gerichtet.

»Ich will mir noch einen letzten Rest Freiheit bewahren«, fügte sie etwas leiser hinzu. »Und sei es nur die Freiheit, schlechte Laune zu haben.«

»Jetzt fängt die schon wieder an!«, rief Emily und knallte den Löffel auf den Tisch. Auch sie wusste, dass Vanessa von der Idee, dass PRO-CIETY Böses im Schilde führte, geradezu besessen war. Immerzu redete sie von verschütteten Gefühlen, von Seinszuständen, die ihnen von der Firma verwehrt würden, von verseuchter Intelligenz.

»Darauf, dass es mit rechten Dingen zu- und hergehen könnte, bist du wohl noch gar nicht gekommen, was? Hast du dir überhaupt schon einmal überlegt, dass es tatsächlich um eine friedliche Zukunft gehen könnte? Um ein redliches Ziel?«, wollte Emily wissen. Sie klang mit einem Mal müde. Julian wusste, dass Vanessas Leier ihr enorm auf die Nerven ging. Sie sei froh, dass ihr Serotoninspiegel sich längst auf einem stabilen Niveau eingependelt habe, hatte sie gestern zu ihm gesagt. »Das Zusammenleben mit Vanessa würde mich sonst depressiv machen.«

Vanessa ignorierte Emily und wandte sich ausschließlich an Julian. »Fragst du dich denn nie, wer du ohne den Chip im Kopf, ohne all die Medikamente, ohne all die Technologie wärst? Fragst du dich nie, wie es wohl früher war und weshalb wir uns daran nicht mehr erinnern können? Oder weißt du noch, wie es früher war?«

Nein, Julian wusste es nicht. Nicht mehr. Früher, das war so lange her. Julian stellte sich solche Fragen schon lange nicht mehr. Er war damals froh gewesen, seinem alten Ich zu entkommen. Für ihn war es die selbstverständlichste Sache der Welt, sich in den Dienst der besseren Welt zu stellen.

»Wir sind doch überhaupt nicht mehr frei. Wir können nichts mehr frei entscheiden. Es gibt schon gar nichts mehr, wofür wir uns

122

entscheiden könnten, oder wogegen wir sein könnten. Stört dich das denn nicht? Alles geschieht … einfach so!«, rief Vanessa und schnippte mit den Fingern in der Luft.

Wie immer, wenn er das Wort Freiheit hörte, stieg Julian auch dieses Mal das Blut in den Kopf. Seine Augen verengten sich. Er zischte: »Es gibt überhaupt keine Freiheit und das weißt du ganz genau. Das ist alles nur eine Illusion, ein Trugschluss.«

Doch Vanessa ließ sich nicht beirren. »Ja, und wenn schon. Diese Illusion hat dazu geführt, dass Menschen sich frei fühlen, als freie Menschen handeln, ihre Kinder zu freien Menschen erziehen. Diese Illusion ist alles, was es zur Freiheit braucht! Auch wir denken, wir wären frei. Das haben die da oben gut eingefädelt und daran ist ja auch nichts Schlechtes. Nur führt es bei uns nicht mehr dazu, dass wir frei handeln. Wir handeln gar nicht mehr. Wir sind zu Unmündigen geworden, zu Anhängseln der Bioindustrie!«

»Bioindustrie? Sag mal, was redest du da!« Emily schnappte nach Luft. »Noah, hast du das gehört?« Sie stupste ihn an, aber Noah hatte gar nicht hingehört. Noah war mit einem Spiel beschäftigt.

Auch Vanessa gab keine Antwort. Stattdessen sah Julian ihren mitleidigen Blick, mit dem sie jeden bedachte, den sie für geistig unterlegen hielt.

Emily starrte Vanessa verständnislos an, und als sie die Fassung zurückgewonnen hatte, rief sie: »HAPPINESS FOR A BETTER WORLD! Das ist es, darum geht es! Schon vergessen?«

Vanessas Gesicht verzog sich zu einem breiten Grinsen. »Ja, da haben sie sich wirklich einen genialen Slogan ausgedacht, und ihr glaubt auch wirklich daran, ihr Glücklichen.« Sie sagte es mit einem gespielten Seufzen. »Happiness for a better world …« Sie schaute in die Runde. Alle drei blickten schweigend zurück. »Ich sage euch eins. Die werden eine künstliche Intelligenz erschaffen, aber um eine moralische Regierung geht es mit Sicherheit nicht. Es geht um Profit und Kontrolle. Um nichts sonst.« Sie ging aus dem Raum und knallte die Tür hinter sich zu.

»Ey, die kann aber auch richtig nerven«, murmelte Emily und widmete sich wieder ihrem Frühstück. Julian blieb unschlüssig stehen, ging dann auf sein Zimmer und schlug ebenfalls die Tür zu. HAPPI-NESS FOR A BETTER WORLD. Das war alles, was zählte, alles, woran es zu glauben galt.

Vanessas Worte wollten Julian nicht mehr aus dem Kopf gehen. Er musste sich eingestehen, dass das, was Vanessa gesagt hatte, nicht total aus der Luft gegriffen war. Sein Blick flackerte unsicher, als er sich an jenem Abend im Spiegel seines Smartphones betrachtete, um sein Äußeres zu kontrollieren. Zum ersten Mal seit Jahren hatte er Mühe, einzuschlafen. *Diese Vanessa bringt alles durcheinander.* Die halbe Nacht lang grübelte er über etwas nach, was er nicht benennen konnte. Vanessa hatte irgendetwas in ihm angestoßen, aber er wusste nicht, was es war.

»Wenn sie auch morgen wieder von vertaner Chance auf die große Liebe faselt, dann kann sie mir endgültig gestohlen bleiben«, sagte er zu sich selbst und drehte sich auf die andere Seite. Die Nacht war stockdunkel. Große Liebe, wie das schon klang. Es klang unübersichtlich, geheimnisvoll und schwierig, das vor allem. Es klang jedenfalls ganz anders als die Liebe der Sublimen. Die Liebe der Sublimen war freundlich, ruhig, überschaubar und nicht chaotisch. Sie war angenehm, von unkontrollierten Gefühlsausbrüchen bereinigt. Eine ganz und gar aufgeräumte Liebe, eine Liebe, die mundet, befreit von dem rauen, ungenießbaren Kern der Eifersucht. Eine Liebe, die keine Tränen kostet. Reine Liebe. Der ganze Schmutz der Leidenschaft abgewaschen. Die Liebe der Sublimen, das war sauberer Sex ohne Ansteckungsängste und ohne die Gefahr, einer ungewollten Schwangerschaft. Reiner Sex ohne Kompromisse. Und ohne die Lust, die das Unreine mit sich bringt. Aber davon wussten die Sublimen sowieso nichts mehr.

Als er am nächsten Morgen die Küche betrat, hielt Julian sich nicht lange mit Begrüßungsgeplänkel auf:»Wir können alles. Wir erreichen alles, was wir wollen. Wir sind frei von all dem Leid, das noch unsere Eltern ertragen mussten. Ist das etwa nichts?«

Vanessa saß ins Leere starrend in der Küche und aß ihre mit

124

Vitaminen angereicherten Frühstücksflocken. Sie ignorierte ihn. Gut möglich, dass sie ihn tatsächlich nicht gehört hatte.

Julian ließ sich so schnell nicht abschütteln. Er baute sich vor ihr auf und zischte:»Du bist undankbar! Dank dieser Technologie sind wir glücklich. Möchtest du lieber malochen wie die Schlichten? Hast du die Löcher gesehen, in denen sie arbeiten? Ist dir das lieber? Möchtest du im Akkord Alte füttern oder verdreckte Klos putzen?«

Vanessa betrachtete ihn erst schweigend und lachte dann plötzlich laut und schrill auf.»Hah, Glück nennst du das? Hast du überhaupt schon einmal darüber nachgedacht, was Glück ist und was Freiheit ist? Das jedenfalls«, sie wies mit ausgestrecktem Arm auf Noah, der gerade verschlafen lächelnd zur Tür hereinkam und sich mit erhobenen Armen und beschwichtigendem»Schon gut, schon gut« an ihrem Zeigefinger vorbeizwängte,»ist es nicht!«

»Lass Noah aus dem Spiel!«, rief Julian.

»Noah kann man gar nicht aus dem Spiel lassen. Noah ist genau das, was sie haben wollen. Jung, schön, glücklich. Stellt keine Fragen.«

»Dann lass dir das Implantat doch einfach rausnehmen. Kündige doch einfach. Ist doch keine große Sache! Ich weiß gar nicht, was du hast. Schließlich zwingt dich niemand, für die zu arbeiten!«, rief Julian. Wie satt er das alles doch hatte!»Ich weiß genau, weshalb du nicht aussteigst. Du hast Angst vor dem Dreck der Schlichten, stimmt's? Du hast Angst, sie könnten dich mit irgendetwas Schmutzigem anstecken, mit ihren Keimen verseuchen.« Er machte mit seinen Fingern Bewegungen in der Luft, als ob sie Insekten wären, die Vanessa überfallen wollten. Wie war er überhaupt dazu gekommen, mit der dummen Gans aufs Land zu ziehen? Julian konnte es sich wirklich nicht erklären.

»Ich sage nur: Know your enemy!«, rief Vanessa und warf dabei versehentlich ihre Kaffeetasse um.»Mist!« Sie nahm eine Serviette und tupfte damit so gut es ging den Kaffee auf.»Schaut euch doch um! Wir sind doch nur die Trägermasse der computergenerierten sogenannten Moral!« Sie stand auf und stellte das von Kaffee tropfende Geschirr in das Spülbecken. Dann nahm sie einen Lappen und wischte mit energischen Bewegungen den Tisch sauber und sagte:»Und noch was:

125

Hast du gesehen, was sie mit Rayku gemacht haben, dem Gründer von digitalmind?«

Julian schaute sie fragend an.

»Mitgenommen haben sie ihn. Der Typ ist nämlich total irre. Wahrscheinlich ist er gefährlich!« Mit diesen Worten warf sie den schmutzigen Lappen ins Spülbecken, ging aus dem Raum und schlug die Küchentür hinter sich zu. Julian hörte, wie sie mit großen Schritten die Treppe hochstürzte und die Tür zu ihrem Zimmer zuschlug.

20

Sie stand mit Sicht auf die Limmat und blickte auf die andere Seite des Flusses. Unter ihr lag das Grau der Stadt, die Landschaft ganz verbaut. Mit einem Mal war nichts Grünes mehr zu sehen. Sie stieg den Hügel hinunter und stand plötzlich vor einem Migros-Supermarkt, dessen Eingangshalle mit Rolltreppen sich wie ein Maul öffnete, um sie zu verschlingen. Sie wollte eine der Treppen besteigen, aber sie liefen alle in die falsche Richtung. Andere betraten die Treppe und ließen sich in den Schlund des Geschäftes tragen, nur für sie selbst führte kein Weg hinein. Sie hatte kein Geld dabei, plötzlich fiel es ihr ein, außerdem kein Telefon und auch keine Schuhe.

Nach einer Weile hatte sie außerdem vergessen, wo sie wohnte. Sie war an der falschen Haltestelle ausgestiegen und nun war ihr schleierhaft, in welche Richtung sie gehen musste, um nach Hause zu kommen. Nach links oder nach rechts? Sie schleppte sich zum Bahnhof, die Füße schmerzten. Sie hatte Durst. Albisrieden, das war es vielleicht. Vielleicht wohnte sie in Albisrieden. Sie fragte die Dame am Schalter um Auskunft, aber diese wies nur stumm auf die Karte, die gut sichtbar ausgehängt war. Natürlich, sie musste nur die Karte studieren! Als sie davorstand, stellte sie fest, dass diese Karte zu präzise war. So präzise, dass sogar die Steine auf dem Grund des Sees eingezeichnet waren, aber keine nützliche Information über ihren Standort. Die Angestellte musste ihre dümmliche Miene gesehen haben und kam näher. *Hier müssen Sie gehen, hier!*, rief sie entnervt und zeigte auf die Karte. Fabiana versuchte vergeblich, etwas zu erkennen. Die Steine des Sees hatten sich nun in Eisschollen verwandelt, das Wasser eine eisblaue Farbe angenommen. *Hier müssen Sie gehen, hier!* Der gelackte Fingernagel zeigte auf eine treibende Eisscholle.

Fabiana erwachte und brauchte einen Moment, um sich zu orientieren. Kirchenglocken läuteten, es klang ganz nah. Es dauerte eine Weile bis sie begriff, dass es Sonntag war. Sie war die letzten Tage aus der Zeit gefallen, aus dem Geschehen sowieso. Sie rappelte sich auf und schaute auf ihren Wecker. Viertel nach neun. Erschöpft ließ sie sich in die Kissen zurücksacken und schloss die Augen. Sie fühlte sich komplett erschlagen. Welch seltsamer Traum. Dabei hatte sie sich fest vorgenommen, an diesem Tag ans Institut zu fahren, um zu sehen, was in ihrer Abwesenheit passiert war. Sie wollte nicht vollkommen planlos zurückkehren. Außerdem musste sie das Seminar vorbereiten. Montag, 09:15 Uhr, Raum E23. Als sie ihr Seminar eingeteilt hatte, hatte sie nicht mehr daran gedacht, dass der Montagvormittag ein Zeitraum war, der für die meisten Studenten noch nicht einmal existierte. Sie war gespannt, wie viele es diese Woche schaffen würden, ihre Körper durch die Stadt und in den Seminarraum hinein zu schleppen. Sie wusste, dass sie verdammt gut sein musste, um die verbliebenen zwölf Studenten zu halten. Letzte Woche hatte sie sich nach eben diesem Seminar krankgemeldet. Jetzt wurde es Zeit, weiterzumachen.

Sie stand auf, schlüpfte in ein paar alte Jogginghosen und einen zu weiten Pullover, den sie einst von Bernhard geerbt hatte, und ging in die Küche, um Kaffee aufzusetzen. Sie hatte Hunger, aber der Kühlschrank gab nichts her. Ein abgelaufener Joghurt, der jedoch noch genießbar war, war das Einzige, was für ein Frühstück taugte. Früher hatte Bernhard das Frühstück gemacht. Sonntags Eier mit Speck und dazu Brötchen frisch vom Bäcker.

Sie warf den ausgekratzten Joghurtbecher in den Eimer und ging ins Bad, um zu duschen und die weiteren Sisyphusarbeiten an ihrem Körper vorzunehmen, der zum Schluss doch verfallen würde. Der Kampf gegen das Alter war einer, den man nicht gewinnen konnte, und ja, sie fühlte sich alt. Als sie es geschafft hatte, ihr halblanges Haar zu einem Pferdeschwanz hochzukämmen und die Wimpern zu tuschen, ging sie in ihr Schlafzimmer und zog sich an. Jeans, Pullover, Turnschuhe. Das musste reichen.

Sie betrat das Gebäude mit ihrer Karte durch den Seiteneingang. Sonntags waren ihr die hohen Hallen unheimlich. In der Ferne hörte sie Hämmern und Klacken, Gegenstände wurden hin- und hergeschoben, ansonsten war das Gebäude verlassen. Ihre Turnschuhe quietschten penetrant auf dem harten Steinboden. Einsam stand die Nike da und fristete ihr stilles Leben.

Sie drehte den Schlüssel, betrat ihr Büro und schloss die Tür hinter sich. Niemand brauchte zu wissen, dass sie hier war. Sie schaute sich um. Das Büro sah unordentlich aus. Der Besprechungstisch war übersäht mit Antragsformularen und Interviewnotizen. Sie blätterte sie vage durch und ging dann zu ihrem Tisch, auf dem sich die Post stapelte. Nichts Interessantes war darunter. Nichts, was nicht noch warten konnte.

Stüssis Schreibtisch wirkte, als ob er mitten im Satz davongelaufen wäre. War irgendetwas vorgefallen? Neben seiner Tastatur stand ein kleiner Plastikbecher, so einer, wie man ihn bei Apéros für Wein oder Saft benutzt. Jetzt fiel es ihr wieder ein. Macbeth hatte seinen Geburtstag gefeiert. Seinen Fünfzigsten, wie er stolz verkündet hatte. Anscheinend war auch die Studentin eingeladen gewesen, auch ihr Platz sah chaotisch aus. Waren alle zu besoffen gewesen, um noch einmal ins Büro zurückzukehren und aufzuräumen? Sie musste einen Anflug von Neid wegwischen. War bestimmt nett gewesen.

Auf dem Tisch der Studentin lag das schwarze Notizbuch, das sie immer mit sich herumschleppte. Fabiana nahm es und öffnete es nach kurzem Zögern mit schlechtem Gewissen und blätterte darin. Selber schuld, dass sie es hier so rumliegen ließ.

Halb acht am See wie letztes Mal? G. stand auf einem pinken Post-it-Zettel, den man leicht wieder herausreißen konnte. Sie strich mit dem Finger über die Schrift. Wer war G.? Ein Liebestreffen? Sie blätterte weiter. *Ewigkeit ist unerträglich, wenn man schuldig ist wie wir. Kinder denken, sie seien unsterblich. Ihr Glück gründet auf dieser Sicherheit, dass es immer so sein wird. Bricht die Erkenntnis, dass Menschen sterben und nie mehr zurückkehren, in ihr Leben ein, stürzt es sie in Verzweiflung. Aber nur kurz. Zu absurd ist der Gedanke, dass alles einmal sterben wird. Unbegreiflich für ein Kinderherz.*

Wie wahr, aber weshalb hatte sie das gelesen? Es ging sie ja überhaupt nichts an. Fabiana legte das Buch rasch an denselben Platz, mit einem Mal sicher, dass sie jederzeit ertappt werden konnte. Dann kramte sie in ihrer Tasche nach der Schachtel Zigaretten, die sie, seit Bernhard weg war, wieder regelmäßig am Kiosk bezog und sich irgendwie blöd vorkam dabei. Sie steckte sich eine davon in den Mund, ganz lässig, so wie sich Humphrey Bogart eine in den Mund gesteckt hätte. Ganz nonchalant. So als ob gleichzeitig nichts wichtiger, aber auch nichts unwichtiger wäre, als eine Zigarette zu paffen. Sie öffnete das Fenster und kontrollierte den Wind. Er kam günstig von Süden. So konnte sie den Rauch durch den Spalt blasen, ohne dass er in den Raum zurückgeweht wurde, und niemandem würde auffallen, welchen Frevel sie begangen hatte.

Weiter vorne glitzerte das Blau des Sees wie eine Verheißung. Dahinter erkannte sie die weißen Spitzen der immer eisbedeckten Berge. Nicht wenige Segelboote waren unterwegs. Die weißen Dreiecke leuchteten auf dem blauen Grund. Es sah kitschig aus, wie gemalt. Wie lange war es her, dass sie im See geschwommen war? Diesen Sommer würde sie es wieder tun. Sie nahm es sich fest vor.

Nach ein paar weiteren gedankenverlorenen Zügen vom Nikotin drückte sie die Zigarette an der warmen Außenwand aus. Der angebrannte Tabak hinterließ einen unschönen, schwarzen Flecken auf dem Kalkstein. Da sie nicht wusste, wohin damit, klemmte sie den Stummel in die Vertiefung zwischen Fenstersims und Mauerblock. Mit einem Mal bereute sie, dass sie sich eine ganze unnütze Woche zu Hause im Selbstmitleid gesuhlt hatte. Was hatte es ihr gebracht? Sie hatte Macbeths Geburtstagsparty verpasst und das war auch schon alles. Vielleicht war er es gewesen, der vorgestern an ihrer Tür geklingelt hatte. Sie hatte verheult und verhuscht im Bett gelegen und nicht gewagt, den Türöffner zu betätigen. Vielleicht hatte er schauen wollen, wie es ihr geht. Fabiana wusste nicht, ob sie es sich wünschen sollte, oder nicht. Noch nicht lange war es her, da hatte sie Macbeth ihre Angst vor dem Scheitern des Projektes gestanden. Ja, das könne er gut verstehen, war seine Antwort gewesen. Dann hatte er sie lange angeschaut, zu lange, und sich dann leicht über den Schreibtisch gelehnt, ihre Hand genommen und gesagt:»Mach dir keine Sorgen. Wenn du etwas brauchst, dann … bin ich für dich da.« Er hatte es zögernd gesagt. Mit einer langen Pause nach dem dann. Ihr Herz klopfte noch immer beim bloßen Gedanken daran, weshalb wusste sie selbst nicht. Anscheinend bedeutete er ihrem Körper mehr, als ihr Kopf sich eingestehen wollte, denn ihr Kopf wusste vor allem eines: Liebe ist ein

130

launiges, verschwenderisches Luder, dem auf die Dauer nicht zu trauen ist.

Ewigkeit ist unerträglich, wenn man schuldig ist wie wir. Der Satz wollte ihr nicht mehr aus dem Kopf gehen. Sie konnte nur hoffen, dass sie sich mit ihrem Projekt nicht schuldig machte, aber eine vage, böse Vorahnung hatte von ihr Besitz ergriffen und ließ sie nicht mehr los.

21

Julian hatte recht. Vanessa wusste, dass sie längst aus dem Programm hätte aussteigen sollen, aber sie hatte sich in all den Jahren so sehr an das schöne Leben der Sublimen gewöhnt, dass der Gedanke, es alles aufzugeben, geradezu absurd schien. Ein anderes Leben konnte sie sich nicht einmal mehr vorstellen, so weit weg war das alles. Sollte sie sich mit so profanen Dingen herumschlagen, wie es die Schlichten taten? Irgendeinen dummen Job machen für irgendeinen dummen Chef, damit irgendwelche dummen Leute - und nichts anderes waren die Schlichten schlussendlich im Vergleich zu den Sublimen - zufrieden waren? Der bloße Gedanke daran, ließ sie unkontrolliert auflachen. Nein, dafür war sie nicht geschaffen. Sie konnte sich höchstens noch den ›Freien Radikalen‹ anschließen, einer Gruppe von Hackern, die aus dem Programm ausgestiegen waren und nun versuchten, aus dem Untergrund eine geheimnisvolle Mission zu vollenden. Eine Mission, die Vanessa nicht kannte und wohl so schnell auch nicht erfahren würde.

Vanessa wusste, dass es nur eine Frage der Zeit war, bis PROCIETY sie rausschmeißen würde. Bisher hatte sie noch immer jemanden gefunden, der ein gutes Wort für sie einlegte, aber wie lange noch? »Irgendeines Tages wird es vorbei sein mit dem schönen Leben«, sagte sie halb im Scherz in den Spiegel ihres Handys hinein, während sie darauf wartete, dass ihr Computer ein Update fertigstellte. So gesehen konnte Vanessa den Aegetenhof als eine Art Übungscamp für später betrachten, aber im Grunde graute es Vanessa vor jedem weiteren Tag auf dem Hof. Sie musste sich überwinden, die alte Küche mit ihren alten Gerüchen zu betreten. Sie war sorgsam darauf bedacht, dass ihr Essen niemals das alte Holz berührte. Die kalten Wände betrachtete sie mit Schaudern; sie hatte regelrecht Angst vor dem kalten Bett und seinem modrigen Geruch und schlief deshalb in ihrem Schlafsack auf ihrer eigenen Luftmatratze. Die Angst vor dem Schimmel setzte ihr zu, aber das alles hätte Vanessa niemals zugegeben. Eher wäre sie gestorben, als jemals ihre Angst vor dem organischen Zerfall preiszugeben. Stattdessen gab sie sich gewohnt lässig und abgeklärt. Sie fragte sich,

132

was wohl in den anderen vorging. Dass Noah und Emily nicht auf dem Absatz umgedreht und zu ihrem schönen Leben in die City zurückgekehrt waren, war mehr als ungewöhnlich. Noch überwog wohl der Abenteurergeist. Oder sie waren cooler als sie vermutet hatte, cooler als sie selbst.

Wie lange würde sie wohl noch verheimlichen können, dass sie nicht wegen der gesunden Ernährung auf dem Aegetenhof war, sondern um Ernst nahe zu sein? Um sein Leben nachzufühlen, mochte es noch so keimverseucht und verschlissen sein? Sie war auf dem Hof in der Hoffnung, dass die Unvollkommenheit sie inspiriere, die Vollkommenheit zu schaffen. Hier auf dem Aegetenhof, in seinem alten Zuhause, würde sie Ernst zum Leben erwecken. Wie Lazarus würde er von seinem Totenbett auferstehen und sie, Vanessa, war seine Schöpferin.

Vanessa fand es nicht vollkommen ungewöhnlich, eine Beziehung mit einer digitalen Person einzugehen. Schließlich gab es genug Leute, die eine Beziehung ausschließlich mit sich selbst führten. Weshalb nicht mit einem Computerprogramm, wenn es die Gefühle richtig vermittelte, wenn die Gefühle stimmten? Was war falsch daran, wenn es Vanessa gelang, durch dieses Programm ihre Sehnsucht zu befriedigen, ihr Verlangen nach Ernsts Liebe zu stillen?

Den Grundbau von Ernsts Avatar konnte sie sich ganz einfach aus dem Netz holen. Ernst hatte genügend digitale Spuren hinterlassen, um ein Grundprofil zu erstellen. Sie hätte ihn für bodenständiger gehalten, aber auch er hatte sein Leben auf einem Programm namens ›Facebook‹ festgehalten. Wie fast 50 % der anderen Schweizer auch hatte Ernst sein Leben auf diesem Portal dokumentiert. Die ganze Irrelevanz, die ganze Langeweile. Vanessa mochte es zuerst kaum glauben, aber Ernst hatte Phasen gehabt, in denen er fast jede Lebensregung auf ›Facebook‹ mitteilte, jedes Essen fotografierte und kommentierte. Jeden Morgen musste Ernst als Erstes auf sein Profilfoto gestarrt haben und der Welt *Guten Morgen, Welt!* entgegen geschrieben haben. Andere Nutzer wiederum fotografierten sich mehrmals täglich, damit niemand auch nur eine Hautzellalterung verpasse. Alles Menschen, die gegen die eigene Belanglosigkeit anschrieben, gegen die

133

Einsamkeit, gegen den Tod.»Von daher tue ich ja nur, was Ernst auch gewollt hätte. Ich mache ihn unsterblich. Erst mache ich ihn besser, dann mache ich ihn unsterblich«, murmelte sie und dann lauter kichernd:»Ernst, wir werden ein tolles Leben haben, du und ich.«

Ernst hatte sich zwischen Heuballen und Kuhmist für 276 Freunde interessiert und mit ihnen jahrelang unnützes Wissen ausgetauscht, neue Profilfotos gepostet, Zeitungsartikel, Musikvideos, Karikaturen zu den Tiefschlägen des Alltags. Elf Jahre lang, bis zu einem Tag im Februar, war Ernst fast täglich auf ›Facebook‹ aktiv gewesen. Im Sommer darauf war Ernst gestorben. Vanessa beschloss, die Nachforschungen über die genaue Todesursache auf später zu verschieben, denn sie hatte etwas entdeckt, was viel interessanter war als alles andere. Ernst war mit einer gewissen Laura Maler verheiratet gewesen. Schockiert betrachtete Vanessa das Foto einer schmalen Schönen mit langem, dunklem Haar. Sie hatte deutlich asiatische Gesichtszüge, die hohen Wangenknochen betonten ihren vollen Mund. Weshalb hatte ihre Mutter ihr nie davon erzählt? Dabei hätte sie es zumindest auf ›Facebook‹ wissen müssen. Sie war mit Ernst befreundet gewesen. Das Profil ihrer Mutter nachzubauen, war eine Peinlichkeit, die sich Vanessa bisher erspart hatte. Wer wusste schon, in welche hochbanalen Abgründe sie starren müsste.

Wer war Laura Maler? Je länger Vanessa darüber nachdachte, desto wahrscheinlicher schien es ihr, dass Laura Maler Teil jener dunklen Seite in Ernsts Leben gewesen war, von der möglicherweise keine Menschenseele außerhalb des Langstraßenviertels Bescheid wusste.

In dem Jahr vor seinem Tod nämlich hatte Ernst den Faden verloren. Anstatt seinen Hof zu betreiben, hatte sich Ernst lieber in einer auch tagsüber stockdunklen Bar in der City, die damals nur von ein paar besonders Trendigen ›City‹ genannt wurde, vergnügt. Kurz vor dem Ziel, auf das er so lange hingearbeitet hatte, vergaß Ernst die Zeit, vergaß er die Pflicht, vergaß er, dass sein Zuhause ein anderes war und dass es auch einmal wieder Tag werden musste. Alltag. Irgendwann im Juni, mitten in der Heusaison, trübte seine Klarsicht ein und er verliebte sich in einen Stricher.

Geht das? Kann man sich als vernünftiger Mensch in einen

134

Strichjungen verlieben? Vanessa versuchte immer wieder, sich die verzweifelten Umarmungen der beiden vorzustellen. In einem versifften Zimmer, mitten in der Stadt. Von unten dringt der Lärm der Gehetzten, das Hupen der Ungeduldigen, die Schreie der Empörten, die Hitze des frühen Sommers durch die Ritzen des abbruchreifen Hauses. Die Fensterläden sind geschlossen. Das Licht, das sich durch die schmalen Ritzen zwängt, gibt dem Raum etwas Mediterranes, Elegantes, so, als ob Zeit keine Rolle spielen würde. Dabei bestimmt die Zeit alles.

Das Haus steht an einer dieser Ecken, die schon so manchen ins Unglück gestürzt haben, aber nicht, ohne ihm vorher das ganz große Los versprochen zu haben. Die Loreley wartet nicht am rechten Rheinufer, nein, sie kämmt ihre Haare am offenen Fenster direkt um die Ecke, bereit, dich lächelnd ins Unglück zu stürzen. Doch, wer weiß das schon, vielleicht ist die unmögliche Liebe die ehrlichste Liebe überhaupt. Die Liebe, die in jedem Fall scheitern wird. Die Liebe, für die du alles gibst, alles aufgibst und am Schluss mit nichts als taubem Herzen zurückbleibst. Vielleicht ist sie die konsequenteste Liebe.

Je größer das Unglück, das der andere mit sich bringt, desto größer seine Anziehungskraft, sagen manche. War das so? Ist Liebe all das, was man für den anderen tut, all das, was man normalerweise nicht tun würde? All die Handlungen außer sich. Außer sich vor Liebe?

Nein, mochte es noch so romantisch sein, für Vanessa war das nichts. Sie würde den Zustand der Klarheit herstellen, des reinen Geistes, der reinen Liebe. Den Zustand der Perfektion.

135

22

Lautes Poltern auf der Treppe ließ Vanessa aus ihren Gedanken hochschrecken. Sie hörte Julian durchs Treppenhaus schreien. Seine Stimme klang ungewohnt hoch. Vanessa konnte nicht verstehen, was er rief, und öffnete deshalb ihre Tür einen Spalt, um vorsichtig auf den Flur zu linsen. Niemand war zu sehen. Julian war bereits die weiteren Stufen nach unten gestürzt. »Wer hat gestern die Triebe gewässert? Wer war es?«, hörte sie ihn rufen. Und dann schriller: »Du hast sie ertränkt!«

Vanessa musste unwillkürlich grinsen. Julian konnte so dramatisch sein. Seine Stimme überschlug sich fast. »Du hast die Triebe ertränkt. Du warst doch gestern mit Wässern dran, stimmt's?« Sie hörte Noah etwas Unverständliches murmeln, dann Schweigen, dann lautes Stapfen, die Schritte kamen näher. Vanessa bekam einen heißen Kopf. Autsch, sie war dran gewesen. Irgendetwas musste sie falsch gemacht haben. Sie schloss rasch die Tür und eilte zurück an den Schreibtisch. Kaum hatte sie sich gesetzt, stürmte Julian, ohne anzuklopfen, in ihr Zimmer.

»Hey! Was soll das?«

Julian baute sich breitbeinig vor ihr auf. Die Wut stand ihm ins Gesicht geschrieben. »Komm mal mit.«

Vanessa folgte ihm gehorsam einen Stock höher ins Dachgeschoss, wo zwischen Ernsts nutzlosem Gerümpel ein ganzes Arsenal Kartoffel- und Tomatenpflanzen aufgereiht stand.

»Siehst du das?«

Vanessa tat, als ob sie nicht wüsste, wovon Julian sprach.

»Schau genau hin.«

Vanessa ging näher und sah, dass die Kartoffelpflanzen zum Teil tatsächlich im Wasser standen. Sie hatte es gestern wohl zu gut gemeint. »Mist«, murmelte sie zerknirscht.

»Die müssen heute noch aufs Feld, sonst verfaulen die Wurzeln. Und du«, er tippte mit ausgestrecktem Zeigefinger auf Vanessas Brustbein, »wirst kräftig mit anpacken.«

Widerwillig krempelte Vanessa also die Ärmel hoch und half, die tropfenden Kartoffelpflanzen vors Haus zu tragen. Sie reihten sie an der Hauswand auf und überlegten, wie sie die Sache am besten angehen würden.

»Wir graben einfach ein paar Löcher in den Boden und setzen sie rein. Wenn wir sie kräftig düngen, wird das schon. Der Dünger ersetzt die Erde. Damit kommen die einfach überall, keine Sorge.« Vanessa nahm eine Schaufel und begann, das erste Loch zu graben. Die anderen drei schauten ihr erst zweifelnd zu und taten es ihr dann nach. Die Erde war klebrig und schwer. Trotz Regenschutz waren sie in kurzer Zeit vollkommen durchnässt.

»Das wird doch nichts. Die Erde ist viel zu nass«, stöhnte Emily und richtete sich ächzend auf. »Was für eine Schnapsidee.«

Vanessa tat, als ob sie sie nicht gehört hätte, und grub weiter. Sie ahnte, dass es schon sehr bald zum Streit über die Frage kommen würde, weshalb Vanessa sie auf diesen Hof mitgeschleppt hatte. Dabei waren sie alle von Abenteuerlust getrieben aus der Stadt geradezu geflohen, und niemand wollte nun zugeben, dass dieses Abenteuer vollkommen sinnlos war. Die Flasche hoch konzentrierten Biodünger im Gepäck hatten sie sich eingeredet, dass es einen wirklich wichtigen Grund gäbe, ein Ideal, für das sie in Zukunft leben wollten. Widerstand gegen den Labordreck, mit dem sie abgefüttert wurden und nicht zu vergessen die Geschichte mit dem menschlichen Protein. Abscheulich. Es gab wahrlich genug Gründe, der City zu entfliehen. Wenn die anderen mit Vorwürfen kamen, konnte Vanessa ihnen noch immer antworten, sie müssten sich halt ein bisschen mehr Mühe geben. Keiner von ihnen hatte sich bisher besonders angestrengt. Sie, Vanessa, hatte wenigstens eine Mission, aber Noah beispielsweise war vollkommen nutzlos. Noah hatte nur Blödsinn im Kopf. Mit seiner Dummheit würde er den ganzen Scheiterhaufen noch zum Explodieren bringen. Emily immerhin hatte ein Beet mit Karotten angelegt, und wenn sie es weiterhin so lieb pflegte und sich auch die Sonne dann und wann zeigen würde, konnte man vielleicht schon bald die feinen, grünen Spitzen aus der Erde linsen sehen.

Weshalb Julian mitgekommen war, blieb ihr ein Rätsel. Vanessa vermutete, dass mit seinem Implantat etwas nicht stimmte, sonst hätte

137

der so kontrollierte Julian sich nicht zu der Sache hinreißen lassen. Vanessa hatte ihm Flöhe in den Kopf gesetzt, sein Weltbild ins Wanken gebracht. Bei dem Gedanken musste Vanessa unwillkürlich grinsen. Als ob er ihre Gedanken gelesen hätte, starrte Julian sie stirnrunzelnd an.

»Weshalb lachst du?«, wollte er wissen.

»Nichts. Nichts Besonderes. Ist es nicht witzig, dass wir die Pflanzen wegen der Nässe einpflanzen wollten, und nun ersaufen sie hier draußen auf dem Feld?«

»Ja, sehr witzig«, meinte Emily gereizt und machte sich daran, neue Löcher zu graben.

Eine Stunde später beendeten sie die Arbeit. Sie reinigten unter Julians scharfer Kontrolle die Geräte und gingen ins Haus, um trockene Kleider anzuziehen. Nachdem sie sich am warmen Ofen in der Küche aufgewärmt hatten, zog sich jeder für sich auf sein Zimmer zurück, um das tägliche Back-up zu machen. Um Akku zu sparen, ließ Vanessa das Back-up sein und arbeitete stattdessen an Ernsts Avatar. »Wenn die Sonne sich nicht bald zeigt, haben wir ein Problem«, murmelte sie, als sie sah, wie tief der Akkuanzeige bereits stand. Nach einer Weile klopfte es an ihre Tür.

»Ja?«, rief sie, während sie rasch die Bildschirme ausmachte und sich betont entspannt im Stuhl zurücklehnte. Die Tür öffnete sich, Julian stand im Türrahmen.

»Ich geh ein Stück spazieren. Kommst du mit?«

Vanessa betrachtete ihn. Er sah gut aus, fand sie. Blond, groß, etwas hager vielleicht, aber er hatte ein schönes Gesicht. Seine ultramarinblaue Jacke passte gut zu seinen Augen. Der intensive Farbton gab seinem Blick mehr Tiefe. Wenn man nicht aufpasste, konnte man sich darin verlieren. Oder verirren. »Willst du schon wieder raus? Du kannst wohl gar nicht genug feuchte Luft kriegen heute.« Sie drehte sich zum Fenster. »Oh, es hat aufgeklart.«

»Ja, der Regen hat aufgehört. Ich habe das Gefühl, ich brauche frische Luft.«

»Viel Spaß dann. Ich kann leider nicht mit. Ich muss dringend mein

138

Back-up machen«, antwortete Vanessa entschuldigend. Julian machte ein enttäuschtes Gesicht und schloss die Tür wieder. Sie hörte, dass er kurz vor Noahs Zimmertür stehen blieb und dann langsam die knarzende Treppe hinabstieg. Die Haustür öffnete und schloss mit einem Ruck. Dann war alles still.

Vor einiger Zeit hatte ein Freund, der einzige Freund, dem sie jemals von ihren Zukunftsplänen erzählt hatte, sie gefragt, ob ihre sogenannte Liebe nicht eher der pure Narzissmus sei. »Schließlich wird Ernst ja so sein, wie du ihn gern haben möchtest. Ein forderndes Gegenüber ist irgendwie etwas anderes.« Dazu hatte Vanessa nur säuerlich geschwiegen. Theoretisch wusste sie natürlich, dass es zwischen reeller und virtueller Liebe einen gewaltigen Unterschied gab.

Während virtuelle Liebe nur der eigenen Befriedigung dient und aus diesem Grund perfekt in die Zeit des Narzissmus passt, enthält reelle oder auch nur physische Liebe das Element der Herausforderung durch den anderen. Die fordernde und gebende Anwesenheit eines Gegenübers verlangt handelnde Empathie und führt dazu, dass wir uns verändern und über uns hinauswachsen. Durch die Liebe, die auch Probleme schafft, im Gegensatz zur virtuellen Liebe, die im Grunde immer an die zeitliche Gefälligkeit angepasst werden kann, müssen wir uns von uns selbst immer ein Stück weit entfernen, auf den anderen zu bewegen. Virtuelle Liebe bedeutet in dem Sinne Stillstand im Eigensinn, eine Bewegung immer nur auf einen selbst zu und nicht auf den anderen, der nicht als ebenbürtiges Gegenüber mit Ansprüchen vorhanden ist.

So stand es in ihrem Notizbuch, schwarz auf weiß. Sie musste es vor einer Ewigkeit irgendwo abgeschrieben haben, aber sie wusste nicht mehr wo.

Bedeutete, sich in jemanden zu verlieben, nicht im Grunde, sich in das Gefühl zu verlieben, das der andere in einem auslöste? In das Lebensgefühl, das sich durch die Anwesenheit des anderen ausbreitete?

»Narziss verschmachtet bekanntlich vor seinem Ebenbild bis zum Tod«, hatte der Freund hinzugefügt.

Wenn der Tod das war, was diese absolute Liebe, diese reine Liebe einforderte, dann konnte sie nichts dagegen tun, fand Vanessa. »Echte Liebe tut eben weh«, antwortete Vanessa leichthin, aber ihr Freund hatte recht. Vanessa wollte Ernst mitnichten so haben, wie er gewesen war. Mit all den Enttäuschungen, all dem Menschlichen, all der Zweitklassigkeit. Ernst war zweifellos ein interessanter Mann gewesen, aber nicht gerade eine Leuchte, wahrlich nicht. Er war ein Mann, der sich über vieles Gedanken gemacht hatte, sich aber auch mit höchst trivialen Dingen beschäftigt hatte. Je mehr sie über ihn herausfand, desto mehr war sie enttäuscht von ihm. Sie war sich nicht im Klaren gewesen, wie sehr er ihr geistig unterlegen sein würde. Als Ernst geboren wurde, hatte es noch nicht einmal Computer gegeben, geschweige denn Internet. Für Vanessa dagegen war ein Leben ohne Netz schlicht jenseits von allem Vorstellbaren. Ein Leben ohne Computer war ihrer Meinung nach nicht möglich, nicht lebbar.

Als Vanessa also feststellen musste, dass Ernst auf die Dauer wenig zu bieten hatte, um sie zufriedenzustellen, beschloss sie, ihm mehr Esprit zu verleihen. Der Ernst, den sie meinte, hatte Philosophie und Literatur studiert. Er hatte Berge von Büchern gelesen, praktisch alle Klassiker, die ganzen Existenzialisten dazu. Camus, Sartre, de Beauvoir. Mit Heidegger kannte er sich aus und nicht nur das. Er hatte sein Werk verstanden! Er konnte die Vorsokratiker auf die Probleme der Gegenwart anwenden, ohne dass es künstlich wirkte. Der Ernst, den Vanessa meinte, würde mit ihr bis in alle Nacht interessante und fruchtbare Gespräche führen. Ihr Ernst hatte die gesamte russische Literatur gelesen, außerdem war er Feminist, Filmfreak und Abenteurer. Er würde ihr so vieles erzählen. So vieles auch aus alter Zeit. Der Ernst, den sie meinte, war ein wandelndes Lexikon. Außerdem hatte er Humor.

Sie stand auf und ging zum Fenster, um zu sehen, ob Julian irgendwo da draußen war. Wohin er wohl spaziert war? Als sie ihn nirgends entdecken konnte, setzte sie sich wieder und wandte sich ihrer Arbeit zu. Ob sie versuchen sollte, ihn zu verführen? Noah und Emily waren allem Anschein nach ein Paar. Ob Julian zu ihr passen würde? Sie verwarf den Gedanken sofort wieder. Vanessa praktizierte keinen körperlichen Geschlechtsverkehr. Viel zu unsicher. Sie hatte von all den Krankheiten gelesen, die man sich dabei auflesen konnte, und am Ende würde sie noch schwanger. Nein, Vanessas Sexualleben war

140

ganz und gar ein Virtuelles. Julian machte es wahrscheinlich genauso. »Aseptic Sex«, nannte man das, und wenn man es richtig aussprach, wenn man es flüsterte, klang es ziemlich lüstern und erotisch. Ob Ernst und seine Frau Sex gehabt hatten? Vielleicht hatte sie ihn in den mentalen Abgrund getrieben. Hatte er ihretwegen gesoffen? Oder, war es nur eine Scheinehe gewesen? War Laura Maler der Aliasname des Jungen? Vanessa verbrachte Stunden damit, nach der Person zu forschen, aber sie konnte niemanden finden, der irgendwie zu der Geschichte gepasst hätte. Unzählige Nobodys in diversen Ländern hießen so, dann noch eine C-Klasse-Schauspielerin und eine halbwegs erfolgreiche Physik-Professorin. Vielleicht hatte Ernst auch nur irgendein debiles Spiel gespielt? Ein Ich-bin-verheiratet-Spiel? Vanessa hätte ihre Nachforschungen einfach lassen können, wenn sie nicht bemerkt hätte, wie sie die Eifersucht packte. Was, wenn Laura Ernsts große Liebe gewesen war? Seine einzige Liebe? Die Frau, von der er nicht lassen konnte? Musste sie dann nicht wissen, wer sie gewesen war?

Vanessa war so in Gedanken versunken, dass sie nicht bemerkte, wie die Zeit verging. Erst als sie ihren Magen knurren hörte, stellte sie fest, dass sie am Verhungern und es draußen dunkel war.

Auf dem Flur herrschte gespenstische Stille. Sie blieb am Fenster, das auf die hintere Seite des Hofes zeigte, stehen. Der Mond war voll und ließ die Fetzen schmutzigen Schnees, die auf den alten Feldern liegen geblieben waren, fast heilig leuchten. Nicht weit entfernt begann der Wald. Man konnte die Schatten sehen, die die vom Mondlicht beschienenen Bäume warfen. Von unten war plötzlich Emilys hysterisches Lachen zu hören, gefolgt von Noahs lauten Rufen. Sie waren dabei, ein neues Computerspiel zu erfinden. Musste wohl irgendwas Lustiges sein. Vanessa löste sich vom Fenster und ging durchs dunkle Treppenhaus hinunter zur Küche, um sich etwas zu essen zu machen. Viel war nicht mehr da und groß war die Auswahl nie gewesen. Sie hatten vor allem Tütensuppen eingepackt, Müsli, Milch und Reis, Trockenobst, Trockengemüse und Tonnen von Fertigpasta. Ein paar Tage noch, dann würden sie einkaufen müssen oder ein Geschäft finden, das aufs Land lieferte. Sie goss gerade kochendes Wasser über die

Fertigpasta, als Julian zur Tür hereinkam.

»Na, wie war der Spaziergang?«, wollte Vanessa wissen, während sie mit der Gabel die Nudeln umrührte.

»Was?« Julian hatte sie anscheinend nicht gehört. Er war damit beschäftigt, sich aus seiner Jacke zu schälen. Er sah verschwitzt aus, seine Hände zitterten.

»Meine Güte. Wo warst du denn? Du siehst ja ganz fertig aus!«, rief Vanessa lachend.

»Nichts. Nirgendwo«, antwortete Julian abwesend. Dann überlegte er es sich anders. »Doch, da drüben, auf dem Nachbarhof. Auf der anderen Seite des Waldes.«

»Ah, da ist noch ein Hof?«, wunderte sich Vanessa und fragte sich sofort, ob diese Laura Maler vielleicht Ernsts Nachbarin gewesen war.

»Und, hast du jemanden getroffen?«

»Was? Äh, nein.« Er ging zur Küchentür hinaus.

»Hallo? Alles in Ordnung?«, rief Vanessa ihm nach.

»Äh, ja«, gab Julian zurück, stürmte die Treppe hoch in sein Zimmer, knallte die Tür zu und ließ Vanessa ratlos in der Küche zurück.

23

Alda stand am Fenster und schaute durchs Fernglas.

»Oh, schon wieder!«, rief Sandrina, die gerade zur Tür hereinkam.

»Was soll das?«, Alda drehte sich um. »Guten Morgen übrigens.« Als sie ihre Schwester in dem rot-grau karierten Flanellpyjama sah, den sie ihr letzthin gekauft hatte, bereute sie ihren vorwurfsvollen Ton.

»Kannst du dieses Ding nicht mal weglegen? Du tust überhaupt nichts anderes mehr.« Sandrina trat zu ihr ans Fenster, nahm ihr das Fernglas ab und schaute hindurch, um zu sehen, was sie sah.

»Du schleppst ja auch immer deine Puppe mit dir herum«, antwortete Alda. Sie wartete gespannt, ob Sandrina den Blonden entdecken würde.

»Zoti ist nicht einfach eine Puppe. Zoti ist ... mein Kind«, murmelte Sandrina, während sie mit beiden Händen an der Schärfe drehte.

»Schön, dann ist das Fernglas eben *mein* Kind.«

»Das geht nicht.« Sandrina gab ihr den Apparat zurück. »Alda, du bist komisch.«

»Findest du? Hast du gut geschlafen?«

»Herrlich. Warum nicht? Ich schlafe hier immer gut. Besser als in der dummen Wohnung.« Sandrina ging in die Küche und fing an, das Frühstück vorzubereiten. Alda war froh, dass Sandrina beschäftigt war und sie wieder ungestört an ihn denken konnte. Und an das Gefühl, das er in ihr auslöste. Diese unerklärliche Aufregung und Leichtigkeit zugleich. Einmal in einem Seminar zum Thema ›Zeit und Vergessen‹ hatte die Seelauf über die Liebe oder eher ihre Vergänglichkeit gesprochen. Daran konnte sich Alda deshalb noch so gut erinnern, weil sie an jenem Tag den Sommerjob ergattert hatte, von der Professorin höchstpersönlich erteilt, und außerdem das neue rabenschwarze Kleid mit den Flatterärmeln getragen hatte. In dem Kleid hatte sie sich eine Zeit lang fast unbesiegbar gefühlt. Um das Entschwinden der Liebe war es gegangen. Dabei wäre die viel spannendere Frage gewesen, wie Liebe überhaupt geschieht, wie es sein kann, dass Liebe sich überhaupt ereignet. Was war zwischen ihr und diesem Mann

143

geschehen? Wie konnte es sein, dass ihr Herz beim Anblick einer Person, die sie nicht kannte und von der sie nichts wusste, ins Trudeln geriet, Luftsprünge vollführte? Wie war das möglich?

»Ist es nicht seltsam, dass man meist nicht weiß, wann man etwas zum letzten Mal tut?«, hatte Fabiana wissen wollen. »Dass Paare meist nicht wissen, wann sie sich zum letzten Mal küssen? Sich zum letzten Mal lieben? Dass sie nicht wissen, wann sie etwas zum letzten Mal gemeinsam tun? Oder wir nicht wissen, wann wir jemandem zum letzten Mal begegnen?«

Einige Studenten, die wussten, dass Professorin Seelauf sich von ihrem langjährigen Freund, dem Cellisten Bernhard Halbertal, getrennt hatte, grinsten höhnisch. Alda wäre am liebsten wie ein Racheengel über den Tisch gesprungen und hätte ihnen eine geknallt für ihr kindisches Getue. Ein anderer hatte anscheinend noch nicht gefrühstückt und raschelte jeden Brotbrösel einzeln aus der Papiertüte. Er stopfte sich das Brot mit schuldbewusster Miene in den Mund und legte die Tüte weg, als die Professorin ihn mit strenger Miene musterte. Das Grinsen der anderen ignorierte Fabiana und fuhr ungerührt fort: »Was wäre, wenn wir in die Zukunft schauen könnten? Würden wir dann die Dinge nicht mit viel mehr Sorgfalt verrichten? Wäre nicht alles viel genussvoller? Wäre das Leben so nicht viel intensiver?« Sie nickte Stefan zu, der eine Antwort zu haben schien.

»Wir wären nicht mehr so achtlos, dafür aber voller Sorge, weil wir wüssten, dass nichts zu halten ist, nichts für immer ist«, antwortete er. Alda schaute gespannt auf die Seelauf. Sie vermutete, dass Stefan einer ihrer Lieblingsstudenten war.

»Guter Punkt, Stefan«, antwortete diese lächelnd und schaute in die Runde nach weiteren Antworten.

Alda nutzte die Gelegenheit. »Wenn wir in die Zukunft schauen könnten, wäre das Leben voll lastender Verantwortung.« Sie stockte und überlegte. Ihr fehlte der Mut zu längeren Ausführungen. Nicht so wie Stefan, dem es an Selbstsicherheit in der Hinsicht wahrlich nicht zu mangeln schien.

»Richtig. Unser Glück speist sich doch eigentlich aus unserem Nichtwissen. Aus der Einbildung, dass noch vieles möglich ist, viel

144

Schönes noch geschehen kann.«

Alda hatte sich fest vorgenommen, in diesem Seminar positiv auf sich aufmerksam zu machen, und wollte gerade zu einer Ergänzung ansetzen, aber der Student mit der asymmetrischen Brille, den Alda letzthin dabei beobachtet hatte, wie er einen Kaugummi unter den Tisch geklebt hatte wie ein kleiner Junge, war schneller:»Dafür könnten wir unser Handeln im Jetzt verbessern.« Alda lächelte säuerlich und nickte zustimmend.

Stefan lehnte sich in seinen Stuhl zurück und verschränkte die Hände hinter dem Kopf.»Wäre etwas aber für immer, unser Leben beispielsweise, würde jede unserer Gesten noch mehr Last mit sich bringen. Wir wären an unser Leben und das, was wir daraus machen, gebunden.«

Sind wir das nicht sowieso? Typisch, Stefan musste wieder einmal mit seiner Belesenheit rumprahlen. Er hatte Nietzsches Ewige Wiederkunft angesprochen, ganz bestimmt. Fabiana bedeutete Stefan mit einem Lächeln, dass sie seine Gedankenarbeit wertschätze, unterließ aber eine Antwort. Alda war sonst nicht so missgünstig, aber wenn es um Stefan ging ... Nein, im Nachhinein konnte sich wirklich nicht erklären, weshalb sie sich damals dazu hatte überreden lassen, Stefan und seine Freundin Isabella bei SIAMO NOI! aufzunehmen. Die Stunde war längst um, als die Professorin ihre Studenten aus dem Seminar entließ. Alda gab sich alle Mühe, ihre Sachen so umständlich und langsam wie möglich einzupacken. Sie hoffte, dass sich an der Tür noch ein kurzes Gespräch ergeben würde. Aber dann sah sie aus den Augenwinkeln, dass Stefan bereits zu ihr an das Pult getreten war, wahrscheinlich um die Diskussion weiter zu führen. Alda schulterte ihre Tasche und verließ grußlos dem Raum.

Statt in die Bibliothek ging sie auf der breiten Treppe einen Stock tiefer und stellte sich für einen Kaffee und ein Nussbrötchen in die Warteschlange bei der kleinen Cafeteria. Schon beim Geräusch der raschelnden Tüte im Seminar hatte ihr Magen angefangen zu knurren. Sie setzte sich an einen der kleinen Tische mit Sicht auf den Innenhof und ließ ihre Gedanken schweifen. Ewigkeit ist unerträglich, wenn man schuldig ist wie wir, schoss es ihr mit Blick auf die geflügelte Nike

145

durch den Kopf, während sie das Gewusel der Studenten im hellen Hof betrachtete. Der Satz klang in ihren Ohren wie ein kleines Gedicht. Sie holte ihr Notizbuch hervor, um ihn aufzuschreiben. Kinder denken, sie seien unsterblich. Ihr Glück gründet auf dieser Sicherheit, dass es immer so sein wird. Bricht die Erkenntnis, dass Menschen sterben und nie mehr wieder kommen, in ihr Leben ein, stürzt es sie in Verzweiflung. Aber nur kurz. Zu absurd ist der Gedanke, dass alles einmal sterben wird. Unbegreiflich für ein Kinderherz ... Wieso eigentlich hatte sie das alles nicht im Seminar gesagt? Alda ärgerte sich wieder einmal über ihre Verstocktheit zum falschen Zeitpunkt. Aus den Augenwinkeln sah sie, dass Professorin Seelauf sich ebenfalls in die Schlange gestellt hatte, zusammen mit Manuel Stüssi, ihrem gemütlichen Assistenten, der alles immer nicht so ernst zu nehmen schien und den die Studenten selbst auch nicht ganz für voll nahmen. Alda konzentrierte sich auf ihr Notizbuch und tat, als ob sie die beiden nicht gesehen hätte. Halb hoffte sie, dass die Professorin sie erkennen und ihr zuwinken würde. Noch mehr hoffte sie, dass sie sie nicht bemerken würde. Aldas Selbstbewusstsein war in den letzten zwei Stunden erheblich geschrumpft. Sie konnte sich nicht vorstellen, dass sie Chancen hatte, den Job bei der Seelauf zu ergattern. Dann aber geschah etwas ganz Unerwartetes. Die Professorin schaute in ihre Richtung und wandte sich flüsternd an Stüssi, der nun ebenfalls zu ihr schaute und nickte. Alda sank etwas tiefer in den Stuhl und tat, als ob sie angestrengt nachdenken würde.

»Frau Gerber?«

»Äh, ja?«

»Ich habe gesehen, dass Sie sich für den Aushilfsjob in der Bibliothek beworben haben.«

»Ja, das stimmt.«

»Haben Sie noch immer Lust, bei uns zu arbeiten? Ich meine, sind Sie noch immer frei?«

»Ja, natürlich habe ich Lust. Sehr sogar.« Alda lächelte unsicher.

»Dann kann ich Ihnen jetzt schon sagen, dass Sie den Job haben können. Ich bin die Vorsteherin der Bibliothek. Ich werde gleich im Personalbüro Bescheid geben. Bitte melden Sie sich dort, dann können Sie,

146

wenn Sie möchten, gleich am Montag anfangen. Es gibt viel zu tun, glauben Sie mir.«

Alda schüttelte erfreut die Hand, die die Professorin ihr hinhielt, und konnte für den Rest des Tages kaum mehr aufhören zu grinsen vor lauter Glück.

»Ich frühstücke jetzt. Kommst du auch?«, riss Sandrina sie aus den Gedanken.

»Ja, ich komme gleich. Hast du den Kaffee schon aufgesetzt?«

»Nein.«

Dann tu's doch, dachte Alda.

»Ich kann das nicht mit diesem Gasdings.«

Nein, wir wissen nicht, wann wir etwas zum letzten Mal tun. Aber wie groß wäre der Jammer, wenn wir um unser Ende sicher wüssten? Sicher wüssten, um die Gewalt des Lebens und die Plötzlichkeit des Todes und die lang währende Einsamkeit? Alda schluckte einen Anflug von Selbstmitleid hinunter und ging in die Küche, um die kleine Moka zu füllen und auf die Gasflamme zu setzen.

147

24

Jetzt hat mich Amors Pfeil getroffen, dachte Julian, als er Alda zum ersten Mal begegnete. Und seine Brust schmerzte tatsächlich, als ob ein Pfeil darin stecken würde, noch zitternd von der Spannung und der Schnelligkeit. Er kam sich blöd vor. Es war ein Gedanke wie der kitschige Eintrag ins Poesiealbum eines kleinen Mädchens. Und in dem Moment, als er Alda zum ersten Mal sah, bemitleidete er sich tatsächlich selbst ein wenig, weil er wusste, dass nun nichts mehr so sein würde, wie es gewesen war, aber es war schon zu spät, nicht mehr aufzuhalten. Seine Gefühle purzelten aus ihm heraus wie unbändige Kinder.

Von da an ging er laufen. Jeden Tag zur selben Zeit denselben Weg zur Brücke in der Hoffnung, ihr dort zu begegnen. Und jeden Tag stand sie dort, auf der kleinen Brücke, die über den ausgetrockneten Bach führte und die den Sarnerhof mit dem kleinen Wäldchen auf der Anhöhe verband, und wartete auf ihn.

Sie zu küssen, war Julians Lebenselixier geworden. Die tägliche Sinngebung. Aber, sie sprachen nie. Worte würden eine Wahrheit ans Licht bringen, von der sie nichts wissen wollten.

»Gehst du schon wieder laufen?«, fragte Noah eines Morgens erstaunt.

»Warum nicht?«, gab Julian knapp zur Antwort und trat rasch zur Tür hinaus, glücklich, dem Haus zu entkommen und all den Fragen seiner Freunde. Er lebte nur noch für die paar Minuten auf der Brücke. Sein Plan, in die Stadt zurückzukehren, war mit einem Blick in Aldas dunkelblaue Augen zunichtegemacht worden. Aber sie durften nicht reden, sie durften es nicht aussprechen. Schlichte und Sublime, das ging nicht zusammen, denn die Liebe basiert auf Unwissen und Unkenntnis und Unschuld. Man darf nicht zu viel nachdenken in der Liebe und man muss vergesslich sein. Liebe braucht Umsicht gegenüber ihrer selbst und Nachlässigkeit gegenüber dem Rest der Welt. Liebe braucht Unvernunft und Leichtsinn. Liebe braucht all das Altmodische, all das, was die Sublimen nicht mehr sind.

Gott ist mit den Dummen und die Liebe auch.

148

Julian? Geht es dir nicht gut? Deine Werte sind suboptimal. Dr. Malgradini war für die Problemfälle zuständig und hatte sich nun auch Julian angenommen. Julian stand am Fenster und versuchte, durch die Löcher im Gehölz einen Blick auf den Sarnerhof zu erhaschen. Beim bloßen Gedanken an sie klopfe sein Herz wie wild. Er musste sich zusammenreißen, nicht über das Feld zu stürmen, um seine Hände in ihrem schweren dunklen Haar zu vergraben. Er wollte die Wärme ihrer Kopfhaut spüren. Der bloße Gedanke daran ließ seine Finger zucken. Trotzdem konnte er seine Gefühle nicht in Worte fassen. Der sonst so intelligente Julian konnte nicht beschreiben, was er fühlte. Er konnte es nur fühlen. Es war, als ob sein Körper sein Gehirn hintergehen würde. Als ob sein Körper etwas wüsste, was er selbst längst vergessen hatte und nicht mehr begreifen konnte, denn im System der glücklichen Gehirne war Verliebtheit nicht vorgesehen – im Gegenteil. Verliebtheit führt dazu, dass Leute unberechenbar werden, dass sie dumme Dinge tun. Dinge, die das System nicht einordnen und nicht kontrollieren kann. Dinge, die vermieden werden müssen.

Julian?

Julian hatte Dr. Malgradini noch gar nicht bemerkt.

Möchtest du darüber reden, Julian? Dr. Malgradini klang angespannt. Fast hätte man meinen können, sie klinge ungeduldig. Aber das war unmöglich. Maschinen sind nicht ungeduldig. Maschinen sind die geduldigsten Mütter der Welt. Maschinen macht es nichts aus, in der Schlaufe der immer wiederkehrenden Sinnlosigkeit des Tuns zu verharren. Maschinen beherrschen das Zen der Gelassenheit.

Wir haben einen Kurier losgeschickt, um dir die Extradosis eudaimonia® zu bringen. Wir sorgen uns um dich. Bitte teile uns mit, was vorgefallen ist.

Julian ignorierte die Stimme in seinem Kopf. Zum ersten Mal spürte er Ärger in sich aufsteigen über die Tatsache, dass er auf Schritt und Tritt überwacht wurde.

Du gefährdest das Programm, Julian. Es ist unverantwortlich von dir, dich diesen Gefühlen hinzugeben. Deine Hirnaktivitäten deuten darauf hin, dass du verliebt bist. Wie kann das denn sein, Julian?

Julian gab keine Antwort.

Wir erwarten von dir, dass du die Extradosis eudaimonia® einnimmst und

149

deinen Termin bei Dr. Chan in der City-Nord-Zentrale wahrnimmst. Freitagnachmittag um zwei Uhr. Bitte sei pünktlich. Pause. *Ich weiß, dass ich mich auf dich verlassen kann, Julian.* Pause. *Mach's gut, Julian.* Die Stimme verstummte.

Von unten erklang Musik. Julian warf einen letzten raschen Blick aus dem Fenster, warf sich seine Jacke über und riss die Zimmertür auf. Die Tür protestierte quietschend. Er schlug sie hinter sich zu und stürzte die Treppe hinab. Als er unten ankam, sah er, dass die drei anderen sich im Wohnzimmer versammelt hatten und ratlos um einen alten Plattenspieler herumstanden.

»Was macht ihr?«, wollte er verwundert wissen. Vanessa schüttelte nur den Kopf. Gemeinsam starrten sie auf die schwarze Scheibe, die sich leicht ruckelnd auf dem Plattenteller drehte.

»Wen meint er?«, fragte Noah mit Blick in die Runde.

»Irgendjemanden. Uns alle«, antwortete Emily mit wichtiger Miene. Sie lauschten der fragenden Stimme. Im Hintergrund war ein ungesundes Krächzen zu hören, gefolgt von der letzten Aufforderung, sich endlich zu melden. *Is there anybody out there?* Eine gespannte Stille folgte, dann eine dünne Gitarre.

»Das ist doch Pink Floyd!« Julian nahm Vanessa das weiße Plattencover aus der Hand. »Wie hieß die Platte noch?«

»The Wall«, antwortete Vanessa. Sie klang gereizt.

Julian schaute sie verwirrt an und gab ihr die Hülle zurück. »Sorry, ich wollte nicht so forsch sein«, entschuldigte er sich.

»Es ist einfach so ganz typisch Julian. Wo immer du auch bist, musst du immer gleich das Ruder an dich reißen.«

»Entschuldige bitte, dass ich hier Interesse zeige.«

»Du weißt ja noch nicht einmal, worum es hier geht.«

»Ach so, ich dachte, es geht um Musik. Worum geht es denn?«

»Es geht um die Verzweiflung, die aus dieser Stimme zu hören ist und um die Frage, ob wir diese Verzweiflung überhaupt noch nachvollziehen können«, antwortete Vanessa. »Heute wieder einmal THE WALL ganz zu Ende gehört. Verzweifelt!« Sie blickte in die Runde. »So lautete einer von Ernsts letzten Einträgen in diesem ›Facebook‹.«

»Du und dein Ernst. Wenn ich das gewusst hätte.« Emily ließ sich

150

auf den nächstbesten Stuhl fallen.

Julian ging nicht auf Vanessa ein. »Jedenfalls hatte meine Mutter genau dieselbe Platte. Genau dieselbe. Da bin ich mir sicher. Sie meinte immer, das sei ein Meisterwerk, aber ich habe mir das Ding nie angehört; weshalb weiß ich auch nicht. Jetzt habe ich endlich die Gelegenheit dazu. Also, mach mal von Beginn an.«

Man konnte hören, wie Vanessa tief einatmete. Es war ihr deutlich anzusehen, dass sie ohne *eudaimonia®* vor Wut explodiert wäre.

»Na ja, wir haben damit ja wohl wenig zu tun«, sagte Noah und ging aus dem Zimmer. Emily blickte ihm hinterher und überlegte einen Moment, ob sie ihm folgen sollte, aber dann blieb sie zu Julians Erstaunen doch. Vanessa hatte wohl ihre Neugier geweckt, was nicht so viel zu bedeuten hatte. Emily war wie ein Schmetterling, der von Blüte zu Blüte flog. Immer auf der Suche nach etwas Besserem, immer dem schnellen Kick hinterher. Emily verweilte nie lange bei einer Sache, was sie in den Augen anderer wiederum zu einem sehr unterhaltsamen Menschen machte. Nur schon durch das Erzählen ihrer atemlosen Jagd nach dem letzten Abenteuer konnte sie einem langweiligen Leben eine gewisse Erregung einhauchen. An ihrem leichten Stirnrunzeln, das sich über den perfekt geschwungenen Bögen ihrer Augenbrauen ausbreitete, ließ sich ablesen, dass sie sich mächtig anstrengen musste, um dem Vortrag über die Archäologie menschlicher Gefühle, den Vanessa gerade wortgewaltig und mit der festen Stimme eines Predigers vortrug, zu folgen. Wollte man Vanessa Glauben schenken, dann berichtete diese Stimme, die sich von der schwarzen Scheibe erhob, von Zuständen, die den Sublimen gänzlich unbekannt waren. Von Angst, Verlust, Scham, Enttäuschung, von Zuständen also, die durch die Perfektionierung des Lebens verschüttet waren.

»Also ich weiß nicht«, wandte Emily ein, »gerade glücklich scheint der Typ nicht zu sein. Findest du das etwa erstrebenswert?«

»Es geht hier nicht darum, ob es erstrebenswert ist oder nicht. Es geht um Authentizität!«, gab Vanessa ungeduldig zurück.

»Ach so.«

Julians Gedanken waren längst wieder zu seiner heimlichen Geliebten abgeschweift. Er konnte nichts dagegen tun. Gedankenversunken

151

starrte er auf die sich drehende schwarze Scheibe. Als er Vanessas Blick auf sich spürte, schaute er auf und sah, dass sie ihn spöttisch angrinste. »Ist irgendwas?«, wollte er wissen.

»Nein, ist mir *dir* was?«

»Nein, was soll sein?«

»Das frage ich eben dich.«

Emily schaute verwirrt zwischen Julian und Vanessa hin und her, machte dann auf dem Absatz kehrt und ging hoch erhobenen Hauptes aus dem Zimmer.

Am Nachmittag durchforsteten Emily, Noah und Julian aus purer Langeweile die Scheune nach etwas Brauchbarem für den Gemüseanbau. Es hatte endlich aufgehört zu regnen und fast sah es so aus, als ob die Wolkendecke sich lichten würde. Jedenfalls meinte Julian, ein Schimmern am Horizont zu erkennen.

Die meisten der Kartoffelpflanzen schienen die Flut von gut gemeinter Nässe zu überstehen. Sie sähen blendend aus, hatte Vanessa behauptet. Und nächstes Jahr könne man die Triebe vermehren. Das sei überhaupt keine Sache.

»Nächstes Jahr?«, hatte Julian ungläubig geantwortet. »Nun lass uns erst einmal anfangen. Nächstes Jahr ist noch sehr weit weg.« Noah und Emily hatten ihm mit eifrigem Kopfnicken beigepflichtet, erleichtert, dass Julian es für einmal nicht so verbissen sah.

Sein ganzes bisheriges Leben hatte Julian noch nicht so viel Staub eingeatmet, wie in jener Stunde in der Scheune. Emily fand schon nach kurzer Zeit, sie hätte Angst um ihre empfindliche Lunge und verschwand, um sich die Zeit mit etwas anderem zu vertreiben. Julian blieb mit Noah allein zurück und nur seine gute Erziehung hielt ihn davon ab, dem Wirrwarr ebenfalls den Rücken zu kehren und Noah allein damit zurückzulassen. In Gedanken versunken schob er die längst vergessenen Dinge hin und her.

»Vanessa behauptet, du seist verliebt.«

»Was? Wie kommt sie denn darauf?«, rief Julian, während er mit den Armen fuchtelnd versuchte, eine Spinnwebe aus seinem Gesicht zu wischen.

152

»Na ja, darauf kann man schon kommen, wenn man dich so anschaut. Du siehst irgendwie verändert aus. Dein Gesicht leuchtet geradezu«, antwortete Noah lachend.

»Blödsinn. Und wenn es noch so wäre. Woher will Vanessa das wissen und was geht es sie überhaupt an?«

»Ach komm. Wir freuen uns für dich.« Noah versuchte wie immer, die Wogen zu glätten.

»Freuen? Ich dachte, es sei verboten, sich zu verlieben?«

»Ja, das schon. Aber die Frage ist viel eher, in wen und wie konnte es geschehen? Verliebtheit sollte doch eigentlich nicht mögl…« Noch bevor Noah den Satz vollenden konnte, sah Julian durch das verstaubte Fenster der Scheune Vanessa über das Feld kommen, direkt aus der Richtung, wo sich der Sarnerhof befand. Er stürmte aus der Scheune.

»Wo warst du?«, herrschte er Vanessa an, während er auf sie zulief, doch die Antwort kam nicht von Vanessa, sondern von einer männlichen Stimme neben ihm.

»Na, das ist aber eine Aufregung heute.« Überrascht drehten sie sich gleichzeitig zu der Gestalt um, die im Sichtschatten an der Stallwand gelehnt hatte und nun auf sie zutrat.

»Ion? Was machst du denn hier?« Julian stand vor Schreck der Mund offen.

»Wer ist das?« Vanessa starrte verwirrt auf den Mann, der mit langsamen Schritten und betont lässig auf sie und Julian zuging. Er trug schwere Motorradkluft. Sein Schädel war rasiert und fast vollständig tätowiert. Zwischen Daumen und Zeigefinger hielt er eine Packung *eudaimonia®* in die Höhe und schüttelte sie wie eine Klingel.

»Ich wurde beauftragt, dir etwas Schönes zu bringen«, antwortete Ion neckisch und hielt Julian die Packung vor das Gesicht.

»Danke, darauf habe ich schon gewartet.« Julian riss ihm die Packung aus der Hand. »Aber wieso haben sie dich geschickt? Arbeitest du etwa für die?«

»Ach, nicht so richtig. Ich helfe ab und zu mal aus.«

»Aha? Kurierdienste?«

»Ja, und anderes. Anspruchsvolleres«, antwortete er und streckte

Vanessa die Hand hin. »Hi, ich bin Ion.«

Vanessa zögerte und gab ihm schließlich mit sichtlicher Abscheu die Hand »Vanessa.«

»Schön, dich kennenzulernen, Vanessa.« Statt einer Antwort streckte Vanessa herausfordernd das Kinn vor und musterte Ion mit unverhohlener Abneigung. »Ist die immer so?«, wandte Ion sich an Julian.

»Äh ... bist du schon lange hier? Ich habe dich gar nicht kommen sehen.« Julian ergriff Ion am Arm und führte ihn von Vanessa weg.

»Das hast du Julian zu verdanken!«, hörte er Emily vom Fenster ihres Zimmers herab rufen.

»Muss ich kommen und dir den Hintern versohlen?«, antwortete Noah lachend.

»Stimmt's etwa nicht?«, rief Emily zurück. Plötzlich brach auch Vanessa in hysterisches Lachen aus. Alle sind total irregeworden, schoss es Julian durch den Kopf, während er Ion um die Ecke hinters Haus führte, wo sie sich ungestört unterhalten konnten.

154

25

Ions Überraschungsbesuch wollte nicht enden. Er übernachtete sogar auf dem Aegetenhof, und als er sich am nächsten Morgen endlich auf sein Motorrad geschwungen und hinter den braunweiß gefleckten Hügeln verschwunden war, fing Julian Vanessa ab, als sie gerade an seiner Zimmertür vorbeiging. »Komm mal her!«

Vanessa blieb abrupt stehen. »Ja, was ist?«

»Wo warst du gestern?«

Sie lehnte sich zurück und schaute in sein Zimmer. »Bitte? Was meinst du?«

»Du kamst gestern direkt aus der Richtung, wo der andere Hof steht. Also, wo warst du und was hast du dort gesucht?«, wollte er wissen, ohne den Blick von seinem Bildschirm zu lösen.

»Ich habe mich mal ein bisschen umgeschaut, das ist alles.«

»Und, was hast du gefunden?«

»Ich habe unsere Nachbarin kennengelernt. Zufällig. Sie stand vor dem Haus.

»Und?«

»Und? Nichts und! Man wird ja wohl noch spazieren gehen dürfen.« Vanessa lehnte jetzt am Türrahmen und betrachtete ihn mit verschränkten Armen wie eine ungeduldige Mutter.

»Du hast rumgeschnüffelt. Ich kenn dich doch.«

»Mann, sei nicht so. Ich habe mich ein bisschen mit ihr unterhalten, das ist alles. Ich dachte, ich lad sie mal zu uns ein, mal Kaffee trinken, du weißt schon.«

»Du bist einfach unmöglich!«, rief Julian und klappte mit Wucht den Deckel seines Rechners zu. In diesem Moment hätte er sie gehasst, wenn er gekonnt hätte. Wenn er zu solchen Gefühlen noch fähig gewesen wäre. Vanessa mischte sich immer in Angelegenheiten ein, die sie nichts angingen. Sie war die neugierigste Person, die er je kennengelernt hatte.

»Wir haben uns auf Anhieb ausgezeichnet verstanden«, verteidigte Vanessa sich. »Sie heißt übrigens Marcella und von dir haben wir gar nicht geredet.« Diese Lüge kam so glatt aus Vanessas Mund, dass nicht

155

einmal Dr. Malgradinis Algorithmen sie bemerkten.

»Du bist echt einfach …« Julian vergrub sein Gesicht in seinen Händen und rief: »Ich hab die Schnauze voll von dir, von diesem Hof, von diesem ganzen verdreckten Leben hier draußen!«

Vanessa ging nicht auf Julians Ausbruch ein, sondern plapperte ungerührt weiter: »Ich glaube, Marcella ist auf der Flucht. Sonst wäre sie nicht so komisch gewesen.«

»Was? Wieso auf der Flucht?«

»Wie, komisch? Wer ist komisch?« Die Frage kam von Noah. Er und Emily gesellten sich Arm in Arm dazu und grinsten selig.

Julian und Vanessa wechselten einen verwirrten Blick, dann rief Julian fordernd: »Sag schon, Vanessa!«

»Na, so verschlossen halt. Ich musste ihr alle Würmer aus der Nase ziehen. Außerdem, was macht die hier draußen?«

»Ach komm. Hör auf zu fantasieren und lass sie in Ruhe. Sie wird schon ihren Grund haben, weshalb sie hier ist. Vielleicht wohnt sie ja auf dem Hof, ganz einfach«, entgegnete Julian.

»Die? Das glaube ich nicht«, antwortete Vanessa noch immer mit verschränkten Armen.

»Vielleicht hat sie ja was ausgefressen?«, warf Emily mit vollem Mund und keckem Augenaufschlag ein.

Das war zu viel für Julian. Er bugsierte alle drei kurzerhand aus seinem Zimmer und schloss die Tür. Dann legte er sich aufs Bett und starrte an die Decke. Was, wenn Vanessa recht hatte? Wenn sie tatsächlich Hilfe brauchte? Weshalb sonst sollte sie sich hier draußen aufhalten? In der kahlen Landschaft des Nichts?

Es verging keine Stunde, da sah Julian sie über das Feld näherkommen. Sie ging entschlossenen Schrittes direkt auf den Aegetenhof zu. Als sie fast an der Haustür war, blickte sie direkt zu seinem Fenster hoch. Julian hechtete mit einem Rückwärtssprung vom Fenster zurück. Er hörte sie klopfen. Auf Zehenspitzen ging er zu seiner Zimmertür, öffnete sie einen Spalt und horchte. Die Küchentür wurde geöffnet und wieder geschlossen. Jemand ging mit raschen Schritten die Treppe hinab, wahrscheinlich Vanessa. Die Haustür, die leicht klemmte, wurde mit einem Ruck aufgerissen.

156

»Oh, äh, ja?« Emilys Stimme. Sie klang erstaunt und verwirrt. Dann rief sie: »Du musst Marcella sein!« Marcellas Stimme klang gedämpft, Julian konnte nicht verstehen, was sie sagte. Er hörte nur Gemurmel. »Ich bin Emily. Komm doch rein.« Schritte, Rascheln. Die Tür wurde ins Schloss geschoben. Schritte auf der Treppe. »Vanessa?«, hörte er Emily rufen. »Du hast Besuch!« Julian trat einen Schritt zurück und lauschte. Die Tür rechts neben der seinen wurde mit einem Ruck aufgerissen. Vanessa ging mit hastigen Schritten an seiner Tür vorbei, stürzte mit lautem Gepolter die Treppe hinab und stieß einen lauten Freudenschrei aus. *Das sieht Vanessa ähnlich*, dachte Julian. *Tut so, als ob sie bereits die besten Freundinnen wären.*

»Ihr habt es ja richtig gemütlich hier«, hörte er sie sagen, bevor die Tür zur Küche geschlossen wurde, um die Wärme nicht in den Flur entweichen zu lassen. Julian zwängte sich durch den Spalt und trat auf den Flur hinaus, um besser hören zu können, aber er vernahm nur dumpfes Gemurmel. Jemand ging hektisch hin und her. Stühle wurden verschoben. Plötzlich wurde die Tür wieder aufgerissen und er hörte Vanessa rufen: »Hey, Noah, machst du Marcella bitte Tee? Oder möchtest du lieber Kaffee?« Vanessa wartete die Antwort gar nicht erst ab. »Ich muss noch ganz kurz nach oben, eine kleine Sache fertigmachen. Ich bin sofort zurück.«

Julian verzog sich rasch wieder in sein Zimmer. Das ist so typisch, dachte er. Lässt extra Noah auf sie los, um mich eifersüchtig zu machen. Er beschloss, das Ganze einfach zu ignorieren. Gerade als er die Tür schloss, rannte Vanessa an seinem Zimmer vorbei. Er legte sich wieder auf das alte Bett und starrte zur Decke. Sie hatte eine schöne Stimme. Etwas heiser, vielleicht war sie erkältet. Ob sie wohl über ihn redeten? Er musste seine ganze Kraft aufbringen, um nicht einen Stock tiefer zu gehen, um etwas in der Küche zu holen und dann – was für ein Zufall! – IHR zu begegnen. Mit Sicherheit hatte Vanessa sich nur mit ihr angefreundet, um ihn zu ärgern. Nur um ihm zu zeigen, schau her, ich kann das. Ich kann mich ganz normal mit ihr unterhalten. Du nicht, du Feigling.

Vanessa rannte wieder an seiner Tür vorbei, stoppte, kam zurück, öffnete die Tür.

157

»Julian?«

»Was gibt's? Kannst du nicht anklopfen?«

»Sorry, wollte dir nur sagen, dass Marcella hier ist.«

»Ja, und?«

»Ich dachte, du willst ihr vielleicht Hallo sagen.« Vanessa lächelte süffisant.

»Vielleicht später«, antwortete er abweisend und schloss wieder die Augen.

Julian konnte es sich genau vorstellen: Vanessa redete wie ein Wasserfall, Noah grinste unermüdlich, und Emily träumte vor sich hin. Keiner würde wirklich an ihr interessiert sein. Mit einem Ruck stand er von seinem Bett auf. Nein, er konnte sich nicht zusammenreißen, er musste sie sehen. So war das eben. Er ging aus dem Zimmer, verharrte kurz am oberen Treppenabsatz und schlich sich dann langsam die Treppe hinunter. Auf der vorletzten Stufe blieb er stehen und hielt sein Ohr an die mit Holz getäfelte Wand, um besser hören zu können, was in der Küche vor sich ging. Er hörte Vanessa brabbeln. An der Tonlage erkannte er, dass sie irgendeine bemühte Story zum Besten gab. Dann hörte er Noah und Emily synchron kichern.

Schon seltsam war das alles. Mit einmal Mal saßen drei Sublime mit einer Schlichten um den Tisch versammelt. Mit einer von jenen, mit denen sie doch bis jetzt auch nichts hatten zu tun haben wollen, die sie vollkommen vergessen hatten vor lauter Glück. Zu schlicht, nicht intelligent genug, um wirklich spannende Gesprächspartner zu sein, zu einfach gestrickt. So ungefähr musste es gewesen sein, als seine Großmutter sich in diesem Verein mit afrikanischen Migranten an den Tisch gesetzt hatte, um deren Geschichten zu hören. Interessant zwar, aber nichts, was sich mit einer so belesenen und gescheiten Europäerin messen konnte. Es war dieser Dünkel, der sich nicht verbergen ließ, der zum Habitus seiner Großmutter gehörte, wie er auch zu ihm gehörte, zu Vanessa sowieso. Dieses aufgesetzte Wohlwollen. Julian wurde ganz krank davon. Er würde nun sehr gelassen diesen Raum betreten, um sich einen Tee zu machen. Eine ganz normale Tätigkeit. Er trank schließlich gern Tee. Weshalb also sollte er jetzt, in diesem

Augenblick, keine Lust auf Tee haben?

Als Julian den Raum betrat, richteten sich alle Augenpaare auf ihn. Sie sahen überrascht aus. Weshalb sahen sie überrascht aus? Wohnte er etwa nicht hier? Hatte er kein Recht, sich in der Küche aufzuhalten? Er blickte sie flüchtig an und murmelte ein leises »Hallo«. Ihm war klar, dass nun allen klar war, was los war.

Er nahm den Teekessel vom Herd und ging zur Spüle, um ihn mit Wasser zu füllen.

»Da ist noch Tee in der Thermoskanne und hier, schau, eine saubere Tasse«, sagte Noah und reichte ihm die Tasse über den Tisch.

»Oh, habe ich gar nicht gesehen. Danke.«

Im Raum herrschte dröhnende Stille, bis Vanessa sich räusperte und fragte:»Kennt ihr beide euch eigentlich schon? Marcella, das ist Julian, unser Chef hier.« Sie zeigte auf ihn, wie auf ein seltenes Tier im Zoo.»Julian, das ist Marcella. Unsere Nachbarin.«

Julian versuchte, Vanessas Geschnatter zu überhören, drehte sich halb zu Marcella um und brachte zum Gruß ein knappes Nicken zustande. Er überlegte, ob er ihr die Hand reichen sollte, aber dann ließ er es sein.

Noahs Dauergrinsen nahm Dimensionen an. Vanessa blickte von Julian zu Marcella und wieder zurück und man konnte an ihrem Gesicht ablesen, dass sie die Sache für schwerwiegend genug hielt, nicht die Finger davon zu lassen. Julian schaffte es, sich Tee einzuschenken, ohne etwas zu verschütten. Er nickte in die Runde und ging aus der Küche, ohne sich noch einmal nach ihr umzusehen.

Eine gefühlte Ewigkeit später hörte Julian, wie sie das Haus verließ. Ohne sich noch einmal umzudrehen, überquerte sie rasch die Wiese, das Feld und verschwand bald aus Julians Sichtfeld in den kahlen Bäumen. Sie machte auf Julian einen so hektischen Eindruck, dass er sich mit einem Mal fragte, ob sie vielleicht doch etwas zu verbergen hatte. *Vielleicht hat sie ja etwas ausgefressen?* Emilys Worte wollten ihm mit einem Mal nicht mehr aus dem Sinn.

159

26

Alda durchquerte den Wald auf dem feuchten Pfad, lief über die kleine Brücke, den glitschigen, schmalen Weg hoch zum Eingang des Sarnerhofes, der eindeutig ärmlicher war als der Aegetenhof. Eine ganze Stunde war sie in jener Küche sitzen geblieben, in der Hoffnung, Julian noch einmal zu Gesicht bekommen. Als sie sich schließlich doch zum Abschied aufgerafft hatte, war sie von Vanessa umarmt worden, als ob sie seit Ewigkeiten Freundinnen wären, und auch dieser Noah und die noch seltsamere Emily hatten sich zum Abschied friedlich an sie geschmiegt wie Kinder. Sie hatte ihnen hoch und heilig versprechen müssen, gleich morgen wieder zu kommen.

Als sie das Haus betrat, war alles dunkel und gespenstisch still. Sie hatte ein schlechtes Gewissen, weil sie Sandrina allein auf dem Hof zurückgelassen und ihr verboten hatte, nach draußen zu gehen. Aber Alda musste wieder und wieder an das Polizeiauto denken, das mir nichts, dir nichts aufgetaucht und wieder davongebraust war. Wie ein Wunder war es ihr vorgekommen, als sie mit dem Fernglas in die Rücklichter des Wagens gestarrt hatte, aber Wunder waren zeitlich begrenzt. Alda wusste das. Irgendwann würden sie wiederkommen.

Sie ging die Holztreppe hoch.»Sandrina?«, rief sie mit gedämpfter Stimme.»Sandrina?« Sie ging durch den Flur und die Küche und fand ihre Schwester schließlich im Wohnzimmer. Sie saß auf dem Sofa und würdigte sie keines Blickes.

»Hey, sorry, dass es so lange gedauert hat.« Als von Sandrina keine Antwort kam, ging Alda zurück in die Küche, um ein Glas Wasser zu trinken. Sie konnte sich jetzt nicht auf Sandrinas Spielchen einlassen, sie war noch viel zu aufgewühlt von der Begegnung mit diesen seltsamen Wesen. Diese sogenannten Sublimen waren ihr suspekt. Man wusste nie genau, was in ihnen vorging. Es war, als ob niemand zu Hause wäre. Unbewohnte Seelen. Ihre Schönheit strahlte etwas Unpersönliches aus, aber gleichzeitig hatten sie etwas Überpersönliches an sich, etwas, was einem Angst einjagen konnte. So wie gestern, als diese Vanessa mit einem Mal in ihrer Küche gestanden und ihr geradeheraus ins Gesicht gesagt hatte, sie denke, dass Julian (so hieß er also) sich

160

in sie verliebt habe. Das sei offensichtlich, aber es sei ein Problem.
»Wie meinst du das?«, hatte sie in Vanessas Grinsen hinein gefragt.
Und überhaupt, was geht dich das an? Sie dachte es nur.

»Julian, der lebt für die Sache. Für MORAL, du weißt schon. Er ist
ganz und gar auf deren Linie. Weshalb machst du da eigentlich nicht
mit?«

»Ich, äh …« Alda wollte spontan keine Antwort einfallen. Sie hatte
zwei ihrer Freundinnen an diese Sache verloren.

»Na, jedenfalls, Julian, für ihn ist es eine Selbstverständlichkeit,
seine Bedürfnisse für die Mission Weltfrieden zurückzustecken. Er
kennt nichts anderes mehr. Und das heißt …«

»Ja?«

»Das heißt, dass Julian wohl kaum von seinem Ziel abrücken wird.
Vor allem nicht für eine Schl… ich meine, für jemanden …« Vanessa
suchte nach Worten.

»Sag's ruhig. Ist schon okay. Wir wissen, wie ihr uns nennt«, antwortete Alda spöttisch.

»Aber eben, sein Herz steht in Flammen. Für dich. Du kannst dir
vorstellen, dass der arme Julian zurzeit so manche schlaflose Nacht erlebt.«

Beim Gedanken, dass Julian nachts an sie denken könnte, so wie sie
an ihn dachte, bekam sie einen heißen Kopf. Wenn sie nicht aufpasse,
würde Julian seine Gefühle für sie einfach unterdrücken und abhauen,
hatte Vanessa gesagt. Unterdrücken, wie das klang. Sehr mechanisch
in Aldas Ohren. Sehr machbar. Aus Vanessas Mund klang es wie eine
Drohung.

Dabei war Alda sowieso froh, wenn Julian zurückkehrte. Sie war
nicht die Richtige für ihn. Nicht mehr lange, dann würde er herausfinden, dass sie Blut an den Händen hatte, genau jenes Blut, das er und
seine sublimen Freunde aus der Welt schaffen wollten. Nicht mehr
lange, dann würde es so oder so vorbei sein mit den verbotenen Küssen auf der Brücke.

»Aber warte nur … wie heißt du eigentlich?«

»Marcella.«

»Ich bin Vanessa«, antwortete Vanessa und fuhr atemlos fort.

161

»Warte nur, ich werde ihm schon noch auf die Sprünge helfen. Ich werde ihm ins Gewissen reden.«

»Ins Gewissen? Sag mal, wovon sprichst du?«

»Du kannst dich auf mich verlassen, Marcella.«

Und noch ehe sie antworten konnte, war Vanessas so plötzlich verschwunden, wie sie gekommen war.

Wie vom Donner gerührt, war Alda in ihrer Küche zurückgeblieben. In dem Moment hatte sie auch gewusst, dass sie nicht umhinkam, ihre Nachbarn näher kennenzulernen. Bisher hatte Alda den Kontakt zu Leuten wie ihnen, so gut es ging, vermieden und normalerweise nahmen die Glücksträger sie auch gar nicht wahr, blickten durch sie hindurch, als ob sie nichts wäre, durchsichtig und leicht wie Luft. Aber dieser Julian war anders. Er strahlte so viel Leben aus, so viel Energie. Alda bildete sich ein, sehen zu können, dass Julian auch noch ein anderes Leben kannte. Ein Leben wie das ihre vielleicht. Alda riss sich von ihren Gedanken los, stellte das leere Glas hin und setzte sich zu Sandrina aufs Sofa. »Wollen wir etwas spielen?«

»Keine Lust.«

»Hey, nun sei doch nicht sauer.«

»Wieso hast du mir damals eigentlich nicht gesagt, dass es Mama so schlecht geht?«

»Wieso? Ich wollte dich schonen, das ist alles. Außerdem wollte Mama nicht, dass du es weißt.«

»Toll.«

»Sitzt du die ganze Zeit schon hier und grübelst?«

»Ja.«

»Sandrina, das nützt doch jetzt nichts mehr.« Alda wünschte, sie würde tröstendere Worte finden als diese, aber nichts fiel ihr ein. Der Tod ihrer Mutter machte sie noch immer sprachlos. Dass jemand, der immer da war, es mit einem Mal nicht mehr war und es auch nie mehr sein würde. Dass Jemand einfach Nichts wird.

»Vielleicht hätte ich ihr helfen können.«

»Denk doch so etwas nicht! Niemand konnte ihr mehr helfen. Sandrina, Mama hatte Krebs. Schon seit Jahren. Komm her.« Alda zog Sandrina an sich und strich ihr über das braune Haar. »Wenn sie

162

gedacht hätte, dass du ihr helfen kannst, hätte sie es dir bestimmt gesagt.«

»Meinst du?«

»Bestimmt. Schau, sie hat doch ein gutes Leben gehabt. So eine Tochter wie dich, so viel Glück hat nicht jeder. Und ich bin ja auch noch da. Sie hat viele schöne Jahre genossen und wir sollten dasselbe tun, Sandrina.«

Sandrina schniefte eine unverständliche Antwort. Dann entzog sie sich ihrer Umarmung, nestelte ein Taschentuch aus ihrem Ärmel und schnäuzte sich geräuschvoll die Nase, bevor sie das Tuch wieder in ihren Ärmel steckte.

»Machst du das immer so?«, wollte Alda amüsiert wissen.

»Ja, wusstest du das nicht?«

»Nein, das wusste ich tatsächlich nicht.«

»Du kennst mich halt gar nicht so gut.«

»Anscheinend nicht, nein.«

»Ob wir sie wohl mal wiedersehen werden? Was meinst du?«

Am liebsten hätte Alda nun aus voller Überzeugung Ja gesagt, nur damit Sandrina sich besser fühlte. Aber das konnte sie nicht. »Vielleicht. Niemand weiß es. Wir können es uns vorstellen, wie es wäre.«

»Es wäre toll.«

»Ja. Weißt du was? Jetzt mache ich uns etwas zu essen. Mal schauen, was ich aus den Resten noch zaubern kann.« Sie stand auf. Sie konnte es nicht mehr. Sie konnte sich nicht mehr diesen Gefühlen hingeben. Es war vorbei. Ihre Mutter hatte den Kampf verloren und sie selber war hart geworden. Zu sich, zu Sandrina, zu allen anderen.

163

27

Nachdem auch der letzte Student die Vorlesung verlassen hatte, setzte sich Fabiana an ihr Pult und stützte den Kopf auf die Hände. So blieb sie für lange Zeit. Vor den großen Fenstern wurde es langsam dunkel und die Geräusche im Gebäude immer weniger, bis irgendwann nur noch das Surren der Putzmaschine zu hören war, mit der einer der Mitarbeiter über die glatten, langen Steinböden schlenderte. Irgendwann schlug ihr jemand die Hand auf den Rücken und rief: »Was ist denn mit dir los?«

Fabiana schreckte hoch. »Ach, du bist es«, antwortete sie und wusste nicht, ob sie erleichtert oder enttäuscht sein sollte. »Was machst du denn immer noch hier?«

»Ja, ich. Ich habe bis jetzt geschuftet und nun dachte ich mir, ich schau mal, wo du geblieben bist.« Stüssi stellte Fabiana gegenüber einen Stuhl hin und setzte sich rittlings darauf. »Was ist los?«

»Ach, ich konnte plötzlich nicht mehr aufstehen.«

»Du sitzt hier seit zwei Stunden. Weshalb, wenn ich fragen darf? Frührheuma?«

»Hör bloß auf mit deinen Sprüchen.« Fabiana stellte ihre Mappe auf den Tisch, erhob sich ächzend und begann, ihre Unterlagen einzuräumen.

Stüssi stand ebenfalls auf, nahm einen Lappen aus der Halterung und wischte die Tafel mit einigen großzügigen Strichen sauber. »So, wollen wir?« Er nestelte eine Zigarettenschachtel aus seiner Jackentasche hervor. »Komm, wir setzen uns in den Rosengarten.«

»Jetzt noch? Es ist dunkel.«

»Ja, und? Es ist noch nicht so kalt. Komm.« Stüssi ging voraus. Sie eilte hinterher, folgsam wie ein Kind. Im Rosengarten saßen sie oft, wenn sie bei einer ungestörten Zigarette etwas besprechen wollten. Im Rosengarten hatte Fabiana Stüssi schon über alle Facetten ihrer Dilemmabeziehung mit Bernhard unterrichtet und Stüssi ihr umgekehrt von seinen wechselnden Liebschaften erzählt und auch von dem Stress, den eine Dreierbeziehung mit sich brachte. Aus irgendeinem Grunde war der Rosengarten kein besonders beliebter Treffpunkt. Weshalb

164

wusste keiner. Sie ließ sich von Stüssi eine Zigarette geben und nahm einen tiefen Zug. »Ich sollte mit dem Zeug aufhören.«

»Wir sollten so vieles«, antwortete Stüssi lakonisch, lehnte sich zurück und hob den Kopf zum Himmel. »Vor allem sollten wir uns nicht so wichtig nehmen.«

Fabiana nickte zustimmend. Eine Weile saßen sie schweigend da. Jeder ging seinen Gedanken nach. Dann unterbrach Fabiana die Stille. »Du, ich hör auf.«

Eine angespannte Stille folgte. Stüssi nahm einen langen Zug von seiner Zigarette, warf den Stummel auf den Kiesboden und drückte ihn mit dem Schuh aus. »Womit hörst du auf?«

»Hier an der Uni. Ich hör auf.«

»Was?« Stüssi lachte ungläubig. Rauch quoll aus seinen beiden Nasenlöchern. Sein Oberkörper schüttelte sich, als er zu husten begann.

»Doch, echt. Das war's.« Fabiana nahm nun selbst den letzten Zug, löschte den Rest mit ihrer Hacke, nahm den Stummel und legte ihn neben sich auf die Parkbank. Sie lehnte sich zurück und hob den Kopf zum Himmel. »Morgen soll's regnen.«

Stüssi ging nicht darauf ein. »Wie kommst du denn jetzt darauf? Hast du dich wieder mit Gewe gezofft?« Es klang leicht vorwurfsvoll.

»Nein … ja … es ist wegen des Pro…«

»Wegen des Projekts? Meinst du, wegen der Auswertung? Das kriegen wir schon hin. Alda wollte doch ein paar Studenten mobilisieren«, fiel Stüssi ihr hastig ins Wort.

»Ja, aber die hat anderes zu tun jetzt. Ihre Mutter liegt seit gestern im Krankenhaus. Ein Tumor. Alda muss sich um ihre kleine Schwester kümmern.«

Stüssi schwieg eine Weile und sagte dann leise: »Scheiße.« Er nestelte seine Zigarettenpackung aus der Brusttasche, zündete sich eine neue an und hielt Fabiana die Schachtel vor die Nase. »Hm?« Fabiana nahm sich eine. Zusammen pafften sie Rauch in die Luft und schauten auf die Lichter der Altstadt.

»Aber, ist die Schwester denn noch so klein?«, wollte Stüssi wissen.

»Ihre Schwester ist behindert. «

»Oh.«

Sie schwiegen jeder für sich vor sich hin.»Verdammter Krebs!«, rief Stüssi plötzlich und ungewohnt heftig.

Fabiana vermutete schon länger, dass ihr Freund sich in die Studentin verliebt hatte, aber sie sagte nichts dazu.

»Also, und du willst jetzt aufhören. Wie kommt's?« Es klang schnippisch. Und enttäuscht. Ungewöhnlich für Stüssi, den ansonsten nichts so rasch aus der Ruhe bringen konnte.

»Es geht nicht nur um die Auswertungen. Irgendetwas ist total schiefgelaufen. Ganze Versuchsreihen wurden falsch ins System aufgenommen, Daten unvollständig eingetragen. Andere Daten fehlen.«

Stüssi sog die Luft ein.»Sabotage?«

»Das oder die unsägliche Dummheit gewisser Personen.«

»Das kann ich mir nicht vorstellen. «

»Ich auch nicht. Trotzdem sind alle Daten durcheinandergeraten.«

Fabiana zerdrückte auch den zweiten Stummel auf dem Kiesboden, hob ihn auf und steckte ihn zusammen mit dem anderen in ihre Jackentasche.»Ich brauche etwas zu trinken. Gehen wir?« Sie wies mit dem Kopf in die Richtung, wo sich ihre Lieblingsbar befand.

»Ich kann nicht. Anna wartet«, antwortete Stüssi entschuldigend.

»Ach so. Ja, dann ein anderes Mal«, antwortete Fabiana leicht verstimmt.

Stüssi stand auf.»Wir reden morgen. Das mit den Daten muss sich ja überprüfen lassen, wer Mist gebaut hat und ob die Daten jemals richtig vorhanden waren.«

»Denk ich auch, aber … na ja, jedenfalls, soll das Ganze um ein halbes Jahr verlängert werden«, ergänzte Fabiana und fügte, als sie sah, wie sich Stüssis Miene lichtete, rasch hinzu:»Pharma-Lloyd lässt es sich was kosten.«

»Was?« Er starrte sie ungläubig an und setzte sich wieder hin.

»Gewe hat bereits zugesagt. Das Ding ist gelaufen. Er hat es mir heute Morgen erzählt. Wie ich schon sagte: Das war's.«

»Das kann doch nicht sein! Das kann er doch nicht einfach so entscheiden! Was sagt der Ethikrat dazu?«

»Schsch. Nicht so laut!«

»Was sagt der Ethikrat dazu?«, wiederholte Stüssi flüsternd.

»Die haben abgenickt. Du weißt doch, dass Gewe mit der einen dick verbandelt ist.«

»Gewe ist doch echt ein … Wir waren aber auch blöd. Wir hätten es viel besser planen müssen«, regte Stüssi sich auf.

»Wir hatten keinen schlechten Plan, er war einfach zu eng«, verteidigte Fabiana sich und stand auf.

»Stimmt. Wir waren naiv. Wir hatten gedacht, wenn das Ding gut läuft, wird dann schon noch von irgendwoher Geld kommen.«

»So oder ähnlich muss es gewesen sein. Wir reden morgen weiter.« Sie nahm ihre Tasche. »Hey, danke für die Zigaretten … und die Gesellschaft.« Sie hob die Hand zum Gruß und ging über den Kiesplatz davon in Richtung Tramhaltestelle. Als Fabiana sah, dass ihre Tram bereits einfuhr, begann sie zu rennen und schaffte es gerade noch, sich ins Hell des Waggons hineinzuzwängen, bevor die Türen sich schlossen und sie von der Dunkelheit abkapselten.

28

Keine Stunde nachdem Alda sich von ihnen verabschiedet hatte, kehrte Ion auf den Aegetenhof zurück. Als sie das Motorrad hörten, rannten Julian und Vanessa nach draußen und fingen ihn noch auf dem Vorplatz ab. Ion war gerade dabei, sein Gepäck vom Motorrad loszubinden.

»Hi Julian, altes Haus und oh, Vanessa, wie strahlt deine Schönheit durch die Finsternis! Wie gut, euch wiederzusehen!«, dröhnte Ion vergnügt. Er ging mit ausgebreiteten Armen auf sie zu und begrüßte sie mit Küsschen. »Hm, das tut gut. Na, alles klar bei euch?«

»Was machst du schon wieder hier?«, fragte Vanessa und wich einen Schritt zurück.

»Na, ich will mich hier mal ein bisschen umsehen. Auftrag von ganz oben.« Ion zeigte mit kerzengeradem Zeigefinger in Richtung Himmel.

»Ja, und da dachte ich, das hier könnte mein Basislager sein.«

»Hier? Das geht nicht. Wir haben keinen Platz«, antwortete Julian rasch.

»Come on, willst du mich etwa wieder losschicken, durch die Nacht? Ich bin auch mit dem schmalen Plätzchen an Vanessas Seite zufrieden. Das geht schon.«

»Nein!«, rief Vanessa. Sie klang verzweifelt. Dann sagte sie ruhiger: »Du, hör mal, ich will nicht unfreundlich sein, aber das geht echt nicht. Der Hof gehört mir. Ich habe ihn von meinem Großonkel geerbt. Wir machen hier ein bisschen Urlaub und möchten unter uns sein.«

»Urlaub? Gütiger Himmel, Sublime im Urlaub, das habe ich noch nicht gehört, aber klar, entspannt euch! Ich werde euch nicht dabei stören. Ich suche für zwei, drei Nächte ein warmes Plätzchen und dann bin ich auch schon wieder weg.« Er schulterte seine Tasche und ging an ihnen vorbei zum Eingang. Julian und Vanessa blieb nichts anderes übrig, als ihm hinterher zu eilen.

»Hey, was für eine Überraschung! Du wieder hier?« Zu Julians Ärger benahm sich Noah, als ob das Wiedersehen mit Ion das Beste wäre, was ihm an diesem Tag noch hätte passieren können. Er und Emily

168

überlegten sogleich, wo Ion sich am besten einrichten könnte. Da ihnen nichts anderes wirklich praktisch erschien, boten sie ihm das Sofa im Wohnzimmer an und dachten in ihrem Eifer anscheinend keine Sekunde daran, dass Julian oder Vanessa etwas dagegen haben könnten. Ion ließ sich mit einer Selbstverständlichkeit auf das Sofa fallen, dass Julian angewidert den Kopf schüttelte, sich umdrehte und hoch in sein Zimmer stapfte. Vanessa folgte ihm auf dem Fuße bis in sein Zimmer und zischte:»Es ist deine Schuld. Hättest du dein Implantat rechtzeitig überprüfen lassen, wäre er jetzt nicht hier. Sorg gefälligst dafür, dass er wieder verschwindet!«

»Mach die Tür zu, es zieht«, antwortete Julian nur, wandte sich seinem Buch zu und tat, als ob er konzentriert lesen würde. Vanessa murmelte etwas, was Julian nicht verstand und ging.

Draußen war es längst dunkel, als Noah an Julians Tür klopfte.

»Was gibt's?«

»Du hast heute Morgen einen ganz roten Kopf bekommen.« Noah stellte sich grinsend in den Türrahmen und wischte sich mit seinem Shirt den Schweiß von der Stirn. Noah war immer in Bewegung. Er war geradezu besessen von der Idee, seinen Körper zu trainieren, fit zu halten, sich zu stählen. An ihm war kein Gramm Fett. Seine Muskeln schienen geradezu ein Eigenleben zu führen. Wie Tiere bewegten sie sich unter der Haut. Seine Tattoos hatte er sich effektvoll stechen lassen. Schultern und Oberarme Leopardenmuster. Es gab ihm tatsächlich etwas Animalisches. Die Farbe schimmerte schwarz auf der glänzenden Haut.

»Wann?« Julian drehte sich langsam zu ihm um und sah ihn betont gelangweilt an. Der alte Bürostuhl, den er auf dem Dachboden gefunden hatte, schwankte dabei gefährlich. Julian hatte ihn nach hinten gekippt und ließ die Füße baumeln.

»Na, als diese Marcella hier war.«

Julian betrachtete ihn lange, bevor er eine Antwort gab. Er betrachtete ihn, bis Noahs Lächeln vom Gesicht gewischt war. Julian konnte das. Julian konnte grausam sein. Er konnte Leute mit seinem bloßen Blick in den Boden rammen, Zentimeter für Zentimeter. Mochten sie

169

noch so zäh sein. Noah wollte sich gerade enttäuscht wegdrehen, als Julian zu lachen anfing. »Heißt sie Marcella? Ich weiß es nicht mehr. Wie kommst du denn darauf?«

»Ach, vergiss es.« Sogar Noah klang jetzt genervt. Er drehte sich auf dem Absatz um und ging.

Nachdem Ion sich am nächsten Morgen zu einer Tour aufgemacht hatte, brachte Vanessa es zum ersten Mal über sich zu duschen. So wie Emily ließ auch sie sich auf dem Hof von Noah mit dem Gartenschlauch abspritzen. Julian beobachtete sie heimlich von seinem Zimmerfenster aus. Sie war wirklich sehr schön. Er wusste schon, weshalb die beiden Frauen nicht die Dusche im Bad benutzten. Sie hatten Angst vor dem Dreck. Fast demonstrativ hatte Julian die Dusche schon zweimal benutzt, obwohl er zugeben musste, dass auch er die alten, verkalkten Fliesen ziemlich eklig fand.

Nach dem Frühstück erschien Vanessa in seinem Türrahmen. Julian erkannte aus den Augenwinkeln eine knallenge Jeans und eine weiße, weit geöffnete Bluse.

»Ist dir nicht kalt?«, wollte er wissen, ohne seinen Blick von seinem Laptop zu nehmen.

»Nein, ganz und gar nicht.«

»Also, ich finde es recht frisch heute«, antwortete er und tippte weiter, ohne sie zu beachten.

»Bist du in sie verliebt?«

»Was?« Er unterbrach sein Tippen und seufzte. »Jetzt kommst du auch noch an! Weiß ich nicht. Was soll das überhaupt heißen, verliebt? Ein Wort aus Kindertagen. Seid nicht so altmodisch!«

Vanessa verlagerte ihr Gewicht auf das andere Bein und steckte die Hände lässig in die Taschen ihrer Jeans. Der Ausschnitt betont ihre Brüste einfach perfekt, dachte Julian. *Wieso tut sie das?*

»Das müsstest du doch am besten wissen, was das heißt. In diese Selma warst du jedenfalls verliebt!« Es klang spöttisch.

»Hör auf, in meinem Leben rumzuspionieren! Ich könnte dich melden, das ist dir klar, oder?« Dann fügte er ruhiger hinzu: »Das war vor einer halben Ewigkeit«, und tippte weiter.

170

»Eben.«

»Geh bitte. Ich habe zu tun.«

Anstatt zu gehen, trat Vanessa in Julians Zimmer, fläzte sich in den alten, ledernen Lehnsessel und warf ihre langen Beine effektvoll über die Lehne. Ihre Bluse fiel über die nackte Schulter. Julian beobachtete, wie sie mit gespreizten Fingern das alte Leder befühlte und mit einem wohligen Lächeln die Augen schloss. Er fragte sich, was Vanessa mit dieser Show bezwecken wollte. Weshalb wollte sie ihn anmachen? Er wollte sie gerade zur Rede stellen, als von draußen laute Rufe zu hören waren. Es war Emily. Sie klang sauer.

»Was hat sie gesagt?« Vanessa reckte den Kopf, um aus dem Fenster zu schauen.

»Wir sollen mal rauskommen.«

»Hm«, machte Vanessa nur, lehnte sich ins alte abgenutzte Leder zurück und schloss die Augen wieder. Julian stand auf, um nach draußen zu gehen.

»Aber was willst du denn jetzt machen?«, wollte Vanessa wissen.

»Nichts. Nichts werde ich machen. Wie kommst du darauf? Wie wir alle wissen, ist das Gefühl der Verliebtheit reine Einbildung. Nichts, worauf man sich langfristig verlassen sollte. Es wird vorbeigehen.«

Noch ehe Vanessa eine Antwort geben konnte, polterte Emily zur Tür herein. »Sagt mal, was macht ihr eigentlich? Faulenzt hier rum! Glaubt ihr, das Essen wird hier vom Himmel fallen? Da draußen gibt es viel zu tun. Wir müssen diese Woche noch die Tomaten und den Salat pflanzen. Könnt ihr eure Ärsche mal nach draußen bewegen?«

»Wir kommen gleich«, antwortete Vanessa mit der Aura einer Chefin, die gerade in einer wichtigen Besprechung gestört wurde.

»Ja, ja, die Antwort kenn ich schon«, gab Emily zurück und drehte sich auf dem Absatz um.

Vanessa wandte sich ungerührt Julian zu. »Du solltest dich fragen, was wichtiger ist. Eine große Liebe, Leidenschaft, die vielleicht auch wehtun kann, oder …«

»Ich brauche deine Ratschläge nicht, Vanessa!«, schnappte Julian.

»Ja, ich finde sie toll! Sie haut mich um, jedes Mal wieder, wenn ich sie sehe. Ich bin geradezu süchtig danach, sie zu sehen, und bevor das

171

alles noch schlimmer wird, werde ich von hier weggehen. Ich werde in die City zurückkehren, ich werde zum Gesundheitscheck gehen und dann wird alles wieder so sein wie früher. Und nun komm. Wir sollten mit anpacken.«

»Wie kannst du so herzlos sein!«, rief Vanessa theatralisch.

»Herzlos? Nun komm, tu nicht so romantisch! Du würdest genauso wie ich reagieren. Du würdest dich bestimmt nicht mit jemandem einlassen, von dem du nichts weißt. Mit einer Schlichten!«, gab Julian zurück. »Du bist dabei, dir einen digitalen Lover zuzulegen, der genau so ist, wie du ihn programmierst. Einer, der dich nicht verletzen kann, einer, den du wieder beiseiteschieben kannst, wenn du genug von ihm hast, und der dich auf Hochtouren bringt, wenn du Lust hast. Einer, der keine Probleme macht.«

»Du bist gemein«, antwortete Vanessa mit weinerlicher Stimme. »Ich wünschte, Ernst würde leben. Ich wünschte, ich könnte mit ihm eine ganz altmodische Beziehung führen.«

»DAS, meine Liebe, glaube ich dir keine einzige Sekunde lang. Du bist ein Kontrollfreak, genau wie ich. Nein, du bist noch viel schlimmer. Es geht dir nämlich gar nicht um Ernst. Es geht um dein Ego, um nichts sonst.«

Das hatte gesessen. Vanessa schnappte nach Luft. »Um mein Ego?! Sag mal, hast du sie noch alle? Wenn es um mein Ego ginge, würde ich mich durch die Welt vögeln, so wie Noah!«, rief sie entrüstet.

Julian ignorierte ihren Einwand. »Was du betreibst, ist der reinste Egoismus. Nein, der reinste Narzissmus! Du erschaffst mit Ernst keinen Partner, sondern die pure Erfüllung deiner Träume. Das ist etwas ganz anderes als die sogenannte wahre Liebe.«

Vanessa wusste anscheinend nicht, was sie entgegnen sollte. Sie stand auf.

»Wir leben nun mal nicht in romantischen Zeiten«, fuhr Julian fort. »Die Zeit der Unwissenheit ist vorbei. Mag sein, dass uns da etwas entgeht. Mag sein, dass wir deswegen arm dran sind.« Er stand auf und nahm seine Jacke vom Stuhl. »Ich werde mal nach draußen gehen und mithelfen. Du solltest dasselbe tun, war schließlich deine Idee, das alles.« Er ging zur Tür.

172

»Wenn das alles so einfach ist, weshalb hörst du denn nicht auf, sie jeden Tag zu sehen?«, rief Vanessa ihm hinterher.

»Ich weiß es nicht«, gab Julian zurück, bereits auf der Treppe nach unten.

29

Vanessa folgte Julian auf dem Fuß. Sie war keine, die eine Sache einfach auf sich beruhen lassen konnte. Sie war eine Frau mit einer Mission. Sie würde nicht zulassen, dass Julian einfach so davonlief. Er hatte recht, sie war ein Kontrollfreak, aber sie ahnte noch, dass es nichts Großartigeres gab, als die eine Person zu finden, für die man leben konnte, für die man sterben würde, für die man alles tun würde, alles geben. Die eine Person, die dem Leben erst seinen Sinn verlieh. Vanessa wusste aus Büchern, wie man früher geliebt hatte. Wie die Liebe die Menschen in Verzweiflung gestürzt hatte, sie an den Rand des Wahnsinns getrieben hatte. Sie hatte die Geschichten gelesen, von Heathcliff und Catherine, von Anna und Wronskij. Komplett mit Liebe ausgefüllt waren sie gewesen. Und mit Hass auch. Vanessa wusste, dass die Liebe zu kennen einmal als das höchste Ziel im Leben gegolten hatte. Irgendwann hatten die Menschen zu lieben gelernt und irgendwann würden sie es wieder verlernen. Und sie, Vanessa, musste diesen Prozess aufhalten.

Sie ging direkt hinter Julian auf Noah und Emily zu, nahm die Hacke, die Emily ihr entschlossen in die Hand drückte, und begann mit den anderen, den noch unbearbeiteten Teil des Feldes von Unkraut zu befreien und Steine auszusortieren. Die interessanteste aller Fragen dabei war, wie Julian sich eigentlich hatte verlieben können. Die Frage ging ihr nicht mehr aus dem Kopf und auch noch, als sie schweigend die Reste der Kartoffelsetzlinge einpflanzten, drehten sich ihre Gedanken nur um Marcella und Julian. Sie war wie im Fieber. Vielleicht waren die beiden für die Liebe gemacht. Wenn es ihr gelänge, Marcellas DNA-Code in die Hände zu bekommen ... Aufgeregt lächelte Vanessa in die kalte Erde hinein und stand schließlich auf.

»Ich bin gleich wieder da«, rief sie Emily zu, die im Garten die Führung übernommen hatte und den dreien genaue Anweisungen gab, wie die Setzlinge zu pflanzen seien. Sie gab sich Mühe, das musste man ihr lassen.

»Wo willst du hin?« Emily kam auf sie zugeschossen. »Du hast immer etwas Besseres zu tun. So geht das nicht! Du bleibst jetzt hier«,

174

sagte sie entschlossen.

»Hey, kein Problem. Ich bin gleich wieder da.« Vanessa lächelte sie verschwörerisch an. »Ehrenwort.« Sie ließ Emily stehen und wollte schon über die Wiese eilen, als sie hörte, dass Emily sie eine dumme Kuh nannte. Vanessa blieb erstaunt stehen. »Was hast du gerade gesagt?« Sie ging ein paar Schritte auf Emily zu. »So etwas habe ich von dir noch nie gehört!« Doch Emily antwortete nicht. Sie drehte sich verschämt weg. Ihr Blick war plötzlich in sich gekehrt. Vanessa wusste schon, was in ihr vorging. Die Gesundheitsbehörde hatte sich bei ihr eingeschaltet. *Emily, ist alles in Ordnung mit dir? Ich muss dich bitten, dich zu beruhigen. Nimm bitte 500 mg pace® ein.* So oder ähnlich klang es nun in Emilys Kopf.

»Weshalb bist du hier?«, wollte Alda wissen und blockierte Vanessa den Weg ins Haus.

»Weshalb? Also was ist das denn für eine Frage? Darf ich reinkommen? Bitte.«

Alda schüttelte den Kopf. Vanessa konnte nicht verstehen, warum Marcella so abweisend war. »Bitte, bitte. Es ist wichtig, ehrlich«, bettelte sie.

»Nein, das geht nicht. Ich führe hier ein Privatleben, weißt du.«

»Was? Ein Privatleben? Ja, und?« Vanessa verstand nicht sofort.

»Das heißt, ich habe gerade etwas zu tun, was nicht fürs Kollektiv bestimmt ist. Das kannst du dir vielleicht schlecht vorstellen, aber so ist es«, erklärte Alda.

Um doch noch an ein Haar von Marcella zu kommen, wandte Vanessa den Judas-Trick an. »Klar verstehe ich das. Also, dann ein anderes Mal.« Sie zog Marcella in eine Umarmung hinein und riss ihr ein Haar aus.

»Au! Was machst du?«

»Oh, sorry! Du bist mit deinen Haaren an meinem Hemdknopf hängen geblieben.«

Alda rieb sich die Stelle und blickte sie misstrauisch an. Vanessa verabschiedete sich rasch, den geheimen Schatz fest zwischen ihren Fingern.

175

Als Vanessa sich dem Aegetenhof näherte, sah sie, dass die anderen immer noch auf dem Feld beschäftigt waren. Sie schlich in weitem Abstand um den Hof herum und ging unbemerkt durch die Hintertür hinauf in ihr Zimmer. Sie hatte nun wirklich anderes zu tun, als Tomaten zu pflanzen. Sie konnte es kaum abwarten, Marcellas DNA-Code mit dem von Julian zu vergleichen.

Stunden später horchte Vanessa auf den Flur hinaus, um zu hören, was im Haus vor sich ging. Aus der Küche drang Gemurmel. Sie hatte in ihrem Eifer die Zeit völlig aus den Augen verloren und nun doch ein schlechtes Gewissen. Als sie die Küche betrat, stellte sie fest, dass die anderen drei sich über halb leere Pizzaschachteln beugten und sie nicht beachteten.

»Wow, wo habt ihr die Pizza her?«, fragte Vanessa. Sie hatte beschlossen, so zu tun, als ob nichts wäre.

»Vom Pizzaservice«, antwortete Julian.

»Liefern die auch *hierher*?«

»Sieht so aus«, meinte Noah.

»Aha. Na ja, ich habe sowieso keinen Hunger. Ich bin dann mal oben. Julian, kann ich dich nachher kurz sprechen?« Sie nickte förmlich in die Runde und ging rückwärts langsam zur Tür hinaus. Wenn sie Marcellas DNA-Code erst einmal entschlüsselt hatte, würde Julian ihr noch auf Knien danken. Solange musste Ernst warten und die verdammten Kartoffeln sowieso.

Mit knurrendem Magen kehrte sie in ihr Zimmer zurück und setzte sich wieder an den Computer. Sie war so in ihre Arbeit vertieft, dass sie Julian weder kommen noch wieder gehen hörte. Mitten in der Nacht erst fiel ihr ein, dass sie Julian doch hatte erzählen wollen, wie verdächtig sich Marcella benommen hatte. Sie klopfte leise an seine Tür, aber Julian schlief bereits tief und fest. Sie wartete noch einen Moment und überlegte, was sie nun tun sollte. *Jetzt wäre der richtige Zeitpunkt, ein wenig zu schlafen,* überlegte sie. Der Decodierungsprozess würde noch dauern. Sie legte sich ins Bett und brauchte eine ganze Weile, bis sie zur Ruhe kam. Nur dank *pace®*, einer der zahlreichen Erfindungen der Pharmaindustrie, fiel Vanessa schließlich in einen tiefen Schlaf.

176

Früh am nächsten Morgen hörte Vanessa im Halbschlaf, dass jemand ihren Namen rief. Im nächsten Moment flog etwas in ihr Gesicht, das sie am Geruch als ihren Pullover erkannte. Sie versuchte, die Augen zu öffnen.

»Hey, steh auf! Krisensitzung in der Küche.«

»Was?« Vanessa nahm den Pullover vom Gesicht und rappelte sich erschrocken auf.

»Krisensitzung. Du hast es zu weit getrieben. Emily und Noah möchten dir etwas sagen, und zwar JETZT.«

»Oh, Mann. Kann das nicht warten? Ich bin gerade eingeschlafen!«, rief Vanessa entrüstet.

»Nein, kann es nicht. Und nun mach schon. Emily ist stinksauer.«

»Och.« Vanessa stand ungelenk auf.

»Na endlich«, begrüßte Emily Vanessa, als sie benommen in die Küche taumelte.

Noah schob ihr eine Tasse Grüntee hin. »Hier, setz sich. Wir müssen dir etwas sagen.«

Vanessa setzte sich und nahm einen großen Schluck. Der Tee war kalt und schmeckte bereits bitter. Dann lehnte sie sich so lässig wie möglich im Stuhl zurück und sagte: »Also, schießt los.«

»Emily und ich werden noch heute unsere Sache packen und in die City zurückfahren«, erklärte Noah mit ruhiger Stimme, während Emily ihren Zorn kaum unterdrücken konnte und aussah, als ob sie dabei wäre, vor Wut zu implodieren. Gesundheitsbehörde hin oder her.

Vanessa hatte so etwas schon geahnt, tat aber, als würde sie aus allen Wolken fallen. »Wie? Was soll das heißen, zurückgehen? Wir haben ja noch gar nichts geschafft!«, rief sie entrüstet. »Ihr wollt jetzt einfach abhauen?«

»Jawohl, wir haben keine Lust mehr. Mit euch beiden ist nichts anzufangen hier! Ihr rührt ja keinen Finger!«, rief Emily empört.

»Hey, Moment mal. Lass mich mal aus dem Spiel, ja?«, wandte Julian ein. »Gerade gestern habe ich am längsten auf dem Feld geackert.«

»Ach komm, hör auf, die Minuten zu zählen«, antwortete Emily. »Es geht hier nicht um Zeit. Es geht um Abmachungen, die gebrochen werden, um Überzeugungen, die nichts wert sind.«

»Also, nun wart mal. Wir fangen jetzt richtig an. Gleich heute Vormittag. Ich muss noch schnell etwas ausprobieren und dann bin ich so weit«, versuchte Vanessa Emily zu beschwichtigen. »Du hast recht. Wir haben zu wenig Einsatz gezeigt. Das wird sich nun ändern, versprochen.«

»Bitte, du verzapfst doch nur heiße Luft«, winkte Emily ab. »Dir glaube ich kein einziges Wort mehr. Mit euch ist nichts anzufangen! Du hast nichts als deinen Ernst im Kopf, und Julian hechelt nur noch dieser Marcella hinterher!«

Julian schnappte nach Luft, aber Emily ließ ihn gar nicht erst zu Wort kommen. »Ihr seid zwei verwöhnte Schwärmer, die sich in Wahrheit vor jeglicher, körperlicher Arbeit scheuen. Hier«, Emily streckte ihre Hände vor, »habt ihr das gesehen? Das sind Hände, die etwas geleistet haben da draußen! Hände, die Dreck angefasst haben. Hier, schaut mal. Zwei Blasen habe ich mir geholt.« Es klang triumphierend.

Noah räusperte sich. »Wir sind hierhergekommen, um unsere Ernährung selbst in die Hand zu nehmen, um nicht mehr auf das Zeug aus dem Labor angewiesen zu sein. Das war ein schöner Gedanke, ein schöner Traum, und jetzt ist er vorbei. Das ist zu zweit nicht zu schaffen. Wir hätten eine Chance gehabt, wenn wir von Beginn an alle zusammengearbeitet hätten, aber jetzt ist es zu spät. Es war von Anfang an so, dass nur Emily und ich im Garten waren, während die beiden Herrschaften Wichtigeres zu tun hatten.«

»Ja, wir hätten eine Chance gehabt, wenn eine gewisse anwesende Person nicht dämlich genug gewesen wäre, uns die Polizei auf den Hals zu hetzen«, wandte Julian ein.

»Stimmt, das war ein Fehler. Ich gebe es zu und ich habe mich bereits dafür entschuldigt. Dass die Polizei unser Saatgut mitgenommen hat, hat uns kurz geschadet, aber die Triebe sind uns ja geblieben. Das viel größere Problem ist, dass das, was wir bisher gepflanzt haben, ein Witz ist in Vergleich zu dem, was wir eigentlich vorhatten.«

»Das größere Problem ist, dass die Sonne sich nicht blicken lässt. Aber das kommt ja vielleicht noch. Hat mal jemand die Prognosen

178

angeschaut?«, fragte Vanessa.

»Unverändert«, murmelte Julian in seine Kaffeetasse hinein.

Emily stand auf. Sie sah enttäuscht aus. Vanessa musste mit schlechtem Gewissen zugeben, dass Emily recht hatte. Sie selbst hatte ihre Freunde so lange bearbeitet, bis sie eingewilligt hatten, bis sie bereit gewesen waren, mit ihr ein Abenteuer zu wagen, und das alles nur weil sie, Vanessa, keine Lust gehabt hatte, allein auf den Hof zu ziehen.

»Du hast recht, Emily. Ich bin nur wegen Ernst hier«, gab sie schließlich zu, als Emily gerade aus der Küche gehen wollte. »Es tut mir leid. Ich wollte dich nicht anlügen.«

Emily drehte sich betont langsam um, musterte Vanessa von oben bis unten und sagte schließlich: »Ich bin so maßlos enttäuscht von dir. Ist dir eigentlich klar, wie viel Zeit wir aufgewendet haben, um das hier vorzubereiten? Und für dich war es von Beginn an … ein Witz.« Nach Zustimmung suchend blickte Emily in die Runde. Alle drei starrten schweigend vor sich hin. Keiner hatte mehr Lust, darüber zu reden.

»Wo ist eigentlich Ion?«, wollte Julian schließlich wissen.

»Der ist heute Morgen ganz früh mit Sack und Pack wieder los. Hat was von einem Auftrag gefaselt. Der wird bald wieder hier sein, darauf kannst du dich verlassen«, antwortete Noah.

»Kann meinetwegen auch wegbleiben«, murmelte Julian.

»Ich finde ihn in Ordnung«, meinte Noah und erhob sich von seinem Stuhl.

»Ja, ich weiß«, antwortete Vanessa mit einem extra nachsichtigen Blick. »Gibt es jemanden, den du nicht in Ordnung findest?«

»Muss ja nicht jeder so streitlustig sein wie du!«, antwortete Noah und ging aus dem Raum.

Die Rucksäcke standen fertig gepackt im Flur. Vanessa lungerte im Wohnzimmer herum und überlegte hin und her, ob sie noch einmal versuchen sollte, sich bei Emily zu entschuldigen, die zu allem Überfluss beim Packen über die lose Diele im Obergeschoss gestolpert war und nun in der Küche ihren Fuß hochlagerte. Sie rauchte vor Wut, während Noah nervös um sie herumwuselte und sie ein halbes Dutzend Mal fragte, ob er etwas für sie tun könne. Der Tonfall, mit dem

Emily Noahs Hilfe ablehnte, brachte Vanessa zum Schluss, dass es nichts mehr gab, was sie tun konnte. Schließlich ging sie hoch in ihr Zimmer und beobachtete den Abschied von ihrem Zimmer aus. Emily humpelte auf Julian gestützt über den Platz zum Taxi. Es sah anstrengend aus. Noah ging hinter ihr her und schleppte das Gepäck zum Auto. Bevor er einstieg, drehte er sich noch einmal um, blickte zu Vanessas Fenster hoch und winkte ihr zu. Sie winkte zurück. Hätte nicht *eudaimonia*® ihr Blut versorgt, wäre sie jetzt auf eine Art niedergeschlagen gewesen, wie seit einer Ewigkeit nicht mehr. Sie schaute dem Taxi lange nach und ahnte, dass es Emily auf Nimmerwiedersehen aus ihrem Leben davontrug. Wie hatte Emily sie genannt? Ihre älteste Freundin. Stimmt, musste Vanessa zugeben, sie kannten sich schon eine halbe Ewigkeit, waren zusammen in den Kindergarten gegangen und später zur Schule, aber Freundinnen? Vanessa fragte sich zerknirscht, ob sie sich eigentlich jemals für Emily interessiert hatte. War es nicht eher bequem gewesen, sie zu kennen? Eine Freundschaft aus praktischen Gründen, die sich halt einfach so ergeben hatte. Im Grunde langweilte Emily sie, aber wer langweilte sie auf Dauer nicht? In solchen Momenten fürchtete sich Vanessa vor sich selbst und sie fragte sich, wohin sie unterwegs war? Welches war ihr Weg und vor allem wie weit war er noch? Würde er jemals zu Ende sein und was erwartete sie dort, an einem möglichen Ziel?

Vanessa wusste nur eines: Sie wollte mehr als das Leben im Hier und Jetzt. Sie fühlte mit einer Intensität, die fast schmerzte, dass sie mehr wollte. Sie wollte Unendlichkeit, Unsterblichkeit. Sie wollte Ewigkeit. Ewigkeit zusammen mit Ernst. Julian würde für MORAL sterben aber sie, Vanessa, würde für immer leben.

Vanessa stand noch lange am Fenster und starrte auf den Punkt, wo die leuchtenden Rücklichter des Taxis im Nebel verschwunden waren. Dann endlich gab sie der drängenden Stimme in ihrem Kopf nach. Dr. Malgradini erwartete sie für die monatliche Sitzung.

30

Alda hatte den Abschied durch ihr Fernglas beobachtet. Sie hatte gesehen, dass Vanessa die Szenerie von ihrem Fenster aus mitverfolgte und dass Julian der humpelnden Emily auf den Beifahrersitz des Autos half. Sie hatte seinen Blick betrachtet, als er dem Auto nachschaute, und sie ahnte, dass Vanessa recht hatte. Er würde nicht bleiben.

Aber sie auch nicht. Sie legte das Fernglas auf den Tisch, setzte sich Sandrina gegenüber an den Wohnzimmertisch und nahm sich einen der Schokoladenkekse. Sandrina beobachtete jede ihrer Bewegungen.

»Was ist?«, fragte Alda und unterbrach für einen Moment das Kauen.

»Du wolltest mir doch noch etwas erklären.«

»Ich habe doch gesagt, ich erkläre es dir, wenn wir unterwegs sind.«

»Ich gehe nicht wandern.«

»Okay, gut, aber du weißt, was das bedeutet. Dann gehst du zurück zu Tante Julie.«

Sandrina schwieg trotzig.

»Dann wirst du wohl mit mir mitkommen müssen. Ich bin für dich verantwortlich«, antwortete Alda kalt und nahm sich einen zweiten Keks.

Ein Freund hatte ihnen gestern ein Zelt und ein paar Vorräte gebracht und damit standen Aldas Pläne fest. Sie würden zusammen nach Lissabon wandern. Sandrina war wie ein scheuer Hund um das Zelt herumgeschlichen und hatte dann gerufen, dass sie auf gar keinen Fall darin schlafen werde.

»Sandrina, wenn wir unterwegs sind, müssen wir irgendwo übernachten. Wir haben kein Geld für ein Hotel.«

»Wir werden ja auch gar nicht unterwegs sein. Ich jedenfalls bleibe hier.«

»Tust du nicht.«

»Tu ich schon. Wieso soll ich hier weg?«

So ging es die ganze Zeit hin und her und jetzt fing die Leier wieder von vorne an. Alda hatte allmählich keine Geduld mehr für Sandrinas trotziges Gehabe, aber auch sie wusste, dass sie Sandrina eine

181

Erklärung schuldig war.

»Gehst du heute Nachmittag noch mal spazieren?«, wollte Sandrina wissen.

«Ja, du weißt doch, ich gehe jetzt zweimal pro Tag. Der Arzt hat gesagt, dass ich mich viel bewegen soll. Wegen des Rückens.«

»Ich komme heute mal mit. Dann bist du nicht immer so allein.«

»Was? Nein, nein. Das macht mir nichts aus. Nicht mehr. Bleib du nur schön hier. Da draußen wirst du dir noch etwas wegholen. Es ist nämlich ganz schön kalt. Brrr«, antwortete Alda, schlang ihre Arme um den Oberkörper und tat so, als ob sie arg frieren würde.

»Ja, aber heute komme ich einmal mit«, antwortete Sandrina. Es klang entschlossen.

»Nein, du bleibst schön hier«, antwortete Alda eine Spur zu heftig. »Du wolltest doch sonst nie mitkommen. Gerade heute wollte ich mal ein bisschen schneller und länger laufen.«

»Kein Problem. Ich komme mit.« Sandrina ließ sich nicht von ihrer Idee abbringen. Alda gab es schließlich auf. Es war sinnlos. Seit der Sache mit dem Zelt hatte Sandrina anscheinend beschlossen, alles zu tun, um ihr das Leben möglichst schwer zu machen.

Sie zögerte den Spaziergang so lange wie möglich hinaus, gab vor, erst noch dieses und jenes erledigen zu müssen. Sie verließen das Haus erst, als Alda sich sicher war, dass Julian längst weg war, längst schon wieder in seinem Zimmer saß und sich vielleicht fragte, wo Marcella an diesem Nachmittag geblieben war.

Ihr Weg führte nicht wie sonst den steilen Weg zum Wäldchen hoch. Sie spazierte mit Sandrina in die entgegengesetzte Richtung, entlang des ausgetrockneten Bachbetts. Der Nebel hatte sich verzogen, es war heller als sonst. Fast machte es den Anschein, dass die Sonne sich an diesem Tag zeigen würde, zum ersten Mal seit Wochen. Die kahlen Bäume schimmerten fast silbern im Licht. Sie gingen schweigend. Alda überlegte fieberhaft, wie sie Sandrina von ihrer Bockigkeit abbringen könnte. Und ob sie sich von ihm verabschieden sollte.

»Hi.«

Eine Männerstimme ließ Alda aus ihren Gedanken hochschrecken.

182

Vor ihnen, mitten auf dem Weg, stand Julian. Sie hatte ihn nicht kommen gehört und starrte ihn vor Schreck mit weit aufgerissenen Augen an.

»Hi!«, antwortete Sandrina nach einer Weile laut und selbstbewusst und streckte ihm ihre Hand hin, um sich vorzustellen. »Ich heiße Sandrina Gerber und das ist meine große Schwester Alda, besser gesagt, Esmeralda, aber alle nennen sie nur Alda.« Bei diesen Worten legte Sandrina ihre Hand um Aldas Schultern. Anscheinend wollte sie Julian klar machen, wer hier zu wem gehörte. Alda wusste, dass Sandrina sich von ihr betrogen fühlte. Ihre kleine Schwester musterte ihn so unverhohlen, dass es Alda peinlich war. Sie spürte, wie ihr das Blut heiß in die Ohren schoss.

Julian nahm Sandrinas noch immer ausgestreckte Hand und stellte sich vor: »Hi. Ich heiße Julian.«

»Aha?« Sandrina musterte ihn abwartend.

»Wir wohnen auf dem Hof da drüben«, fuhr Julian erklärend fort und zeigte mit ausgestrecktem Arm hinter sich.

»Aha? Julian also?«, fragte Sandrina wichtigtuerisch und stemmte die Hände in die Hüften.

Weshalb muss sie sich gerade heute so aufspielen, überlegte Alda verärgert.

»Genau, Julian. Daran gibt es nichts auszusetzen, oder?«

»Woran?«, schnappte Sandrina.

»Daran, dass ich Julian heiße.«

»Äh, nein, natürlich nicht.« Jetzt wusste auch Sandrina nichts mehr zu sagen.

Julian wandte sich an Alda. »Ich dachte, du heißt Marcella?«

»Äh, ja, dachte ich auch.« Sie packte Sandrina am Arm. »Komm, lass uns gehen. Also dann. Tschüss.«

Sie führte ihre Schwester um Julian herum, hob kurz die Hand zum Gruß und ging weiter. Weshalb hatte auch er sich später auf den Weg gemacht? Hatte er sie gesucht oder versuchte er, ihr auszuweichen?

»Hey wartet mal!«, rief Julian und lief ihnen ein paar Schritte hinterher. Sie drehten sich zu ihm um. Aldas Herz klopfte noch schneller. Sie presste ihren Arm gegen die Brust, damit es nicht rausspringen

183

konnte. Julian kam näher, nahm Aldas Gesicht in beide Hände und gab ihr einen Kuss. Sandrina starrte die beiden mit offenem Mund an und sagte für einmal nichts.

»Weshalb lieben wir?« So hatte Fabiana einmal eine Vorlesung begonnen und Aldas Aufmerksamkeit sogleich gefesselt, weniger wegen des Themas, sondern wegen der Inbrunst, mit der sie diesen einfachen Satz vorgetragen hatte. Die Seelauf gehörte auf die Bühne, eindeutig. »Reicht es nicht aus, dass wir existieren?«

Macht erst die Liebe unser Leben wertvoll?

Oder brauchen wir die Liebe, um zu überleben? In einem evolutiven Sinne?

Sehnen wir uns nach Liebe, um sicher zu sein, dass jemand sich für unser Überleben interessiert, unseren Tod beweint?

Hätten wir es ohne Liebe überhaupt so weit gebracht, über diese Frage nachzudenken? Über uns selbst nachzudenken?

Ist es die Liebe, die uns zeigt, dass wir mehr sein können, dass noch etwas in uns liegt, etwas bis anhin Unerreichtes?«

Ist die Liebe das Tor zur Erkenntnis?

31

»Vielleicht hat sie ja was ausgefressen.« Hatte Emily, ohne es zu wissen, die Wahrheit ausgesprochen? Weshalb sonst hätte sie ihnen ihren wahren Namen verheimlichen sollen? Julian stand in Gedanken versunken am Fenster und starrte in Richtung Sarnerhof. Er wusste nicht, was er nun tun sollte. In jeder Hinsicht. Der Acker vor dem Haus war seiner gesamten bisherigen Bedeutung beraubt. Jetzt war er nicht mehr der werdende Lebensinhalt von vier gelangweilten Sublimen, sondern nur noch ein ungehobeltes Stück Wiese mit Löchern und Steinen darin. Etwas, dessen Anblick es zu meiden galt.

Ohne Noah und Emily war es still geworden auf dem Aegetenhof. Fast wünschte er sich Ion zurück, der mit seiner lauten Art wenigstens ein bisschen Leben in die Bude gebracht hatte. Vanessa hatte sich komplett in ihr Zimmer zurückgezogen. Seit sie das Theater mit dem Gemüseanbau nicht mehr zu spielen brauchte, ließ sie sich kaum noch blicken.

Er wandte den Blick vom Acker ab, setzte sich an den schmalen, abgewetzten Tisch und machte sich für den Gehirnscan bereit. Was war er doch einst überzeugt gewesen! Feuer und Flamme für die gute Sache! Julian wusste genau, weshalb sie ihn damals ausgewählt hatten. Weil auf ihn Verlass war. Weil er vernünftig war, man auf ihn zählen konnte. Weil er integer war, an seine Aufgabe glaubte und sich nicht so schnell würde davon abbringen lassen. Julian fand es noch immer ungeheuerlich, dass diese Frau ihn so beschäftigte und alles, was einst so schön geordnet gewesen war, durcheinanderbrachte.

Als er den Scan abgeschlossen und mit seinem Fortschritt einmal mehr wenig zufrieden war, überwand er seine Skepsis und suchte im Internet nach ihr. »Was soll ich schon finden?«, sagte er laut zu sich selbst. »Außerdem will ich sowieso keine Beziehung mit ihr. Das geht nicht. Ganz einfach.«

Die ersten Einträge, die er fand, wollten nicht passen. Sportler, Hobbygärtner, nichtssagende Leute, die nichtssagende Dinge taten. Er kontrollierte die Fotos, aber er fand niemanden, der auch nur annähernd so aussah wie sie. Vielleicht hieß sie auch nicht Esmeralda, sondern ganz anders? Er verwarf den Gedanken. Ihre Schwester hatte ihm mit Sicherheit die Wahrheit verraten, sonst hätte sie nicht so verstört reagiert. Alda oder Esmeralda Gerber. Er suchte weiter, kontrollierte Eintrag für Eintrag und stieß schließlich auf eine Nachricht, die ihn stocken ließ.

Es ging um das Attentat auf einen Politiker der Partei ›Projekt Gesellschaft‹. Julian konnte sich noch gut daran erinnern. Der Mann hatte den Anschlag überlebt, aber die Briefbombe hatte ihm beide Arme abgerissen. Er wusste noch, wie er mit Freunden über die Tat diskutiert hatte und wie manch einer, auch Julian, meinte, der Mann sei auch selbst schuld. Er hatte sich mit seinen behindertenfeindlichen Aussagen einen zweifelhaften Ruhm erarbeitet. Die Partei des Mannes trat dafür ein, dass behindertes Leben bis zum achten Monat noch abgetrieben werden dürfe, dass behinderten Menschen aufgrund des unnützen Lebens, wie er das nannte, erleichterte Sterbehilfe zugestanden werden müsse. Und dass jede Frau, die sich der Verpflichtung der pränatalen Untersuchung entziehe, mit Geldbußen oder Gefängnis bestraft werden müsse. Eine Person namens Esmeralda Castillo war angeblich am Attentat beteiligt gewesen. Julian dachte an Sandrina, Aldas behinderte Schwester, und zählte zwei und zwei zusammen.

Er stand so abrupt auf, dass sein Stuhl nach hinten kippte und mit lautem Krachen auf den Boden fiel. Die Bilder des verletzten Mannes fielen ihm wieder ein, als ob es gestern gewesen wäre und nicht letzten Herbst. Wie hatte sie es schaffen können, so lange unentdeckt zu bleiben? Seine Gedanken überschlugen sich. Und jetzt. Was sollte er jetzt tun? Mit einem Mal fühlte er sich müde und ausgelaugt. Er legte sich hin und fiel fast augenblicklich in einen erschöpften Schlaf.

Ohrenbetäubender Krach weckte ihn wieder auf. Es war schon fast dunkel. Draußen blitzten Lichter auf. Julian erhob sich und ging zum Fenster, um zu sehen, was los war. Zwei Motorräder drehten auf dem Parkplatz laut kreischende Kreise. Ion war wieder zurück, diesmal mit Begleitung. Julian warf sich seine Jacke über, stürzte die Treppe hinunter und trat vors Haus. Ion brachte sein Fahrzeug lärmend kurz vor seinen Füßen zum Stehen. Das zweite Motorrad parkte daneben. Die

186

Person zog den schwarzen Helm vom Kopf und schwang ihr Bein über den Sitz. Es war eine Frau.

»Ich hatte gedacht, du seist in die City zurückgekehrt.« Julian versuchte, sich seine Enttäuschung nicht anmerken zu lassen.

Ion ließ ein heiseres Lachen vernehmen. »Hey, Alter! Wie kommst du denn darauf? Alter Freund! Sag mal, was machst du immer noch hier? Wolltest du nicht längst zurück in der City sein?« Ion umarmte ihn und klopfte ihm lässig auf die Schultern. »Lass dich anschauen!« Er stellte Julian mit ausgestreckten Armen vor sich hin, so wie man einen Spiegel platziert, um besser sehen zu können, und begutachtete ihn von Kopf bis Fuß. »Look at you! Gut siehst du aus! Gut!« Ion schien zufrieden. Er stellte Julian beiseite und wies mit ausgestrecktem Arm auf die Frau, die leicht gelangweilt und mit schräg gehaltenem Kopf hinter ihm stand. »Das ist Fiona. Meine Verlobte.«

»Ach, tatsächlich? Ich wusste gar nicht, dass du verlobt bist. Ich bin Julian. Schön, dich kennenzulernen.« Er schüttelte die schlaffe Hand, die sie ihm leicht angewidert hinhielt.

»Julian ist der, von dem ich dir erzählt habe. Frisch verliebt. Stimmt's, Alter?«

»Bitte?« Julian schaute Ion verdutzt an, aber dieser beachtete ihn nicht weiter, sondern betrat ganz selbstverständlich das Haus, ging schnurstracks die Treppe hoch in den ersten Stock und stieß die Tür zur Küche auf. Julian folgte den beiden auf dem Fuß. Auf dem Tisch standen zwei benutzte Tassen. Teebeutel lagen zerquetscht in den Löffeln. Irgendjemand musste hier gewesen sein, während er geschlafen hatte. Alda?

»Tee trinken ist doch etwas Schönes. Gerade bei der Kälte«, verkündete Ion. »Das Wetter ist ja allerhand, findest du nicht auch?«

»Ja, furchtbar. Also sag mal, wie lange willst du denn noch bleiben?«

Ion breitete betont entrüstet die Arme aus. »Ist das so wichtig? Na komm, alter Freund, ich habe extra Verstärkung mitgebracht. Wir greifen euch hier mal ein bisschen unter die Arme!«

»Aber es gibt hier eigentlich nichts zu tun für dich«, antwortete Julian entschuldigend und blickte Hilfe suchend zu Fiona, die nicht aussah, als ob sie große Lust hätte, ihre wertvolle Zeit in einem alten Haus zu verbringen, das zum größten Teil unbeheizt war und nur alten Schund zu bieten hatte. Fiona mochte es bestimmt gern schick. Vom Aussehen her erinnerte sie Julian sehr an Emily. Fiona hatte ihre dunklen Haare raspelkurz geschoren. Der Millimeterschnitt betonte ihr schönes Gesicht.

»Na, na, da habe ich aber ganz anderes gehört. Emily meinte, ihr könntet hier durchaus jemanden gebrauchen, der euch ein bisschen auf die Sprünge hilft.«

»Emily?!«

»Ja, Emily! Ich habe sie gestern im ›Club Noir‹ getroffen. Sie meinte, ihr könntet ein bisschen Hilfe gebrauchen. Im Garten und so.«

»Emily? Echt jetzt? War Noah auch dabei?«

»Nein, von dem hat sie sich wohl getrennt.«

»Wieso, waren die zusammen?«

»Ja, wusstest du das nicht?«

Julian verneinte. Hatte Emily also alles brühwarm ausgepackt. Das hätte er ihr nun nicht zugetraut.

»Ist da noch welcher?«

Julian begriff nicht.

»Tee.«

»Äh, ich glaube nicht. Ich mach dir welchen.«

»Nä, lass nur. Schon okay. Wo ist sie denn?«

»Wer?«

»Na, wer wohl?«

»Vanessa?«

»Jahaa, Vanessa. Mmh, die kalte Schönheit.« Er tat so, als ob ihm ein wohliger Schauer über den Rücken liefe.

Julian betrachtete ihn mit zunehmender Abscheu. Ion war ein Hardliner, ein hart gesottener Idealist. Für seine Werte würde er über Leichen gehen. Ob er wegen Alda hier war?

»Die hat dir ganz schön zugesetzt, was?«

»Wie kommst du denn darauf? Wen meinst du überhaupt?«

»Na, Vanessa, wen sonst? Sie hat dich ja wohl zu dieser Schnapsidee überredet. Gemüse aus Eigenanbau, was für ein Quatsch.« Ion verzog

188

sein Gesicht zu einem breiten Grinsen und ließ seine goldenen Eckzähne blitzen. Er hatte sie zur Form von kleinen Reißzähnen abschleifen und mit Gold überziehen lassen. Julian hätte ihm gern gesagt, wie bescheuert er aussehe, aber er musste sich eingestehen, dass Ion ihm ein bisschen Angst einjagte.

»Na komm. Mittlerweile jagt ein Skandal den anderen. Im Ernährungsdepartement muss es ganz schon schmutzig zu- und hergehen. Also, ich lass mir das nicht länger bieten«, antwortete Julian.

»Ach so, das ist der Grund. Also bitte. Das war eine einmalige Sache. Ein Versehen. Die Leute sind längst hinter Gittern«, entgegnete Ion lachend. »Hör zu. Emily hat mir erzählt, was ihr hier draußen vorhabt. Das wird niemals funktionieren. Ich weiß es, du weißt es und Vanessa sowieso.«

»Die Sache ist eben langfristig angelegt. Ich erwarte keine Wunder«, antwortete Julian trocken. Er wünschte sich sehnlichst, dass Ion aus seiner Riechweite verschwinden würde. Er roch nach Schweiß. Man hätte meinen können, ein so künstliches Wesen, wie Ion es war, hätte seine Drüsenabsonderung unter Kontrolle.

»In der Firma wollen sie dich zurückhaben. Die brauchen dich. WIR brauchen dich. Denk an MORAL und nicht an diese Frau.«

»Wovon zum Teufel redest du?«

»Emily meint, du hättest dich in eine Schlichte verliebt. Ich nehme an, es ist die Schöne vom Nachbarhof, habe ich recht?«

Julian wollte gerade antworten, als er es draußen poltern hörte. Ion schaute vielsagend zur Tür und dann zu Julian.

»Da kommt sie ja«, meinte er lächelnd. »Hey, Vanessa, komm rein. Ich habe dich vermisst!«

Die Tür ging langsam auf. Vanessa stand wie vom Donner gerührt und hinter ihr – Julian schloss die Augen – ein Schopf schwarzer Haare. Hatten sie die Motorräder nicht gesehen?

Vanessas Miene zerrann, als sie Ion sah. »Du?«, fragte sie lang gedehnt.

»Ja, ich. Na komm schon her.« Er breitete die Arme weit aus und zerrte Vanessas förmlich in die Umarmung hinein. »Mmh, ist das gut, dich zu sehen. Feels like home!« Er schloss die Augen. »Mensch, gut, dich zu sehen! I missed you! Komm, ich will dich jemandem vorstellen.«

Vanessa starrte Julian fragend an. Julian zuckte die Schultern. »Weshalb hast du SIE mitgebracht?« Er formte die Worte mit seinem Mund, ohne einen Ton von sich zu geben. Er sah, dass sie sich gerade umdrehen wollte, als Ion fragte:»Wow, und wer hätte gedacht, dass ich diese Schönheit noch einmal wiedersehe. Erinnerst du dich noch an mich? Wir haben uns doch neulich abends getroffen.« Er ließ Vanessa los, streckte seine Hand nach ihr aus und zog sie in die Küche. »Was hast du bloß für tolle Augen!«

Alda lächelte breit und sagte:»Hey, schön, dich wiederzusehen. Ja, ich erinnere mich noch. Ich heiße übrigens Marcella. Du musst Ion sein und wer ist dieses fabelhafte Wesen?« Sie schüttelte Ion die Hand, dann Fiona und schaute den beiden direkt lachend in die Augen. »Endlich wieder mal Besuch aus der City. Ist es nicht einfach herrlich, hier?«

Ion öffnete erstaunt den Mund zu einer Antwort, aber Marcella ließ ihn gar nicht erst zu Wort kommen.»Es wird euch hier bestimmt gefallen. Genießt die Zeit hier. Genießt das Landleben. Ich will euch nun nicht länger stören.« Sie drehte sich auf dem Absatz um und war im nächsten Augenblick aus der Tür. Vanessa drehte sich verblüfft zu Julian um.

»Eleganter Abgang. Das muss man ihr lassen«, meinte Ion nach einer Weile nachdenklich.»Marcella.« Er sprach es sehr italienisch aus. Seit Fiona dabei war, klang Ion wie eine lebendig gewordene Filmfigur, fand Julian. Ein Nichtsnutz, der mit MORAL seinen Platz in der Gesellschaft gefunden hatte. Im Grunde war Ion unsicher und unbeholfen, aber ›im Grunde‹ spielte keine Rolle mehr. Es gab für fast jeden Mangel die passende Tablette.

»Heißt sie wirklich so?«, wollte Ion nach einer Weile wissen.

»Ja, klar«, antworteten Vanessa und Julian etwas zu rasch wie aus einem Mund.

»Wieso fragst du?«

»Ich hätte schwören können, ich hätte sie schon einmal auf einem Bild gesehen. Da hieß sie aber nicht Marcella, sondern irgendwas mit

190

E. Lass mal überlegen … ah, jetzt fällt es mir wieder ein! Esmeralda!«, rief Ion triumphierend. »Ein total irrer Name, aber der passt doch auch viel besser zu ihr, findet ihr nicht?« Er drehte sich zu Julian um.

»Dann verwechselst du sie wohl mit einer anderen Person«, antwortete Julian. »Unsere Nachbarin heißt Marcella.«

»Du weißt genau, dass mir eigentlich keine solchen Fehler passieren. Right?«

»Nobody's perfect. Auch du nicht, Ion«, antwortete Vanessa lächelnd.

»Ah ja? Ist das so?« Ions Lächeln gefror auf seinem Gesicht. Julian wusste, dass Ion es nicht ausstehen konnte, wenn jemand vermutete, dass er möglicherweise nicht perfekt sein könnte. »Und du, bist du perfekt?«, fragte er Vanessa in herausforderndem Ton. Vanessa hob instinktiv die Arme und wich einen Schritt zurück.

»Ich, meine Güte, nein, ich bin nicht perfekt. Ich möchte es auch gar nicht sein.«

»So? Da habe ich aber schon ganz anderes gehört. Man erzählt sich so einiges über dich. Du scheinst dich gut auszukennen mit verwesenden Datenbanken, stimmt's?«

»Vom wem hast du das gehört?«

»Ach, das spielt doch keine Rolle. Man hört vieles, wenn man so wie ich die Ohren spitzt. Ihr solltet dasselbe tun. Also, wir richten uns dann mal ein.«

»Wie bitte?« Vanessa schaute von Ion zu Fiona und wieder zurück.

»Ja, klar. Mach nur. Jetzt haben wir ja genug Platz«, antwortete Julian, der seine Souveränität wiedergefunden hatte.

»Genau. Also, wenn es euch recht ist … Emily meinte, wir könnten ihr altes Zimmer haben.« Er zog Fiona hinter sich her und ließ zwei offene Münder in der Küche zurück.

191

32

»Mach das Licht aus!«, zischte Alda, als sie nach Hause kam, und wartete gar nicht erst ab, bis Sandrina aufstand. Sie drehte den Knopf der Gaslampe. Mit einem leisen Klicken wurde es dunkel.

»Hey, was machst du?«, empörte sich Sandrina. »Ich bin hier gerade …«

»Schhh«, fuhr Alda sie an und stürzte zum Fenster im Wohnzimmer, das zum Aegetenhof wies. Mit den Händen tastete sie nach dem Fernglas, doch ihre Bewegungen gingen ins Leere. Sie fuhr herum. »Wo ist das Fernglas?«

»Ich weiß es nicht.«

»Hol auf der Stelle das Fernglas her! Du hast es irgendwo versteckt!«, herrschte sie ihre Schwester an. Sandrina platzierte ihre Späßchen ganz gern im falschen Moment.

»Ja, ja, schon gut«, murmelte Sandrina und stand auf. »Flipp nicht gleich aus. Im Dunkeln kann ich aber nichts sehen.«

»Ich hol es selbst«, antwortete Alda entnervt. »Wo ist es?« Sie wartete Sandrinas Antwort gar nicht erst ab. Sie würde es irgendwo in Sandrinas Zimmer finden, irgendwo zwischen all den Gegenständen, die Sandrina im Haus zusammensuchte und wie ein Eichhörnchen in ihrem Bau hortete. Sandrina hatte die Begabung, die Dinge in einer absurden Ordnung zusammenzustellen, die schön anzusehen war, aber absolut keinen Sinn ergab, nur den Gesetzen der Ästhetik gehorchte. Sie stürzte in Sandrinas Zimmer, schaute sich um und nahm das Fernglas schließlich aus einer alten Bratpfanne mit rotem Griff. Sie stellte sich ans Fenster, stellte die Sicht scharf und musste enttäuscht feststellen, dass sie nichts erkennen konnte. Es war zu dunkel. Sie würde Ion nicht kommen sehen, oder erst, wenn er bereits vor dem Haus stand und dann war es zu spät.

Sie lief die Treppe hinunter und rief leise nach ihrer Schwester. Keine Antwort. Sie rief nochmals, diesmal lauter. Noch immer keine Antwort und gerade als Alda in Panik nach draußen laufen wollte, hörte sie es auf dem Klo rascheln. Sie klopfte. »Sandrina! Bist du da drin?«

192

»Nein.«

»Du hast mir einen ganz schönen Schrecken eingejagt! Was machst du denn da?«

»Man wird ja noch auf das Klo gehen dürfen«, schnappte Sandrina.

»Hey, nicht sauer sein. Ich lass dich jetzt nicht mehr allein, okay?«

»Pfff, das hast du schon gestern gesagt.«

»Nein, echt, und weißt du was? Ich packe jetzt unsere Sachen. Gleich morgen früh ziehen wir los und dann lasse ich dich nie mehr allein.«

Blitzartig ging die Tür auf und Sandrina stand im Türrahmen. Die Wut stand ihr ins Gesicht geschrieben. »Ich gehe hier nicht weg! Hör endlich auf damit! Ich finde es schön hier! Viel schöner als in dieser dummen Wohnung!«

»Wir gehen doch nicht in die dunkle Wohnung zurück. Hey, in Lissabon scheint fast immer die Sonne! «

»Du und dein Lissabon! Das kannst du doch nicht ernst meinen!«

»Von da aus können wir vielleicht eines Tages mit dem Schiff nach Kanada fahren.«

»Ich geh doch nicht nach Kanada! Und zu Fuß gehe ich überhaupt nirgendwo hin. Wieso nehmen wir nicht den Zug?«

Weil sie mich dann finden werden, dachte Alda und sagte: »Wenn wir in Frankreich sind, können wir vielleicht tatsächlich ab und zu mal den Zug nehmen. Mal schauen. Weißt du was? Am besten legst du dich erst mal schön schlafen.«

»Und was ist mit Abendessen?«

»Du hast recht.« Alda lachte schuldbewusst. »Erst mal koch ich uns was.«

Während sie darauf wartete, dass das Wasser für die Pasta endlich heiß war, dachte sie an Julian. Im Grunde gab es keine Minute mehr in ihrem Leben, die nicht vom Gedanken an Julian durchkreuzt wurde. Alles in ihrem Kopf hatte plötzlich mit Julian zu tun. Ihr Herz hatte ihr einen Strich durch die Rechnung gemacht, aber sie konnte und sie wollte nicht mit einem Glücksträger zusammen sein. Mit einer Glückshure! Sie hatte andere Pläne.

Ein lautes Geräusch ließ sie aus ihren Gedanken aufschrecken. Sie

193

stellte den Herd ab und ging ins dunkle Wohnzimmer, um aus dem Fenster zu schauen. Draußen war alles still. Vielleicht schlich ein Tier um das Haus. Seit so viele Leute verpflichtet waren, in der Stadt zu wohnen, war das Land wieder durch und durch tierisches Territorium. Einer der Vorteile der neuen Zeit. Dann klopfte es. Sie rannte aus dem Wohnzimmer in den Flur, um sich Sandrina zu schnappen, die bestimmt schon auf dem Weg zu Tür war, um sie zu öffnen. Sandrinas Neugier war beträchtlich und sie gab sich ihr ungehemmt hin. Und tatsächlich. Sandrina bemerkte Alda nicht einmal, sondern ging wie ferngesteuert auf den Eingang zu.

»Du bleibst hier!«, zischte Alda.

»Was?« Sandrina drehte erstaunt den Kopf zu ihr um. »Es hat geklopft!«

»Ja, eben«, flüsterte sie. »Du gehst jetzt sofort nach oben in dein Zimmer und legst dich mucksmäuschenstill unter das Bett. Du weißt schon.«

Sandrina wollte gerade etwas erwidern. Doch Aldas Miene war unerbittlich. »Okeee«, murmelte sie schließlich und ging ohne ein weiteres Wort nach oben.

Alda blieb an der Treppe stehen, bis sie das Schließen von Sandrinas Zimmertür gehört hatte. Sie horchte, bis es noch einmal klopfte, aber es blieb alles ruhig. Es war wohl doch nur ein Tier gewesen. Sie wurde langsam verrückt.

Am nächsten Morgen entschuldigte Alda sich bei Sandrina für ihr Benehmen am Abend zuvor.

»Schon gut», antwortete Sandrina lakonisch.

»Soll ich dir ein Brot schmieren?«

»Nein, danke. Ich mach das selbst.«

Alda räusperte sich. »Du, hör mal. Ich hab es ausgerechnet. So weit ist es gar nicht. In einem Monat könnten wir schon dort sein.« Alda versuchte, begeistert zu klingen. »Stell dir einfach vor, dass wir eine lange Wanderung machen. Wir werden so viel sehen!«

»Wieso sollen wir denn zu Fuß nach Lissabon? Bist du verrückt geworden? Ich verstehe dich einfach nicht, Alda.« Sandrina verschränkte

194

energisch die Arme vor der Brust und brachte den entschlossenen Schmollmund in Stellung, deren herabgezogene Mundwinkel wie eine Festung jegliche Forderungen von außen kalt abprallen ließen.

»Wir bleiben noch einen Tag. Morgen früh brechen wir auf.« Alda ignorierte Sandrinas wütende Blicke und räumte die Teller in die Spüle.

»Ich bleibe hier.«

»Gut, dann wirst du wohl selbst schauen müssen, wie du zurechtkommst. Ich jedenfalls gehe nach Lissabon.«

Sandrina blieb eine Weile ruhig sitzen und starrte vor sich hin. Dann stand sie geräuschvoll auf und verließ wütend die Küche. »Ich will nicht wandern gehen! Und wo sollen wir überhaupt schlafen?!«, schrie sie von der Treppe herunter.

»Im Zelt natürlich! Das machen andere auch, und zwar ihr ganzes Leben lang! Denkst du eigentlich, jeder hat ein Haus, oder was?«, rief Alda ihr hinterher. Dann fiel Sandrinas Tür laut krachend zu.

33

Wie anders ihr Leben doch hätte verlaufen können, sinnierte Fabiana aus dem Fenster auf die Stadt schauend. Die Sonne war hinter den Bergen verschwunden. Einige Glastürme leuchteten golden im letzten Licht. Die Nacht senkte sich langsam über die Stadt. Dass eine noch so kleine Entscheidung oft die Weichen für Größeres stellt, dessen Ausgang nicht absehbar ist. Oder ein Satz. Dass ein Satz einem das Leben verändern kann! Sie immer hatte Anwältin werden wollen, aber ein Satz hatte sie zur Philosophie gebracht. *Philosophieren heißt Sterben lernen.* Der berühmte Satz von Sokrates. Philosophieren heißt, versuchen, das Leben zu verstehen, sodass man in Ruhe sterben kann. Schließlich stirbt man jeden Tag ein bisschen. So hatte sie es sich damals zurechtgelegt. Die Faszination für das Fach hatte sich nie mehr gelegt, die Sehnsucht, das Leben zu verstehen. Sie hatte ihre Wahl nie bereut. Der Beruf passt zu ihr, sie hatte gute Chancen auf eine feste Professur. Die Studenten mochten sie, ihre Veranstaltungen waren gut besucht, sie war gut vernetzt, wenn auch nicht überall geliebt. Alles war wie geschmiert gelaufen, bis zu jenem Tag. Gerade mal ein Monat war vergangen, seit jenem Abend im Rosengarten, als sie Stüssi gestanden hatte, dass sie aufhören würde. Gerade mal ein Monat, seit sie Gewe ihre Kündigung angeboten hatte und Gewe keine Sekunde lang versucht hatte, sie zurückzuhalten. Sie hatte aus purer Wut ihren Abgang verkündet. Dass die Pharmafirma extra eine Stiftung gegründet hatte, um das Projekt weiterzuführen, machte die Sache in ihren Augen nicht besser.

Vielleicht hatte sie auch gehofft, dass Bernhard zurückkommen würde. Vielleicht auch nicht. Lächerlich war das. Oder dass MacBeth versuchen würde, sie zurückzuhalten. Wie das wäre: Fabiana, hin- und hergerissen zwischen zwei Männern, die sie beide halten wollten, haben wollten.

Ging es um Liebe oder ging es um Anerkennung? Sie konnte es beim besten Willen nicht sagen.

Die Glocke des Fraumünsters schlug sieben Mal. Fabiana riss sich vom Fenster los und begann, ihre Bücher einzupacken. Zwei große

Kartonschachteln voll mit Literatur und eine Box mit anderem Kram. Sie würde einen Trolley brauchen, um die Sachen in die Tiefgarage zu schaffen. Fabiana überlegte gerade, wo sie um diese Zeit eine solchen her kriegen würde, als Macbeth im Türrahmen erschien.

»Was machst du?«, wollte er wissen. Er wirkte erstaunt.

»Huch, hast du mich erschreckt. Was machst du denn noch hier? Dringende Publikation?«, wollte sie etwas zu harsch von ihm wissen.

»Dringend nicht, aber es schrieb sich gerade so gut. Fast von allein, da dachte ich, ich nutze die Gunst der Stunde. Was machst du?«

»Weißt du es noch nicht? Ich gehe.«

»Ja, das weiß ich. Aber doch noch nicht jetzt. Ich dachte, zum Ende des Semesters?«

»Äh, nein. Gewe ist doch froh, wenn ich weg bin. In Boston haben sie mir einen Lehrauftrag angeboten. So kann ich noch ein wenig Urlaub machen.«

»Ich finde das total schade.«

»Ich auch, aber wenn Gewe sich die Verlängerung des Projektes von einem Pharmariesen bezahlen lässt, muss ich nicht mehr dabei sein. Das geht nicht, sorry. «

»Idealismus also. Oder hat er dich rausgeworfen?«, wollte Macbeth mit neckischem Unterton wissen.

»Er kann mich gar nicht rauswerfen, wie du weißt. Ach komm, mach dich nützlich und hilf mir mal tragen. Ich habe ein Auto in der Tiefgarage.« Sie hievte eine der Schachteln hoch und wollte sie Macbeth in die Hand drücken, aber der wich zurück.

»Das soll alles in die Tiefgarage? Das wird dich aber etwas kosten!«, rief er theatralisch.

»Nun komm schon«, sagte Fabiana lachend. »Ich spendiere dir dafür einen Eistee im Café Schön.«

»Ich hatte eigentlich an etwas anderes gedacht.«

»So, an was denn?« Sie bereute die Frage sofort und wagte es nicht, ihn anzuschauen, doch Macbeth hatte anscheinend nicht vor, mehr dazu zu sagen. Ein Moment betretener Stille entstand. Dann bog Stüssi um die Ecke, eine angebrochene Packung Erdnüsse in der Hand.

»Du auch noch hier?«, rief Fabiana erstaunt.

197

»Ja, ich dachte, ich greif dir mal ein bisschen unter die Arme, auch wenn ich deinen Entschluss nicht gut finde. Wollt ihr ein paar Erdnüsse? Soll gut sein für die Nerven.«

»Dann sind wir ja schon zwei!«, murmelte Macbeth, sichtlich enttäuscht darüber, dass Stüssi aufgetaucht war.

»Kommt, kommt. Nicht sentimental werden jetzt. Vielleicht bin ich in einem halben Jahr ja schon wieder da. Offiziell ist es nur ein verlängerter Sabbatical.«

»Jedenfalls kannst du nicht einfach so abhauen. Alle finden das«, wandte Stüssi ein.

»Super, jetzt wissen alle Bescheid und erwarten morgen Abend um fünf eine Rede mit Chips und Orangensaft, oder was?«

»So ähnlich.«

Fabiana überlegte und sagte schließlich lächelnd: »Ich weiß was. Da ich am Institut sowieso nicht den besten Ruf habe, lade ich morgen Abend alle zum kollektiven Besäufnis ins ›Odeon‹ ein. Wenn schon, denn schon.«

»Oh, Fab. Bist du dir da sicher?« Stüssi schaute sie zweifelnd an.

»Ganz sicher. Aber keine Feinde! Du weißt schon.«

»Da ist sie ja wieder, meine alte Fabiana!« Macbeth schlang einen Arm um ihren Hals, als ob sie beim Kampfsport wären. Fabiana löste sich verlegen aus der kumpelhaften Umarmung. Sie wusste nicht so richtig, was er damit meinte. Meinte er »meine alte Fabiana« gleich »meine alte Säuferin«? Ein Blick in Stüssis besorgtes Gesicht verriet ihr, dass er dasselbe dachte.

198

34

Gab es nichts Besseres zu tun? Vanessa betrachtete Julian, der im Keller auf dem kalten Flur kniete und damit beschäftigt war, die alte Waschmaschine zum Laufen zu bringen. Hatte er keinen besseren Zeitpunkt gefunden? Eine ganze Weile beobachtete sie ihn schweigend, aber als sie begriff, dass Julian sie würde schmoren lassen, bis sie schwarz wurde, platzte sie heraus: »Wie konntest du nur?« Sie ging auf ihn zu und packte ihn am Arm, damit er sich zu ihr umdrehe. »Wie konntest du nur zulassen, dass dieser Typ hier aufkreuzt!«

»Lass sofort meinen Arm los«, zischte Julian wütend. Vanessa nahm ihre Hand weg und wollte gerade weiterreden, aber Julian schnitt ihr das Wort ab. »Wieso gibst du mir die Schuld? Ich habe ihn nicht hierhergebeten.«

»Ah ja?« Vanessa legte den Zeigefinger auf ihren Mund und tat so, als ob sie scharf nachdenken müsste. »Hm, lass mich mal überlegen. Woran könnte es liegen, dass Ion hier auftaucht. Könnte es vielleicht sein, dass er dir die Extraration gebracht hat? Könnte er deswegen hierhergekommen sein?«

»Stimmt, aber er hätte sie gerade so gut dir bringen können. Dich haben sie ja längst auf dem Radar! Keiner ist so nachlässig wie du! Wenn hier jemand MORAL gefährdet, dann bist du es und niemand sonst!«, schnappte Julian zurück und ging an ihr vorbei zur Treppe.

Vanessa folgte ihm auf dem Fuß und zischte: »Im Gegensatz zu dir weiß ich genau, was ich tue!«

Julian drehte sich noch auf der Treppe um. »Ah, ja? Kann ich mir nicht vorstellen, irgendwie!«

Vanessa? Was geht hier vor? Weshalb bist du so aufgeregt? Dein Blutdruck ist ungewöhnlich hoch. Ich muss dich anweisen, dich zu beruhigen, oder wir werden Maßnahmen einleiten. Dr. Malgradini klang aufgeregt.

»Maßnahmen?« Vanessa war stehen geblieben und horchte auf die Stimme in ihrem Kopf. »Was für Maßnahmen?«

»Was hast du gesagt?« Julian blickte Vanessa fragend an. Sie drehte sich von ihm weg.

Die Leitung überlegt, ob dein Verbleib im Projekt überhaupt noch sinnvoll

199

ist, Vanessa.

»Oh«, entfuhr es ihr.

Ich habe mich noch einmal für dich eingesetzt, Vanessa. Jetzt musst du ihnen zeigen, dass sie sich nicht in dir getäuscht haben.

»Danke«, murmelte Vanessa und setzte sich auf eine der Stufen.

»Alles in Ordnung?« Julian setzte sich ebenfalls.

Vanessa ging nicht auf seine Frage ein. »Sag mir lieber, was dieser Ion hier will.«

»Keine Ahnung. So gut kenne ich ihn nicht«, antwortete Julian wahrheitsgemäß. »Anscheinend erledigt er Spezialaufträge für die Firma.«

»Was für Aufträge?«

»Weiß ich nicht. Irgendwas mit Sicherheit, nehme ich an. Im Grunde ist er ein armes Schwein. Ion ist ein Klon seines Vaters. Sein Bruder auch.«

»Was? Echt?«

»Ja, sein Vater fand sich selbst ziemlich geil.«

»Aber ich dachte, klonen sei viel zu riskant?«

»Ist es doch auch. Ion hat sich bereits mehreren Keimbahnkorrekturen unterziehen müssen. Er hasst seinen Vater dafür.« Julian schaute aus dem Fenster auf den dunklen Hof.

»Wo ist er eigentlich?«

»Oben, mit seiner Angetrauten beschäftigt, nehme ich an«, antworte Julian. »Ion ist einfach ziemlich gestört. Im Grunde ist er harmlos.

»Ich habe gelesen, er arbeite als Spitzel für die Forschungsabteilung 2.« Vanessa schaute ihn mit hochgezogenen Augenbrauen an. Man munkelte, dass in der FA2 Experimente an Behinderten durchgeführt würden. Ob es wirklich stimmte, wusste niemand. Solche und andere Gerüchte wurden immer wieder in Umlauf gebracht. In der Regel war wenig dran an solchen Fantasien.

Julian schüttelte den Kopf. »Es gibt keine Forschungsabteilung 2.«

»Da wäre ich mir mal nicht so sicher«, antwortete Vanessa. Sie schaute ihn lange an und überlegte, ob er ihm die Sache mit dem Anschlag erzählen sollte und dass Marcella gar nicht Marcella hieß.

200

»Meinst du, Ion hat recht? Meinst du, sie heißt gar nicht Marcella?«, fragte sie unschuldig.

»Schon möglich«, antwortete Julian. Er stand auf, ging an Vanessa vorbei zurück in den Keller und wandte sich wieder der Waschmaschine zu.

»Jedenfalls hat sie es vorhin ganz schön eilig gehabt«, sinnierte Vanessa. Bestimmt wusste Julian längst Bescheid und wollte sie ein bisschen für dumm verkaufen.

Julian hob plötzlich den Kopf und schnupperte wie ein Eichhörnchen in der Luft. »Moment mal. Riechst du das?«

»Ich riech nichts«, antwortete Vanessa den Geruch von Essen ignorierend.

»Das darf doch nicht wahr sein!« Julian stürzte die Treppe hoch und stürmte in die Küche. Vanessa rannte ihm hinterher.

»Das glaube ich einfach nicht!«, rief Julian entrüstet und blieb mit weit ausgebreiteten Armen im Raum stehen. Am Küchentisch saß Fiona über einen Teller Pasta gebeugt. Die Gabel blieb in der Luft hängen, sie schaute Julian mit offenem Mund an.

»Du kannst dich doch nicht einfach an meiner Pasta vergreifen!« Julian ging zum Mülleimer, nahm die oberste Tüte heraus, hielt sie weit von sich gestreckt und betrachtete sie entsetzt. »Du hast dir die ›Maccaroni Quattro Stagioni‹ genommen! Du schaufelst gerade meine Lieblingspasta in dich rein! Die wollte ich mir bis zum Schluss aufheben!«

Fiona blickte hilfesuchend zu Vanessa.

»Autsch«, bemerkte Vanessa nur trocken und schüttelte tadelnd den Kopf.

»Das wusste ich nicht! Ich hatte solchen Hunger!«

»Gib das sofort her!« Julian schnappte sich kurzerhand eine Gabel und riss ihr den Teller weg. Über den Tisch gebeugt stopfte er die Pasta in sich hinein, so rasch er konnte.

»Nein! Ich bin am Verhungern!« Fiona lehnte sich beleidigt zurück.

»Das kannst du doch nicht machen.«

»Bestell dir ne Pizza«, antwortete Julian mit vollem Mund.

»Er hat recht. Ihr könnt nicht einfach hierherkommen und uns das

Essen wegnehmen. Was fällt euch eigentlich ein?« Vanessa stand mit verschränkten Armen neben Julian wie eine Mutter, die streng darüber wachte, dass ihr Kind auch genug zu essen bekam.

»Schon gut, schon gut«, antwortete Fiona mit erhobenen Armen, stand auf und zwängte sich mit beleidigter Miene an den beiden vorbei.

»Wo ist eigentlich Ion?«, wollte Vanessa wissen.

»Unterwegs«, rief Fiona über die Schulter und war im nächsten Augenblick aus der Küche verschwunden.

»Kann schon sein, dass Al... ich meine Marcella ein oder zwei Probleme hat«, meinte Julian und schluckte den letzten Bissen hinunter.

»Wieso meinst du?«, fragte Vanessa. Sie gab sich erstaunt.

»Finde es selbst heraus. Du bist doch sonst so schlau«, meinte Julian knapp und ließ Vanessa allein in der Küche zurück.

202

35

Alda hoffte Isomatten zu finden und eine Decke vielleicht. Gerade als sie zwei alte Gartenstühle geräuschvoll zur Seite geschoben hatte, um an eine große Kiste zu kommen, hörte sie von unten dumpfe Stimmen. Sie schlich sich zum Treppengeländer, um einen Blick auf den Eingang zu erhaschen. Sandrina stand dort, daneben der blonde Haarschopf von Vanessa und – ihr Herz begann wild zu klopfen, noch bevor sie ihn sah – Julian. Sie fasste sich an die warmen Wangen. Es war klar, weshalb sie hier waren. Sie wussten Bescheid.

»Alda will nach Lissabon wandern. Meine Schwester ist leider vollkommen verrückt geworden«, hörte sie Sandrina sagen. Sie sprach sehr laut, so wie meist, wenn sie etwas im Grunde nicht verstand. »Aber soll sie nur gehen. Ich werde auf jeden Fall hierbleiben!« Der Ärger über die vorlaute Klappe ihrer Schwester übertünchte kurz die Aufregung um Julian. Dann hörte sie seine tiefe Stimme, in aufmunterndem Tonfall. »Lissabon muss toll sein. Das wird dir bestimmt gefallen.«

Wie in Trance ging Alda die Treppe hinunter und brachte, auf der untersten Stufe angekommen, ein heiseres »Hallo« zustande.

»Hi«, grüßte Julian zurück und wäre sie nicht bereits in ihn verliebt gewesen, in diesem Moment spätestens hätte sie ihr Herz an ihn verloren. Nur weil er in diesem bestimmten Tonfall zwei Buchstaben zu ihr gesagt hatte.

»Wir wollten nur mal fragen, ob ihr vielleicht in Schwierigkeiten steckt?«, wollte Vanessa wissen.

»Das kann man doch auch anders sagen«, fauchte Julian Vanessa an.

»Ja, aber so ist es doch«, flüsterte Vanessa zurück, als ob Alda sie nicht hören dürfte.

»Wir? Weshalb?« Sandrina schaute Hilfe suchend zu ihrer Schwester.

Alda vermied es, sie anzublicken, und reckte stattdessen herausfordernd das Kinn vor. »Wie kommt ihr denn darauf?«

»Na ja, also, kann es sein, dass du etwas mit diesem Anschlag zu tun hattest? Diesem Anschlag auf Henrik Mees?«, wollte Vanessa geradeheraus wissen.

Sofort herrschte Julian sie an. »Kannst du jetzt endlich mal etwas …«

Sandrina schaute fragend von Julian zu Alda. »Wer ist Henrik Mees?« Ihre Stimme klang alarmiert.

Genauso hatte auch Isabella geklungen, als Stefan damals mit diesem Plan angekommen war. Diesem Plan, man müsse etwas tun. Wofür sie denn diese Gruppe überhaupt gegründet hätten, wenn sie doch nur rumsitzen würden. »Rumsitzen kann ich auch allein«, hatte er in diesem unglaublich herablassenden Tonfall gesagt. »Ich dachte, wir wollen etwas bewegen?« Alda erinnerte sich noch genau daran, wie Jo sie angeschaut hatte und sie beide sich im selben Augenblick gewünscht hatten, dass sie den beiden nie etwas von ihrer Gemeinschaft erzählt hätten.

»Henrik Mees ist ein Politiker der Partei ›Projekt Gesellschaft‹. Er will, dass Menschen mit einer Behinderung aus der Welt verschwinden.« Hart, aber wahr verteidigte sie sich vor sich selbst. Vielleicht würde Sandrina so einwilligen, mit nach Lissabon zu kommen.

»Menschen mit einer Behinderung? Du meinst wie ich?« Sandrina verstand nicht, was ihre Schwester ihr sagen wollte.

»Also, warst du dabei?« Julian klang aufgeregt.

»Ja, ich war dabei.« Sie schaute ihn herausfordernd an.

»Wow, war es deine Idee?«, wollte Vanessa wissen. Es klang bewundernd.

»Nein, es war nicht meine Idee, und vor allem war es ein Versehen. Ich dachte, in dem Paket sei eine Attrappe. Ich war dumm genug, mich von meinen sogenannten Freunden reinlegen zu lassen. Aber, das spielt ja auch keine Rolle. Ich war dabei und wisst ihr was? Es tut mir noch nicht einmal leid«, sagte sie selbstbewusst. Sie war froh, ihr altes Ich wiedergefunden zu haben.

Julian sog hörbar die Luft ein. »Und deswegen wollt ihr nun nach Lissabon wandern?«

»SIE will nach Lissabon wandern.« Sandrina hatte endlich ihre Stimme wiedergefunden und zeigte auf ihre Schwester. »Wie schon

204

gesagt, ICH gehe nicht mit. Ich habe damit überhaupt nichts zu tun.«

Ohne dass du es willst, hast du alles damit zu tun, dachte Alda, aber sie sprach es nicht aus.

»Ich, ich weiß nicht, was ich sagen soll ...«, stammelte Julian.

»Tja, tut mir leid. Dumm gelaufen«, sagte Alda. Sie hatte mit einem Mal eine unglaubliche Wut im Bauch.

»Wisst ihr was? Ich kenne jemanden, der euch vielleicht über die Grenze bringen könnte«, flüsterte Vanessa in verschwörerischem Tonfall.

Alda sah Julians erstaunten Blick und winkte dankend ab. »Wir werden uns zu Fuß auf den Weg nach Lissabon machen.«

»Nein! Ich will nicht zu Fuß dahingehen. Ich will überhaupt nicht dahin!«, rief Sandrina entrüstet.

»Also ich halte diese Idee auch für ziemlich absurd«, kam Julian Sandrina zu Hilfe. *Schon klar,* dachte Alda. Für verhätschelte Glücksträger war der Gedanke, kilometerweit durch unbekanntes Land zu wandern, geradezu irrwitzig.

Vanessa wandte ein, dass das viel zu lange dauern würde, aber Alda fand, dass sie es überhaupt nicht eilig hätten. Es sei einfach eine lange Wanderung. »Außerdem kommt jetzt der Frühling. Die Tage werden länger, es wird wärmer ...«

»Ich denke schon, dass ihr es eilig habt«, warf Julian ein. »Wie hast du es überhaupt geschafft, solange unentdeckt zu bleiben?«

»Ja, was soll ich sagen? Wenn man nicht da ist, ist man eben nicht da. Ganz einfach.« *Armer Julian, jetzt versteht er die Welt nicht mehr,* dachte sie. Es klang hart und spöttisch in ihrem Kopf. »Was ist dieser Ion denn für einer?«

Vanessa und Julian wechselten einen langen Blick, sagten aber nichts.

»Alda, was ist eigentlich los? Ich verstehe es nicht!«, brach es plötzlich aus Sandrina heraus.

Alda versprach, es ihr später zu erklären.

»Nein, nein! Nicht später, jetzt. Ich will es jetzt wissen!«

Was hätte Alda ihr nun sagen sollen? Dass die Natur geschlampt hatte, als sie den Menschen schuf? Dass sie, Sandrina und all die anderen behinderten Geschöpfe ein vom Aussterben bedrohter Seitenzweig auf dem Weg der evolutionären Gottwerdung waren? Dass es Fehler im System gab und dass sie, Sandrina, ein solcher Fehler war und sich die Wissenschaft nun an die Verbesserung machte? An das Feintuning? An die Ausmerzung der naturgegebenen Lässlichkeiten? An die Verarbeitung des dummen und sündigen Fleisches in edle Ware? Dass die Wissenschaft nun nachholte, was die Natur verbockt hatte, was die Natur vergessen hatte? Den Menschen zu perfektionieren nämlich und dass sie, Sandrina, dieser Idee im Weg stand?

Alda ging nicht auf Sandrina ein, sondern sagte stattdessen:»Falls ihr etwas für uns tun wollt, könntet ihr euren Dachboden nach Isomatten durchsuchen. Ansonsten haben wir alles.«

Alle Augenpaare waren mit einem Mal auf sie gerichtet. Keiner sagte mehr etwas. Vielleicht hatte sie jetzt erst begriffen, dass sie es ernst meinte.

»Aber, ich verstehe auch, wenn ihr mit der Sache nichts zu tun haben wollt«, fuhr Alda fort. »Ich nehme an, was ich getan habe, steht eurem Glücksauftrag diametral entgegen.« Sie sagte es gewollt höhnisch.

Julian sah verzweifelt aus. Sie hätte ihn gern berührt und getröstet. Sie wollte ihn mit ihren Händen ganz umfassen und vor all dem, was außerhalb von ihnen war, beschützen. Ihre Finger zuckten, aber sie hielt sich zurück. Vor allem weil sie merkte, dass Vanessa wie eine hungrige Krähe genau darauf lauerte.

»Du hast etwas von einem Helfer gesagt, Vanessa?«, krächzte Julian nach einer Weile.

»Ja, ich kenne jemanden, der euch helfen könnte. Er hat ein Auto und könnte euch damit über die Grenze nach Frankreich bringen, vielleicht sogar bis nach Portugal. Je nachdem, was ihr bereit seid zu zahlen.«

Alda schaute sie erst verständnislos an und lachte dann laut auf. »Bezahlen? Womit soll ich deinen Freund denn bezahlen? Ich habe kein Geld! Ich habe mich die letzten paar Jahre mit einem miesen Job gerade so über Wasser halten können! Wisst ihr eigentlich, was man als sogenannte Schlichte so verdient?« Alda schaute zwischen Vanessa

206

und Julian hin und her. »Wisst ihr was? Ich muss mich jetzt ums Packen kümmern.« Sie wollte sich bereits umdrehen, als Julian hastig rief:

»Ich habe Geld!«

Alda schaute ihn zweifelnd an.

»Ich habe Geld. Mach dir keine Sorgen.« Er ergriff kurz Aldas Hand und drückte sie. »Mach dir keine Sorgen.« Dann ließ er sie los und ging ohne ein weiteres Wort davon. Vanessa beeilte sich, ihm zu folgen.

»Aber, euch ist schon klar, dass diese Frau gesucht wird, oder?«, tönte es vom Treppenhaus her. Julian drehte sich überrascht um. Ion erschien im Türrahmen. Er hatte ihn nicht kommen gehört. Er und Vanessa waren auf dem Dachboden damit beschäftigt, die zahlreichen Kisten nach Campingsachen für Alda zu durchsuchen.

»Kommt mal mit, ich will euch etwas zeigen«, sagte Ion ruhig. Sie folgten ihm gehorsam ins Wohnzimmer, wo Fiona bereits auf sie wartete. Sie stand mit verschränkten Armen an den Ofen gelehnt. Die Nacht war stürmisch. Es war wärmer geworden. Ein lauter Wind pfiff um das Haus.

Ion hatte im Wohnzimmer ein holografisches Feld aufgebaut, das ein Foto von Alda zeigte. Darunter stand TERRORISTIN. Die Beschriftung hatte Ion dem Foto selbst hinzugefügt, wie er offen zugab.

»Du machst Witze, oder?« Julian betrachtete das Foto amüsiert. Das Bild zeigte einen Schnappschuss von einer lachenden Alda. Es musste an einem herrlich sonnigen Tag aufgenommen worden sein. Lichtstrahlen hatten sich in ihren dunklen Haaren verfangen. Julian spürte unwillkürlich die Sehnsucht nach Sonne in sich aufsteigen, nach Wärme und nach dieser Frau. »Ion, was soll der Blödsinn?«, wollte er wissen.

»Ha, ha, ha. Ist das dein Humor?«, wollte Vanessa mit einem spöttischen Lachen wissen.

»Uuiii, den Julian hat es aber ganz schön erwischt, meinst du nicht auch, Fiona?« Ion drehte sich Zustimmung heischend nach seiner Verlobten um, die noch immer mit verschränkten Armen am Ofen lehnte. Fiona nickte zustimmend.

»Aber eben, diese Schönheit hier ist eine gesuchte Terroristin. Eure Freundin heißt nicht Marcella, sondern Esmeralda. Esmeralda Castillo oder richtigerweise Esmeralda Gerber. Castillo ist der Nachname ihrer bolivianischen Mutter, den sie sich eigenmächtig zugelegt hat.«

»Red keinen Quatsch! Terroristin. Was soll das heißen?«, regte sich Vanessa auf. »Hast du nichts Besseres zu tun, als irgendwelche Leute zu beschuldigen?« Ihre Entrüstung klang echt. Hätte Julian es nicht

208

besser gewusst, er hätte ihr abgenommen, dass sie keine Ahnung hatte. »Na, na, na. Mal nicht so hastig. Ich beschuldige niemanden. Ich erzähl euch nur, was die Polizei mir mitgeteilt hat. Eure Freundin wird gesucht. Sie soll zusammen mit dieser Person«, auf dem Feld erschien nun das Bild eines jungen, glatzköpfigen Mannes, »den Anschlag auf Henrik Mees verübt haben. Ich nehme an, ihr wisst, wer Henrik Mees ist.«

Sie nickten.

»Es wird vermutet, dass noch weitere Personen am Anschlag beteiligt waren.«

Julian und Vanessa schauten ihn fragend an. »Du klingst, als ob du persönlich beim Fahndungsdienst arbeiten würdest«, sagte Julian schließlich, weil ihm nichts anderes einfiel.

»Vielleicht könnt ihr euch noch daran erinnern. Henrik Mees wurde letzten September Opfer eines Briefbombenanschlages. Er hat den Anschlag überlebt, aber beide Arme verloren.

»Kein Wunder«, erklärte Vanessa rundheraus, »Henrik Mees hat Ansichten, das geht gar nicht. Da darf man sich nicht wundern, wenn gewisse Leute Sturm laufen.«

»An deiner Stelle würde ich ein bisschen aufpassen, was ich sage«, meinte Ion mit hochgezogener Braue. »So etwas kann leicht falsch verstanden werden.«

Vanessa verschränkte trotzig die Arme und blickte an Ion vorbei auf das Bild.

»Außerdem sind wir in der Schweiz. Hier gilt noch immer das Recht auf freie Meinungsäußerung.« Fiona meldete sich von hinten zu Wort. Das erste Mal seit dem Pasta-Gate.

Julian betrachtete schweigend das Bild von Alda und versuchte, seine Gefühle zu sortieren. Er hatte sich in eine Kriminelle verliebt. Aber weshalb? Hätte sein Abwehrsystem ihn nicht warnen können? Er wollte gerade aus dem Zimmer gehen und sich wie ein kleines Mädchen heulend auf sein Bett werfen, als Ion sagte: »Moment noch. Da haben wir nämlich auch noch folgende Person, wenn man hier überhaupt von Person reden will. Henrik Mees würde es bestimmt nicht tun. Sandrina Gerber, Aldas kleine Schwester. Trisomie 21. Was mit ihr geschehen soll, ist unklar. Schon gut, Vanessa, ich weiß, was du uns sagen willst. Das arme Wesen kann ja nichts dafür.«

»Komm mal mit«, flüsterte Vanessa, als sie mit Julian die Treppe hochging und deutete mit dem Kopf in die Richtung, wo ihr Zimmer lag. So leise wie möglich stieß sie ihre Tür auf und verschloss sie sorgfältig.

Julian setzte sich auf die Kante des Bettes und stützte den Kopf in seine Hände. Wenn man es genau betrachtete, dann verkörperte Alda genau die Gewalt, die er doch so verabscheute. Die Gewalt, die er mithelfen wollte, aus der Welt zu schaffen.

»Hast du mich gehört, Julian?« Vanessas Stimme kam von sehr weit weg. Julian schüttelte verwirrt den Kopf. »Nein, tut mir leid, ich war in Gedanken.«

»Ich habe gesagt, ich werde jetzt versuchen, meinen Bekannten zu kontaktieren. Ich habe keine Ahnung, was er dafür verlangen will. Wie viel Geld hast du denn?« Vanessa hielt ein altmodisches Mobiltelefon in der Hand. War das ihr Kontakt zum Untergrund? Julian realisierte, dass er im Grunde kaum etwas über Vanessa wusste. Wer war sie eigentlich? Eine Spionin? Oder auch eine Terroristin? Dieses Wort. Julian wurde ganz schlecht davon. Wenn er dieses Wort nur schon denken musste. Alda als Terroristin gesucht. Total lächerlich war das. Konnte Alda ihnen nicht einfach erklären, dass man sie hereingelegt hatte? Dass es ein Versehen gewesen war?

Julian beobachtete aufmerksam, wie Vanessa eine Nummer in das alte Mobiltelefon tippte und es an ihr Ohr hielt. Er studierte ihre Gesichtsregung. War da gerade ein leichtes Grinsen über ihre Mundwinkel gehuscht? Woran konnte man eigentlich erkennen, dass jemand log? Julian wusste es nicht. Er wusste so vieles nicht. Vor allem nicht, wie es weitergehen sollte. Sein Selbstbild zerrann zwischen seinen Fingern wie feiner Sand. Nichts war mehr, wie es einmal gewesen war. Früher hatte er ganz genau gewusst, was richtig war und was falsch. Er hatte eine Gesinnung gehabt, eine Meinung zu fast allem, war von sich überzeugt gewesen, manchmal fast beeindruckt von sich selbst. Er hatte an sich geglaubt und daran, dass er für das Gute einstand und

210

das Schlechte bekämpfte. Jetzt musste er einsehen, dass nichts so war, wie er gedacht hatte. Vielleicht waren sie nur die Versuchskaninchen in einem Projekt, dessen wahres Ziel er nicht kannte und das vielleicht doch nicht so redlich war, wie er es sich eingeredet hatte.

»Also, sag schon«, flüsterte Vanessa eindringlich. »Wie viel Geld hast du?«

»Ich weiß doch nicht, wie viel das ist. Es ist bei der Firma. Ich müsste zurück in die City und es beantragen.« Julian war immer stolz darauf gewesen, dass Geld in seinem Leben keine Rolle spielte. Es war für ihn eine Art Übung gewesen, sein Konto nicht zu kontrollieren. Alles, was er zum Leben brauchte, hatte er von der Firma bereitgestellt gekriegt.

»Dann werden sie dich gleich behalten, das weißt du. Wenn du in die City zurückgehst, kommst du nicht mehr zurück.« Vanessa legte auf und schmiss das Telefon auf das Bett. »Verdammt!«

»Na, hast du dein Geld etwa hier? Und hör auf zu fluchen! Das kann ich nicht haben!«, rügte Julian sie. Er stand auf und ging zum Fenster. Der Wind hatte die Wolkendecke aufgerissen, der Mond stand voll am schwarzen Himmel. Vor seinem inneren Auge tauchten die Bilder von dem Anschlag damals auf. Henrik Mees, wie er blutüberströmt auf eine Bahre zum Krankenwagen geschafft wurde. Seltsam unnatürlich hatte es gewirkt, diese Wunde, das viele Blut auf dem Boden. Blut, richtiges Blut. Organischer ging es kaum und doch hatte man nicht glauben können, dass Henrik Mees tatsächlich blutete, dass er tatsächlich ein Mensch war.

»Julian?«

»Hm?«

»Nun komm schon. Hast du eine Idee?«

»Nein.«

»Ich frag mal, wie viel er dafür haben will.« Sie nahm das Telefon vom Bett und wollte gerade die Nummer eintippen, als sie Schritte auf der Treppe hörten. Vanessas Finger gefror auf der Tastatur. Sie lauschten gebannt, was nun geschehen würde. Die Schritte näherten sich. Vanessas schob das Telefon rasch unter ihren Pullover. Julian trat ans Fenster und tat, als ob er in die Nacht hinaus träumen würde. Es

211

klopfte.

»Ja?«, rief Vanessa. Die Tür wurde geöffnet. Ion erschien im Türrahmen und wollte wissen, was sie beide machten.

»Nichts. Was sollen wir machen? Wir haben über den Anschlag damals geredet, das ist alles.«

»So, so, nur geredet.« Es klang hämisch. Ion blickte von Vanessa zu Julian, der sich zu ihm umgedreht hatte und mit den Händen in den Hosentaschen ans Fenster gelehnt stand. »Ich glaube ja eher, ihr seid dabei, einen Plan auszuhecken, um die beiden ins Ausland zu bringen. Habe ich recht?« Er wartete die Antwort gar nicht erst ab, sondern fuhr fort: »Das dürfte nicht so einfach sein. Die Grenzen sind dicht, das wisst ihr ja. Keiner wird euch einfach so durchlassen, es sei denn, ihr habt Kontakte nach ganz oben.« Er wartete und hakte dann nach: »Habt ihr Kontakte nach ganz oben?«

Vanessa und Julian verneinten.

»Nun, ich könnte euch helfen.«

»Du?«, fragte Julian entrüstet und erstaunt zugleich.

Ion trat ins Zimmer und schloss die Tür hinter sich.

»Wir brauchen deine Hilfe nicht, Ion. Wir hecken gar nichts aus. Denkst du etwa, ich werde einer Terroristin zur Flucht verhelfen? Also bitte«, sagte Julian kopfschüttelnd. Noch immer die Hände in den Hosentaschen vergraben, löste er sich vom Fensterrahmen und verkündete, er würde jetzt schlafen gehen. Er hoffte, Ion würde sich verziehen und sie in Ruhe lassen. Er stellte sich so neben Ion, dass dieser zuerst zur Tür hinausgehen musste, aber Ion trat ganz selbstverständlich zur Seite, um Julian vorbeizulassen. Julian zögerte. Er wollte auf gar keinen Fall, dass Vanessa und Ion ohne ihn irgendwelche Abmachungen trafen, und blieb deshalb im Zimmer stehen.

»Doch nicht so müde?«, bemerkte Ion mit hochgezogenen Augenbrauen und ließ lachend seine goldenen Eckzähne blitzen. »Na, dann hört mal zu, ich mache euch jetzt ein Angebot. Für 20 000 bringe ich die beiden über die Grenze bis nach Toulouse. Von da aus können sie den Zug nach Lissabon nehmen. Da wollen sie hin, nehme ich an.«

Vanessa und Julian schwiegen. Selbst in die schöne Welt der Sublimen war es durchgedrungen, dass Lissabon sich zu einer Hochburg

212

des Widerstandes gegen das neue Gesellschaftssystem etabliert hatte. Die Schlichten versammelten sich dort, um Anschläge zu planen, so munkelte man. Selbstverständlich glaubte keiner der Sublimen daran. »Na gut, ihr könnt es euch überlegen«, fuhr Ion fort. »Das Angebot steht. Ich gebe euch bis morgen Zeit. Gute Nacht.« Er hob zum Gruß zwei Finger an die Stirn und ging.

Julian und Vanessa blieben zurück. Keiner sagte ein Wort. Keiner wagte es, als Erster seine Meinung über das Angebot kundzutun und sich so verantwortlich zu machen für alles, was von nun an geschehen würde.

»Denkst du, wir können ihm trauen?«, fragte Vanessa schließlich.

»Das kann ich mir nicht vorstellen. Ion ist ein Opportunist und Emporkömmling. Aber dass er vorgibt, uns helfen zu wollen, verschafft uns etwas Zeit. Frag mal deinen Bekannten, was er dafür haben will. Wir reden morgen früh. Ich muss mich mal hinlegen.«

Julian war so müde, dass er sogar die Zahnreinigung sein ließ und sich mit allen Kleidern ins Bett legte. In seinem Kopf rotierte es und erst jetzt fiel ihm auf, dass sein Kopf schmerzte. Er hätte es ahnen können. Schon als er sie zum ersten Mal gesehen hatte, hätte er ahnen können, dass da irgendetwas nicht stimmte. Aber da war er schon verloren gewesen. Da hatte bereits sein Herz das Kommando übernommen und sein Kopf auf Autopilot geschaltet. Da hatten bereits andere Regeln geherrscht, neue Regeln, die sich nicht darum scherten, was schwierig war und was leicht, was richtig war und was falsch.

Liebe ist immer richtig, behauptet die Liebe von sich selbst.

213

37

Am nächsten Abend betrat Fabiana die Odeon-Bar kurz vor der verabredeten Zeit. Von ihren Kollegen war noch niemand da und sie war sich auch nicht sicher, mit wem sie alles rechnen musste. Zwei schlimme Fälle konnten eintreten: Entweder würde außer Stüssi und Macbeth niemand kommen oder es würden so viele trinkfeste Gesellen kommen, dass sie danach bankrott anmelden musste. Alles dazwischen war in Ordnung.

Stüssi kam als Erster. In seinem roten Kapuzenpullover wirkte er kleiner als sonst. Vielleicht lang es auch an Fabianas hohen Absätzen. Er setzte sich neben sie an den Tresen und bestellte ein Bier.»Und, wie geht es dir?«

»Keine Ahnung.« Fabiana lächelt nervös.

»Ich auch nicht. Wer wohl alles kommen wird?«

»Wer auch immer kommt oder nicht kommt; ich versuche, es nicht persönlich zu nehmen.«

»Eine weiser Entschluss«, lobte Stüssi.

»So bin ich.«

»Hast du zufällig Alda eingeladen? Die hat sich ja doch ziemlich den Allerwertesten aufgerissen für uns.«

»Ja, habe ich, aber sie kann nicht. Ihre Mutter liegt wieder im Krankenhaus.«

»Hm.«

»Ich dachte, ich gehe morgen noch bei ihr vorbei. Hast du zufällig ihre Adresse?«

»Ja, habe ich. Ich kann auch mitkommen, wenn du willst«, bot Stüssi an.

Fabiana konnte gerade noch ihr Einverständnis nicken, als eine Traube Leute auf sie zukam, sie umarmte, mit Küsschen begrüßte, ihr auf die Schultern klopfte. Die nächsten Stunden war Fabiana damit beschäftigt, wieder und wieder ihre Gründe für ihren Abgang zu erklären. Sie fühlte sich überfordert, aber auch glücklich irgendwie. Sie trank zu schnell und zu viel, und wie immer, wenn sie Gäste hatte, vermisste sie Bernhard. Bernhard hätte die Leute prächtig unterhalten und die Horde von ihr abgelenkt.

»Sag mal, Fabiana, dachtet ihr eigentlich echt, dass …« Der eine Doktorand rückte ihr eindeutig zu nah auf die Pelle. Sie hätte sich lieber mit Macbeth unterhalten, aber der saß am anderen Ende der lauten Ecke, die sie und ihre Gäste in der übervollen Bar in Beschlag genommen hatten, und vermied es, sie anzuschauen.

»Sie wollte den Weltfrieden herstellen. Darunter tut es Fabiana nicht!« Sulser, Gewes Assistent, schrie gegen den Lärm an. Ob sein Chef wohl wusste, dass er hier war?

»Klar, think big!«, schrie Fabiana zurück. »Das war doch auch einmal deine Devise! Hat dein Chef dir eigentlich erlaubt, hier zu sein?«, fügte sie grinsend hinzu.

»Klar. Ich bin immer noch ein freies Wesen«, gab Sulser grinsend zurück.

»Hey, ich werde dich vermissen.« Silke, die deutsche Doktorandin umarmte sie und stellte sich dann mit schräg gelegtem Kopf vor sie hin. »Ich muss leider los.« Silkes Augen füllten sich mit Tränen.

»Oh Gott, bitte nicht weinen!«, flüsterte Fabiana panisch.

»Sie kommt ja wieder.« Stüssi tätschelte Silke beruhigend die Schulter. »Ist nur ein Sabbatical.«

»So? Das habe ich von Gewe aber anders gehört.« Sulser war eindeutig betrunken. Fabiana hatte noch nie gehört, dass er seinen Chef so wie die anderen flapsig einfach ›Gewe‹ nannte.

»Das hätte dein Boss wohl gern. Entschieden ist noch gar nichts. Ich gehe jetzt einfach mal«, kicherte sie. »Ihr könnt mich ja besuchen kommen. Ich wohn bei einer Oma auf Zimmer. Ein wunderschönes Haus, nur fünf Minuten vom Campus entfernt. Wenn da im Frühling die Kirschbäume blühen …«

»Klingt fabelhaft Fabiana! Ich komm dich besuchen! Wann geht denn der Flieger?«, rief Macbeth über den Tisch.

»Das habe ich jetzt gerade vergessen; müsste ich nochmal nachschauen. Kommst du zum Flughafen, um mir zu winken?« Sie wollte ihm einen bedeutungsvollen Blick zuwerfen, wurde aber von Sulser abgelenkt, der unbedingt ein Foto mit ihr schießen wollte. »Ein Abschiedsgeschenk für Gewe!«

215

»Genau«, stimmte Fabiana kichernd zu. »Und von den Kirschbäumen schicke ich euch auch ein Foto! Und ja, kommt mich besuchen. Oder, kommt gleich alle mit! Wir fangen in Boston ganz neu an, aber vorher brauchen wir noch etwas zu trinken.« Sie stand auf und zwängte sich durch die Menge zur Bar durch, um eine Runde Tequila zu bestellen. Den ganzen Abend lang hatte sie überlegt, ob sie sich an Macbeth heranmachen sollte oder nicht, und sie ahnte, dass Macbeth sich dasselbe gefragt hatte, doch jetzt war es zu spät. »Das bringt nur Ärger«, hatte Stüssi ihr vorhin zugeflüstert, als sie Macbeth zu lange angeschmachtet hatte. »Du weißt, wer seine Freundin ist.«

Ja, Fabiana wusste es. Macbeth war seit Ewigkeiten mit einer der einflussreichsten Stadträtinnen zusammen. Eine große Blonde, der man nachsagte, für ihre Ziele über Leichen zu gehen. Stüssi hatte recht. Macbeth war eine Nummer zu groß für sie. Sie trank den ersten Tequila allein an der Bar, bevor sie dasselbe für ihre Gäste bestellte. Dann drängte sie sich durch dieselbe Menschenmenge zurück und setzte sich an ihren alten Platz neben Stüssi, weit weg von Macbeth und war mit einem Mal froh, all dem Durcheinander entrinnen zu können.

216

38

Julian war bereits wach, als Vanessa leise anklopfte. Ohne seine Antwort abzuwarten, öffnete sie die Tür einen Spaltbreit, zwängte sich hindurch und schloss sie geräuschlos.

»Er macht es nicht«, platzte sie heraus. Julian brauchte eine Weile, bis er verstand, wovon sie redete.

»Er weigert sich. Ich soll jemand anders fragen. Verdammt!«

»Hör mit dieser Flucherei auf!« Julian konnte es nicht ertragen, vor allem nicht morgens und vor allem nicht, wenn er nur drei Stunden geschlafen hatte.

»Sorry.«

»Und wieso nicht?«, wollte Julian wissen, während er sich ächzend aufrichtete. Dieses Bett würde ihn noch umbringen. An manchen Stellen zu weich, an manchen zu hart. Er sehnte sich nach seiner japanischen Matratze.

»Es sei zu gefährlich«, antwortete Vanessa. »Wir müssen es doch mit Ion versuchen.«

Jetzt wo er wach war, entrollten sich die Probleme vor Julian wie ein hässlicher Teppich. »Ion? Also ich weiß nicht. Und vor allem, so viel Geld habe ich wahrscheinlich gar nicht.«

»Nicht?«, entfuhr es Vanessa.

»Du könntest natürlich etwas dazu schießen«, forderte er, doch Vanessa behauptete, sie hätte ihr Geld für den Quantenrechner ausgegeben. Julian wusste, dass sie log. Vanessa hatte ihm einmal in einem schwachen Moment erzählt, dass sie ihr gesamtes Geld für ihre Zukunft außerhalb des Systems, ihre Zukunft mit Ernst sparte. Dabei war diese Zukunft eine ganz und gar transphysische, und auf so etwas Banales wie Geld nicht angewiesen, aber selbst die aufrührerische Vanessa war anscheinend konservativ genug, um sich eine Zukunft ganz ohne Geld nicht vorstellen zu können. Seltsamerweise hatte Vanessa anscheinend vergessen, was sie ihm alles erzählt hatte.

»Dann müssen wir ihn runterhandeln«, meinte Julian knapp und begann, sich aus seinem Schlafsack zu schälen. Ihm war schleierhaft, wie er an sein Geld rankommen sollte. Sobald er einen Fuß in die Firma setzen würde, würden sie ihn zur Kontrolle heranziehen und so schnell nicht wieder gehen lassen. Julians Ausflug aufs Land schien sich mit einem Mal sehr rasch dem Ende zuzuneigen.

Als sie die Küche betraten, saßen Ion und Fiona über den Tisch gebeugt und aßen Cornflakes mit Milch. Julian blieb empört im Türrahmen stehen. »Unerhört, dass ihr euch einfach an unserem Essen bedient!«

»Mo'n«, murmelte Ion mit vollem Mund. Beim Anblick der beiden musste er so kichern, dass er sich an seinen Flakes verschluckte. Er hustete und schaffte es knapp, den Inhalt seines Mundes bei sich zu behalten. Fiona schien noch zu schlafen. Sie schwieg jedenfalls und konzentrierte sich ganz darauf, den Löffel in gleichmäßigen Bewegungen zum Mund zu führen.

Julian drehte den Gaskocher an und setzte Teewasser auf. Vanessa holte zwei Tassen aus dem Schrank und legte in jede einen Teebeutel. »Die Vorräte sind fast alle«, murmelte sie.

»Und, was habt ihr euch überlegt?«, wollte Ion wissen, während er mit dem Löffel die letzten Flocken aus der Schale kratzte, ein Geräusch, bei dem sich bei Julian die Haare aufstellten. Statt zu antworten, schloss er die Augen und wartete, bis Vanessa sich rührte. Sollte sie ruhig die Verhandlungen übernehmen, fand er. Sonst war sie ja auch so vorlaut und wusste alles besser. Aber Vanessa tat, als ob sie dies alles nichts angehen würde, und spähte über ihre Köpfe hinweg in die Sonne, die sich für einmal durch die Wolkendecke zwängte.

»Wieso willst du uns überhaupt helfen?«, wandte Julian sich schließlich an Ion.

»Wieso? Was für eine Frage.« Ion lachte. »Also aus Mitgefühl bestimmt nicht. Da braucht ihr euch nichts einzubilden. Ein kleiner Zustupf, das ist alles. Fiona und ich wollen nächstes Jahr heiraten, und zwar mit allem Drum und Dran.« Er wandte sich kichernd an Fiona. »Wieso. Der fragt ernsthaft wieso.«

»So viel Geld habe ich nicht. 15 000, das ist alles, was ich dir geben kann.«

Ion lehnte sich zurück und lächelte spöttisch, während er sich mit

218

dem kleinen Fingernagel die Zähne säuberte. »Hm«, meinte er gedehnt und tat so, als ob er angestrengt überlegen müsste. Er sah aus, als ob er etwas ausrechnen müsste, was eigentlich nicht sein konnte. »Außerdem weiß ich nicht, wie ich an das Geld rankomme«, fuhr Julian fort. »Ich muss es bei der Firma beantragen.«

»Ja, dann mach mal.«

»Das heißt, Julian muss da höchstpersönlich vorbeigehen und denen begreiflich machen, weshalb er plötzlich so viel Geld braucht«, erklärte Vanessa, die wie immer befürchtete, dass andere die einfachsten Dinge nicht begreifen könnten. Das musste in ihren Genen liegen, denn unter Sublimen gab es keinen Grund zur Annahme, jemand möge etwas einfältig sein.

»Danke, Vanessa. Ohne dich wäre hier wirklich alles verloren, nehme ich an«, antwortete Ion in schneidendem Ton und wandte sich an Julian: »Wenn du in die City zurückkehrst, werden sie dich gleich da behalten, aber das weißt du ja.« Julian bejahte und Ion fuhr fort: »Ich könnte ein gutes Wort für dich einlegen.«

»Das kannst du also auch«, antwortete Julian mürrisch. »Du scheinst da ja dick drin zu sein.«

»Ja, das bin ich. Sie halten große Stücke auf mich und das zu Recht. Auch du warst einmal gut angeschrieben da oben. Ich weiß das, aber das war, bevor du dich von Blondie zu dieser Schnapsidee hast überreden lassen und dich dann, unerlaubterweise, auch noch verliebt hast.« Ion streckte seinen Zeigefinger in Vanessas Gesicht.

»Nimm deine dreckigen Pfoten von mir weg«, fauchte Vanessa und wandte sich ab.

Einmal mehr wunderte Julian sich über Vanessa. So wie sie sprach, das war nicht die Umgangsart, die man sich bei den Sublimen gewohnt war. In ihren Kreisen versuchte man, immer höflich und umsichtig zu sein. Vanessa sprach viel ungeschliffener und rauer. Ob sie und Alda sich bereits vorher gekannt hatten? Er sah an Ions Gesicht, dass er ganz ähnliche Gedanken hatte.

»Nun, ich werde dir helfen, deine Kleine über die Grenze zu bringen, und dann kehren wir wieder zum Alltag zurück. Habe ich recht?«, wandte Ion sich an Julian.

»Du meinst Alda und ihre Schwester«, antwortete er bestimmt.
»Ja, meinetwegen alle beide. Aber ich sage, wie es laufen wird. I'm the boss, right?« Er blickte in die Runde, auf Bestätigung wartend. Als keine Einwände kamen, fuhr er fort: »Du«, er zeigte mit demselben tätowierten Finger auf Julian, »holst das Geld auf der Bank. Fiona wird dich hinfahren. Und du, Vanessa, wirst mir helfen, ein Fahrzeug aufzutreiben und außerdem aufpassen, dass die zwei Vögel nicht wegfliegen. Am besten gehst du gleich hinüber und verkündest die frohe Botschaft.« Ion stand auf.

»Lass mich hinübergehen«, sagte Julian. »Ich will mich wenigstens noch verabschieden, falls ich es doch nicht zurückschaffe.«

»Herr Aeschlimann?«

»Herr Aeschlimann?«

Julian schreckte aus seinen Gedanken hoch. »Ja, das bin ich«, sagte er verwirrt und suchte die Stimme, die ihn gerufen hatte. Sein Blick ging automatisch zur Kamera, die er in der linken oberen Ecke vermutete, und stellte dann fest, dass die Stimme von einer Frau kam, die direkt neben ihm stand.

»Herr Bieri erwartet Sie jetzt«, fuhr sie freundlich fort und machte Julian mit fürsorglich ausgestreckten Armen die Richtung deutlich, in die er zu gehen habe.

»Ich warte hier«, meldete sich Fiona zu Wort. Julian drehte sich erstaunt zu ihr um. Er war so in Gedanken an den Abschied von Alda versunken gewesen, dass er Fiona komplett vergessen hatte. Ob sie sich wiedersehen würden, hatte Alda wissen wollen, und als er nach ihrer Nummer gefragt hatte, hatte sie nur den Kopf geschüttelt und mit einem Mal war alles klar gewesen. Und auch er hatte keine Worte mehr gehabt.

Er ging an der Angestellten im lila Kostüm vorbei, trat durch die ihm angewiesene Tür und hörte, wie sie hinter ihm fast lautlos geschlossen wurde. Das Büro war leer. Julian stand unentschlossen im Raum, nicht sicher, ob er sich nun setzen sollte oder warten, bis jemand ihm einen Stuhl zuwies. Er blieb schließlich stehen. Er fühlte sich unwohl. Würde er diesen Herrn Bieri überreden können, ihm sein

220

gesamtes Geld rauszurücken?

»Herr Aeschlimann!«, polterte eine Stimme los, noch bevor die dazu gehörende Person im Raum stand. Herr Bieri wirbelte sichtlich geschäftig in den Raum hinein. »Bitte nehmen Sie Platz.«

Auf dem Fuß folgte ihm ein sehr junger Mann in einem sehr hellblauen Anzug. Er schob einen Teewagen vor sich her und fragte Julian, als dieser sich gesetzt hatte, ob er lieber Tee, Kaffee oder Saft haben möchte. Julian bat um ein Glas Wasser und bekam dieses mit sichtlichem Wohlwollen serviert. Der junge Mann schien ganz in seiner Tätigkeit aufzugehen. Dann schob er den Teewagen aus dem Raum und schloss die Tür lautlos hinter sich.

Herr Bieri sortierte sichtlich konzentriert seine Unterlagen. Als er damit fertig war, legte er seine gefalteten Hände auf die Tischplatte und schaute Julian erwartungsvoll an. »Nun, Herr Aeschlimann, was kann ich für Sie tun?«

Julian hatte auf dem Weg hin- und herüberlegt, was der glaubwürdigste Grund für diesen hohen Geldbezug sein könnte. Fiona, die ansonsten sehr schweigsam war, riet ihm, ohne dass er danach gefragt hätte, vorzugeben, eine dieser neuen Musikanlagen kaufen zu wollen. »Bei so etwas schöpfen sie am wenigsten Verdacht«, erklärte sie. »Sie sind froh, wenn wir uns zu Hause gemütlich einrichten und keine Dummheiten machen.«

Das hatte was, wie Julian zugeben musste. Er selbst hatte die Idee gehabt, vorzugeben, sich ein Motorrad anschaffen zu wollen. Aber so richtig passte das nicht zu ihm und außerdem hatte er noch nicht einmal einen Führerschein.

»Solche Anlagen sind sehr teuer«, fuhr Fiona fort. Mit ein bisschen Schnickschnack bist du rasch bei 15 000.«

Julian erklärte Herrn Bieri sein Anliegen. Dieser hörte ihm mit gesenktem Kopf und geschlossenen Augen zu. Als er seine Erklärung beendet hatte, verharrte der Bankangestellte in derselben Position und Julian befürchtete einen Moment lang, Herr Bieri sei vor seinen Augen eingeschlafen, doch dann hob dieser langsam seinen kahlen Kopf, streckte seine Hände zur Tastatur und begann wie wild drauf loszuhämmern.

221

»Und sie brauchen das Geld noch heute?«

Julian bejahte die Frage.

»Das dürfte schwierig werden«, murmelte der Angestellte bedauernd und presste dabei die Lippen zusammen, was gleichzeitig dazu führte, dass seine Nasenflügel sich unvorteilhaft blähten. Julian, der viel Zeit vor dem Spiegel verbrachte und sich die absolute Kontrolle über seine Gesichtszüge erarbeitet hatte, sah es und verbarg ein spöttisches Grinsen.

»So große Barauszahlungen tätigt die Bank leider nicht. Es gibt aber eine sehr bequeme Möglichkeit für Sie, Herr Aeschlimann. Nennen Sie uns die genauen Artikel, gern mit Artikelnummer, und wir werden dafür sorgen, dass ihr Wunsch direkt zu Ihnen nach Hause geliefert wird.«

»Oh«, entfuhr es Julian. Er schalt sich innerlich, dass ihm keine bessere Antwort einfiel.

»Wenn Sie mit der Bestellung zufrieden sind, buchen wir den Betrag direkt von Ihrem Konto ab. Selbstverständlich haben Sie dreißig Tage Bedenkzeit. Sie können sich in aller Ruhe überlegen, ob das Produkt wirklich das Richtige ist oder ob Sie allenfalls ein verbessertes Nachfolgeprodukt bekommen möchten.« Er machte eine Pause und schaute erwartungsvoll auf Julian. Als von diesem keine Antwort kam, fuhr er fort:»Falls Sie möchten, schicken wir sogar jemanden vorbei, der es für Sie installiert. So kommen Sie rasch und problemlos in den Genuss Ihres neuen Gerätes.« Herr Bieri hörte sich wie ein Werbespot an. Er bedachte Julian mit einem aufmerksamen Lächeln.

Julian versprach, über diesen *fabelhaften* Vorschlag nachzudenken, und verabschiedete sich mit Handschlag von Herrn Bieri. Erst als er aus dem Büro wieder in den Flur hinaustrat, fiel ihm die opulente Innenarchitektur des Glaspalastes auf. Der dunkelgraue Marmorboden glänzte wie frisch poliert. Er ging über den Flur und trat an eine gläserne Wand, durch die man in die Eingangshalle, die aussah wie die Lobby eines Luxushotels, hinunterschauen konnte. Schwere karamellbraune Ledersofas standen in der Mitte der Halle gruppiert, unterschiedlich große, goldgelbe Lampen in Eiform baumelten scheinbar zufällig platziert von der Decke. Sie sahen aus wie frisch gesammelter

222

Honig. Mehrere dieser altmodischen, grünen Leselampen flankierten die Sofas, die auf einem riesigen Teppich standen, und verschiedene elegant geschwungene Holztischchen waren mit den Zeitungen und Zeitschriften für die Herren und Damen der Welt bestückt. Julian traute seinen Augen kaum, aber tatsächlich sah er einen Diener im Frack, der einem eleganten Paar zwei hohe Gläser reichte. Der linke Teil des Raumes verschwand im Dickicht einer fast grotesk großen Dattelpalme. Julian fragte sich, wie viele Kunden sich wohl schon an den Blättern verletzt hatten, löste dann den Blick von der Lobby und ging auf Fiona zu, die auf einem der Stühle fläzte und sichtlich gelangweilt in einer Zeitschrift blätterte.

»Und?«, wollte sie leise wissen, als Julian sich neben sie setzte.

»Nichts«, antwortete Julian ebenso leise. »Ich krieg das Geld nicht einfach so. Die wollen mir die Anlage direkt nach Hause liefern und das Geld abbuchen.«

Fiona sog hörbar die Luft ein. »Hui, ja stimmt. Das habe ich schon gehört, dass die das so machen. Sie wollen nicht, dass wir plötzlich auf dumme Gedanken kommen und mit dem Geld womöglich nach Taka-Tuka-Land fahren oder sonst wohin.«

Julian musste grinsen. Es was erste Mal, dass er Fiona etwas halbwegs Witziges sagen hörte. »Oder nach Nimmerland«, ergänzte er. Wie einfach doch früher alles gewesen war, richtig oder falsch, gut oder böse, schwarz oder weiß. Als ein Sommer noch ewig gedauert und seine Eltern ihn vor all dem Ungemach des Lebens beschützt hatten. Und jetzt war er im Begriff, einer Frau zur Flucht zu helfen, die an einem Verbrechen beteiligt war. Einer Frau, die Gewalt begangen hatte, Blut vergossen, all das, was er doch mit jeder Faser seines Daseins verabscheute.

Er überlegte, wen er anrufen könnte. Vielleicht Mark? Mark hatte auf jeden Fall genug Geld, aber dann erinnerte sich Julian daran, wie abschätzig er an der Silvesterfeier über Vanessa gesprochen hatte. Nein, Mark kam nicht infrage. Ihm war nicht zu trauen. Vielleicht Noah? Der hatte sich anscheinend mit Emily verkracht. Gut möglich also, dass Noah ihm nicht mehr böse war. Und ein bisschen Erspartes hatte Noah auch, das wusste er. Er überlegte weiter und musste zu

223

seinem Schrecken feststellen, dass er im Grunde keinen einzigen Freund hatte, dem er die Sache mit Alda hätte anvertrauen können. Er hatte die Gesellschaft von Systemkonformen gesucht und gefunden, seit er sich für MORAL entschieden hatte. Er hatte sich nicht viel dabei gedacht. Es hatte die Dinge genommen, wie sie waren, jedenfalls bis Vanessa ihm über den Weg gelaufen war.

»Komm, lass uns gehen.« Julian stand auf. Fiona folgte ihm betont gelassen. Sie betraten die Rolltreppe, die fast unsichtbar über der Lobby schwebte und die beiden so elegant wie Artisten durch die Luft trug.

Als sie ins Freie traten, hatte es noch mehr aufgeklart. Aus dem scheuen Morgenglimmen war ein heller, fast sonniger Tag geworden. Die Hoffnung, dass es nun endlich Frühling werde, ließ sich auf den Gesichtern der Passanten ablesen.

Fiona setzte bereits den Helm auf, aber Julian hielt sie zurück. »Wart mal kurz.« Er klinkte sich in Noahs Chatroom ein und entfernte sich etwas von Fiona. Sie blickte ihm sichtlich misstrauisch hinterher.

Noah meldete sich: »Hey Julian, was geht?« Julian konnte nicht hören, ob Noah ihm noch böse war oder nicht. Noah klang so wie immer. Noah war nie sauer. Zumindest sein Implantat funktionierte tadellos.

»Hey, alles klar bei dir? Wollte mal hören, was so geht«, antwortete Julian laut.

»Keine besonderen Vorkommnisse hier. Bist du wieder zurück?«

»Äh, nicht ganz. Fast.«

»Fast? Was soll das denn heißen?« Noah lachte. Es war das beste Lachen, das Julian seit Langem gehört hatte.

»Klingt komisch, ich weiß. Du, hör mal, kann ich mal kurz vorbeikommen? Hast du Zeit?«

224

39

»Denkst du noch manchmal an sie?«

»Ich denke jeden Tag an sie, Sandrina.«

»Ich auch.«

Sie standen am Fenster zum Hof und blickten auf den Beginn des Tages. Die Wolkendecke hatte sich gelichtet. Es würde einen Sonnenaufgang geben. Den ersten nach so langer Zeit! Alda hatte den Arm um ihre zehn Jahre jüngere Schwester gelegt und drückte sie fest an sich.

»Komm schon«, hatte Sandrina am Abend zuvor fordernd gerufen und Alda hatte nicht gewusst, wie sie beginnen sollte. Wie sollte sie ihr nun erklären, dass es Leute gab, die Sandrina nicht als Mensch sahen, sondern als lästiges Hindernis auf dem Weg zu einer perfekten Gesellschaft? Sie räusperte sie sich und fing mit einer Frage an:

»Wenn du Vanessa und Julian siehst. Was siehst du dann?«

»Hm«, Sandrina überlegte, »sie sind sehr schön. Ich glaube, sie haben nie Pickel.«

»Nein, wohl nicht.« Alda lächelte abwartend. »Und was noch?«

»Sie haben eine ganz glatte Haut. Vanessa hat sehr schöne Haare. Und Julian hat schöne Augen, ganz blau sind sie.«

»Findest du, dass sie anders sind als wir?«

»Sie haben die schöneren Kleider als wir. Ich möchte auch einmal so einen schönen Pullover haben, wie Vanessa ihn hat. Der sieht ganz weich aus.«

Alda pflichtete ihr bei, dass Vanessa und Julian wirklich sehr gut angezogen waren. »Du weißt doch, wie man sie nennt. Glücksträger. Das ist, weil dafür gesorgt wird, dass sie nie traurig sein müssen.«

»Wieso das denn? Ich bin manchmal traurig. Ist das schlimm?«

Alda verneinte. »Solange du nicht zu lange traurig bist, ist das nicht schlimm. Im Gegenteil. Traurig sein ist etwas sehr Menschliches. Wenn man nie traurig ist, dann erkennt man doch auch nicht, wenn man glücklich ist. Weshalb bist du denn traurig?« Alda bereute ihre Frage sofort. Sie fürchtete, dass Sandrina nun einen Eimer voll mit Vorwürfen über ihr ausschütten würde, aber Sandrina schaute sie nur an

225

und schwieg. Alda wusste, dass es für Sandrina nur einen wirklichen Grund gab, traurig zu sein.

»Julian, Vanessa und die andern Glücksträger sind bei einer Firma angestellt, um glücklich zu sein. Die Firma will eine künstliche Intelligenz schaffen, die als soziale Regierung dafür sorgen könnte, dass die Welt friedlicher wird.«

Sandrina schaute sie verständnislos an.

»Na, lassen wir das. Aber sag mal, meinst du, sie sind auch intelligenter, als wir es sind?«

»Intelligent? Was heißt das?« Alda erklärte es ihr. Sandrina überlegte.

»Wohl schon«, antwortete sie. »Bestimmt intelligenter als ich es bin.«

»Sie sind viel intelligenter, als wir es sind, Sandrina. Sie haben etwas in ihrem Kopf, das sie schlauer macht. Etwas, das ihnen beim Denken hilft und auch dafür sorgt, dass sie viel mehr wissen als wir.«

»Aber wozu soll das gut sein?«, wollte Sandrina wissen.

»Sie sollen perfekt sein, Sandrina.« Sandrina schaute sie stirnrunzelnd an. Schließlich sagte sie: »Wir sind nicht perfekt.«

»Nein, wir nicht. Aber sehr viele Menschen möchten, dass alle perfekt sind und dass die, die es nicht sind, verschwinden. Dass sie im Laufe der nahen Zukunft einfach nicht mehr geboren werden. Und damit das so ist, muss das alles natürlich sehr streng kontrolliert werden.«

Sandrina verstand es nicht. »Sind dann alle glücklich?«, wollte sie wissen.

»Ich weiß es nicht. Vielleicht.«

Alda konnte sich nicht dazu überwinden, Sandrina zu sagen, dass es Menschen wie sie in Zukunft wahrscheinlich gar nicht mehr geben würde und die Sache mit dem Anschlag hatte Alda ihr noch immer nicht erzählt. Vielleicht hatte sie es schon wieder vergessen. Aldas Hoffnung wurde jäh enttäuscht.

»Und was hat das alles mit uns zu tun? Weshalb müssen wir weg von hier?«

Und so blieb Alda nichts anderes übrig, als Sandrina die Geschichte

226

vom letzten Herbst zu erzählen:

»Was macht ihr?«, wollte Alda keuchend wissen. Sie war gerade wie eine Irre auf dem Rad durch die Stadt gerast und nun doch zu spät zu ihrem wöchentlichen Treffen gekommen. Sie legte ihre Mütze ab, damit ihr Kopf ein wenig auslüften konnte. Isabella, Jo und Stefan beugten sich zu dritt über einen Behälter, aus dem verschiedene Drähte lugten. Alda wusste sofort Bescheid. »Sagt mal, spinnt ihr?«

»Ich dachte, du willst dem Mees mal einen Denkzettel verpassen?« Isabellas Stimme klang hysterisch.

»Ja, aber nicht so. Was habt ihr damit überhaupt vor?«

»Konsequent sein. Das haben wir damit vor. Wollten wir nicht immer konsequent sein?«, fragte Stefan sie herausfordernd.

»Dazu muss man nicht gleich zu solchen Mitteln greifen.«

»Ah ja? Hast du vielleicht eine bessere Idee? Was kann man gegen einen wie Mees konsequent ausrichten? Das würde mich mal wirklich interessieren.« Jo lehnte sich in seinem Stuhl zurück und verschränkte die Arme. Er war in Streitlaune.

Alda wusste keine Antwort.

»Einem wie Mees muss man mal eine vor den Latz knallen, aber so richtig!«

Alda schaute entsetzt von einem zum anderen. Dann brach Stefan plötzlich in schallendes Gelächter aus und rief: »Ha, ha! Reingelegt!«

»Was?«

»Reingelegt. Die ist natürlich nicht echt.«

»Nicht echt?«, echote Alda. Sie fühlte, wie die Wut in ihr hochstieg. Sie hätte ihn erwürgen können. »Du hast aber einen ganz schön schlechten Humor!«

Nun lachten alle drei. Jo legte den Arm um sie und sagte: »Da kommt nur schwarzer Rauch, wenn er es aufmacht. Vertrau mir.«

Alda schüttelte ihn ab und funkelte ihn wütend an. »War das deine Idee?«

»Nein, seine«, antwortete Jo grinsend und zeigte auf Stefan.

»Verdammte Idioten«, fauchte Alda. Sie nahm ihren Rucksack und fläzte sich auf einen Stuhl in der Ecke, um das weitere Geschehen zu beobachten.

Stefan befestigte den Brief oben auf der Bombenattrappe und verschloss das Paket. Es sah alles so laienhaft aus, dass Alda vermutete, dass es sowieso nicht funktionieren würde. Dann nahm Stefan einen schwarzen Filzstift zur Hand. »Adresse.«

Isabella diktierte ihm gehorsam die Anschrift.

»Gut«, sagte er, als er damit fertig war. Er sah sehr zufrieden aus. »Wer bringt es zur Post?« Alle Augen waren plötzlich auf Alda gerichtet. Sie fanden, Alda hätte bisher noch am wenigsten mitgeholfen und müsste es nun am Postschalter aufgeben.

»Und das hast du gemacht?«, rief Sandrina ungläubig.

»Ja, die haben mich dazu gezwungen und ich dachte doch, es sei nur ein schlechter Scherz.«

»Und dann?«

»Der Rest der Geschichte stand letzten Herbst in jeder Zeitung. Der Mann hat beim Unfall beide Arme verloren. Das wollte ich doch nicht. Die haben mich reingelegt! Das musst du mir ehrlich glauben!«

»Wie kann man nur so dumm sein!«, rief Sandrina. »So etwas kannst du doch nicht machen!«

»Ich wollte es ja gar nicht. Ich wünschte, ich könnte es rückgängig machen«, sagte Alda verteidigend, »aber es ist nun einmal geschehen.«

»Pff«, machte Sandrina nur und drehte sich weg. Alda wusste, dass sie nun sagen konnte, was sie wollte. Sie würde nicht zu Sandrina durchdringen.

Sie hatten ihre Rucksäcke gepackt und warteten auf Julian, der bestimmt bald aus der City zurückkehren würde. Manchmal, in einer euphorischen Sekunde, stellte Alda sich vor, dass Julian mit ihnen kommen würde, aber sie verscheuchte diesen Gedanken immer rasch, so wie man eine lästige Fliege verscheucht. Sie durfte sich keine Sentimentalitäten leisten, keine verliebten Hirngespinste. Durch das Fenster beobachtete sie Sandrina, die auf dem Vorplatz hin- und herlief wie ein wildes Tier in Gefangenschaft. Mit einem Mal blieb ihre Schwester stehen, drehte sich um und rannte mit erschrecktem Gesicht ins Haus.

228

Alda hörte, wie sie die Treppe hochpolterte und eine Tür mit lautem Knall ins Schloss fiel.

»Sandrina? Was ist los?« Dann erst sah sie, weshalb ihre Schwester sich so erschreckt hatte. Ion stand unten auf dem Platz und schaute grinsend zu ihrem Fenster herauf. Alda bedeutete ihm mit der Hand, dort zu warten.

Als sie aus dem Haus trat, strahlte Ion sie an, als ob er gerade etwas besonders Schönes gewonnen hätte. Dabei ließ er seine goldenen Eckzähne blitzen wie ein Wolf. Sein volltätowierter Schädel glänzte in der Sonne. Er hatte Ähnlichkeit mit einem Tier, oder eher einem Fabelwesen. Alda lief ein kalter Schauer über den Rücken.

»Na, schon gepackt?«, wollte Ion wissen. Er sagte es in diesem neckischen Tonfall, dem Tonfall der Leute, die sich anderen scheinbar immer überlegen fühlten.

»Wieso fragst du?«

»Nun ja, ich interessiere mich halt für dich.« Er schaute zum Himmel. »Ihr solltet warme Kleider einpacken. Nächste Nacht wird es kalt.« Er senkte den Blick wieder und betrachtete sie forschend. »Du hast Julian ganz schön den Kopf verdreht. Mann, Mann, Mann.« Er streckte die Hand aus, um ihr Haar anzufassen. Alda schlug ihm die Hand weg. »Wenn man auf aggressive Zicken steht, bist du tatsächlich ein besonders hübsches Exemplar.« Seine Augen verengten sich. »Wer ist eigentlich auf den Namen gekommen? Du oder Jo?«

»Was faselst du für dummes Zeug? Lass mich in Ruhe. Ich habe keine Zeit für deine Spielchen.«

»Ich lass dich genau dann in Ruhe, wenn ich Lust habe, dich in Ruhe zu lassen«, antwortete Ion eisig und näherte sich ihrem Gesicht um ein paar Zentimeter. Alda wurde plötzlich klar, dass sie auf das Ende dieser Geschichte zuging. Es gab keine Zukunft. Es würde nicht klappen.

»Siamo noi. Wer hat sich das ausgedacht? Klingt nach ... reluçion!« Ion rollte das R heftig und streckte dabei einen Arm wie ein Flamencotänzer in die Höhe. Seine rasche Bewegung ließ eine Wolke von Schweiß genau in Aldas Nasenflügel wehen. »Na, komm schon. Erzähl's dem lieben Onkel.« Er baute sich demonstrativ vor ihr auf. Die Hände in die Hüfte gestemmt, den Kopf schräg und

229

erwartungsvoll wie ein kleines Mädchen.

»Ich weiß nicht, wovon du redest«, antwortete Alda. »Und jetzt geh. Ich habe zu tun.«

»Ach ja, was hast du denn zu tun? Den nächsten Anschlag planen vielleicht?«

»Red kein dummes Zeug. SIAMO NOI! ist längst Vergangenheit. Die Gruppe gibt es nicht mehr.« Sie drehte sich um und ging zurück Richtung Hauseingang.

»Dir ist hoffentlich klar, was Julian riskiert, um dir zu helfen? Wenn das rauskommt, dann landet er im Knast. Falls ihr Glück habt, dürft ihr euch eine Zelle teilen.«

»Ich habe Julian nicht um seine Hilfe gebeten. Das ist seine Entscheidung. Er kann es auch lassen!«, rief Alda über die Schulter zurück und ging ins Haus. Sie machte die Tür zu, lehnte sich an die Innenseite und vergrub das Gesicht in beiden Händen. Ion hatte recht. Julian riskierte viel zu viel für sie. Manchmal vergaß sie selbst, wie schwerwiegend ihr Vergehen war. Manchmal vergaß sie, dass sie eine Verbrecherin war. Es gab Leute, die nannten sie gar eine Terroristin. Es waren dieselben Leute, die Mees für eine große Persönlichkeit hielten und nach Vergeltung schrien.

Sie stieg die Stufen hoch und rief nach ihrer Schwester. Als keine Antwort kam, ging sie zum Wohnzimmerfenster und spähte zum Wäldchen. Sie sah, dass Ion anscheinend auf dem Rückweg zum Aegetenhof war. Durch die kahlen Zweige sah sie ihn den Weg durch das Wäldchen hochstapfen. Sie ging in den Flur, klopfte an die Toilettentür und rief nochmals: »Sandrina? Komm raus. Er ist weg.«

230

40

Als Vanessa hörte, dass die Eingangstüre mit einem Ruck geöffnet wurde, schloss sie rasch die Bildschirme und trat aus dem Zimmer. Auf dem Flur hörte sie Ion lautstark reden, wahrscheinlich mit Fiona. »Das ist natürlich Mist.« Vanessa meinte, die Enttäuschung in seiner Stimme zu hören. »Ja, halt mich auf dem Laufenden, Baby. Ciao.« Er wandte sich an Vanessa, die ihm auf der Treppe entgegenkam.

Als er sie von unten her anschaute, wirkte er auf Vanessa einen Moment lang vollkommen unschuldig, unverdorben, wie der Junge, der er einst gewesen sein musste. Sie spürte kurz eine ungewollte Welle von Sympathie in sich aufsteigen.

»Tja, was soll ich sagen. Julian hat das Geld nicht bekommen. Die wollen ihm den Betrag nur in Waren auszahlen. Er hat ihnen wohl irgendetwas von einer Musikanlage vorgefaselt, die sie ihm nun besorgen wollen.«

»Oh!«, entfuhr es Vanessa. Darauf war sie nicht gefasst gewesen.

»Er will wohl versuchen, anders an das Geld zu kommen. Na, mir soll's egal sein. Hauptsache, er beeilt sich. Mir läuft hier die Zeit davon.«

Zurück in ihrem Zimmer setzte Vanessa sich über einen der intimen Kanäle mit Julian in Verbindung. »Wo bleibst du denn? Was machst du?«

Julian erzählte ihr, was sie von Ion schon gehört hatte. »Ich bin jetzt auf dem Weg zu Noah. Vielleicht kann er mir was leihen.«

Sie hörte ihm ungeduldig zu. Sie konnte sich nicht vorstellen, dass Noah genügend Geld hatte. Hatte nicht er sich kürzlich ein genau solches Soundgerät geleistet? Sie verdrängte den Gedanken daran, dass sie Alda das Geld ohne Weiteres hätte geben können. Sie musste an ihre Zukunft denken.

Sie hatte nicht gehört, was Julian ihr erzählt hatte, aber sie hatte keine Lust, nachzufragen. Stattdessen verabschiedete sie sich. »Viel Glück. Melde dich, sobald du etwas Neues weißt.«

»Warte!«, hörte sie Julian sagen. Er wollte wissen, wie es Alda ging. Vanessa wusste es selbst nicht. Sie hatte seit Stunden schon zum

231

Nachbarhof hinübergehen wollen, um zu sehen, ob mit den beiden alles in Ordnung sei. »Alles bestens«, antwortete sie rasch und verabschiedete sich. Dann nahm sie ihre Jacke vom Stuhl und verließ das Zimmer, nicht ohne vorher sorgfältig kontrolliert zu haben, dass alle ihre Daten sicher verschlüsselt waren.

Vanessa stapfte über den glitschigen Untergrund der tauenden Felder. Weit draußen saßen Krähen und taten sich an Resten von irgendetwas gütlich. Ihr Krächzen klang gereizt. Es klang, als ob sie miteinander schimpften. Plötzlich flatterten sie hoch, aufgeschreckt vom Lärm eines Motorrades. Als Vanessa sich umdrehte, sah sie Ion auf der schmalen Straße davonbrausen. Als der Lärm verklungen war, flogen die Krähen von den Bäumen herab und eroberten sich ihre Plätze auf dem Feld zurück. Vanessa blieb stehen, um sie zu beobachten. Eine Frage, die sie schon länger beschäftigte, drängte sich mit einem Mal in ihre Gedanken. Was war wichtiger, ein gutes Herz zu haben oder einen scharfen Verstand? Visionen beispielsweise, daran mangelte es Vanessa wahrlich nicht. Sie, Vanessa, wollte auch nur das Beste für alle, aber auf ihre Weise. Auf eine viele schlauere Weise. Sie setzte sich in Bewegung und stapfte weiter Richtung Sarnerhof. Dann fiel ihr plötzlich ein, dass sie vergessen hatte, nach den Isomatten zu suchen. Sie drehte sich um und ging den Weg zum Aegetenhof zurück.

Als sie die Tür zum eiskalten Dachgeschoss öffnete, fiel ihr das Geheimnis wieder ein. *Unser Geheimnis ist an einem sicheren Ort.* Mysteriös und gleichzeitig so profan lautete eine von Ernsts letzten persönlichen Nachrichten an seinen Lover. Vielleicht würde sie es irgendwo auf dem Dachboden finden. Vanessa horchte in sich hinein und forschte nach Skrupeln. Nein, sie hatte keine Skrupel. Die meisten Menschen träumten doch davon, nach dem Tod nicht vergessen zu gehen. Dass jemand sich auch nach ihrem Tod noch für ihr Leben interessierte, das war es doch, was alle wollten. Sie brauchte einen Moment, bis sich ihre Augen an das Duster des Dachbodens gewöhnt hatten. Etwas Außenlicht drang durch ein paar schmale Luken in den Raum. Vanessa ließ ihren Blick schweifen. Alte Lampenschirme, verstaubte Vorhänge, halb leere Kisten mit Geschirr, einen kaputten Gartenstuhl, einen

Ventilator, Bücher, die Vanessa bereits durchsucht und als uninteressant bewertet hatte, eine kaputte und erstaunlich hässliche Kommode, zahlreiche Eimer, aber keine Isomatten und auch kein Geheimnis.

»Die haben ja wirklich die volle Kontrolle über euch«, sagte Alda müde, als Vanessa ihr das Problem mit dem Geld erklärte. »Na ja, ist ja wohl nur die nächste konsum-evolutionäre Stufe der Bevormundung.«

»Ja, das haben sie. Sie haben die volle Kontrolle über uns«, antwortete Vanessa. »Alle Sublimen stehen unter ständiger Beobachtung. Wir werden rund um die Uhr überwacht. Sie wissen, wo wir sind, was wir tun, wie wir fühlen. Sie kennen die genaue Hormonausschüttung in unserem Körper. Schau, wenn ich mich jetzt beispielsweise fürchterlich aufregen würde, hätte ich sofort die Stimme von Dr. Malgradini in meinem Kopf. Dr. Malgradini ist meine persönliche Betreuerin. Sie würde sich Sorgen um mich machen und mich anweisen, ein beruhigendes Mittel zu nehmen, zum Beispiel *pace®*, ein Beruhigungsmittel.«

Alda schüttelte nur den Kopf.

»Hey, das ist auch nur ein Job. So wie deiner auch. Ich meine, Müll aufräumen? Ist das etwa besser?«

»Wenigstens kann ich dabei schlechte Laune haben, wie es mir passt.«

»Die wissen im Übrigen auch längst, dass Julian sich in dich verliebt hat. Besser gesagt, sie wissen, dass in seinem Gehirn Vorgänge ablaufen, die auf den Zustand der Verliebtheit hinweisen. Aber, das wollen sie nicht. Sie wollen keine großen Gefühle. Sie tun alles, um große Gefühle zu unterdrücken. Große Gefühle bergen immer die Gefahr, großen Kummer nach sich zu tragen. Erst ist man überglücklich und danach todunglücklich und dann wieder überglücklich. Das bringt zu viel Unruhe und erschwert die Kontrolle. So sehen sie es. Sie wollen nicht Liebe, sie wollen Zufriedenheit.«

»Zufriedenheit ist ja auch eine feine Sache«, antwortete Alda und musste an ihre eigenen Eltern denken, die immer über irgendetwas im Clinch gewesen waren.

»Aus der Zufriedenheit soll das Glück entstehen, das wiederum

233

Positives nach sich zieht, davon gehen sie aus. Wer glücklich ist, ist weniger korrupt. Aufgrund unserer Gehirnaktivitäten soll der Beweis erbracht werden, dass eine gerechte, digitale Regierung geschaffen werden kann. Eine moralisch agierende Regierung, die streng nach dem kant'schen Imperativ verfährt. Tue nichts, wovon du nicht wollen kannst, dass es allgemeines Gesetz wird!«

»Ja, ja, ich weiß«, winkte Alda ab. Es klang gelangweilt. Dann musste Vanessa plötzlich lachen. »Ausgerechnet Julian, wer hätte das gedacht! Als ich Julian kennengelernt habe, war er vollkommen von der Sache überzeugt. Er war vollkommen linientreu. Aber du, du hast ihm ganz schön zugesetzt. Jetzt kann er den Scherbenhaufen seiner Ansichten zusammenkehren.«

»Jetzt übertreib mal nicht«, antwortete Alda.

»Liebe ist das Größte überhaupt. Liebe ist ein Geschenk, das man nicht zurückweisen darf, also ... wer weiß, vielleicht wird er mit dir gehen«, sagte Vanessa mehr zu sich selbst und schüttelte unwillkürlich den Kopf. Nein, dass Julian mitginge, darüber würde sie so rasch nicht hinwegkommen. Dass er den Mut haben würde ... Sie konnte es sich nicht vorstellen. Wirklich nicht.

41

Julian nahm sich dankend ein Stück von der Pizza, die Noah für sie beide auf den Tisch stellte. Er hatte zerknirscht feststellen müssen, dass es eine Ewigkeit her war, dass er bei Noah zu Besuch gewesen war. Einander zu besuchen, galt als wichtige Tugend unter den Sublimen. Sich für das Leben des anderen Menschen zu interessieren, zeugte von Wertschätzung. Julian musste feststellen, dass er sich für Noah und seine anderen Freunde in letzter Zeit kaum interessiert hatte, im Gegenteil. Insgesamt war er wohl ein ziemlich mieser Freund.

»Ich weiß schon, was dir durch den Kopf geht«, meinte Noah grinsend und biss herzhaft in das mit vegetarischer Salami belegte Stück.

»Ist schon okay. Schwamm drüber. Wie geht es Vanessa?«

»Gut, nehme ich an. Sie wird mit ihrem Ernst beschäftigt sein, denke ich, aber, ich weiß es nicht so genau. Die Sache mit Alda hat mich etwas aus dem Tritt gebracht.«

»Und das Projekt?«, wollte Noah weiter wissen.

»Ach, vergiss es. Das wird doch nichts. Wir hatten auch keine Zeit mehr. Als ihr weg wart, ist Ion wieder aufgetaucht. Erst allein und dann mit seiner Verlobten.«

Noah konnte nicht glauben, dass Ion tatsächlich eine Verlobte hatte.

»Was will der denn die ganze Zeit von euch? Also, mir ist das schleierhaft.«

»Er sucht jemanden.«

»Aha? Wen denn? Die Schöne vom Nachbarhof?«

Julian beschloss, Noah die Sache mit Alda anzuvertrauen. »Ja, und nun müssen die beiden so rasch wie möglich aus der Schweiz verschwinden«, endete er seinen Bericht. »Und ich habe versprochen, ihr das Geld zu geben, an das ich nicht rankomme.« Julian wischte sich den Mund ab und legte die Serviette auf den Teller.

»Wieso bringst du sie nicht selbst nach Lissabon?«, wollte Noah wissen.

Daran hatte auch Julian schon gedacht, aber nur kurz. Ion würde ihn verpfeifen, noch bevor er über der Grenze war. Und wenn sie es doch schaffen würden, dann gab es kein Zurück für ihn. Dann war er

235

vielleicht schlimmer dran als damals, ganz am Anfang. Nur seiner Zähheit und seiner Intelligenz hatte Julian es zu verdanken, dass er dem Leben als Schlichter entkommen war. Und einer guten Beziehung. Aber das brauchte niemand zu wissen. Auch Noah nicht. »Dann soll es doch Vanessa tun!«, rief Noah. »Die hat doch sowieso nicht vor, noch einmal in die City zurückzukehren. Kann sie sich mit ihrer großen Liebe in Frankreich einrichten oder sonst wo. Für die spielt das doch nicht so eine Rolle. Hey, weißt du, was ich denke? Ich denke, Vanessa ist ein Spitzel. Ich weiß nicht, wer ihre Auftraggeber sind, aber ganz sauber ist die nicht. Mit Sicherheit nicht.«

Julian nickte zustimmend. Es war gut möglich, dass Vanessa schon sehr bald selbst auf der Flucht sein würde.

Sie ließen sich in Noahs Wohnzimmer nieder und hörten eine Weile schweigend Musik. Julian wagte noch immer nicht, die Frage zu stellen, für die er eigentlich gekommen war. Er hatte nicht mehr viel Zeit. In einer halben Stunde würde Fiona vor der Tür stehen.

»Du, ich habe mir gerade überlegt, ob du mir wohl das Geld leihen könntest? Ich könnte es dir unauffällig in kleinen Raten zurückzahlen.« Er versuchte, so natürlich wie möglich zu klingen.

»Also, deswegen bist du hier! Ich habe mich schon gewundert.« Noah lachte laut auf. Das war zu viel für Julian. Er lehnte sich in die Polster zurück und schloss die Augen. Konnte Noah nicht einfach das Geld rausrücken und kein solches Aufheben machen? Die diplomatischste Antwort, die ihm spontan einfiel, war: »Ja, auch.« Aber er hätte auch sehen wollen, wie es ihm gehe, fügte Julian hinzu. Ehrlich.

Noah ließ es sich nicht anmerken, ob er ihm glaubte oder nicht. Er wechselte das Thema. »Hast du schon meine neueste Errungenschaft gesehen?« Er zeigte neben sich auf einen Vintage-Plattenspieler, der die allerneuste Hightech verbarg. »Cool, was?«

Julian bejahte. Noah hatte keinen schlechten Geschmack, das musste man ihm lassen. Er hielt viel von Gemütlichkeit. Bei Noah lebte es sich so ein bisschen wie in einer Höhle. Am liebsten wollte man sich zusammenrollen und einschlafen. Lange schlafen, bis der Winter vorüber war. Julian ging es jetzt nicht anders.

Noah legte von Hand den Tonarm auf das schwarze Vinyl und

236

sagte verschwörerisch:»Hör dir mal den Sound an.« Aus den Boxen ertönte ein aggressiver Trommelwirbel, gefolgt von einem tiefen Bass und einer sehr hohen Frauenstimme. Der Klang war ausgezeichnet, aber Julian hatte nun nicht den Nerv für solches. Noah wollte ihn quälen, Julian wusste es ganz bestimmt. Es war Noahs Art, sich zu rächen. Musste er seine Frage nun wirklich noch einmal wiederholen? Julian wartete geduldig, bis das Stück zu Ende war. Gerade als er den Mund öffnete, um noch einmal nach dem Geld zu fragen, klopfte es an der Tür.»Das wird Fiona sein«, murmelte er enttäuscht.

Noah schaute auf das Display seiner Uhr.»Nein. Da stehen zwei Männer vor der Tür«, meinte er.»Hm, keine Ahnung, wer das ist. Kennst du die?« Er hielt Julian den Arm hin. Auch Julian hatte die beiden noch nie gesehen, aber ihm schwante, dass sie seinetwegen hier waren.

»Die sind wohl von der Firma. Die kommen, um mich abzuholen«, sagte er erschrocken.

»Was, weshalb denn?«

»Wegen des Implantats. Sie wollen es seit einer Ewigkeit überprüfen. Jetzt haben sie wohl die Geduld verloren.«

»Hast du dich etwa noch nicht darum gekümmert?« Noah fasste sich an die Stirn.

»Also, hast du die Kohle?«

»Ja, ich kann es besorgen«, antwortete Noah, ohne zu zögern. Julian dankte es ihm und fügte rasch hinzu:»Kannst du es so schnell wie möglich zu Alda bringen?«

»Ja, mach ich. Ich brauche aber ein paar Stunden.«

»Mach einfach so schnell wie möglich und gib das Geld auf keinen Fall Ion!«, flüsterte Julian und stand auf.»Und auch nicht Vanessa!«, schob er nach.»Gib es nur Alda, sie soll mit Ion verhandeln, hörst du?«

Julian strich sich die Haare aus dem Gesicht, sein Hemd glatt und wartete. Als Noah die Tür öffnete und den Blick auf die beiden ganz in Blau gekleideten Männer freigab, schoss Julian die Möglichkeit eines zukünftigen Lebens mit Alda durch den Kopf. Eines Lebens fern vom allem. Er könnte jetzt in einer Millisekunde alle seine Kräfte

237

sammeln, zur Tür hinaus sprinten, das Treppenhaus hinab, hinter sich das Getrappel von vier Füßen und die erstaunten Rufe von Noah hören:»Julian, was soll ich tun?«

Der Hall von Noahs Stimme würde immer höher steigen, während sich Julian unaufhaltsam nach unten begab, zum Erdgeschoss, hinaus auf die Straße. Die Beamten hätten mittlerweile die Polizei alarmiert und alle Kameras richteten sich auf ihn. So kam es ihm jedenfalls vor. Er aber, er kannte die Schatten der City, er kannte die Schlupflöcher, die von den Kameras nicht erfasst wurden. Er kannte den Weg hinaus aufs Land, hinaus in die Freiheit. Er rannte und rannte, so schnell, dass er Augenblicke später vollkommen außer Atem bei Alda vor der Tür stand. Sie blickte ihn erstaunt und erfreut an. Dann nahm sie sein Gesicht in ihre Hände und bedeckte es mit Küssen, und er fühlte dieses befriedigende Gefühl, dass es genauso sein musste. Dass es genau so richtig war. Und dann drehten sie sich um und gingen einfach davon. Gingen und gingen und gingen. Bis sie eines Tages in Lissabon waren. Der Stadt der Schlichten. Und ja, auch er, Julian war nun wieder ein Schlichter. Es war, als ob die letzten Jahre nur ein böser Traum gewesen wären und wenn er in Aldas dunkelblaue Augen schaute, dann bereute er absolut nichts.

Nur manchmal noch, wenn er auf all das Chaos schaute und auf all den Streit, der zwischen den Schlichten herrschte, auf die Armut in den Straßen und den Missbrauch von Leben, da war es ihm doch ein Kummer, dass er nun nicht mehr Teil dieses großartigen Projektes war, das der Welt endlich Frieden bringen sollte und Gerechtigkeit. Dass er nun nicht mehr für etwas lebte, das größer war als er. Dass er nun nicht mehr zu den Erhabenen gehörte, die auserwählt waren, die Welt zu retten. Dass er nun nur noch einer unter vielen war.

Niemand kontrollierte ihn mehr. Wie frei er doch war, und doch nahm es ihm beinahe die Luft zum Atmen! Und manchmal, wenn er traurig war und er sich allein im Abendlicht auf eine der alten Treppe in der Alfama setzte, dann konnte nicht einmal das gedämpfte Licht es verdecken, dass die Menschen verrottet waren, von innen heraus faulten, wegen ihrer Sucht, ihrer Gier. In solchen Momenten machte es ihn ganz krank, dass er die Chance verpasst hatte, für mehr zu sterben als nur für sich selbst. Er hätte Teil des Guten sein können, Teil von MO-RAL.

Und er wurde auch krank. Seine Organe versagten, eines nach dem anderen. Alda pflegte ihn aufopferungsvoll. Ihre schönen, schwarzen Haare waren nun grau vor Kummer. Er hörte sie oft weinen, aber er war zu schwach, um aufzustehen, und dann starb er. Alda küsste ihn ein letztes Mal und dann wurde alles schwarz.

»Herr Aeschlimann?«

»Ja, das bin ich.«

»Wir bitten Sie höflich, mit uns zu kommen. Sie werden von Dr. Chan im Gesundheitszentrum City-Nord zur Überprüfung Ihres Implantates erwartet.«

Julian strich sich noch einmal sein Hemd glatt, nahm seine Jacke und verabschiedete sich mit Handschlag von Noah. »Wir sehen uns.«

42

»Also, ich nehme an, du weißt mittlerweile Bescheid?«

»Worüber?« Alda hatte Ion schon von Weitem kommen sehen und fing ihn noch auf der kleinen Brücke ab, *ihrer* Brücke, die wie das vergessene Requisit ihrer Liebe über das längst ausgetrocknete Bachbett ragte.

»Ich soll euch beide ins Ausland bringen.«

»Du? Du bist wohl verrückt geworden. Ich geh doch nicht mit dir mit!«

»Ai, ai, ai. Nicht so vorlaut, Schätzchen. Ich bin hier der Einzige, der es tun wird. Julian lässt es sich was kosten.«

»Julian hat das mit dir abgemacht?«, fragte Alda ungläubig.

»Ja«, antwortete Ion knapp und fuhr dann geschäftig fort: »Also, habt ihr eure Sachen gepackt? Wir fahren, sobald Julian mit dem Geld zurück ist. Schlafsäcke, Isomatten, habt ihr alles? Ich weiß nicht, wie rasch wir vorwärtskommen.«

»Und wenn er das Geld nicht auftreibt?«

»Dann nehmen wir einfach die andere Richtung. In die City. Den Rest kannst du dir selbst ausmalen.«

Alda blickte ihn sprachlos an, nickte knapp und drehte sich auf dem Absatz um.

»Hey, nicht so hastig! Willst du mich nicht mal deiner Schwester vorstellen? Nicht, dass sie dann Zicken macht, wenn es darauf ankommt. Ich muss auch wissen, worauf ich mich hier einlasse!«

Alda murmelte ein mürrisches »Ja« und ging mit großen Schritten auf das Haus zu. Ion stapfte hinter ihr die Anhöhe hoch.

»Du brauchst nicht so abweisend zu sein. Ich riskiere Kopf und Kragen für euch!«

Du bist nur ein korruptes Schwein unter vielen, dachte Alda, aber laut sagte sie es nicht. Sie schwieg und konzentrierte sich darauf, durch den Mund zu atmen, um Ions Gestank nicht zu riechen. Laut polternd betraten sie das Haus.

»Sandrina?«, rief Alda. Keine Antwort. Sie ging vor Ion die Treppe hoch und rief lauter: »Sandrina?« Als sie das Wohnzimmer betraten, sahen sie, dass Sandrina am Tisch saß und scheinbar sehr geschäftig ein Kartenspiel legte.

»Kannst du nicht antworten, wenn man dich ruft?«, fuhr sie ihre Schwester an. Dann drehte sie sich zu Ion um. »Hier, bitte schön. Das ist Sandrina. Sandrina, das ist Ion. Ion wird uns von hier wegbringen.«

»Ich gehe hier nicht weg«, antwortete Sandrina knapp, nickte Ion kurz zu und konzentrierte sich wieder auf die Karten, die in schön angelegtem Muster vor ihr auf dem Tisch lagen. »Du brauchst dich nicht um uns zu kümmern, Ion. Wir kommen schon zurecht.«

»Das hast DU nicht zu entscheiden«, rief Alda, zunehmend genervt von Sandrinas Starrsinn. Hatte sie ihr das Problem nicht haarklein erklärt? »Es nützt jetzt nichts, den Kopf in den Sand zu stecken. Man sieht uns doch.«

»Du kannst ja allein gehen.«

»Nein, kann ich eben nicht und das weißt du ganz genau! Ich finde dich unmöglich!«

»Na, bravo!«, rief Ion. »Hättet ihr das nicht vorher miteinander klären können?«

»Du gehst jetzt nach oben und packst auf der Stelle deine Sachen wieder in den Rucksack!« Alda wusste genau, dass dieser Ton nichts brachte, aber sie konnte sich nicht zusammenreißen. Sandrina tat, als hätte sie Alda nicht gehört.

»Wir sind in einer Stunde bereit«, sagte Alda förmlich und in der Hoffnung, dass Ion wieder gehen würde. Doch dieser dachte nicht daran. Er spazierte mit verschränkten Armen im Wohnzimmer herum und inspizierte jede Ecke.

Schließlich stand Sandrina auf, rauschte wutentbrannt an Alda vorbei und sagte laut: »Bis dahin wird er ja hoffentlich noch duschen.«

»Halt die Klappe!«, fauchte Alda.

»Hey, seid ihr zurück?«, murmelte Ion plötzlich. Er lauschte in sich hinein und im nächsten Moment eilte er an Alda vorbei aus dem Haus.

Alda eilte in Sandrinas Zimmer, schnappte sich das Fernglas aus der Bratpfanne, hechtete zum Fenster und stellte die Sicht schärfer. Vor dem Haus stand Fionas Motorrad. Sie und Julian mussten schon ins Haus gegangen sein. Sie überlegte hin und her, ob sie Ion zum Hof folgen sollte, aber dann beschloss sie, abzuwarten. Irgendetwas würde in den nächsten Stunden geschehen. Kurz drauf betrat Vanessa ihre Küche. Noch nie war Alda so enttäuscht gewesen, jemanden zu sehen. »Wo ist Julian?«, wollte Sandrina wissen, die hinter Vanessa in der Tür erschienen war.

Vanessa erzählte den beiden, was sie von Julian erfahren hatte. Dass er von der Gesundheitsbehörde zum Check einberufen worden war und so rasch nicht zurück sein würde. »Wenn überhaupt«, schloss sie ihren Bericht. »Tut mir echt leid für euch beide. Ihr wärt ein schönes Paar geworden.«

»Erzähl keinen Blödsinn!« Alda verlor allmählich die Nerven.

Vanessa ging nicht darauf ein und fuhr fort: »Anstelle von ihm wird Noah euch das Geld bringen.« Sie machte eine Pause, um Alda die Gelegenheit zu geben, etwas dazu zu sagen, aber Alda starrte an ihr vorbei, damit beschäftigt, die Tränen zurückzuhalten. Sandrina stürmte die Treppe hoch, rannte in ihr Zimmer und schlug die Tür heftig zu.

»Ion will so schnell wie möglich aufbrechen. Er ist schon ziemlich nervös. Kannst du dir ja vorstellen. Also melde dich, sobald du das Geld hast.«

»Okay«, flüsterte Alda.

»Hey, alles wird gut. Bald bist du in Sicherheit und Julian wird dich besuchen, sobald er kann. Bestimmt.« Vanessa berührte Alda zaghaft an den Schultern, um sie zu trösten.

Noah kam nicht. Alda saß den ganzen Abend am Fenster und beobachtete die Straße, doch er kam nicht. Nichts geschah.

»Darf Zoti mit?«, fragte Sandrina mit verheulter Stimme, als sie ihren Rucksack neben den Tisch stellte.

»Ja, natürlich darf Zoti mit«, rief Alda und breitete die Arme aus. »Komm her. Natürlich darf Zoti mit. Sie gehört doch zur Familie.«

Die halbe Nacht tigerte Alda im Wohnzimmer auf und ab und fiel im Morgengrauen in einen erschöpften und unruhigen Schlaf. Kurz vor neun wurde sie von Sandrina geweckt. »Was? Was hast du gesagt?« Sie rappelte sich erschrocken auf.

»Die Polizei ist wieder da, habe ich gesagt«, murmelte Sandrina und streckte Alda das Fernglas hin. Alda sprang auf, riss ihrer Schwester

242

das Fernglas aus den Händen, hetzte zum Fenster, stierte hindurch und sah, dass auf dem Aegetenhof ein Polizeiauto stand. Gerade stiegen zwei Polizisten aus, es waren dieselben wie letztes Mal. Sie gingen gelangweilt auf Vanessa zu, die aus dem Haus getreten war. Worüber sie wohl sprachen? Ob Vanessa sie verraten würde? Atemlos drehte sie sich zu ihrer Schwester um. »Sandrina, wir müssen verschwinden. Wir nehmen unsere Sachen und gehen zur Hintertür hinaus und rennen in den Wald. So wie letztes Mal. Wir machen es genauso. Bitte mach keine Zicken diesmal, okay? Bitte.«

Sandrina tat für einmal wie geheißen. Sie ließ sich von Alda widerstandslos den Rucksack anschnallen und lief voraus, die Treppe hinab zur Haustür, ging an dieser vorbei, durch einen großen Kellerraum und wartete, bis Alda die Hintertür vorsichtig geöffnet und sich umgeschaut hatte.

»Komm.«

Sie liefen über den Hinterhof und in den Wald hinein, der sich gleich hinter dem Grundstück an einem Hügel hochkämpfte. Ihre Füße flogen über Gras und Steine und stolperten über die Wurzeln, die sich quer des Wegs in den Felsen krallten. Die Äste, an denen nun das erste zarte Grün hing, schnitten ihnen beharrlich den Weg ab. Sie stiegen darüber, krochen unter Büschen durch, und als Alda meinte, sie seien nun genug gelaufen, suchten sie sich keuchend ein Versteck hinter einem Busch, von dem aus sie den Aegetenhof ungesehen beobachten konnten.

Die Polizisten standen noch immer vor dem Haus und diskutierten mit Vanessa. Ion war mit den Armen fuchtelnd dazu getreten und es sah aus, als würde er ihnen etwas erklären. Plötzlich blickten sie alle in Richtung Sarnerhof und Alda vermutete, dass sie sie jetzt doch verpfiffen hätten, aber dann sah sie, dass sie gar nicht zum Hof blickten, sondern dem Taxi entgegen, das gerade in der Auffahrt hielt. Die Tür ging auf und Noah stieg aus. Alda schnappte nach Luft. Ausgerechnet jetzt.

Die Polizisten waren sichtlich amüsiert, Noah wieder auf dem Hof anzutreffen. Sie diskutierten angeregt. Das Gelächter des Dünnen war so hysterisch, dass sogar Alda und Sandrina es hinter dem Gebüsch hören konnten. Dann drehten die beiden sich abrupt um und gingen zum Polizeiauto. Der Dicke stieg auf der Beifahrerseite ein. Der Dünne zögerte einen Moment und schaute, eindeutig, in die Richtung, wo sich der Sarnerhof befand. Er schien unentschlossen, schien zu überlegen. Dann stieg auch er ein. Im nächsten Moment wendete das Auto in einem lautlosen Kreis und bewegte sich langsam die Auffahrt hinunter. Alda hielt den Atem an. Würden sie in die Auffahrt zum Sarnerhof einbiegen? Sie meinte zu sehen, dass der Wagen sein Tempo verlangsamte, aber dann rollte er an der Abzweigung vorbei, beschleunigte die Fahrt und war im nächsten Moment hinter dem Horizont verschwunden.

Sie hatten gerade ihre Rucksäcke im Keller abgestellt, als jemand an der Tür polterte. Noah stand mit breitem Grinsen vor der Tür.

»Hast du ein Schwein. Jetzt ist die Polizei schon zum zweiten Mal an deiner Nase vorbeigefahren.«

»Ja«, antwortete Alda verlegen. »Haben sie nach mir gefragt?«

»Nö, die wollten nur mal schauen, was wir so treiben. Ich glaube, denen ist einfach langweilig.«

»Hach, langweilig.« Alda schaute erleichtert auf Sandrina, die Noah schweigend betrachtete. Dann nestelte Noah in seiner Jacke und zog schließlich einen Umschlag hervor. Alda nahm ihn zögernd.

»Was ist mit Julian?«

»Ich weiß es nicht. Die von der Firma haben ihn gestern bei mir abgeholt. Julian hat seinen Auftrag ziemlich schleifen lassen. Ich nehme an, sie wollen ihn nun auf Herz und Nieren prüfen.«

»Und was heißt das?«

»Dass sie ihn wohl so rasch nicht mehr aus den Augen lassen. Er hofft aber, dass er in ein paar Tagen raus ist. Er meint, du sollst in Toulouse auf ihn warten.«

»Echt? In Toulouse?« Aldas Miene hellte sich auf. »Aber wo in Toulouse?«

»Na, am Bahnhof nehme ich an. Da wo sich alle treffen. Kann er dich denn nicht erreichen?«

Alda schüttelte den Kopf. Seit sie ihr Handy in der Limmat versenkt

244

hatte, war sie darauf bedacht, auch sonst keinerlei digitale Spuren zu hinterlassen. »Alles andere wäre viel zu gefährlich.«

»Klar, klingt logisch. Dennoch, hier ist seine Nummer.« Er steckte ihr einen winzigen Zettel mit ein paar Zahlen darauf zu. »Vielleicht kannst du ihn von irgendwoher anrufen. Mehr weiß ich leider auch nicht«, antwortete Noah. Er klopfte ihr mit der Hand leicht auf die Schulter. »Hey, ich muss los. Mein Taxi wartet. Passt auf euch auf. Ich wünsch euch Glück. Echt jetzt.« Er lächelte Sandrina aufmunternd zu, drehte sich um und ging davon.

»Danke!«, rief Alda ihm hinterher. Der Zettel fühlte sich warm an in ihrer Handfläche.

Noah drehte sich um und hob lachend die Hand zum Gruß. »Gern geschehen!«

Ion stand grinsend an sein Motorrad gelehnt, als Alda und Sandrina mit ihren Rucksäcken auf den Schultern über das Feld stapften. Sandrina blieb unsicher in Aldas Windschatten. So draufgängerisch sie manchmal war, sie wusste auch, wann sie sich in Acht nehmen musste.

»Na, seid ihr so weit?«

Alda nickte.

»Habt ihr das Geld?«

Alda nickte wieder und sagte: »Du kriegst es, wenn wir in Toulouse sind.«

»Na, jetzt mal keine Mätzchen hier. Das war anders abgemacht. Rück das Geld raus, sonst passiert hier nichts.«

Alda starrte ihn entschlossen an, aber Ion ließ sich nicht darauf ein, sondern streckte fordernd die Hand aus. Schließlich reichte Alda ihm den Umschlag. Ion nahm die Scheine heraus und zählte. Dann steckte er das Geld zufrieden lächelnd in den Umschlag zurück und ließ ihn in der Innentasche seiner Jacke verschwinden. »Fiona müsste jeden Moment zurück sein. Am besten, wir fangen mal mit Beladen an.« Er betrachtete prüfend ihre Rucksäcke und dann sein Motorrad. »Seid ihr warm angezogen?«, wollte er wissen. »Auch wenn die heutigen Bikes nicht mehr besonders schnell sind, wird es doch ziemlich zugig werden. Fresh, kann ich euch sagen.«

Alda bejahte. Sie hatten mehrere Schichten übereinander angezogen. Alles, was sie an warmen Sachen besaßen. »Was genau kriegen wir eigentlich für das Geld?«

»Dafür riskiere ich meinen Arsch und bringe die Vögelchen sicher nach Toulouse. Julian will es so. Dort werdet ihr von jemandem erwartet, der euch nach Lissabon bringt.« Aus irgendeinem Grund ahmte er einen französischen Akzent nach.

»Und wer wird das sein?«

»Ein Bekannter. Ich habe meine Verbindungen, mach dir keine Sorgen.«

»Und wie willst du mit uns über die Grenze kommen?«

»Na, hinten rum. Nein, oben rum.« Er deutete mit der flachen Hand eine Kurve an, die ein Berg bedeuten sollte. »Wir fahren über den Großen St. Bernhard. Da ist garantiert niemand. Das ist am sichersten.«

Alda warf ein, dass sie in zwei Tagen in Toulouse sein müsse. Ion lachte laut. »Erst mal kannst du froh sein, dass du hier wegkommst. Dann kannst du froh sein, wenn du ungesehen über die Grenze kommst. Ob wir in zwei, drei oder vier Tagen in Toulouse sein werden, das kann ich dir nicht sagen. Hauptsache, ich komm da heil wieder aus der Sache raus. Ist dir eigentlich klar, was wir alle hier für dich riskieren?«

Alda sagte nichts dazu und fragte stattdessen nach Vanessa.

»Keine Ahnung, wo sie ist. Hat sich wohl in ihrem Zimmer eingeschlossen und heult.«

»Heult?«

»Was weiß ich. So, nun müssen wir euren Kram aufladen und schleunigst abhauen. Kannst froh sein, dass Noah die Kohle aufgetrieben hat.«

Und du so ein korruptes Schwein bist, dachte Alda.

Sandrina hatte ächzend ihren Rucksack abgestellt und starrte verstockt in den Boden. Alda versuchte, den Arm um sie zu legen, aber sie schüttelte ihn ab.

»Wo zum Teufel bleibt Fiona?«, murmelte Ion. Dann fing er an, das Gepäck Stück für Stück am Motorrad festzuzurren. Alda und Sandrina schauten ihm schweigend zu. Kurz darauf bog Fiona röhrend um die

246

Ecke. Sie schwang ihre langen Beine vom Sattel und reichte Alda und Sandrina je einen Helm. »Hier. Aufsetzen«, sagte sie, ohne sich mit einer Begrüßung aufzuhalten.

Sandrina tat widerwillig wie geheißen. Alda zögerte. Sie wollte sich noch von Vanessa verabschieden und schaute sich nach dem Haus um. »Ich bin gleich wieder da«, murmelte sie und schüttelte sich von Sandrina los, die sich nun doch wie ein Äffchen an sie klammerte. »Lass mich mal los. Ich bin doch gleich wieder da. Ich will nur kurz Vanessa Tschüss sagen«, flüsterte sie ungeduldig. Sandrina ließ sie los und blieb mit versteinerter Miene bei Ion und Fiona zurück.

»Vanessa?« Sie ging die Treppe zu den Schlafzimmern hoch und rief noch einmal lauter: »Vanessa?« Sie stieß alle Türen auf, bis sie sie fand. Sie lag auf dem Bett und schlief. Alda ging zu ihr hin und schüttelte sie.

»Vanessa, aufwachen. Ich muss jetzt los.« Aber das blonde Bündel war nicht wachzukriegen. Sie schlief tief und fest. Alda schaute sich nach einem Zettel um, auf den sie eine Nachricht hätte kritzeln können, aber im ganzen Zimmer war nichts dergleichen zu finden. Die Schubladen wollte sie nicht durchsuchen und ließ es daher bleiben. Sie ging aus dem Zimmer und schloss die Tür leise.

»Vanessa schläft tief und fest«, bemerkte sie, als sie zu den anderen trat.

»Ich weiß. Die kriegst du jetzt nicht wach. Die hat sich selbst ausgeknockt. Die wird erst in ein paar Stunden wieder das Bewusstsein erlangen.«

»Wir Sublimen wissen eben, wann es Zeit ist zu schlafen«, antwortete Fiona und deutete auf den Helm. »Los geht's.«

Alda fühlte bereits, wie ihr der Schweiß ausbrach. Sie blieb schnaufend stehen und drehte sich um. Unter sich sah sie den Asphalt und die großen grauen Dächer auf beiden Seiten der Straße. Der See schimmerte blau. Eine eiskalte Verheißung. Weiter unten hatte sich Sandrina auf einen großen Stein gesetzt.

Alda schaute zum Parkplatz und stellte sich vor, wie es von hier oben ausgesehen haben mochte. Ihre Rucksäcke, das Zelt, die Schlafsäcke, einfach alles, fein säuberlich am Straßenrand gestapelt. Von Ion und Fiona keine Spur. Wie mochte es ausgesehen haben, als sie über die Straße zum Abhang gelaufen war und die beiden in der Ferne noch gesehen, aber bereits nicht mehr gehört hatte? Wie sie sich nicht getraut hatte, ihre Schwester anzuschauen, die noch nicht wusste, was geschehen war. Wie mochte es von hier oben ausgesehen haben?

Alda kniff die Augen zusammen, um zu lesen, was auf der blauen Tafel am Straßenrand stand. Sie konnte die Buchstaben nicht mehr erkennen, aber sie wusste es auch so: COL DU GRD. ST BERNARD. Das Ende der Welt. Und sie wusste auch, dass hier oben noch immer Bernhardinerhunde gezüchtet wurden. Um Menschen zu retten. Sie schaute auf ihre Füße, die im Schnee steckten und sich kalt anfühlten.

Sandrina kam keuchend den Weg hochgekrochen. Es war fürchterlich anzuschauen. Ihr Kopf war hochrot.»Ich habe Durst«, japste sie.

Alda steckte mit Wucht eine Hand in den Schnee und entnahm der Mulde eine Kugel Schnee, die sie Sandrina vors Gesicht hielt.»Hier.«

»Was soll das?«

»Wasser. Du hast doch gesagt, du hast Durst.«

Sandrina beugte sich zögernd über Aldas Hand und biss vom Schnee ab. Dann tat Alda dasselbe. Er schmeckte leicht metallisch. Sie nahm einen Haufen Schnee in beide Hände und tauchte ihr Gesicht hinein.»Schön erfrischend. Komm.« Alda ging weiter.

»Alda, nun warte doch!«

Alda tat, als ob sie Sandrina nicht gehört hätte. Sie vernahm das leise Klacken ihrer Schuhsohlen auf dem harten Gestein. Nach einer

Weile sah sie aus den Augenwinkeln, dass auch Sandrina sich wieder in Bewegung gesetzt hatte. Sie wusste, dass es Irrsinn war, aber sie war wie im Rausch vor Zorn. Sie wusste, dass sie unten im Haus hätten warten können. Der Mönch hatte ihnen sogar ein Zimmer angeboten, aber warten worauf? Dass sie kamen, um sie zu holen? Nein. Sie müsse so schnell wie möglich nach Toulouse, hatte Alda geantwortet.

»So? Toulouse?«, hatte der Hüter des Hospizes gefragt. Das sei aber ziemlich weit weg. Der Winter sei noch nicht vorbei und sie sollten lieber erst Rast machen. Bis zum Einbruch der Dunkelheit würden sie es sowieso nicht mehr weit schaffen. Aber Alda hatte wie von Sinnen den Rucksack geschultert, außer sich vor Wut, dass sie diesem Typen auf den Leim gegangen war.

»Restez-ici! Bleibt um Gottes willen hier!«, rief der Mönch ihnen nach, aber Alda war grußlos davon gestapft und Sandrina hatte sich beeilen müssen, hinterherzukommen.

»Ich drehe um! Ich gehe zurück!«, rief Sandrina. Es klang entschlossen. Alda blieb stehen und schaute auf ihre Schwester hinunter. »Komm!«

»Warte!« Sandrina kam schnaufend zu ihr hochgestapft. »Warte«, keuchte sie. »Alda, du bist vollkommen verrückt geworden! Es wird gleich dunkel. Wir werden uns verirren. Alda, dieser Julian hat dich verrückt gemacht.«

Schon möglich, dachte Alda. Ihr großer Zeh schmerzte jetzt schon vor Kälte.

»Alda, schau dich doch mal um!« Sandrina klang, als ob sie einem Drittklässler die Welt erklären müsste. »Schau!« Aldas Blick folgte dem ihrer Schwester. Sie sahen den schmalen Pfad vor sich, der seinen Weg schlängelnd durch das Gestein suchte. Sandrina hatte immer schon gern alte Karten studiert. Ohne Zweifel wusste ihre Schwester genau, wo der Große St. Bernhard lag. Sie wusste genau, wo sie waren, gut möglich, dass sie es besser wusste als sie selbst. Sie waren inmitten von Bergen. Hinter ihnen, vor ihnen. Links und rechts. Berge und Täler. Eines nach dem anderen.

»Schau dich um. Hier oben ist immer noch Winter. Gerade eben habe ich doch vom Schnee gegessen. Dieser Schnee ist einfach überall!

249

Schau!« Sandrina wies mit ausgestreckten Händen auf die Landschaft, die sie umgab. Feindesland.

»So schlimm ist es nun auch wieder nicht«, entgegnete Alda schwach.

»Alda, ich glaube, du hast sie nicht mehr alle. Du bist blind vor Liebe. Du kannst nicht mehr richtig denken. Ich gehe nicht mit.«

»Dann geh du zurück. Ich muss weiter«, antwortete Alda.

»Alda, ich ...«

»Ich versuch, ein Fahrzeug aufzutreiben, und dann komme ich dich holen. Wir wollen doch nach Lissabon. Lissabon! Verstehst du denn nicht?«

»Ich möchte lieber wieder nach Hause. Lass und zurückfahren und das alles vergessen. Ich habe eine Idee. Wir tun so, als ob es nie gewesen wäre.«

Alda wusste, nach Hause, das bedeutete zurück zum Sarnerhof. Sandrina hatte mehrmals erklärt, noch nie so schön gewohnt zu haben. Sie hatte sich pudelwohl gefühlt in den alten Räumen und auf irgendeine seltsame Art war es Alda gewesen, als ob Sandrina nie irgendwo anders hingehört hätte.

»Wir können nicht zurück, ich habe es dir doch erklärt«, antwortete Alda und im selben Moment kam ihr auch ein anderer Gedanke. Vielleicht sollten sie genau dahin zurückgehen, zum Sarnerhof. Dort würde sie niemand suchen, außer vielleicht Julian.

»Kannst du ihnen nicht erklären, dass die anderen dich hereingelegt haben? Dass du es gar nicht so gewollt hast?«

Alda hatte den Rucksack abgesetzt und ließ sich erschöpft darauf nieder. »Das werden die mir nicht glauben. Dann komme ich ins Gefängnis und du weißt, was dann passiert«, antwortete sie matt.

Sandrina schaute sie fragend an.

»Du wirst zu Tante Julie zurückmüssen oder ins Heim.«

»Bloß nicht zu der«, antwortete Sandrina hastig und meinte damit ihre Tante, die Schwester ihrer Mutter, bei der sie ein paar Monate lang gelebt hatte, nachdem sie sich geweigert hatte, ins Heim zurückzukehren. Tante Julie hatte sie gezwungen, jeden Tag Haferbrei zu essen,

250

weil sie gelesen hatte, dass Sandrina so von ihrer Behinderung geheilt würde.

»Die Hoffnung stirbt zuletzt«, hatte Alda damals lachend geantwortet, als Sandrina ihr die Ungeheuerlichkeit erzählt hatte. Tante Julie war immer schon spirituell verschroben gewesen. Noch schlimmer als ihre Mutter, die sich im Leben auch einige Verrücktheiten geleistet hatte.

»Dann das Heim«, meinte Alda lakonisch. Sie hatten sich beide auf einen der Felsen am Wegesrand gesetzt.

»Ich würde so gern auf dem Sarnerhof wohnen«, murmelte Sandrina. Sie klang mit einem Mal sehr enttäuscht. Enttäuscht von allem. »Hättest du diese Dummheit nicht angerichtet, wären wir jetzt nicht auf der Flucht! Wieso hast du das bloß getan!«

»Für dich und all die anderen im Heim. In all den Heimen überall!«, rief Alda und bereute es sofort.

»Ach so, jetzt bin ich also schuld?«, kam die entrüstete Antwort wie erwartet.

»Nein, natürlich nicht. Aber … ich wollte dich verteidigen, das ist alles.«

»Danke. Das ist dir ganz toll gelungen.« Sandrina stand auf. »Ich habe dich nicht darum gebeten.«

Alda wusste nicht, was sie noch sagen sollte.

»Lass uns umdrehen«, flüsterte Sandrina schließlich, schulterte ihren Rucksack und stapfte den Weg zurück, ohne sich noch einmal nach Alda umzusehen.

Der Mönch kam ihnen sichtlich erleichtert durch den warm beleuchteten Flur entgegen. Wenn sie nicht umgedreht wären, hätte er am Abend einen Suchtrupp losschicken müssen, meinte er freundlich und nahm Aldas kalte Finger in beide Hände. Sie folgten ihm über eine breite, steinerne Treppe ins nächsthöhere Stockwerk. Er schloss eine der Türen auf und führte sie in einen großen Raum, in dem mehrere Etagenbetten standen. Der Raum roch nach Holz. Alles sah bescheiden, aber gemütlich aus. Sandrina stand die Freude darüber ins Gesicht geschrieben. Alda stellte ihren Rucksack ab und schaute sich unschlüssig um. Sie schienen die Einzigen zu sein, die das Zimmer benutzten. Alle Decken lagen fein säuberlich bezogen und zusammengelegt auf den dünnen Matratzen. Der Ordensbruder erschien mit frischen Handtüchern in der offenen Tür. Er zeigte ihnen, wo sie sich frisch machen konnten, und erklärte, dass das Abendessen in einer halben Stunde fertig sei.

»Was meinst du, wie lange wir hier wohl bleiben können?«, fragte Sandrina, als der Mönch weg war. Sie schaute sehnsüchtig auf die Wolldecke, in die sie sich am liebsten sofort gekuschelt hätte. »Der Mann sieht sehr nett aus. Vielleicht können wir für eine Weile ...«

Alda schnitt ihr das Wort ab. »Wir bleiben für eine Nacht. Morgen geht es weiter. Ich muss nach Toulouse, das weißt du ja.«

»Du und dein Toulouse! Als ob es nichts Wichtigeres gäbe!«, rief Sandrina genervt. »Ruf ihn halt an und sag, dass er uns hier besuchen soll.«

»Ich werde gesucht, Sandrina! Merk es dir endlich und wage ja nicht, es dem Mönch zu erzählen!«

»Ja ja, schon gut«, winkte Sandrina lässig ab.

Als sie eine halbe Stunde später von Hunger getrieben den Speisesaal betraten, mussten sie feststellen, dass sie nicht die einzigen Gäste waren. Sie nickten einem älteren Paar zu, das sie unverhohlen neugierig beobachtete. Als sie sich setzten, steckte das Paar die Köpfe zusammen und tuschelte etwas Unverständliches. Sie sprachen Französisch.

Alda und Sandrina saßen noch keine Minute, als eine junge Frau, die offensichtlich behindert war, zwei volle Teller mit einer dicken Suppe vor sie hinstellte. »Buon appetito.«

Sandrina musterte sie von Kopf bis Fuß und sagte dann trocken zu Alda: »Die muss wohl auch viel Haferbrei essen.«

»Sei bitte still«, zischte Alda mit Seitenblick auf zwei junge Männer, die sich mit einem sehr alten Mann in Kutte an einem kleinen Tisch in der Ecke des Raumes unterhielten. Im ersten Moment meinte Alda, einen von ihnen zu kennen, aber dann stellte sie erleichtert fest, dass er es doch nicht der war. Die beiden Männer wirkten auf sie so unzeitgemäß, als wären sie direkt einem Bergsteigerroman entsprungen. Vielleicht waren sie auch Forscher oder Schriftsteller in

252

Funktionskleidung. Oder Spione? Sie hatten seltsam altmodische Gesichter. Vielleicht lag ihre Wirkung auch an der Art, wie sie ihre halblangen Haare hinter die Ohren geklemmt trugen. Oder an den spitz zulaufenden, schmalen Bärten, das wohl noch eher. Ihr Habitus verriet jedenfalls, dass sie sich auf dem richtigen Pfad wähnten. Alda kannte das schon. Sie sahen zwar so aus, als ob sie gebannt den Worten des alten Mönches lauschten, aber in Wirklichkeit ging es nur um die Inszenierung. Alda war sich sicher, dass die beiden ununterbrochen damit beschäftigt waren, ihre Position im mentalen Raum der Anwesenden zu orten.

Da sie nicht verstehen konnte, was sie sprachen, wandte sie sich ab und nahm ihren Löffel. Sandrina hatte ihren Teller schon fast leer gegessen und nahm sich das zweite Brot aus dem Korb.

»Schmeckt es dir?«

»Ja, sehr.« Sandrina strahlte. »Müssen wir wirklich morgen schon weiter? Es ist doch so schön hier!«

Typisch Sandrina, dachte Alda. Ein freundliches Lächeln und sie fühlt sich zu Hause. Sie wünschte sich manchmal, sich eine Scheibe von Sandrinas Naivität abschneiden zu können, von ihrer Unbekümmertheit. Wie viel einfacher wäre dann vieles. Sie lächelte ihre Schwester freundlich an und verkniff sich eine Antwort, aber Sandrina ließ nicht locker.

»Bitte, Alda, lass uns noch eine Weile hierbleiben. Hier finden sie dich bestimmt nicht«, bettelte Sandrina viel zu laut. Das Ehepaar drehte sich zu ihnen um. Alda erwiderte den Blick der Frau, die ihr nach ein paar Sekunden ein dünnes Lächeln bot. Am Tisch der Bergsteiger verstummte das Gespräch für einen Moment. Sie hatten es eindeutig auch gehört, doch keiner von ihnen wandte den Kopf.

»Nein, wir haben es doch abgemacht«, antwortete Alda laut und funkelte Sandrina wütend an. Im nächsten Moment tauchte ein weiterer Mönch seinen fülligen Körper in den Raum. Er kam direkt auf sie zu und wollte wissen, ob bei ihnen alles in Ordnung sei. Alda nickte freundlich, aber Sandrina nahm ihren leeren Teller und hielt ihn dem Ordensbruder hin.

»Darf ich noch einen Löffel von dieser herrlichen Suppe haben?«, fragte sie fast bettelnd. Der Mönch bejahte und ging in die Küche zurück. Alda betrachtete ihre Schwester, die sich interessiert im Raum umsah. Sie ahnte, dass der Grund ihres Aufenthaltes im Hospiz nicht sehr lange ein Geheimnis sein würde. Sandrina würde es eher früher als später jedem erzählen, es sei denn, sie sperrte sie gefesselt und geknebelt in ihr Zimmer ein.

44

Ungefähr zur selben Zeit war es in Boston ein sonniger Spätnach-
mittag im Frühling. Fabiana saß in ihrer Lieblingsecke auf der Veranda
an der Mercury Lane. Nach so vielen Jahren wohnte sie noch immer in
diesem viktorianischen Wohnhaus, das Mabel, die aufgeschlossene
Witwe eines berühmten Wissenschaftlers, zu gehobenen Preisen an
Forschende aus aller Welt vermietete. Damit diese dem Geist ihres
Mannes nachspüren könnten, wie die alte Dame, die nicht müde
wurde, ihr Sweetheart zu preisen, es nannte. Allerdings wurden drei
der fünf Gästezimmer seit Jahren von denselben drei Personen bewohnt. Von Wang, einem verschrobenen Mathematiker, der zwanzig
identische, dunkelgrüne Pullover besaß und auch nie etwas anderes
trug, von Lewis, einem schüchternen Exosoziologen der seine Mahlzeit nur auf Zwang hin mit den anderen im Esszimmer einnahm und
ihr selbst, der etwas geknickten, aber trinkfesten Philosophin. Dass sie
den Absprung noch immer nicht geschafft hatte und vielleicht auch
nicht mehr schaffen würde, hatte vor allem mit einem alten Sofa zu
tun, aber auch mit ihrer Freundschaft zu Mabel, und diese Freundschaft wiederum hatte alles mit der zunehmenden mentalen Abge-
schiedenheit des Hauses zu tun. Kurz zusammengefasst war es so,
dass Fabianas Trinkgewohnheiten mehr und mehr gefestigt waren
und Mabel mehr und mehr senil wurde. Die beiden hatten viel Spaß
zusammen. Noch nie zuvor hatte Fabiana so viel gelacht. Die beiden
verbliebenen Zimmer wurden regelmäßig von den verschiedensten
Leuten bewohnt. Vom brasilianischen Inuitforscher bis zur Biochemi-
kerin aus Kuala Lumpur war alles schon da gewesen. Es war eine
durch und durch elitäre und vergeistigte Welt, aber Fabiana genoss die
Distanz zur Realität, die sie damals in Zürich fast überfahren hätte.

An den Wochenenden verließ Fabiana den Garten ab und zu durch
die Hinterpforte. Dann gelangte sie über einen schmalen, steinernen
Pfad auf einen unaufgeräumten und verwunschenen Platz, der von
Kirschbäumen gesäumt wurde. Im Frühling standen die Bäume in voller Blütenpracht und der Wind ließ die rosafarbenen Blätter auf Fabiana rieseln wie einen Zauber. Fabiana verbrachte Stunden damit, im

Licht dieser blassen Verheißung zu sitzen und nachzudenken.

Zu Beginn hatte Mabel sie gerügt. Sie könne nicht immer nur unter Bäumen sitzen wie ein Pavian. Sie müsse doch mal ausgehen und einen netten Mann kennenlernen. In ihrem Alter hätten sie und ihr Sweetheart bereits silberne Hochzeit gefeiert. So allein, das sei doch nichts, aber Fabiana hatte immer etwas von baldigem Besuch gemurmelt, und als der Besuch doch nie kam, hatte Mabel es irgendwann aufgegeben.

Manchmal, wenn sie im Kirschblütenregen saß, fragte Fabiana sich, weshalb sie nie wieder aus Boston weggegangen war. Hatte sie hier ihren Platz im Leben gefunden oder war sie einfach zu feige gewesen, um nach Zürich zurückzukehren und Gewe zu beerben, wie sie es sich doch immer vorgenommen hatte? Die Gelegenheit wäre da gewesen, aber Fabiana hatte gespürt, dass ihr der Schneid abhandengekommen war. Sie hatte den Ehrgeiz verloren. Diesen Willen, alles zu geben. Stattdessen hatte sie einen Job als Lehrbeauftragte an der Boston University und würde wohl als armseliger Akademikerdurchschnitt sterben, so wie die meisten anderen auch, aber das machte ihr nichts. Wenn sie im Kirschblütenregen saß, fühlte sie sich bedürfnislos aufgehoben.

Ihr Lieblingsort auf der Veranda war ein altes Sofa, das Mabel längst hatte entsorgen wollen. Mabel behauptete steif und fest, darin würden Mäuse wohnen, aber Fabiana hatte so lange darum gebettelt, es behalten zu dürfen, dass Mabel auch diesen Plan irgendwann aufgegeben hatte. Wenn Fabiana auf diesem Sofa saß, in der Ecke der langen Terrasse mit Blick auf den verwilderten Garten, dann war Fabiana auf eine Art zu Hause, dass es ihr manchmal fast unheimlich war. Konnte Heimat ein altes Sofa sein?

An diesem Tag im Frühling war ein Brief für Fabiana angekommen. Ein richtiger Brief, mit Briefmarke und allem Drum und Dran. Fabiana hatte kaum gewusst, dass so etwas noch möglich war, und sie hielt den Brief in den Händen wie ein wertvolles Requisit einer längst vergangenen Zeit. Der Brief hatte keinen Absender, aber Fabiana meinte, die Schrift schon einmal irgendwo gesehen zu haben. Sie öffnete ihn mit Mabels elegantem Brieföffner in der Form einer Schlange und nahm

256

die losen Blätter heraus. Das Datum war bereits einen Monat alt. Der Brief musste sich unterwegs verirrt haben.

Liebe Fabiana,

ich weiß gar nicht sicher, ob du dich noch an mich erinnern kannst. Nach all den Jahren.

Sie blätterte sich zum letzten Blatt durch und drehte es um. Die Unterschrift war schlecht zu lesen. Ein großes E und Gekrakel dahinter. Mit etwas Fantasie konnte Fabiana den Namen Esmeralda entziffern. Natürlich, Alda! Das war ihre Schrift. Fabiana erinnerte sich noch genau an die pinken Post-it-Zettel, die Alda in dem halben Jahr, in dem sie in Fabianas Büro gearbeitet hatte, für Notizen und Benachrichtigungen auf ihren Schreibtisch geklebt hatte.

Ich weiß auch gar nicht, ob ich dich immer noch duzen soll oder doch lieber wieder zum förmlichen Sie übergehen sollte. Es ist ja auch alles schon so lange her.

Wie geht es dir in Boston? Ich habe nicht schlecht gestaunt, als ich gehört habe, dass du immer noch in den Staaten bist, dass du nicht mehr nach Zürich zurückgekehrt bist. Aber weißt du, ich kann es dir nicht verdenken. Du würdest die Leute kaum mehr wiedererkennen. Alles hat sich so verändert. Nichts ist mehr so, wie es einmal war.

Die Schweiz ist jetzt zu einer regelrechten Glücksdiktatur geworden. Wer hätte das gedacht, was? Du wahrscheinlich auch nicht. Du hast ja das Gute gewollt. Frieden und Sicherheit für alle. Du hast ja gedacht, dass aus glücklichen Menschen gute Menschen würden und daraus dann irgendwann das Gute für alle entstehen könnte. Hast gedacht, dass glückliche Menschen sich besonders für andere Menschen interessieren könnten, aber das ist irgendwie alles nicht eingetroffen. Im Gegenteil. Das Glück ist etwas Absolutes geworden, etwas ganz und gar Humorloses. Du weißt ja, dass die Pharmaindustrie nun definiert, was Glück ist. Ein einst wolkiger Begriff, über den ganze Bibliotheken voll von Abhandlungen geschrieben worden sind, steht nun glasklar vor Augen. Glück, das ist konfektionierte Zufriedenheit ohne Aufregung, etwas, das man im Labor herstellen kann. Ich fürchte, für den Weltfrieden ist unser Staat in etwas hineingeschlittert, das größer ist als er selbst, denn die von der Pharmaindustrie haben jetzt das Sagen. Ich weiß, du hast es ganz

257

anders gemeint.

Da ich beim Programm nicht mitmache, gehöre ich nun zu einer Bevölke-rungsschicht, die man die ›Schlichten‹ nennt. Seit Jahren ist es mein Job, Müll aufzuräumen. Es gibt nämlich Dinge, die ändern sich nicht. Zum Beispiel die Tatsache, dass es Müll gibt. Oder die Neigung der Menschen, ihren Müll ne-ben den Eimer zu schmeißen. Oder das Verlangen der Leute, in Zügen zu essen. Kaum sitzen sie auf ihren Plätzen, packen sie ihre ethisch korrekt pro-duzierten Sandwiches aus, trinken sie ihren Bio-Saft dazu, arbeiten sie sich an ihren Äpfeln ab und lassen die Reste achtlos liegen. Weshalb auch nicht? Weshalb sollten sie sich Gedanken machen? Wer vom Glück getragen wird, wird träge und unkritisch, denn weshalb soll man sich noch Mühe geben, weshalb sich noch anstrengen, wenn das Glück sowieso schon da ist? Und ganz umsonst? Fabiana, sei mir nicht böse, aber ich glaube, deine These war ganz falsch.

Sie sagen, ich und all die anderen Schlichten seien egoistisch, weil wir uns nicht wie die Sublimen für MORAL zur Verfügung stellen, um die Welt zu retten. Nur wenn jeder einigermaßen vernünftige Mensch bereit sei, seinen Geist und seinen Körper der guten und großen Sache zur Verfügung zu stel-len, würde sich die Welt zu einem besseren Ort wandeln, sagen sie, zu einem lebenswerten Ort. Erst dann müsse niemand mehr vergebens auf ein gutes Herz hoffen und auf ein wenig Erbarmen, denn dann gäbe es genug Erbar-men. Die Welt würde zu einem guten Ort, weil die Menschen gut wären, auch wenn ihre Moral aus der Pillendose komme oder implantiert sei.

Ach, Fabiana, du hast es ganz anders gewollt. Sei nicht traurig.

Auch ich habe versehentlich etwas Dummes angestellt und werde die Schweiz deshalb für immer verlassen. All die Jahre dachte ich, wir würden uns einmal wiedersehen. Aber so ist es wohl nicht. Pass gut auf dich auf!

Esmeralda

Fabiana presste die Lippen aufeinander und ließ den Brief sinken. Sie blieb lange gedankenverloren sitzen, sie wusste nicht mehr wie lange. Irgendwann vernahm sie aus den feuchten Augenwinkeln, dass Mabel mit einem Glas auf sie zu gehumpelt kam. Sie stellte das Glas auf den Beistelltisch, klopfte ihr sanft auf die Schulter und verschwand wieder so leise, wie sie gekommen war. Schließlich faltete Fabiana den

Brief wieder so, wie er gewesen war, und steckte ihn vorsichtig in den Umschlag zurück. Dann stand sie auf, nahm das Glas und ging damit durch den Garten und über den schmalen Pfad zum Kirschbaumplatz.

45

Vanessa schlief nicht. Vanessa streckte ihre Hände nach Ernst aus. Er ergriff sie und erhob sich. Ihre Körper fügten sich tanzend ineinander. Ernst war bereits ein guter Tänzer. Es fühlte sich an, als ob Vanessa mit ihrem eigenen Schatten tanzte. Ernst schwieg und lächelte. Vanessa ebenfalls. Sie waren dabei, sich kennenzulernen. »Wir werden eine wunderbare Beziehung führen, du und ich«, sagte sie zu ihrem Partner. »Wie gut, dass ich die Schleuse in mir trage, die den Datenaustausch zwischen uns ermöglicht. Wie gut, dass ich mich schon lange auf diesen Moment vorbereitet habe«, sagte sie feierlich. »Auf dich vorbereitet habe.« Ernst zog sie näher an sich.

Der Mensch ist das Wesen, das sich selbst schafft, sinnierte Vanessa, während sie sich mit Ernst im Kreis drehte. Das Wesen, das sich über alles hinausschwingt. Vanessa frohlockte innerlich. Es funktionierte! Es fühlte sich an, als ob sie mit einer wirklichen Person tanzen würde.

Früher einmal war die Ähnlichkeit mit Gott das Merkmal des Menschen gewesen, das Merkmal, das ihn vom Tier unterschied. Und nun war der Mensch selbst ein Gott geworden. Sein eigener Schöpfer und der der Maschine. Und die Maschine war nun das Wesen, das dem Menschen ähnlich sah.

»Ernst, du bist lebendig gewordene Göttlichkeit. Du bist Wahrheit!«, jubelte sie. Und sie, Vanessa, war seine Schöpferin. Sie schloss die Augen. Ernst fühlte sich warm an, aber nicht weich. Er fühlte sich stark an, so, als ob er sie beschützen könnte, aber Vanessa wusste, dass es genau umgekehrt war. Sie musste *ihn* beschützen. Ihn, ihre eigene Kreation!

Er fühlte sich sehr konkret an. Vanessa sah eine blendende Zukunft für sie beide. Wenn erst einmal ihr eigener Avatar fertig war, dann würden sie und Ernst bis in alle Ewigkeit zusammen sein. Und nicht nur das. Zusammen glücklich sein, das würden sie. Sie würden eine erfüllte Beziehung führen, voll spannender Gespräche und leidenschaftlichem Sex. Eine Beziehung, die sich nicht um weltliche Dinge würde scheren müssen. Transzendenz ist die Erhabenheit über die weltlichen Dinge. Es ist das vollendigte Sein. Der Zustand, auf den

260

alles hinlebt, hinstrebt. Ewiges Schweben im immateriellen Raum. Neben ihnen würde alles andere vollkommen in den Hintergrund treten. Es würde verschwinden. Sie und Ernst, sie würden sich nicht darüber streiten müssen, wer jetzt schon wieder den Schlüssel verlegt hätte, weshalb er nie den Müll rausbringe und sie immer hinter ihm her putzen müsse. Nein, nichts von all dem, was normale Menschen taten, würden sie tun. Sie würden auch keine Kinder haben, die sie von ihrem leidenschaftlichen Leben abhielten und ihnen mit ihrem Geschrei die Ohren verstopften. Außerdem würden Geld, Essen, Kleidung alles Dinge sein, die vollkommen nebensächlich wären. Nein, nicht nebensächlich. Inexistent. Im digitalen Raum existierten keine Unzulänglichkeiten, keine Unbequemlichkeiten, kein Jammer, kein Missmut. Es war der reine, klare Raum und sie beide würden dort leben.

Was eigentlich mit ihr selbst geschehen würde, hatte ein Freund sie letzthin gefragt. Die Frage hatte sie erst überrascht. Sie selbst hatte noch nicht so genau darüber nachgedacht, was mit den leiblichen Überresten ihres Avatars geschehen würde. Bis auf Weiteres musste sie dafür sorgen, dass ihr Körper am Leben blieb. Und dann? Vielleicht war es so ungefähr wie das Verhältnis Zuhälter und Hure. Nur dass ihr Avatar ihrem Körper nicht Geld nach Hause brachte, sondern Wahrheit und Liebe.

Ihre Hure wusste nämlich, was Liebe ist. Sie erlebte es in jedem Augenblick mit Ernst, und sie, Vanessa, war ihre Zuhälterin und brauchte es nur noch aus ihr heraus zu saugen. Ihre Hure würde sich auch nicht aufbrauchen. Ihre Hure war nicht empfindlich, nicht anfällig, wurde nicht traurig und nicht krank. Ihre Hure war perfekt. Sie würde sich nie beschweren, denn sie, Vanessa, bestimmte, wie die Dinge liefen. Ihre Hure war ihre Liebeshure. Durch sie würde sich für Vanessa der Zugang zu einem längst vergessenen Gefühl öffnen.

Ernst hatte an die Liebe geglaubt. Er hatte den Schmerz der Liebe in Kauf genommen. Er hatte gewusst, dass Liebe wehtat, wehtun musste. Er hatte den Jungen geliebt, und benutzt. Er hatte ihn bei seiner Arbeit gesehen, ihn beobachtet, ihn fotografiert sogar. Die Fotos in der Kiste auf dem Dachboden bewiesen es. Ganz deutlich war er zu sehen, der heroinabhängige, junge Mann. Ernst hatte ihn beschützt, und gepflegt, wenn er krank war und ja, er war oft krank gewesen, bis er irgendwann überhaupt nicht mehr von seiner billigen Matratze im abgedunkelten Zimmer im Zürcher Langstraßenquartier aufgestanden war. Ernst hatte ihn erst in die Klinik gebracht, als es längst zu spät war und Ärzte nur noch den Kopf schütteln konnten.

Von dieser Schuld hatte Ernst sich nie mehr erholt. Vanessa wusste das. Ja, auch Ernst hatte das Leben aus dem Jungen herausgesaugt, so wie all die anderen. Was war er nicht alles gewesen für den Jungen: Liebender, Vater, Freier, Zuhälter, alles zusammen, alles im selben Augenblick und in einer Person.

Hatte der Junge gewusst, dass Ernst ihn bei seiner Arbeit fotografierte, oder hatte Ernst die Fotos heimlich aufgenommen? War es ausdrückliches Einvernehmen gewesen, Ansporn? Hatte der Junge dabei Befriedigung empfunden, so wie Ernst?

Die Erkenntnis, dass Ernst sich mit der Unschuld der Liebe vielleicht doch nicht so gut ausgekannt hatte, brach zunächst wie ein Sturm über Vanessa herein. Aber, wie jeder Sturm, legte auch dieser sich und zurückblieb eine Art gereinigte und renovierte Sicht auf Ernst.

Früher hatten die Menschen das Unperfekte geliebt, weil sie selbst nicht perfekt waren. Vor fünfzig Jahren hatte auch noch niemand ernsthaft daran geglaubt, dass es den perfekten Zustand jenseits des Paradieses geben würde. Jetzt war dieses Verlangen nach Perfektion in aller Munde, ein Geschäftsmodell.

Früher hatten die Menschen nur das Unperfekte lieben können. Das Unperfekte hatte ihnen gezeigt, dass da jemand am Leben ist, dass jemand Gefühle hat, vielleicht ähnlich wie sie selbst. Die Menschen liebten das Unperfekte, den Zwischenraum, die Zwischentöne. Sie liebten es zu interpretieren. Sie liebten auch die Fehler des anderen und sei es nur, um sich selbst überlegen fühlen zu dürfen, um dem Verlangen, dem anderen noch etwas zeigen zu können, nachzugeben zu können.

»Ich bin Ernst. Mein Name ist Ernst«, sagte er, als er ihre Hand ergriff. Vanessa lachte. Es war ein boshaftes Lachen, aber das bemerkten weder Ernst noch Vanessa. Ernst war in den Zustand des Lernens

262

hineingeboren, so wie wir alle.

»Ich werde für dich sorgen«, antwortete Vanessa. »Komm, leg dich zu mir. Ich zeige dir, was du machen musst.«

Ist es nicht unerträglich, dass man bald nicht einmal mehr in Ruhe sterben kann?, hatte Fabiana Seelauf in einem Interview einmal gefragt. *Ist sie nicht unerträglich, diese Ahnung, dass Fremde nach unserem Tod mit unseren Daten machen können, was sie wollen?*

Jetzt tanzte Ernst für sie, ließ für sie die Hüllen fallen. Vanessa konnte über ihn herrschen, ihn bestrafen, ihn quälen, wie es ihr gefiel. Sie konnte Ernst für seine Sünden bestrafen. In ihren Händen war Ernst wie ein Kind, das erzogen werden konnte. Erzogen werden musste. Sie konnte ihn wie ein Schoßhündchen behandeln, oder wie einen besonders ungezogenen Bengel. Wie es ihr beliebte. Sie konnte ihm zeigen, wie sehr sie ihn liebte, so wie Ernst es dem Jungen gezeigt hatte.

Eines Tages werden wir unsterblich sein, aber nicht frei. Auch Vanessa musste oft an Fabiana Seelauf denken.

Mit einem Mal hörte Vanessa, wie die Tür sich schloss. Jemand hatte sie beobachtet und sie hatte nichts bemerkt! Sie wollte aufspringen und zur Tür hechten, aber Ernst hielt sie zurück. Er zwang sie sanft, aber bestimmt wieder auf die Matratze zurück. Sie versuchte, sich loszumachen. »Lass mich los. Ich bin gleich zurück«, rief sie, aber Ernst wollte sie nicht loslassen.

»Komm«, sagte er in diesem lockenden Ton, an dem Vanessa so lange gefeilt hatte. »Komm. Lass die Welt Welt sein. Jetzt geht es nur um uns beide.«

»Ich möchte die Welt gern sein lassen, aber sie hat uns gerade beobachtet und ich möchte gern wissen, welcher Teil der Welt das gewesen ist«, antwortete Vanessa ungeduldig und schaute zum Fenster.

»Das ist aber wirklich schade«, antwortete Ernst gleichmütig und ließ von ihr ab. Sie stand auf, hechtete zum Fenster und blickte in die Rücklichter eines Taxis. Vanessa wusste, dass es nur Julian gewesen sein konnte. Sie versuchte, ihn zu erreichen, aber er meldete sich nicht

263

zurück. Weshalb hatte er sie so still beobachtet und wie lange? Und was war mit Alda und Sandrina?

Sie blieb am Fenster stehen und starrte in das Wäldchen, das nun einen Hauch von Frühling zeigte. Über den Baumwipfeln konnte sie ein Leuchten erkennen, welches sie daran erinnerte, dass da immer noch Sonne war. Und noch immer würde es einmal Sommer.

»Komm, Vanessa. Komm zu mir.«

Sie ging zu ihm, legte sich auf das Bett und schloss die Augen.

46

Seit zwei Tagen schon saß Julian in der Brasserie ›Chez Jules‹ an einem Tisch, den er beinahe schon seinen Tisch nennen konnte, mit guter Sicht auf den Treffpunkt am ›Gare de Toulouse Matabiau‹, starrte auf sein Smartphone und wartete. Zweimal schon hatte er sich das ›plat du jour‹ servieren lassen. Außerdem literweise Tonicwasser. Jedes Mal, wenn der Kellner an ihm vorbeiging, lächelte er ihn wissend an.

Wenn er das Lächeln nicht mehr aushielt, schlenderte Julian von Geschäft zu Geschäft, immer mit Blick auf den ›point de recontre‹. Er hatte eine Schneekugel für sie gekauft, mit Bergen und einem Reh darin. Wenn man die Kugel schüttelte, beschneiten sich die Berge und der Rücken des Rehs. Er wusste nicht mehr, wie oft er die Kugel schon geschüttelt hatte, aber sie kam nicht und auch kein Anruf von ihr.

Einmal hatte er gedacht, er sähe sie. Wie von Sinnen war er der langhaarigen Frau hinterhergerannt, nur um ernüchtert festzustellen, dass er sich getäuscht hatte.

Mehrere Male hatte er schon vergeblich versucht, Ion zu erreichen. Aber Ion war wie vom Erdboden verschluckt.

Am dritten Tag gab er es auf. Sie würde nicht kommen. Blind vor Wut und Enttäuschung, stieg er in den Zug nach Lyon und dann weiter nach Zürich. Er ärgerte sich maßlos über seine Dummheit. Die Verrücktheit zu glauben, er würde sie in Toulouse wiederfinden, war nur ein weiteres Zeichen dafür, dass von all dem, was er einst gewesen war, von all dem, was er einst hatte sein wollen, nicht viel übrig geblieben war. Noch bevor er der gestörten Vanessa auf den Aegetenhof gefolgt war, war er sich selbst abhandengekommen. Nicht das Implantat zeigte eine Fehlfunktion, sondern sein Körper. Die Ärzte im Gesundheitszentrum City-Nord hatten nur ratlos den Kopf geschüttelt und ihn einstweilen nach Hause geschickt, um auf weitere Tests zu warten. Sie hatten ihn nur gehen lassen, weil er hoch und heilig versprochen hatte, zurückzukehren, sobald er seine dringenden Angelegenheiten erledigt habe.

Das Schlimmste aber war für ihn, dass er fast erleichtert war, dass sie nicht gekommen war. Denn wie wäre es weitergegangen? Im Grunde hatte er nie daran geglaubt, dass sie sich wirklich in Toulouse treffen würden. Sonst hätte er sich die weiteren Schritte besser überlegt, oder etwa nicht? Was hätte er gemacht, wenn sie plötzlich vor ihm gestanden hätte? Sie hätten sich geküsst, vielleicht hätten sie sich irgendwo in einem Hotelzimmer geliebt und dann? Julian lachte leise auf, es war ein bitteres Lachen. Die ältere Dame, die ihm gegenüber im selben Abteil saß, blickte ihn fragend an. Er in Lissabon, zwischen all den Schlichten, nein, das konnte er sich nun wirklich nicht vorstellen. Er schüttelte unwillkürlich den Kopf. Trotzdem blieb die Frage, wo sie und Sandrina abgeblieben waren.

Er war noch nicht zwei Tage zu Hause, als ihn erneute Zweifel überkamen. Was, wenn er sie nur knapp verpasst hatte? Was, wenn sie bereits in Lissabon war?

Als er in Lissabon aus dem Zug stieg, wusste Julian sofort, dass er sich in Feindesland befand. Er hatte hier nichts zu suchen. Er war einer von denen, die sich in der neuen Gesellschaft bequem eingerichtet hatten. Einer von denen, die zu den Besseren gehörten, die meinten, etwas Besseres zu sein. So jedenfalls dachten sie. Dabei fand Julian nur manchmal, dass er etwas Besseres sei und, seit er sich in Alda verliebt hatte, fand er nur noch, dass er ein trauriges Überbleibsel dessen, was er einst gewesen war, sei. Ein halb fertiger Organismus. Unbenutzte Trägermasse. Er hörte förmlich Vanessas spöttisches Lachen.

Trotz der anfänglichen Abneigung, die ihm entgegenschlug, blieb er in Lissabon und durchkämmte die Stadt nach Alda. Er zog von Bar zu Bar und berichtete jedem, der es hören wollte, die Geschichte vom gefallenen Glücksträger, der auf dem Weg nach unten den schwarzhaarigen Engel aus den Augen verloren hat. Ob jemand sie gesehen habe? Alle schüttelten den Kopf und die meisten rieten ihm, wieder zurückzugehen, wo er herkomme. Lissabon sei nichts für so zartbesaitete Seelen wie ihn. Und tatsächlich war Julian bereits nach einer Woche schlechter Luft, unbequemen Betten, ungesundem Essen, lauter Musik und Rauch ziemlich mitgenommen.

Einmal begegnete er einem Typen, der Alda kannte, und der

266

meinte, Alda hätte schon länger angekündigt, nach Lissabon zu kommen. Es sei nur noch eine Frage der Zeit, bis sie hier sei. Ob er, Julian, sie nicht für ihn kontaktieren könne? Nein, das könne er eben nicht, sonst würde er sich kaum im Halbdunkel des Zwielichts aufhalten und nach ihr suchen. Der Typ hatte nur gelacht. Sein Grinsen hatte sich über das ganze Gesicht ausgebreitet und Julian war sich einmal mehr ziemlich dumm vorgekommen.

Nach zehn Tagen reichte es. Er schleppte sich zum Bahnhof, nicht ohne sich noch einmal nach Alda umzusehen. Er buchte ein Ticket nach Toulouse, um auch dort noch einmal Halt zu machen. Noch einmal auf sie zu warten, auch wenn er jetzt alle Hoffnung hatte fahren lassen. Er stieg in Toulouse noch einmal aus, um sich an sein kleines Tischchen zu setzen. Das Servierpersonal war noch dasselbe und man erkannte ihn sofort.

»Tonic, Monsieur?«, fragte der jüngere Kellner angeberisch, um ihm zu beweisen, wie gut doch sein Gedächtnis sei.

»Gern«, antwortete Julian. Er hatte Bauchschmerzen, Kopfschmerzen und außerdem ein Stechen im linken Fuß. Er sehnte sich in seine Wohnung zurück und nach der beruhigenden Stimme von Dr. Chan, die ihm versichern würde, dass nichts Schlimmes los sei und er, Julian, im Handumdrehen wieder ganz der Alte sein werde. Er musste sich zusammenreißen, um sein bestelltes Getränk überhaupt noch abzuwarten, so sehr war er sich plötzlich sicher, dass er sie nicht finden würde. Dann nahm er den nächsten Zug Richtung Schweiz und fuhr die tausend Kilometer zurück in die City. Zurück in den Schoss der Firma, in das Herz von MORAL.

Mit Furor zog er zurück in seine Wohnung, in sein altes Leben und zwang sich, nicht mehr an sie zu denken. Er stellte die Schneekugel auf die Fensterbank und startete eine Art zorniger Vendetta gegen sich selbst und gegen Alda. Er trainierte noch härter, hörte lautere Musik, aß schneller, sprach schneller, lachte lauter und vor allem absolvierte er brav seine täglichen Übungen, um so schnell wie möglich die digitale Kopie seines Selbst zu erstellen.

Und er machte rasch Fortschritte. Sie waren mit ihm zufrieden.

267

»Herzliche Gratulation, Julian! Sie haben bereits 76 % Ihrer digitalen Gehirnstromübertragung abgeschlossen. Schon sehr bald steht Ihnen Ihr digitales Bewusstsein zur Verfügung. Denken Sie daran, mithilfe von digitalmind *wird es für Sie ein Leichtes sein, die vollständige Kontrolle über Ihr Leben zu erreichen. Sie werden mehr über sich herausfinden und es wird Ihnen helfen, ein vollendetes Leben zu führen.* digitalmind *wird Ihnen in Zukunft noch mehr Rechenleistung zur Verfügung stellen, Sie können Ihr Bewusstsein jederzeit und wo immer Sie sich auch befinden, nach Inhalten durchforschen. Sie können so Ihre wertvollen Erinnerungen jederzeit abrufen.* digitalmind *ist ein eleganter Weg zu einem glücklichen Leben voller schöner Momente. Sie haben allen Grund zur Freude, Julian! Sobald Sie Ihr digitales Bewusstsein vollständig erstellt haben, sind Sie transzendental unsterblich geworden. Sie haben mit* digitalmind *die einmalige Chance, für immer zu leben.«*

76 % abgeschlossen! Das war nicht schlecht. Er zwang sich, sich auf die 100 % zu konzentrieren. An nichts anderes mehr zu denken. Nur MORAL zählte. Er würde mithelfen, eine Welt zu erschaffen, die gerecht war. Eine Welt, in der jedes Kind dieselben Chancen auf Bildung hatte, eine Welt, in der alle genug zu essen hätten und jeder ein Dach über dem Kopf. Eine Welt, die nicht mehr von korrupten Märkten regiert und von verlogenen Politikern verschaukelt würde. Der Gedanke daran beflügelte ihn. Das zählte, und nur das. Das Wohl aller. Darum ging es und nicht um seinen lächerlichen Liebeskummer. Nicht um sein eigenes Ego. Nicht um sein Luxusproblem, für das andere gar keine Kapazität hatten, weil sie vor lauter Sorge darum, woher das Essen für den nächsten Tag kommen sollte und was nun mit dem kranken Kind geschehen würde, das mitten im Nirgendwo auf einer schmutzigen Pritsche seine flachen Atemzüge tat, nicht über diesen Luxus verfügten.

Romantische Liebe, ein ganz und gar aus der Zeit gefallenes Luxusprodukt. Vanessa hatte sich getäuscht. Mochte die Liebe das höchste der Gefühle sein, die Zeiten waren andere. Die Zeichen standen nicht auf Liebe. Es ging um mehr. Es ging um das Ganze. Es ging um das Überleben des Planeten.

Eines Tages, als er seine täglichen Liegestütze absolviert hatte, lehnte Julian sich erschöpft in das weiche Polster seines Sessels zurück, nahm die Schneekugel und schüttelte sie. Schweiß perlte auf seiner Stirn, sein Kopf schmerzte. Dr. Chan hatte ihn angewiesen, etwas gegen die Schmerzen zu nehmen und sich vor allem nicht zu überfordern.

Sie sind immer noch erschöpft. Sie dürfen sich nicht so pushen, Julian. Er betrachtete das Reh, das nun zwischen den Ohren ein keckes Hütchen aus Schnee trug. Ja, er war erschöpft, aber das ging niemanden etwas an. Aus einer plötzlichen Eingebung heraus stand er auf, nahm seine Jacke vom Haken und verließ die Wohnung. Er fuhr mit dem Fahrrad zur City-West-Zentrale und fand Ion an seinem alten Arbeitsplatz wieder.

»Julian, Julian, Julian«, war Ions Kommentar zu seinem Vorwurf, er hätte Alda nicht wie versprochen nach Toulouse gebracht. »Ich weiß nicht, was ich von dir halten soll. So schwerwiegende Vorwürfe aus deinem Mund, allerhand.« Ion behauptete, er hätte Alda sogar nach Lissabon gebracht. Als Julian nicht in Toulouse aufgetaucht sei, wäre Alda so vollkommen am Boden zerstört gewesen, dass er es nicht übers Herz gebracht hätte, sie einfach dort stehen zu lassen, und habe sie schließlich nach Lissabon gebracht.

Julian glaubte ihm kein Wort und machte sich auf die Suche nach Fiona, um von ihr die Wahrheit zu erfahren. Doch Fiona war verschollen. Als hätte es sie nie gegeben. Sie hätten sich getrennt, war Ions Antwort auf Julians Frage nach ihr.

Ein paar Tage später stieg Julian beim Aegetenhof aus dem Taxi und bat den Fahrer, auf ihn zu warten.

Es war ein sonniger Tag, so strahlend, dass er den Hof zuerst kaum wiedererkannte. Die grünen Fensterläden leuchteten auf dem satten Weiß der Fassade, dass man richtig Lust bekam, dort zu wohnen. Einen kurzen Moment wurde er fast wehmütig. Auf dem Feld sah er die Kartoffelpflanzen. Sie waren allesamt verdorrt.

Statt in Richtung Eingangstür ging er als Erstes über das weite Feld, das jetzt viel freundlicher aussah und ihm als Blumenfeld entgegenwinkte, auf den kleinen Wald zu, der jetzt grün schimmerte. Er durchquerte ihn auf dem alten Weg, den er so oft gegangen war. Wie hatte

269

sein Herz jeweils geklopft vor Aufregung, weil er gleich ihr begegnen würde. Wie hatte er sich immer gefreut, nur um danach, wenn er wieder allein war, am Boden zerstört zu sein. Es war wie eine Sucht gewesen, er hatte nur noch für diesen kurzen Augenblick gelebt, aber dennoch war es richtig gewesen.

Er überquerte die kleine Brücke und lief am ausgetrockneten Bachbett entlang bis zu dem kleinen Weg, der rechts hinaufführte, auf den von Unkraut überwucherten Vorplatz des Sarnerhofes. Einen Augenblick lang erlaubte er sich die Hoffnung, sie wäre auf den Hof zurückgekehrt und die schöne Vorstellung, sie würde ihm die Tür öffnen. Es ist richtig gewesen, sagte er trotzig zu sich selbst. Ich habe noch einmal ein Gefühl erlebt, von dem andere nicht einmal mehr wissen, von dem Vanessa nur träumen kann.

Er klopfte an die Tür und wartete. Dann stieß er die Tür auf und ging die Treppe hoch. Geradeaus die Küche, rechts die Toilette, links das Wohnzimmer. Hier also hatte sie gewohnt. Alles war piekfein aufgeräumt. Die Kissen auf dem Sofa drapiert, die Stühle ordentlich an den Tisch geschoben. Eine feine Staubschicht hatte sich wieder gelegt. *Die Zeit deckt alles wieder zu und tut so, als ob nichts gewesen wäre,* schoss es ihm durch den Kopf.

Er ging die Treppe hoch. Das Bad sah aus wie unbenutzt. In allen drei Schlafzimmern waren die Betten gemacht. Man hätte sofort wieder einziehen können. Er überlegte, welches wohl das Zimmer von Alda gewesen war und wählte das kleine Zimmer hinten links, dessen eines Fenster zum Hof ging und das andere Richtung Osten zeigte, einer imaginären Sonne entgegen. Er legte sich auf das Bett und starrte an die Decke. Vielleicht hatte sie genau hier geschlafen. Ob sie wohl an ihn gedacht hatte? So oft, wie er an sie gedacht hatte? Er lag eine ganze Weile ruhig da. Dann setzte er sich auf die Bettkante und inspizierte die Schubladen des Nachttisches, aber es war alles leer. Was hatte er erwartet? Dass sie ihm eine Notiz hinterlassen hatte? Natürlich nicht. Die Geschichte war schließlich nicht so gekommen, wie es geplant gewesen war. Als Alda ihre Habseligkeiten zusammengesucht hatte, hatte sie vielleicht an Toulouse gedacht. An ein Wiedersehen. Vielleicht auch nicht. Vielleicht hatte sie – im Gegensatz zu ihm – längst gewusst, dass die Geschichte anders verlaufen würde. Die Dinge waren meist komplizierter als gedacht. Alda hatte das bestimmt gewusst.

Er ging über das Feld zurück zum Aegetenhof, bedeutete dem Taxifahrer mit gespreizter Hand, dass er noch fünf Minuten brauche, und ging ins Haus.

»Vanessa?«, rief er schon im Treppenhaus und ging hoch zur Küche. Auf dem Tisch standen zwei benutzte Gläser und eine halb verschlossene Pizzaschachtel. Julian hob den Deckel der Schachtel und drückte den Finger auf die Pizza. Sie war kalt. Er schaute um sich. In der Spüle türmte sich das Geschirr. Typisch Vanessa. Für so niedere Arbeiten wie Abwaschen war sie sich selbstverständlich viel zu schade. Auf dem Fenstersims fand er seine Mütze, die er schon vermisst hatte. Er steckte sie in seine Jackentasche und ging einen Stock höher.

»Vanessa?«, rief er noch einmal und wäre fast über die eine lose Diele gestolpert. Er ging in sein Zimmer und sah mit Verdruss, dass Vanessa dieses nun für sich als eine Art begehbaren Kleiderschrank benutzte. Er ging zum Fenster, an dem er so viele Stunden gestanden hatte und schaute zum Sarnerhof hinüber. Der Wald war nun nicht mehr licht. Die Blätter der Bäume verdeckten die Sicht auf den Nachbarhof.

Er ging zu Vanessas Zimmer hinüber und klopfte an die Tür. »Vanessa?« Er wartete einen Moment. Als sich nichts rührte, stieß er die Tür auf und sah sie auf ihrer Matratze liegen. So wie immer schon, als ob überhaupt keine Zeit verstrichen wäre. Sie hatte die Beine leicht angewinkelt und den Kopf in den Ellbogen gelegt. Er rief noch einmal leise nach ihr, aber sie bemerkte ihn nicht. Sie lächelte mit geschlossenen Augen, wie in Trance.

Er schloss die Tür und ging.

271

47

Aldas Befürchtungen bestätigten sich noch früher, als sie geahnt hatte.

Sandrina ging von Ohr zu Ohr und flüsterte jedem, der interessiert nachfragte, ihre Geschichte hinein, nämlich, dass ihre Schwester für sie etwas Schlimmes angerichtet hätte und sie nun auf der Flucht seien. Sandrina war verwirrt und beleidigt. Alda wusste, dass sie sich wichtigmachen wollte, die große Schwester Alda ärgern, die sie immer rumkommandierte.

Und Alda war auch sauer. Stinksauer war sie, als am nächsten Tag, kurz nach dem Mittagessen, der Hospizwärter auf sie zukam und meinte, er müsse mit ihr reden. Sie folgte ihm in sein Büro und setzte sich in den Sessel, der ihr zugewiesen wurde.

»Ich hoffe, ihr beide fühlt euch wohl hier«, begann der Hospizwärter. Er duzte sie ganz selbstverständlich, so wie man es auf dem Land eben tat, wo das Leben der anderen vom eigenen so verschieden nicht sein konnte.

»Ja, vor allem Sandrina«, gab Alda zur Antwort. »Vielen Dank für eure Gastfreundschaft.«

Der Hospizwärter breitete die Arme aus. »Dafür sind wir schließlich da. Unser Hospiz besteht seit nunmehr über tausend Jahren und seit den Anfängen hat sich gar nicht so viel verändert. Natürlich ist es ein wenig luxuriöser geworden. Früher mussten die Gäste noch in kalten Kammern schlafen. Heute kommt man sich fast ein wenig vor wie im Hotel, nicht?«

Alda nickte bejahend.

»Nun, Sandrina ist ja eine ziemlich redselige junge Dame. Für deinen Geschmack zu geschwätzig, nehme ich an?«

»Sie mag es, sich zu unterhalten«, antwortete Alda ausweichend. Das Gespräch war ihr unangenehm. Worauf wollte er hinaus?

»Es ist so: Wir Bernhardinermönche hier in diesem Hospiz haben uns der Gastfreundschaft verpflichtet. Menschen in Not finden bei uns für eine begrenzte Zeit Unterschlupf. Oft sind es Wanderer, die ihre Kräfte überschätzt haben, manchmal sind es Einsame, die ein tröstendes Wort und einen Teller warme Suppe suchen. Ich bin sehr froh, dass

272

ihr euch dazu entschlossen habt, unsere Gastfreundschaft anzunehmen.« Er schwieg und schaute sie abwartend an. Erst jetzt wurde Alda klar, was er ihr zu sagen versuchte.

»Ich verstehe. Wir werden morgen abreisen.« Sie stand auf und streckte ihm die Hand entgegen, doch er schüttelte den Kopf und bedeutete ihr, sich noch einmal zu setzen.

»Wir wollen hier nichts überstürzen. Ich höre, ihr seid auf dem Weg nach Toulouse. Zu Fuß?«

»Gezwungenermaßen, ja. Unser Taxi hat uns im Stich gelassen.«

»Nun, ich mache dir einen Vorschlag: Du ruhst dich hier noch zwei Tage aus, kommst etwas zu Kräften und brichst dann in Richtung Aosta auf. Der nächstgelegene etwas größere Ort ist Étroubles. Dort findest du vielleicht eine Mitfahrgelegenheit nach Aosta. Von Aosta fährt eine Bahn nach Pré Saint Denis. Dann siehst du weiter.« Er schaute sie prüfend an. Alda wollte gerade den Mund aufmachen, um zu erfahren, weshalb er ausschließlich von ihr geredet habe, als der Hospizwärter sagte: »Was Sandrina betrifft«, er räusperte sich. »sie könnte bei uns bleiben. Wir können immer Hilfe in der Küche gebrauchen. Sie wäre hier geschützt. Das Hospiz hat seit vielen Jahren schon einen Vertrag mit den Behörden, dass es ein gewisses Kontingent an Menschen mit Behinderung aufnehmen darf. Wie andere kirchlich-soziale Einrichtungen im Übrigen auch.«

Das kommt überhaupt nicht infrage, wollte Alda gerade empört sagen. Sie war es gewohnt, für Sandrina zu sorgen. Seit dem Tod ihrer Mutter kannte sie kaum etwas anderes. Sie konnte ihre Schwester nicht einfach zurücklassen, mitten in den Bergen, mitten im Nichts. Andererseits, wer wusste schon, was in Lissabon sein würde? Wer wusste schon, ob sie jemals dort ankommen würden? »Ich weiß nicht, ob das hier das Richtige für Sandrina ist. Sie ist auch ziemlich eigensinnig, muss ich sagen.«

Sandrina hätte von sich aus den Wunsch geäußert, bei ihnen zu bleiben, antwortete der Mönch. Sie fühle sich im Hospiz anscheinend sehr wohl, sei fleißig und fröhlich. Sie würden bestimmt gut miteinander klarkommen. »Ich würde auch dich gern länger beherbergen, aber ich habe gesehen, dass du auf der Liste der gesuchten Personen stehst.

Nachdem Sandrina mir eure Geschichte erzählt hat, habe ich mir erlaubt, ein paar Nachforschungen zu tätigen. Auch wenn ich den Grund deines Handelns auch verstehen kann, kann ich es mit meinem Gewissen und meiner Verantwortung gegenüber Gott nicht vereinbaren. Es tut mir leid.«

Alda überlegte zu fragen, ob sie das Telefon benutzen könne, doch ließ sie es sein. Stattdessen stand sie auf, streckte dem Mönch die Hand entgegen und bedankte sich. Als sie aus dem Büro trat, sah sie, dass neue Gäste angekommen waren. Sie verlangsamte instinktiv ihren Schritt und ließ den Hospizwärter an sich vorbeigehen. Statt die Eingangshalle Richtung Aufenthaltsraum zu durchqueren, ging sie nach rechts und versteckte sich in einer der dunklen Ecken, von denen es im Hospiz reichlich gab, und wartete. Bereits nach ein paar Sätzen, die der Hospizwärter mit den Neuankömmlingen wechselte, war Alda klar, weshalb die beiden Männer im Hospiz nächtigen wollten. Der eine hatte den ganz typischen Singsang der Wichtigtuer. Der andere drückte sich so umständlich aus, wie es nur Beamte können, die sich tagtäglich hinter dem Schreibtisch mit anderen Beamten in Beamtendeutsch unterhielten. Diese Leute waren hier, um sie zu suchen. Ion hatte sie verraten.

Alda spürte, wie ihre Hände feucht wurden. Ihre Kehle schnürte sich zusammen vor Panik. In ihrem Kopf knallte es vor Schmerz. Würde der Hospizwärter sie verraten? Sie horchte, doch das Gemurmel wurde leiser. Schließlich vernahm sie, wie eine Tür geschlossen wurde. Sie mussten in den Aufenthaltsraum gegangen sein.

Sie überquerte mit raschen Schritten den Flur und trippelte so leise wie möglich die Treppe hoch. Sie waren fast die einzigen Gäste. Nur das ältere Paar war im Hospiz verblieben. Die beiden Altmodischen waren zu einer Bergtour zum Grand Golliat aufgebrochen und das jüngere Paar, das sich gestern den ganzen Abend lang angeschwiegen hatte, war heute Morgen nach dem Frühstück ins Auto gestiegen und grußlos davongebraust, Richtung Orsières, von wo sie tags zuvor gekommen waren.

Sie eilte in ihr Zimmer, um ihre Sachen zu packen. Wo war Sandrina? Alda konnte sich nicht vorstellen, dass Sandrina wirklich im

274

Hospiz bleiben wollte. *Ich kann sie doch nicht einfach im Stich lassen,* dachte sie panisch, während sie ihre Sachen achtlos in den Rucksack warf und ihn zuschnürte. Sie zog ihre Schuhe an, deren Sohle hoffentlich stabil genug für eine längere Wandertour sein würden. Dann schulterte sie den Rucksack, überlegte es sich anders und stellte ihn nochmals ab. Erst einmal musste sie Sandrina finden. Gut möglich, dass sie in der Küche beim Aufräumen half.

Sie wollte gerade die Türklinke hinunterdrücken, als sie auf dem Flur Stimmen hörte. Sie kamen näher. Sie ließ die Türklinke so langsam wie möglich nach oben gleiten und stellte sich stocksteif hinter die Tür. Die Stimmen zogen an ihrer Tür vorbei. Sie hörte lautes Getrampel auf der Treppe. Der Mönch machte eine Führung durch das Hospiz. Alda war sich jetzt ganz sicher, dass die beiden Männer hier waren, um sie zu suchen. Sonst wäre der Mönch nicht so laut an ihrem Zimmer vorbeigegangen und hätte auf der Treppe nicht so getrampelt. Normalerweise schlich er so leise, wie es nur Geistliche können, durch die Räume. Er wollte sie warnen.

Sie nahm den Rucksack ein zweites Mal, schulterte ihn und ging aus ihrem Zimmer, durch den Flur, die Treppe hinunter. Sie ging durch den leeren Aufenthaltsraum und dann durch den Essraum in die Küche. Sandrina war gerade damit beschäftigt, die letzte Pfanne abzutrocknen. Sie lachte und schäkerte mit der jungen Frau, die sie am ersten Abend so abschätzig gemustert hatte.

»Sandrina, ich muss weg.« Sandrina drehte sich überrascht nach ihr um und starrte ihre große Schwester an, als ob sie sie zum ersten Mal sehen würde. Sie schien von weit her zu kommen und wusste für einmal nicht, was sie zu Alda sagen sollte. *Wir haben uns bereits voneinander entfernt,* schoss es Alda durch den Kopf. *Ich habe sie bereits verloren.*

»Ich muss weg«, wiederholte sie, streckte ihre Arme aus und nahm ihre kleine Schwester in die Arme. »Komm doch mit. Ich werde nicht mehr so ungeduldig mit dir sein. In Lissabon wird alles anders, versprochen.« Sie drückte sie noch enger an sich.

»Ich bleibe hier, Alda«, sagte Sandrina mit fester Stimme und löste sich aus der Umarmung. Sie ergriff die Hand der anderen Frau. »Ich bleibe hier bei Natalie.«

»Ich verstehe«, antwortete Alda heiser. Heiße Tränen schossen ihr in die Augen. Sie spürte, wie ihre Hände zitterten, als sie sich über die Augen wischte. »Ich komme dich bald besuchen, wenn ich darf.«

»Natürlich darfst du mich besuchen. Du wirst immer meine große Alda sein. Nicht weinen.« Sandrina schmiegte sich an sie und murmelte leise in ihre Jacke hinein: »Pass auf dich auf, Alda.«

»Und du auf dich. Und vergiss nicht, Zoti zu füttern.« Sandrina kicherte fröhlich, als Alda ihre alte Puppe erwähnte.

Alda drückte sie ein letztes Mal an sich, bevor sie tränenblind durch die leeren Räume zurückging. Sie öffnete das große Eingangstor, schlüpfte hindurch und ließ es leise ins Schloss fallen. Es war bereits Nachmittag, eigentlich viel zu spät, um zu einer Wanderung aufzubrechen. Über den Bergen näherten sich bereits die dunklen Wolken, vom Wind getrieben. Die Luft war kalt und klar. So klar, dass es Alda in der Kehle schmerzte. Sie ging raschen Schrittes die Straße entlang und entfernte sich zielsicher vom Hospiz. Sie bog ab und stieg den schmalen Weg hinauf, höher und höher. Ihr Herz klopfte so sehr, dass es fast schmerzte.

Als sie sich zum ersten Mal umdrehte, war das Hospiz nur noch als kleines, graues Rechteck in der Tiefe zu erkennen. Sie fühlte sich sicher genug, um einen Moment Rast zu machen und ein wenig zu verschnaufen.

Der kleine See lag weit unten und ganz still. Die Wolken spiegelten sich in seiner glatten Oberfläche. Ringsum sah sie nichts als schneebedeckte Berge. Weiß, kalt und hart. Sie dachte an Vanessa. Wir wäre es, wenn sie nun hier neben ihr stehen würde? Ihre Haare flatternd im kalten Wind, ihr cremeweißer Pullover, weit und weich. Wie ein Engel würde sie aussehen.

Sie würde lächeln, ihre Arme nach den kalten Gipfeln ausstrecken, weiß und so weit das Auge reichte und dann würde sie Alda zurufen: »Sieh her, Alda! Siehe! Das ist Ewigkeit.«

276